L'AMOUR LA MER

사랑 바다

암실문고

사랑 바다

발행일 2024년 6월 25일 초판 1쇄

지은이 | 파스칼 키냐르
옮긴이 | 백선희
펴낸이 | 정무영, 정상준
펴낸곳 | (주)을유문화사

창립일 | 1945년 12월 1일
주소 | 서울시 마포구 서교동 469-48
전화 | 02-733-8153
팩스 | 02-732-9154
홈페이지 | www.eulyoo.co.kr

ISBN 978-89-324-6142-7 04860
      978-89-324-6130-4 (세트)

사랑 바다

파스칼 키냐르 지음
백선희 옮김

지은이. 파스칼 키냐르(Pascal Quignard, 1948~)

1948년 노르망디 태생. 음악가인 아버지와 언어학자인 어머니의 영향을 받아 어릴 때부터 다양한 악기와 여러 언어를 익혔다. 유년기에 두 차례 자폐증을 앓았다. 1968년 에마뉘엘 레비나스의 문하에서 철학을 공부했다. 68혁명과 그 쇠락을 모두 경험했다. 갈리마르 출판사의 기획 위원과 작가 생활을 겸했으나, 1994년부터 집필에만 전념했다. 음악과 미술 등 다양한 예술을 소재 삼아 새로운 사고를 창출하는 작업에 특히 뛰어나다. 2002년 『떠도는 그림자들』로 공쿠르상을 수상했으며, 그 외에 『세상의 모든 아침』, 『은밀한 생』, 『음악 혐오』, 『하룻낮의 행복』 등 많은 작품을 발표했다.

옮긴이. 백선희

프랑스어 전문 번역가. 덕성여자대학교 불어불문학과를 졸업하고 프랑스 그르노블 제3대학에서 문학 석사와 박사 과정을 마쳤다. 로맹 가리, 밀란 쿤데라, 피에르 바야르, 리디 살베르, 로제 그르니에, 파스칼 키냐르 등 프랑스어로 글을 쓰는 주요 작가들의 작품을 우리말로 옮겼다. 옮긴 책으로 『사랑을 재발명하라』, 『노숙 인생』, 『파스칼 키냐르의 수사학』, 『뒤라스의 그곳들』, 『호메로스와 함께하는 여름』, 『웃음과 망각의 책』, 『마법사들』, 『햄릿을 수사한다』, 『흰 개』, 『울지 않기』, 『하늘의 뿌리』, 『내 삶의 의미』, 『책의 맛』, 『폴 발레리의 문장들』, 『식물의 은밀한 감정』 등이 있다.

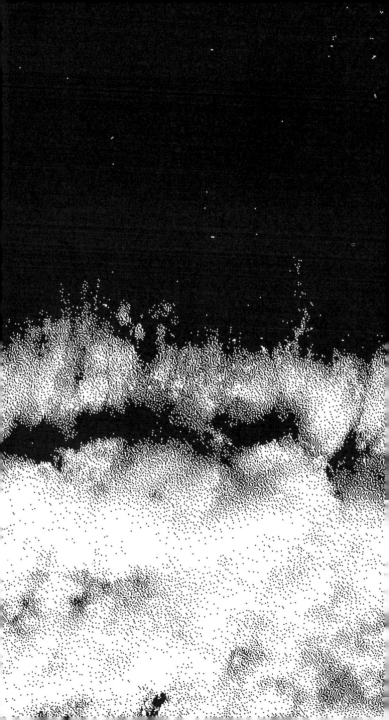

I

첫 번째 이야기

1
카드놀이하는 사람들

남자 셋, 가발 세 개, 코 세 개, 여섯 개의 입술, 서른 개의 손가락을 횃불의 긴 불꽃이 비추고 있다. 남자들은 놀고 있는 것 같지 않다. 명상하는 듯 보인다. 어쨌든 그들은 말없이 손끝의 카드를 살피고 있다. 손가락만 빼고 나머지 몸은 어둠 속에 잠겨 있다. 기이하기까지 하다. 배도 보이지 않는다. 다리도 전혀 보이지 않는다. 어둠 속에서 딱 한 번, 구두 버클만 힐끗 엿보인다. 조금 멀리, 한 여자가 벽난로를 등지고 동떨어져 앉아 있다. 여자의 실루엣은 화폭 앞쪽에 자리한 사람들보다 조금 작다. 여자는 무척 아름답다. 여자는 자기 드레스의 천을 끼운 수틀을 쥐고 있지만, 그걸 바라보지는 않는다. 멍한 눈길. 여자 옆의 나지막한 탁자 위에 책 한 권이 활짝 펼쳐져 있고, 이미지 하나가 보인다. 여자는 책 위로 몸을 숙이느라 쥐고 있던 수틀을 무심코 바닥 쪽으로 내려놓고 있다. 수틀 위에는 발가벗은 남자의 형체가 수놓아져 있다. 그 발가벗은 남자는 누군가의 무릎 아래에서 털실을 풀고 있고, 수 놓는 여자의 바늘이 그 무릎을 뚫고 나오고 있다.

어둠 속의 남자 넷, 가발 네 개, 코 네 개, 여덟 개의 입술, 마흔 개의 손가락, 바짝 깎은 손톱들을 악보대마다 걸린 초의 작은 불꽃들이 비추고 있다. 연주자들은 눈 밑에서 어둠 속으로 파도처럼 펼쳐지는 희고 긴 두루마리 악보를 연주하고 있는 것 같지 않다. 차라리 그걸 읽고 있는 듯 보인다. 그들은 심지어 다른 곳으로, 아주 먼 곳으로 떠난 것 같다. 어쩌면 시간을 헤아리고 있는지 모른다. 혹은 연주를 하기 전에 각자 맡은 부분을 콧노래로 부르고 있는지도 모른다. 몸을 활처럼 구부린 모습이 인상적이다. 그 모든 손가락은 아무것도 들어 있지 않은 커다란 부케를 쥔 것 같다. 악기는 보이지 않는다. 어쩌면 테오르보나 류트, 클라브생이나 비올라의 반주 없이 노래 연습을 준비하고 있는지도 모른다. 조금 멀리, 뒤쪽에 동떨어져, 커다란 안락의자가 텅 빈 채 놓여 있다.

아주 늦은 시간이다. 퇼린은 등잔을 들고 있다. 그녀가 침실 문을 닫는다. 왼손은 젖은 자기瓷器 문고리를 아직 쥐고 있다. 그녀는 문고리를 놓은 뒤 바로 창가로 다가간다. 왼손으로 커튼을 젖히면서 방금 들어온 문이 잘 닫혔는지 확인하려는 듯 불안스레 뒤를 돌아본다. 커튼 뒤 어둠 속에 한 남자가 숨어 있다. 그녀는 남자에게 미소를 짓고는 침실 안쪽으로 가서 등잔을 화장대 위에 내려놓는다. 그녀가 물병을 든다. 물을 따른다. 코를, 이마를, 얼굴을 씻는다. 눈꺼풀을 닦는다. 그녀의 뺨이 상큼해진다. 그녀는 다시 커튼 쪽으로 돌아온다. 어둠을 바라보고 있던 남자는 그녀가 커튼을 젖혀도 그녀 곁으로 다가오지 않는다. 그는 미동도 없다. 남자의 머리 위, 나무 꼭대기에 달이 걸려 있다. 남자는 울고 있다. 그녀는 다시 커튼을 내려 두 사람을 가린다. 그녀가 손을 뻗어 남자의 셔츠 끈을 푼다. 그녀의 손가락들이 남자의 벗은 상체 위로 미끄러진다. 그녀는 남자의 배를 들썩이게 하는 흐느낌을 손 밑에서 느낀다. 흐느낌은 남자의 살갗 위에서 눈에 보이지 않는 거품처럼 터지고, 그녀의 손바닥은 그걸 느낀다.

오스텐데[1]에서 마게이트[2]까지, 1650년대에, 튈린과 하튼은 서로를 사랑했다.

두 사람은 바다로 가기 위해 부둣가를 따라 걷곤 했다. 나무 방파제를 따라 나란히 정박해 있는 배들을 보며 감탄했다.

왈롱의 거룻배, 아랍의 펠러커, 중국의 정크선.

괴상한 방향타가 달린 티얄크 배. 용머리 모양의 뱃머리를 단 베네치아식 곤돌라들. 오스텐데 식으로 만들어진 묵직한 나룻배.

어느 날 하노버가 말했다.

— 저는 슬픕니다. 한 여자를 사랑해서요.

아브라함이 물었다.

— 그 여자분이 어쨌길래 슬퍼하십니까?

— 아무것도 하지 않았죠.

— 무엇 때문에 힘드신지 그분에게 얘기하셨나요?

— 아뇨.

— 왜죠?

— 저는 여자들을 좋아하지 않아요. 어떻게 해야 저를 사로잡는 이 여자의 얼굴을 제 안에서 지울 수 있을까요? 저를 향해 다가오는 가슴을, 매번 난데없이 발견하고 당황하게 되는 그 가슴을 밀어내려면 제가 어떻게 해야 할까요? 제 마음속에서 이 여자의 모습을 빼내려면 어떻게 해야 하겠습니까?

---

1 북해에 면한 벨기에의 항구 도시
2 영국 동남부의 해안 도시

— 어째서 여자들에게 그런 반감을 느끼십니까?

— 여자들을 보면 뭔가 기억나는 것 같아요. 아주 오래전부터 그랬습니다. 여자들 곁에 있으면 겁이 나요. 불안해집니다. 이상하게 물컹하고 들러붙는 듯한 여자의 몸이 혐오스러워요. 그래서 보시다시피 저는 불행합니다.

— 그런데 뭐가 겁나십니까?

— 여자들이 떠날까 봐 겁납니다. 떠나는 게 두려워요. 여자들은 끊임없이 떠나니까요. 여자들의 사랑 때문에 죽을까 봐 겁이 나요. 여자들이 사랑이라고 부르는 걸 저는 도무지 이해할 수가 없어요.

이제 배는 그늘로 접어든다. 어둠 속으로 미끄러지듯 나아간다. 개암나무와 오리나무 아래 정박한다. 하튼이 머리 위의 나뭇가지를 붙잡으려고 몸을 일으키자 그 무게에 배가 출렁인다. 나뭇가지를 젖히자 하늘에 창백한 달이 보인다. 아주 가녀리고, 옴폭하고, 좁고, 새하얀 초승달이다. 음악가는 비탈 위로 풀쩍 뛰어내린다. 그러고는 해면 같은 지의류가 덮인 계단을 오른다. 모든 게 몹시 미끄럽다. 목재 예인로마저 발밑에서 미끄덩거린다. 온종일 비가 내렸다. 그는 젖은 들판을 가로지른다. 질척

한 오솔길을 따라가다가 비에 젖어 번들거리는 길을 건넌다. 광장을 가로지른다. 회색 문망치를 들어올리고 문을 두드린다. 아무 대답이 없다. 다시 두드린다. 소용없다. 세 번째로 두드린다. 그러나 울리는 건 여전히 정적뿐이다. 그는 문의 청동 손잡이를 돌려 본다. 문은 잠겨 있지 않다. 그는 거대한 복도로 들어선다.

한 여자가 계단을 천천히 내려온다. 여자의 흰 손이 매끄러운 나무 난간 위로 미끄러진다.

여자는 갑자기, 한 발을 앞으로 내민 채 한 계단 위에 멈춰 선다.

여자가 그를 뚫어지게 쳐다본다.

여자의 작은 입술 위에 미소가 피어나더니 눈이 빛난다.

그러자 남자가 달려 나간다. 미소 한 번이면 달려가기에 충분하다. 그는 계단을 오르며 달려간다. 동시에 손을 맞잡는 두 사람의 눈가에 눈물이 맺힌다. 네 명의 조부모, 두 명의 카드 놀이꾼, 단 한 번의 승부, 천 개의 눈물, 이것이 모든 포옹의 포옹이다. 이제 그들은 뺨 위로 흘러내리는 눈물을 닦지 않는다. 눈물은 흐르고 또 흐른다. 시냇물처럼 흘러내린다. 단 한 번의 승부는 잃고, 잃고, 늘 잃는다. 언제나 잃고 잃어서, 그 승부에서 열리는 단 하나의 문은 죽음을 향해 열리는 것뿐이다.

그들을 갈라놓는 건 이제 계단 한 단뿐이다. 이것이 욕망이다. 계단 한 단, 단순한 그 계단 하나를 오르기가 참으로 어려운 것이다. 그가 그녀의 손을 잡는다. 그녀가 얼굴을 그를 향해 기울인다. 그녀가 입술을 내민다. 그가 말한다.

— 당신을 찾아다녔어요.

그녀가 말한다.

— 나는, 당신을 기다렸어요. 나를 찾는 건 그리 어렵지 않았을 거예요. 언제나 여기 있었으니까요.

그가 살포시 그녀를 품에 안는다. 꼭 끌어안는다. 두 사람은 힘주어 서로를 끌어안는다. 그는 자신의 상체에 맞닿은 그녀의 가슴이 차츰 부풀어 오르는 걸 느낀다. 자신의 배에 맞닿은 그녀의 배가 숨 쉬는 걸 느낀다. 그들은 이제 흐느끼지 않는다. 그들의 심장 박동은 더 느려지고, 달랐던 박자가 조화롭게 맞춰지더니 균형을 이루고 공명한다. 두 사람 모두 눈꺼풀을 완전히 닫는다. 그들은 더없이 행복하다.

2
파란 융단

탁자에 깔린 융단은 파랗다. 파란색 천 위에서, 반지를 잔뜩 낀 손가락들이 카드를 쥐고 있다. 반지들이 반짝인다.

다른 손가락들, 정성껏 매끄럽게 다듬고 색칠한, 길게 휘어진 손톱을 가진 손가락들이 바다처럼 파란 바탕 위에서 카드를 뒤집는다.

뷜린만이 반지 하나 없이 맨손이다. 그녀는 손가락 뼈 끝에 현악기 연주자들 특유의 짧고 동그란 손톱을 가졌다. 뷜린의 왼손 손가락들은 검은 나무 지판 위를 힘있고 빠르게 달려야 한다. 그녀는 회색빛이 감도는 파란 실크 드레스를 입고 있다. 탁자를 덮은 융단과는 사뭇 다른 파랑이다. 드레스는 목까지 올라오고, 목 끝에는 하얀 얼굴이 새겨진 황금색 카메오 장식이 채워져 있다. 밤색 머리카락은 쪽을 지어 올렸다. 눈길은 무겁다. 거의 검정에 가까운 갈색 눈에는 불안이 가득하다.

튈린은 카드를 쥔 채 꼼짝하지 않는다. 자기 앞에 앉은 형형색색의 상반신들을 관찰하며 자기 삶을 탐색하는 중이다. 그녀는 때를 기다리고 있는 결정적인 순간들을 살핀다. 갑자기 그녀가 눈을 들어 멀리 방 안쪽을 바라본다. 그러고는 문 가까이에 서 있는 검은 형체에 손짓을 보낸다. 그녀는 옆에 앉은 여자 쪽으로 몸을 기울인다. 그러자 도박판의 중심이자 물주 역할을 하던 여자가 금화 더미를 끌어모은다. 그 여자는 진주로 뒤덮인 작고 매끄러운 가죽 주머니 속에 금화를 집어넣더니 거실로 가 버린다.

탁자에 앉은 다른 여자들은 당황한 얼굴이다.

튈린도 앉아 있던 안락의자에서 일어나지만, 거실 쪽으로 가지는 않는다. 그녀는 방 안쪽으로 달려간다. 그녀가 문을 들어 올린다. 그리고 길로 나선다. 비가 내리고 있다. 이제 그녀는 밖에서 기다린다. 빗방울이 그녀의 쪽진 머리 위에 내려앉더니 훤칠하고 새하얀 이마 위로 방울져 흘러내린다. 연주자 하튼이 걸음을 재촉하며 마침내 도착한다. 그가 그녀의 손을 잡는다. 여성 연주자답게 손톱을 바짝 자른, 아주 보드랍고 촉촉하며 벌거벗은 그 손에 그는 자기 얼굴을 파묻는다. 그는 명인의 긴 손가락 위로 흘러내리는 물을 마신다. 그들 머리 위에 뜬 달은 만월이다. 그것은 상아처럼 새하얗다. 이

제 두 사람은 가랑비를 맞으며 뛴다. 곧 새하얀 안개가 그들을 휘감아 그들은 반쯤 보이지 않는다. 그들은 그 구름 속에 들어선다. 그러고는 어떤 문을 민다. 시신은 평온하고, 앙상하고, 몹시 늙고, 몹시 오래되고, 몹시 마르고, 몹시 하얗게 침대에 누워 있다. 시트는 깨끗하고 새것이며 하얗다. 등 위쪽은 베개 두 개를 베고 있다. 아주 뻣뻣한 손뼈는 새빨갛고 작은 십자가를 감싸며 모여 있다. 손가락들은 깍지를 끼고 있다. 어쩌면 기도하는 중인지도 모른다. 튈린과 하튼은 아무 말 하지 않지만, 죽은 이를 응시하는 그들은 사실 아주 행복해 보인다. 그녀는 사랑하는 남자의 팔짱을 끼고 있다. 그런데 그는 바로 그 순간, 그녀에게서 떨어져 무릎을 꿇고 시트에 머리를 묻고 기도를 한다. 그는, 기도한다. 아무것도 믿지 않지만, 그는, 오늘, 기도한다.

어느 날 아침, 프로베르거 씨는 침대 가장자리에 걸터앉은 채 전날 입었던 셔츠로 정액이 잔뜩 묻은 배를 닦으며 하노버 씨에게 말한다.

> — 내 생각엔 서로의 손바닥에 사정하고 나면 서로 내밀한 생각을 털어놓을 수 있을 것 같네.

하노버 씨는 곰곰이 생각하고 나서 웅얼거리며 말했다.

— 그렇게까지 해야 할지 모르겠네요. 아마 정액 은 좀 나눌 수 있겠지요. 그렇지만 영혼은 나누 지 못하지요.

— 나는 자네가 생각하는 것과 정확히 반대로 생 각하네, 하고 뷔르템베르크 사람이 말했다. 적 어도 영광이나 명예에 관한 몽상은 서로 털어 놓을 수 있지. 행복을 누리고 나서 마음을 여는 건 기분 좋은 일이야. 우리가 응하고 싶은 도전 들도 서로 털어놓을 수 있고. 하루의 작업을 이 끌어 내기 위해 유익한 것을, 즉 미래의 사회적 성공을 상상할 수도 있고, 그러기 위해 해야 할 만남들을 기획할 수도 있지.

— 제 마음속의 사회적 꿈이 무엇일 수 있는지 찾 아볼 시간을 좀 주시지요.

— 내 꿈은 부유해져서 언제라도 내가 원할 때 세 상으로부터 고립되는 거라네.

— 제 꿈은 분명 그런 건 아닙니다. 하노버가 말 했다.

— 우리가 아무도 신경 쓰지 않고 자기 방구석에 서 자신이 좋아하는 일에 몰두하는 것보다 더 멋진 게 어디 있겠나?

— 저는 부유했습니다. 도박이 제게 참으로 관대

하게 베풀어 주었다가 몽땅 앗아갔지만, 다시 부자가 되고 싶지는 않습니다. 더는 도박이 안겨 주는 걱정에도, 도박이 제게 요구하는 예측력에도, 그 예측의 취약함에도 강박적으로 사로잡히고 싶지 않습니다. 무엇보다 낙오한 친구들에게, 언제나 경쟁해 온 형제들에게, 질투심 많고 성미가 깐깐하며 준엄하고 언제나 꼬치꼬치 캐묻는 누이들에게, 적의를 품고 서로 경쟁하는 연주자들에게, 성스럽지만 완전히 거짓된 여자들에게, 혹은 비천하지만 숭고하고 짐승처럼 야성적이고 솔직한 여자들에게 제 재산이 불러일으키는 시기심을 다시 맞닥뜨리고 싶지 않습니다. 하노버가 말했다.

— 겁을 내는군.

— 그렇습니다, 겁납니다. 그 열의와 위협이 동시에 무섭습니다. 그렇습니다, 날카로운 목소리로 소리치고, 종을 번식시키는 일에 집착하는 그 군중이 무섭습니다. 그러면서도 저녁에, 밤에, 새벽에 혼자 있고 싶진 않습니다. 저 자신과 단둘만 있으면 제가 저를 죽일 것만 같아서요.

— 나는 그러고 싶네. 나 자신과 홀로 있고 싶어. 옛날에 열두 살, 열세 살, 열네 살 때 어머니

와 누나와 아버지가 아직 함께 살던 시절에 그
랬듯이, 나는 오르간 계단석에 홀로 있고 싶
어. 홀로 모든 걸 굽어보면서 말이네. 슈투트가
르트 대성당의 중앙홀 위쪽에 홀로. 오직 하늘
의 주님과 단둘이. 무엇보다 군중의 눈에 띄지
않고 홀로. 오직 오르간 연주자만이 눈에 보이
지 않는 연주자니까. 그렇네, 내가 부자라면 아
마 클라브생[3]을 그만둘 거야. 그리고 처음 시
작한 오르간으로 돌아갈 거네. 그리고 이 도시
저 도시로 떠돌겠지. 이 세상의 도시들을 떠돌
길 좋아하는 걸 그만두진 않을 테니까. 그러나
이 살롱 저 살롱을 떠돌진 않을 거네. 이 오르
간 저 오르간을 전전할 거야. 돌벽 위, 중앙홀
위쪽, 기념비 같은 거대한 문에 용접된 곳에서,
나무와 쇠, 파이프와 강철로 된 나의 둥지 속에
서 홀로, 세상에 홀로, 세상을 홀로 마주할 거
네. 지붕 위 굴뚝에 기대거나 빗물받이 함석 홈
통 속 요람에 웅크린 고양이들처럼. 나는 무한
한 정성으로 스스로를 보살필 거야. 내 손가락
을 하나씩 핥고, 손가락 끝 손톱들을 물어뜯으
며 견디고, 내 항문을 꼼꼼히 핥을 거라고. 그
장소에서 가장 따뜻하게 데워진 벽돌들을, 햇

볕에 가장 잘 노출된 동글동글한 기와들을, 가장 잿빛이며 가장 부드럽고 폭신폭신한 청석돌들을 찾을 거네. 상상하기 힘든, 달콤하고 머나먼 광경들을 고를 거야. 고독의 안전과 햇살 속으로 미끄러져 들겠지. 나는 나를 애지중지 아낄 거네. 파수 보는 기사들, 하사들, 병사들, 탈영자들, 강도들을 겁낼 일이 더는 없었으면 좋겠어. 나는 너무 부유해져서 더는 도둑 맞을까 겁낼 일조차 없을 거네. 여기서는 찬사를 얻고, 저기서는 배려를 받으며, 고약한 명예를 구하려는 최악의 선택을 하지 않아도 되겠지. 또한 옷을 입기 위해, 혹은 마시기 위해, 혹은 주사위를 던지기 위해, 혹은 브를랑[4] 카드 게임이나 파라오 놀이를 하기 위해 돈을 따로 구할 일이 없어 흡족할 거야. 내 형이 콘스탄티노플에, 프렌스섬[5]에 꾸려 놓은 것과 꼭 같은 은신처 하나를 갖고 싶네. 그러면서도 내 왕국의 경찰에 의해 그곳에 묶이고 싶지는 않아. 나는 베네치아 석호 기슭에 있는 118개의 작은 섬들 가운데 하나, 그 베네치아 군도 가운데 아주 작은 섬 하나를 은둔처로 상상하네. 물가에 자리한,

---

3   피아노의 전신에 해당하는 악기로 금속성의 소리를 낸다. 하프시코드로도 불린다.

4   같은 숫자의 카드를 세 장 모으는 게임

5   튀르키예 이스탄불 마르마라해에 위치한 섬

게으른 이들의 긴 정원 말이네. 저수지 근처에 놓인, 빗물이 가득 담긴 초록색 물뿌리개들이 떠올라. 구멍 뚫린 청동 주둥이가 반짝이는 게 보이네. 꽃을 옮길 삽 하나, 물가에 올려진 검은 나룻배 한 척, 여기저기로 이동하기 위한 곤돌라 한 척이 보여. 발그스름하고 가무잡잡하게 반짝이는 어깨를 드러낸 잘생긴 사공 하나 보이지 않네. 그렇네, 그저 노 하나, 장대 하나, 그물 하나뿐이고, 곧 떠나갈 구름만 곁에 두려고 하네.

— 그러느니 차라리 죽는 편이 낫겠습니다.

— 왜 그런 말을 하나? 구름이 어때서?

— 저는 베네치아 궁에서 한 철 내내 놀아 보았습니다. 도무지 끝날 것 같지 않은 계절이었죠. 악취 나는 지긋지긋한 물과, 강둑과 해변에 부는 바람이 일으킨 모래 먼지 속에서 무한히 권태로운 시간을 보냈습니다. 모래 먼지는 콧속을 파고들었고, 눈을 찔렀고, 머리카락에 들러붙었지요. 하늘은 끊임없이 바다 안개에 뒤덮였고요. 악기 현들은 조율해도 채 15분을 버티지 못했어요.

— 나는 거기에 동물을 더하겠네. 온갖 동물을. 고

양이. 개. 젖을 얻을 염소, 달걀을 줄 닭을. 그
리고 나는 자네가 그토록 겁내는 야생동물과
함께하는 것도 좋아하네. 심지어 맹금류까지도
말이네. 지빌라 공녀는 하늘을 나는 것이건 땅
을 달리는 것이건, 숲에 속하는 모든 걸 정말
숭배하지.

— 저는 다시 무서워질 것 같습니다.

— 하지만 동물들은 자네를 추격하지 않아. 인간
이 아니니까. 동물은 인간을 해칠 생각을 조금
도 하지 않네. 강탈하지 않아. 오히려 피하지.

— 저는 수풀 속 작은 새들만 좋아합니다. 제가 다
가갈 때 작은 새들은 저보다 더 겁먹기 때문이
지요. 제가 리라를 들고 산 마르코 광장의 포석
위를 걸어 음악 모임에 갈 때면 베네치아의 비
둘기들조차 저를 겁냈죠.

— 어느 연주자가 새를 안 좋아하겠나? 적어도 밤
이 끝날 무렵 노래를 시작하는 새들만큼은 좋
아하지.

— 마침 그 생각을 떠올리게 하시니, 사실 저는 모
래처럼 하얀 가루를 뿌린 듯한 새털 가까이 손
을 가져가면 포도밭의 포도나무들 사이로 날아
오르는 개똥지빠귀들을 좋아합니다. 우리는 자

뚝 취해서 짐수레 위에 줄 세운 술통들 틈에 실
려 돌아가곤 했죠. 그때 우리는 개똥지빠귀들
이 포도 씨를 쪼아먹으며 취한 것만큼 취했죠.

— 내가 어릴 때 관심을 쏟았던 건 새들이 아니었
네. 물고기였지. 그물, 돛, 트롤망, 물고기를 담
아 두는 나무통, 바다 거룻배들이었어. 어려서
나는 뫼즈강과 라인강이 만나는 지점, 나의 할
아버지가 살고 있던 강 하구로 낚시를 하러 가
곤 했네. 그곳에 갈 땐 언제나 아버지 바실리
우스와 형과 함께였어. 형의 이름은 이삭이었
지. 마르마라해 한가운데로 은둔한 형 말일세.
이삭은 우리 집안 성을 버렸어. 그러곤 돌아가
신 아버지의 이름인 바실리우스를 취했고, 자
기를 뒤쫓는 사람들을 헷갈리게 하려고 그 이
름을 바실레우스로 바꿨지. 형은 지금도 바이
올린 연주를 하지만, 수입의 대부분은 올리브
와 포도밭에서 얻고 있네. 여름이 끝나면 올리
브를 으깨고 포도를 밟는다고 내게 편지를 보
내지. 오늘, 이 아침에 자네 곁에서 발가벗은
채 이런 생각을 하니 바다로 나가고 싶어지는
군. 그래, 정확히 이거야. 이게 내 꿈이네. 가진
걸 몽땅 걸고, 판돈을 따고 마구 휩쓸어, 테이

블 위에 쌓인 에퀴며 루이 금화, 플로린 금화[6] 더미를 깡그리 쓸어 담는 것 말이네. 그러고 나면 형태 없는, 아무런 형태 없는 무한한 바다로 달아나는 거야. 내킬 때마다 발을 물에 담그고, 배를 물로 밀고 나가는 거지. 세상의 아름다움 속에서 길을 잃고 싶은 욕구가 솟구칠 때마다 말이네. 세상의 모든 인종, 다양한 피부색을 지닌 뱃사람들 곁에서 다시 고기도 낚고, 파도에 맞서다가 휩쓸리기도 하고, 거센 물결에 들려 솟구치기도 하고, 하늘까지 치솟는 파도 물마루에 발이 닿을 듯 말 듯 태풍 속을 고요히, 우아하게 걷는 신을 만나고, 그러고는 항구로 돌아오지. 돛을 있는 대로 펼치고 항구로 돌아오는 거야. 항구로 돌아와 부교에 뛰어내려 다시 육지에 발을 단단히 딛고, 온갖 뱃사람과 그물로 낚는 어부들, 낚싯바늘로 낚는 어부들, 해초 어부들, 선술집 주인들, 생선 도매상들과 함께 차가운 화이트 와인을 마시고, 튀김 요리를, 조개를, 대게를, 거미게를, 양념해서 구운 짭조름한 오징어를, 두툼하게 썬 참치회를 먹는 거지. 얼마나 맛있을까!

---

6 20세기 초까지 사용된 에퀴는 5프랑짜리 은화이고, 루이는 루이 13세 때 처음 주조된 20프랑 금화이며, 플로린 금화는 13세기 피렌체에서 시작되어 유럽 여러 나라에서 사용되던 화폐다.

그는 말하면서 고개를 기울였다. 말하면서 혀로 입술을 핥았다.

— 선생님의 꿈이 갑자기 저까지 유혹합니다.

조카 하노버[7]가 말했다.

그는 일어났고, 길고 늘씬한 나신을 펼치더니 쾌락의 동반자를 바라보았다. 그는 이제 거대하고 허기진 덩치를 관찰했다. 그 상체엔 털이라곤 없었다. 반면에 젖가슴이 있었다. 그게 아니면 적어도 살짝 비대하고 희멀건, 불모의 커다란 주머니 두 개가 옆으로 늘어져 있었다. 그의 거대한 배 아래에는 곱슬곱슬한 털만이 까마귀털처럼 새까맣게 분홍빛 성기를 감싸고 있었다.

---

7 이 작품에는 두 명의 하노버가 등장하는데, 한 명은 '조카 하노버'로, 다른 한 명은 '늙은 하노버'로 지칭된다. 늙은 하노버는 조카 하노버의 삼촌이다.

3
클라브생

에리쿠르 성의 지빌라 폰 뷔르템베르크 공작 부인 휘하 궁정악단 소속, I. I. 프로베르거의 1667년 재산 목록.

검은 타프타 천으로 만든 소매 없는 외투 하나. 두 꺼운 판지로 된 담뱃갑 하나, 주사위 세 개가 든 가죽 주머니 하나, 건반 열쇠 하나, 펜치 여섯 개가 든 주머니 하나, 노란 실로 엮은 악보 뭉치 몇 개.

파란색 체크무늬 손수건 하나.

와인 따개 하나.

고딕체 독일어로 표기된 노란색과 초록색의 카드 한 벌.

파리 사람들은 도do라고 부르는 C음을 내는 구리 방울 하나.

클라브생은 홀로 – 특히 짧고 가냘픈 고음에서 뾰족하고, 예리하고, 쟁쟁거리는 음색을 홀로 낼 때 – 공간의 대기 전체를 채우지 못한다. 그 악기는 음악 모임을 시작하기엔 빈약해 보인다. 게다가 마찬가지로, 그 모임을 의기양양하게 끝맺기에도 너무 흐릿한 소리를 갖고 있다. 서로 경쟁하는 연주자들 사이에서는 자신의 존재감을 얼마나 드러내느냐가 갈등의 원천이었다. 네카어강 인근 슈투트가르트 출신으로 에리쿠르 성의 클라브생 연주자인 요한 야콥 프로베르거의 예술은 더없이 연약하고, 해체되고, 류트 같고, 또렷해서 대개의 다른 악기들보다 울림이 덜했다.

뮐루즈 출신인 하튼 씨의 지나치게 섬세한 테오르보도 마찬가지였다. 그는 어려서 일ill강[8] 변에 있는 뮐루즈에서 살았다. 몇 년 뒤에는 스트라스부르에서 살기도 했는데, 그곳 역시 일강 부근이었다.

파리 변두리에서 비에브르강을 마주하고 버드나무가 우거진 집에서 살았던 음악가 생트 콜롱브 씨[9]의 7현 비올라도 마찬가지였다.

그래도 블랑슈로슈 씨[10], 고티에 씨[11], 아버지 쿠프랭 씨[12], 그리고 튈린, 생 토마와 라 바르 양[13]은 프로베르거 씨가 혼자 연주할 때마다 공책에 받아 적었다.

하튼 씨는 평온하지 못하고 아연한 얼굴로 대개는 프로베르거 곁을 맴돌았다. 혹은 프로베르거가 즉흥 연주를 하기 전에 습관적으로 주제 선율을 적어 두는 수기 종이를 손에 든 채 서 있었다. 이따금 그의 친구에게 상상력이 부족하다고 느낄 때면 그는 그 옆에 앉았고, 그렇게 두 사람은 함께 연주했는데, 그러면 프로베르거 씨는 하튼 씨가 이끄는 화음에 기대어 다시 비상해 홀로 음악의 창공으로 날아올랐다. 사람들의 말에 따르면, 하튼 씨는 서른 살을 넘긴 뒤 스스로 작곡한 작품들을 대중 앞에서 한 번도 연주하지 않았다고 한다. 그가 사교적인 사람이 아니었던 건 사실이다. 그는 더는 상처 입고 괴로워하지 않았으며, 그럴 위험을 무릅쓰길 원치 않았다. 그는 자기 말이 공기 속으로 파고들도록 하지 못하는, 말을 밖으로 내뱉지 못하는 아이들 같았다. 이런 아이들은 모두를 경계하며 어떤 상처에도 자신을 노출하지 않고 뒤로 물러나 있다. 말은 그들 안에 흡수되어 버렸다. 이 아

---

8 프랑스의 쥐라산맥에서 발원해서 북동부 알자스 지방을 흐른 뒤 라인강
    과 합류하는 강이다.
9 생트 콜롱브(Jean de Sainte-Colombe 또는 Monsieur de
    Sainte-Colombe, 16??~16??), 작곡가이자 비올라 연주자. 키냐르의
    다른 작품 『세상의 모든 아침』의 주인공이다.
10 샤를 플뢰리 드 블랑슈로셰(Charles Fleury sieur de Blancherocher,
    1605~1652), 이 시대의 가장 유명한 류트 연주자로 흔히 블랑슈로세,
    블랑-로셰로 알려졌다.
11 드니 고티에(Denis Gaultier, 1603~1672), 류트 연주자이자 작곡가
12 루이 쿠프랭(Louis Couperin, 1626~1661), 바로크 시대의 작곡가이
    자 오르간과 클라브생, 비올라 다 감바 연주자
13 안 샤방소 드 라 바르(Anne Chabanceau de La Barre, 1628~1688),
    가수, 류트 연주자, 클라브생 연주자, 무용수

이들은 가장 예쁜 아이들로 꼽힌다. 이 아이들은 동물처럼 광막한 눈길을, 온 자연을 담지만 세상은 담지 않는 눈길을 지녔다. 세상 무리가 조음하는 언어는 조금도 드러내지 않는 눈길, 그 눈길에 따라 입이 열리면, 그 순간 성 또는 젠더 또는 계층 또는 국가 또는 계界가 서로 대적하며 맞부딪힌다.

뮐린은 금세라도 실신할 것 같다. 비를 맞으며 새하얗다. 소나기를 맞고 있는 그녀를 감싼 모피 외투 때문에 너무 더워서 그런지도 모른다. 곧 쓰러질 것 같다. 그녀는 벽에 기댄다.

　— 잠깐만요. 그가 웅얼거린다.

　하튼이 그녀의 손을 잡는다. 그녀를 부축해야 한다. 그는 아파트 문을 민다. 그녀가 입고 있는 무거운 털 외투를 벗긴다. 그가 그녀를 창문 가까이에 있는 안락의자까지 데려간다.

　바다를 마주하고 앉자 그녀는 입을 다문다. 거기 앉은 여인은 얼마나 아름다운가! 그녀는 숨을 고른다. 휴식을 취한다. 이 젊은 여인은 너무 창백해서 심지어 빛이 난다.

　이제 하튼은 묵직한 흰 모피 외투를 침대 위에 펼친다. 밤의 냉기가 방으로 스며들자 그들은 그걸 이불로

쓴다.

그가 그녀에게 말한다.

그가 그녀에게 무슨 문제가 있는지 묻는다.

— 아무 문제 없어요. 아무 문제도. 저는 행복해요.
그러더니 그녀는 입을 다문다.

잠시 후 그녀가 그를 향해 돌아본다. 그녀가 그를
바라본다. 그리고 말한다.

— 내게 당신이 얼마나 필요한지 상상도 못 할 거
예요. 당신이 떠나려 하면 내 온몸이 견디질 못
해요.

4

창문

행복은 강가에 불어닥치는 돌풍처럼 낯선 존재다.

그것은 태풍보다 더 세상을 흩뜨려 놓는다.

손수레들을, 헛간들을 날려 버린다.

눈에 보이지도 않는데 나무를 쓰러뜨린다.

선박들을 하늘로 날린다.

행복이 와 있을 때는 용기를 내야 한다. 행복을 맞이하는 건 참으로 드문 일이다. 그것이 불쑥 솟아나서는 놀라고 질겁한 듯 **뻣뻣**하게 일어서더라도, 그 모습이 다급하고 불가사의해 보이더라도 꿈쩍하지 말아야 한다. 행복 앞에서 하얗게 질리지 말아야 하고, 고통 앞에서 떨지도 말아야 한다. 어느 로마인은 자기를 방어하려고 칼을 쥘 생각을 했기에 고꾸라졌고, 로마에 화재를 일으켰으며, 도시는 새벽에 엄청난 잿더미가 되고 말았다 ─ 그곳엔 바닥에 떨어져 반짝이는 칼날밖에 보이지 않았다. 젊은이들을 가르치는 검술 사범은 안트베르펜의 플람스 호프트Vlaams Hoofd에 서서 크라넨호프트Kranenhoofd 쪽을 바라보며 말했다.[14] 공격할 때는 반짝이는 검의 끝이 가리키는 것을 지켜보아야 한다고.

상대의 시선에 – 혹은 사랑하는 여인의 눈길에 – 집중하고, 오직 눈만 바라보아야 한다.

무기를 바라보는 건 분별을 잃는 것이다.

자기 몸을 지킬 생각을 하는 건 이미 죽는 것이다.

우울에는 우울이 가라앉아 있는 풍경만이 적합하다. 우울은 거기서 널리 퍼질 방법을 찾아 내기 때문이다. 그러면 풍경은 시각이 허용하는 한에서 무한해진다.

— 마리, 마리! 뭘 보고 있어요?

마리 에델은 그들에게 등을 돌리고 있었다. 그녀는 운하 쪽으로 난 창가에 서 있었다. 에스코강[15]과 합류했다가 북해로 빠지는 운하. 그녀는 어깨를 으쓱했다. 그녀의 눈동자는 터키옥 같았다. 그녀는 몸므[16]에게, 아브라함에게, 하튼에게 속삭였다. 세 사람 모두 그녀 뒤에 있었다.

> — 창가 커튼 뒤에 선 여자들은 아무것도 바라보지 않아요. 경쟁이나 욕망의 자극을, 혹은 전쟁을 좋아하는 당신네 남자들⋯⋯ 당신들을 보호

14　플람스 호프트는 에스코강 서안, 크라넨호프트는 그 맞은편에 위치한 지역이다.

15　프랑스 북동부 산지에서 발원해 벨기에 북서부 평야를 지나 안트베르펜에서 두 갈래로 갈라져 네덜란드를 거쳐 북해로 흘러드는 강. 스헬데 혹은 스켈트강이라고도 불린다.

16　저자의 다른 소설 『로마의 테라스』의 주인공인 가상의 판화가 조프루아 몸므(Geoffroy Meaume)다.

해 주기는커녕 오히려 속여먹는 그럴싸한 대립
을 늘려 당신들을 곧장 죽음으로 이끄는 거대
담론 속에 무턱대고 뛰어들기를 그토록 좋아하
는 당신들의 눈에는 여자들이 세상을, 장소를,
항구를, 남자들이 달려가는 부두를 바라보는
것처럼 보이겠지요. 하지만 여자들은 그 어떤
것도 바라보지 않아요.

— 보이는 풍경을 바라보지 않는다면 창가에서 뭘
하는 걸까요? 유리창에 이마를 대고 뭘 하는
거죠? 적어도 화물들이 쌓이는 부두를 바라본
다고 해야 하지 않을까요? 적어도 선박에서 돌
아오는 작은 보트를 바라본다고 해야 하지 않
을까요?

— 여자들은 아무것도 바라보지 않아요. 기다리
죠. 그래요. 기다리는 것, 이것이 바로 여자들
이 하는 일이에요. 여자들은 선박이 아닌 무언
가를 기다려요. 화물이 아닌 무언가를 기다리
지요. 여자들은 눈길 끝은 결코 귀환을 찾지 않
고, 반복을 찾지도 않아요. 그들은 설명할 수
없는 어떤 도래를 기다려요. 그것이 여자들의
삶이죠. 여자들은 달려 나가지요. 아니, 드레스
아래의 모든 근육을 써서 달려 나갈 준비를 해

요. 여자들은, 그들의 아름다움 너머에는 온통 근육뿐이니까요. 여자들의 삶은 당신네 남자들의 삶보다 언제나 훨씬 광막하지요. 여자들은 품지만, 당신들은 아무것도 담지 못해요. 여자들은 낳지만, 당신들은 출산하지 못하지요. 여자들은 익어가지만, 당신들은 열매를 맺지 못하죠. 여자들의 사랑은 여기 있어요. 남자는 결코 여기 있지 않아요.

— 여자들의 품속에 있을 때조차도요?

— 여자들의 품속에 있을 때조차도요.

마리 에델은 일어선다. 그녀는 철제 가위를 집어 든다.

— 나는 아이를 원해요.

그러더니 그녀는 아브라함 공원으로 향한다. 공원을 따라 운하가 흐르고, 뤼스가 물을 긷고 있는 큰 못 앞에서 그녀는 몸을 숙인 채 꽃다발을 만들려고 세심히 꽃을 골라 꺾는다. 검은 튤립이다.

그들은 플람스 호프트에서 배를 기다린다. 그곳에서 출발을 알리는 종이 울린다.

그들은 칙칙한 물 위로 작은 티알크 배가 다가오는 걸 바라본다. 강낭콩 콩깍지 같은 플랑드르 풍의 작은 배다.

에스코강의 티알크 배는 뫼즈강의 에르나 배 같은 것이다.

— 오, 겨우 거룻배만 한데요.

— 아무려면 어때요. 비가 안 내리니.

— 아스파라거스 바구니들이 있네요.

— 4월의 첫 아스파라거스죠.

— 소원을 빌어야겠어요.

네덜란드에서 온 그림들, 창가에서 편지를 읽는 여자들을 그린 그 그림들은 세상에 부재하는 여자들을 보여 준다. 그림 속 여자들은 무척이나 당당히, 상체를 활처럼 휜 채 섰다. 그들의 피부는 새하얗다. 눈썹 위, 코뼈 위의 피부는 거의 투명하다. 그들이 바라보는 쪽에서는 햇살이 쏟아진다. 청결하고 섬세하며 도드라진 그들 얼굴 위로 쏟아진다.

여자들이 좋아하는 태양.

여자들은 푸른 하늘에 뜬 그 별을, 이 세상을 만든 별을 바라보며 감탄하고 있다. 여자들의 쪽진 머리는 기품 있다. 달리아꽃 같고, 햇살이 파고드는 엉겅퀴 같다. 그들의 이마가 문득 넓어진다. 그들이 손가락으로 펼치고 있는 종이를 향해 이마를 기울이기 때문이다. 거기에 진짜 보물이 있다. 보물은 유리 너머에 있지 않고 그들

손바닥 안에 있다. 여자들은 그 종이쪽지의 주름을 펴고 손가락으로 매만진다.

사실 여자들은 그들을 둘러싼 세련된 장소를, 스피넷[17]을, 테이블 융단을, 거울을, 벽에 걸린 그림들을 떠났다.

여자들은 밀도 높은 욕망 속으로 들어섰고, 거기서 꿈꾼다.

이제 여자들이 꿈꾸는 건 한 남자다.

거리의 소음과 세상의 풍문에 닫혀 있는 창가에 선 이 젊은 여자들은 얼마나 아름다운가.

사랑의 바탕에는 남다른 격정이 있어 이전까지의 상태를 완전히 해체해 버리는데, 그 힘은 참으로 강력해서 어린 시절의 기억을 황폐하게 만들어 버린다.

종이쪽지에 적힌 작은 글자들은 그것을 읽고 다시 읽고 손가락 아래에서 굴려 보는 여자의 영혼을 혼란에 빠뜨린다.

여자는 무심히 그 글자들을 돌돌 만다.

그러곤 다시 조심스레 풀어서 다시 읽는다.

같은 침대 속에 있는 남자와 여자는 같은 꿈을 꾸지 않는다.

언젠가 자신을 버린 적 있는 품에 누가 자기 삶을

맡길 수 있을까?

깊어 가는 어둠 속에서 하튼의 눈이 반짝였다. 그러나 두 사람 모두 기다렸다. 그들은 기다림에 밀도를 더했다. 두 사람 모두 기다렸다. 산에서 내려오는 동안 언제 뱀이 구멍에서 불쑥 튀어나올까? 언제 나무에 몸을 휘감을까? 그들이 어두운 숲속으로 들어설 때 언제 새가 가지에서 튀어나올까? 언제 멧돼지가 덤불이나 진흙탕에서 빠져나와 달려들까?

처음엔 하튼이 그녀에게 감정을 불러일으켰고, 튈린은 그런 자신을 자책했다. 얼마 후 그녀는 그의 음악에 깜짝 놀랐다. 튈린이 곧장 그 음악의 영향력에 빠진 건 아니었다. 그의 악보는 무척 어려웠기 때문이다. 하지만 그녀는 그 음악에서 감지한 각별한 슬픔에 애착을 느꼈다. 처음엔 그의 음악에 집착했고, 그렇게 그에게 집착하게 되었다. 그들은 함께 연주했다. 그러다 그녀는 연주할 때 몹시도 몰입하는 그가, 그 기이한 얼굴 생김새와 무관하게, 무척 아름답다고 생각했다. 그의 영혼은 그가 연주하고 있던 음악 모임을 떠나 다른 곳으로 날아갔고, 그럴 때 그는 무한히 아름다워 보였다. 그는 아득히 멀어 보였다. 연주자들이 연주할 때 그들의 몸은 세상에서 아득히 멀어진다. 그녀는 그의 작품에 열광했고, 그의 악보 복사본이 떠돌 때 그걸 사서 그 음악을 알지 못하는 사람들에게 나눠 주었으며, 그 작품이 매혹한 이들을 헤아렸고, 그의 여정을 따르는 모든 이들과 어울리려고 애썼다. 그녀는 그의 명성을 좇았다. 그가 어느 도시에 나타나기만 하면 그녀는 그곳으로 갔다. 그가 브뤼셀 시청에서 프로베르거와 함께 대중 앞에서 연주했을 때 그녀는 용기 내어 다가가 그에게 말을 걸었다. 그녀는 뫼즈강변의 디낭이라는 작은 도시에 은둔한 자신의 비올라 스승을 언급했다. 그는 파리 시내의 봉 장팡 거리에서 류트를 파는 자신의 류트 스승을 언급했다. 두 사람은 공연장을 함께 나섰다. 비가 내리고 있었다.

봉 장팡 거리에서 오라투아르 공원을 가로지르고, 거기서 루브르를 따라가면 센강에 이르러 모래사장에 도달한다. 어두운 강물 위로 가랑비가 떨어진다. 뗏목 위에서 빨래하던 여자가 빨랫방망이를 놓친다.

　　여자는 재빨리 몸을 숙이고, 손을 내밀고, 상체를 뻗어, 떠내려가는 빨랫방망이를 붙잡으려고 팔을 더 길게 늘인다. 등을 구부린 채 팔을, 손을, 손에서 펼친 손가락을 가능한 한 멀리 뻗으려던 젊은 여자가 갑자기 강물 속에 떨어진다. 강물을 루앙 항구 쪽으로, 빌키에 어항 쪽으로, 르아브르 드 그라스 군항 쪽으로 밀어내는 물살 속에 떨어진다. 여자는 자기 옷을 빨던 강에 휩쓸린다.

떨어진 침묵 속에 실려 떠내려간다. 여자를 에워싼 남자와 여자 들이 모두 소용돌이를 살핀다.

여자가 다시 솟아오를까?

각 목숨의 수명은 끔찍한 게임과도 같다. "여자가 다시 솟아오를까?"

모두가 그들 앞에서 흘러가는 평온하고 고요한 물을 응시한다. 물은 노트르담 대성당의 거대한 그림자를 비춘다.

모두가 작은 소용돌이가 일길 희망한다.

프로베르거와 하노버는 나무 난간에 기대어 유심히 바라본다.

모두가 머리카락이 보이길 희망한다.

거품이라도 올라오길 모두가 기대한다.

얼굴 하나가 불쑥 솟아나서 소리치길 모두가 꿈꾼다. 숨을 막은 물을 토하고, 기침하며 숨을 되찾는 일종의 탄생을, 일종의 노래를 꿈꾼다. 재탄생을. 그러나 아무것도 없다. 강력하고 격렬하며 전능한 태초의 물만 흐른다. 물은 흘러가지조차 않는다. 같은 길로 끊임없이 몰려들 뿐이다. 그들은 몸을 돌린다. 말없이 돌아선다. 한 사람은 강을 건너는 배로, 다른 사람은 낚시터로, 한 사람은 자기 리라로, 다른 사람은 회양목으로 만든 자기 건반으로 돌아간다. 여자의 절망과 갑작스러운 비명으로 돌아가듯이, 여자의 비누 덩어리로 돌아가듯이, 여자가 손잡이를 꽉 쥔 방망이로, 울며 빨래를 짜는 여자의 방망이로 돌아가듯이.

튈린은 머리카락을 뒤로 그러모은다. 그녀가 쥔 빗이 풍성한 머리카락을 머리 위로 끌어당기고 늘린다. 거북 껍질로 만든 빗이 이마를 완전히 드러낸다. 그것은 감정까지 발가벗긴다. 그것은 두려움과 진정성을 눈에 채워 넣는다. 모든 머리카락이 뿌리를 드러낸다. 그러자 관자놀이가 야위어 보인다. 쪽진 머리가 틀어 올려진다. 그러자 관자놀이에 불안이 드리운다. 얼굴이 길어 보이고 환해진다. 커다란 사랑이란 그런 것이다. 열정적이고도 격렬한 성욕과 닮은 그 모든 돌풍과 폭풍우가 머리카락을 헝클어뜨리는 것. 그렇게 높이 끌어올려 놓았던 머리카락이 불현듯 남루하게 흘러내리며 풍만하게 부푼 가슴을 뒤덮는 것, 바로 그것이 사랑이다. 욕망의 움직임이 머리카락의 모든 무게를 풀어놓고 그것의 낯선 향기를 해방한다. 단번에 풀린 모든 머리카락이 서로 뒤얽힌다. 이제 욕망은 머리카락에 긴 무질서를, 냄새를, 늙은 본성을, 혹은 말총을 내던진다. 그 모든 향기, 맹수, 귀리, 혹은 고양이 혹은 인동덩굴 혹은 오디의 향기가 드러나고, 지솟고, 몸을 에워싸며 구름처럼 펼쳐진다. 베갯잇이

나 시트에 흩어진 머리카락의 냄새, 겨드랑이털의 냄새, 음문과 그 비밀을 보호하는 무성한 덤불 털의 냄새. 근육들이 긴장하고, 성기가 일어서고 커지며, 성기가 살짝 열리고 젖는다. 온 육신이 쏟는 쾌락의 노력으로 깨어난 발가벗은 몸이 냄새를 내뿜으며 열광한다.

아침에 겨우 잠에서 깨어, 아직 눈이 거의 감긴 채 반지조차 끼지 않은 여자들의 두 손이 얼굴 위로 평온하게 머리카락을 매만질 때, 그 머리카락은 무성하고 거대하며 복잡하고 막대하고 장엄한 하나의 더미가 되어 곧 빛 속으로 나아갈 여자들의 뇌 위에서 일어선다.

　곧 여자들은 눈꺼풀을 연다.

　손가락을 따라 머리를 틀어 올리려면 그들에겐 두 개의 거울이 필요하다―또한 긴 시간이 필요하고, 그들이 보지 못하는 몸짓들이 필요하다.

　그 머리가 무너지는 데는 입맞춤 한 번이면 족하다.

얼굴의 아름다움 위에 놓인, 치밀하고, 어두우며, 고결하고, 비틀거리는, 불안정하고 비상한 얼룩.

그 모든 머리 위에서 수백 개의 초와 여섯 개의 샹들리에가 드넓은 살롱을 밝힌다. 음악이 울린다. 그들은 일어선다. 앞으로 나아간다. 서로 끌어안는다. 춤을 춘다. 얼마나 꿈결 같은 무도회인가. 그들은 파티복을 차려입었다. 무척 아름답다. 멋지다. 하튼은 자신보다 명백히 젊은 일곱 명의 연주자를 이끈다. 그는 파란 단춧구멍 장식끈이 달린 새틴 재킷을 입었다. 그들의 연주를 듣는 사람들은 자신도 모르게 이끌리듯 몸을 돌려 서로 다가선다. 그들은 모두 환한 얼굴을 샹들리에 쪽으로 향한다. 샹들리에의 초들은 별처럼 보인다. 드레스들이 활짝 펼쳐진다. 목덜미들이 꼿꼿이 선다. 쪽진 머리들이 흔들린다. 얼굴들이 가까워질수록 환히 밝아지고 굴절한다. 굴절할수록 불탄다. 모두, 모두가 불탄다. 모든 여자, 모든 여자가 그들을 바라보는 눈 속에서 타오르는 불길을 뜨겁게 바라본다. 모든 여자와 모든 남자가 나지막이 혹은 큰소리로 불이 다시 붙기를 요구한다. 불이 활활 타오르기를. 그들이 다가갈 때 불길 속에서 이미 타 버린 늙은 나무토막이 다시 타오르기를. 안Anne[18]의 궁정에서 피에르[19]는 손을 불 속으로 내밀었다. 피에르는 겨울 추위 속에서 화로 위로 몸을 숙였고, 불길 속의 제 손을 바라보며 부끄러워했다. 자신이 말을 했기에 부끄러웠고, 제 사랑을 드러냈기에 부끄럽고 두려웠다. 이제 그는 숯불 위에서 발갛게 변한 손가락들을 바라보며 운다. 예수

---

18   루이 13세의 왕비이자 루이 14세의 섭정 모후 안 도트리슈를 가리킨다.
19   피에르 드 라 포르트 (Pierre de la Porte, 1603~1680). 열여덟 살부터 안 도트리슈의 시중을 들기 시작한 왕비의 심복으로 소설 『삼총사』에도 등장한다. 루이 14세가 즉위한 뒤로는 왕의 시종장이 되었으며, 『회고록 Mémoires』을 남겼다.

는 제자들의 눈길로부터, 그리고 병사들의, 그리고 사제들의 눈길로부터 새빨개진 자신의 엉덩이를 감추기 위해 매질 후에 윗옷을 주워들었다. 그리고 십자가에 못 박혔을 때 그는 다시 부끄러워 고개를 숙였다. 그는 고개를 숙이면서 무엇을 보았을까? 죽어가는 신이 본 것은 참으로 기이하다. 죽어가는 신은 죽어야 할 세 시신을 지키는 세 간수의 손에 들린 주사위와 카드를 바라보았다. 그것이 죽어가는 신이 마지막으로 본 것이다. 카드 게임. 게임을 하는 남자들을 비추는 침침한 등불 하나. 세 남자가 언덕 위에서 게임을 한다. 그들은 그 유일한 불빛에 비춰 주사위를 던진다. 등불의 진줏빛 도는 작은 문을 통해 새어 나오는 유일한 불빛에 비춰 주사위를 던진다. 그들 머리 위에서는 벌거벗은 채 서서히 죽어가는 다른 세 남자가 고통받으며 세 로마 병사가 시작하는 게임을 지켜본다.

II
초록 융단

1

푸른 밤

수천 년 동안, 수억 년 동안 밤은 완전했다.

태양이 비추지 않는 지구의 부분을 뒤덮은 어둠, 밤은 완전했다.

밤 동안 소변이 급해진 여자와 남자들은 변소 구덩이로 가다가 그들 머리 위 하늘에서 곧장 떨어지는 푸르스름한 어둠 속에서 마주치곤 했다. 그들은 부딪치지 않으려고 그 닫힌 공간의 벽 혹은 나무둥치를 더듬었다. 때때로 그들은 어둠 속에서 자신들의 배설물 구덩이를 따라가며 서로를 찾곤 했다. 그들은 육신이 나타나기도 전에 손으로 몸의 윤곽을, 피부색이 드러나기도 전에 그들의 냄새를 발견했다. 마리와 몸므 사이에 일어난 일이 바로 그랬다. 이 친밀감은 끈끈했지만 까다로웠다. 그들은 몇 주 내내 속삭임과 성애를 나누며 꼭 붙어 지냈다. 그들은 원망과 자존심에 사로잡혀 몇 계절 동안 멀리 떨어져 지냈다. 그리고 돌아왔고, 돌아온 그들의 입술은 다시 떨렸다. 경이로운 침이 입술에서 반짝였다. 그들의 입이 다가섰다.

마리 에델은 놀랍도록 파란 눈을 그를 향해 치켜떴다. 그녀는 판화가 몸므에게 외쳤다.

— 당신의 침묵은 모든 걸 마비시켜요. 당신이 생각하는 걸 알지 못한다는 사실이 나를 짓눌러요. 숨이 막힐 지경이에요. 내가 없는 포옹들을 판화로 새기며 작업대에 고개를 박고 사는 남자와 함께 나의 날들을 보낼 수는 없어요. 당신의 침묵 속에서 모든 시간을 사는 나는 온전히 숨을 쉴 수가 없어요. 당신을 떠나야만 해요. 당신의 세계 속에서 나는 다시 날아오를 수가 없어요. 당신의 그림자에서 벗어날 방법도 찾지 못하죠.

그러나 그녀는 숨이 차고, 목이 쬐어들고, 분노 때문에 종종 얼굴에서 핏기가 가셨음에도 여전히 그의 곁에서 살았다. 그렇게 격분한 순간이면 그녀는 믿기 힘들 만큼 창백해졌다. 이 시절에 몸므는 카드 상자들을 만든 뒤 그것들을 아른슈타트에, 안트베르펜의 플랑탱 집에 맡겼다.

ㄴ가 금박 입힌 동판 위에 잉크로 그리고 있는 판화 속

에서는 블랑슈로슈 씨와 프로베르거 씨가 생-클루 테라스로 가려고 강연장 문을 나서고 있다.

센강 기슭에서, 동판 위로 반사되는 빛 가운데, 섬으로 가는 배를 기다리는 그들의 형체가 겨우 보인다.

그가 압착기의 나사를 돌리자 그들이 잉크 속에서 모습을 드러낸다.

2
초록 융단

집요하고 불투명한 어둠이 탁자 한가운데 놓인 촛대 다리를 감싸고 있다.

촛대 불꽃은 꼭 껍질을 벗기고 속껍질까지 벗겨낸 아몬드 같다.

저 멀리, 초록색 게임 양탄자 위에서 일곱 개의 금화가 번쩍번쩍 빛을 발하고 때때로 별안간 번득인다.

그것은 신이 주는 상금이다.

이 질서 속에, 촛대가 놓인 탁자를 둘러싸고, 뷜린, 아브라함, 프로베르거, 마리 에델, 리라 연주자 하노버가 말없이 카드 게임을 하고 있다.

음악가는 흐트러진 침대 위에 발가벗은 채 베개에 기대앉아 있다. 그의 성기는 늘어진 손가락 같다. 연주자답게 손톱을 바짝 자른 젊은 여자가 검지 끝으로 톡 건드리자 그것은 제 포피 속으로 오그라든다. 쾌락처럼.

하튼은 다시 잠들었다. 그녀가 게임이 다시 이어지고 있는 살롱에서 올라오면서 손수건에 담아 가져다준 음식, 그 남은 음식을 그는 거의 손도 대지 않았다. 그녀는 풀 먹인 하얀 아마포 끄트머리를 풀어 그의 앞, 시트 위에 식탁보처럼 펼쳤다.

칠기 쟁반 위에는 닭 날개 하나, 깨진 껍질과 찢어진 속껍질 밖으로 삐져나온 호두 몇 알, 껍질을 벗겨 잘라 놓은 사과 4분의 1쪽이 놓였다.

그녀, 키 큰 젊은 여자도 완전히 발가벗었다. 그녀는 매우 크고, 매우 길고, 매우 늘씬하다. 그런데 배는 살짝 볼록하다. 저녁을 먹었기 때문이다. 그녀의 가슴은 극도로 아름답다. 그녀는 잠든 연인을 내려다보며 꼿꼿이 앉는다. 그녀는 그가 남긴 것을 치우고 다시 돌아온다. 왼손으로 그의 어깨를 지그시 누른다. 그녀는 가만히 눕는다. 미끄러지듯이 그에게 기댄다. 머리를 그의 어깨에 올린다. 그녀는 크게 벌어져 타원형을 그리는 음악가의 검은 입을 바라본다. 거기서는 아무 노래도 나오지 않는다.

도팅 부인은 키르허, 악보 필경사 하튼, 프로베르거, 캅스베르거Kapsberger[1], 안나 베르제로티[2]가 지켜보는 가운데 사망했다. 그녀는 빈 궁정 소속의 음악가들과 오스트리아 짐수레들을 인솔하는 장교와 그 수레들을 보호하는 군대가 지켜보는 가운데 극도로 격렬하게 죽었다. 그녀는 질주하던 말에서 느닷없이 떨어졌다. 그렇게 발이 등자에 낀 채 포도밭으로 끌려갔는데, 말은 자기에게 딸린 성가신 무게를 벗어 버리려는 듯 별안간 뒷발로 찼고, 다시 돌아서더니 젊은 여자의 눈부시게 아름다운 얼굴을 발굽으로 짓이겼다. 사람들이 포도밭으로 달려왔다. 시신의 아랫도리는 온전했고, 드레스도 완벽한 상태였으며, 가슴도 멀쩡했고, 목도 완벽했는데, 얼굴은 짓이겨져 있었다. 말 탄 여자는 얼굴을 알아볼 수 없었다. 장례식을 위해 밀랍으로 얼굴을 만들어야 했다. 마들렌 도팅이 죽은 다음 날, 뮐루즈의 랑베르 하튼과 튈린은 브뤼셀로 달아났다. 튈린은 핀란드인으로서 예전에는 라흐티Lahti에 거주했고, 당시에는 탈린Tallin 시내 맞은편에서 살고 있었다. 핀란드는 스웨덴에 참혹하게 점령당한 처지였다.[3]

하튼은 말한다. 인생 초기에 나는 사제가 되어 중국 선교단으로 가길 꿈꾸었다. 두 번째 시기에는 마음을 바꿔 목사가 되어 알프스의 호수들과 봉우리들을 찾아다니길 갈망했다. 결국엔 신이 도시 골목들에, 시골 도랑들에,

1   요하네스 히에로니무스 캅스베르거(1580~1651), 바로크 시대 작곡가이자 류트 연주자

2   Anna Bergeroti(1630~16??), 이탈리아 여성 가수

3   핀란드만 연안의 항만 도시였던 탈린은 스웨덴, 러시아의 지배를 받다가 훗날 에스토니아의 수도가 되었다.

모든 나라의 산과 숲에 뿌려진 피였을 뿐임을 지각하고
는 더는 신을 믿지 않게 되었다. 어느 날, 그것도 한순간
에, 나는 이 땅의 모든 신 앞에서 혐오의 딸꾹질을 했고,
더는 유일신에게 경의를 표하지 않기로 마음먹었다.

　　뷜린은 말한다. 나는 세상의 문 앞에서 경이로운 아
버지로부터 태어났다. 어머니에 대해서는 아무런 다정
한 기억이 없다. 내가 어머니를 가까이 한 적이 있었나?
그래, 물론 다섯 살까지는 그랬다. 내가 어머니를 알았
던가? 아니. 나는 지리학자들이 으레 오로라의 중심이라
고 부르는 곳에서 살았다. 낙원과 긴 빙산 사이의 문턱
에서, 혹은 햇살이 통과하는 안개 속에서 살았는데, 햇
살과 안개는 거의 분리되지 않았다. 나는 무지개가 탄생
하는 곳에서, 해가 절대 지지 않는 곳에서, 밤이 오직 푸
른 석양으로만 끝나는 곳에서, 그 석양조차 소멸하지 않
는 곳에서 살기 시작했다. 나는 매일 신을 보았고, 하늘
아래에서, 밤이 끝날 무렵에 죽었다가 서서히 솟아오르
는 뜨거운 열기 앞에서 눈을 내리깔았다. 거대한 여명
속에서 빛나는 신. 나는 그 밖의 다른 어디에서도 신을
본 적이 없다. 그것이 내가 아는 신의 유일한 얼굴이다.
더구나 그 겉모습은 하나의 얼굴이 아니라 드러남 그 자
체이다. 신은 우리가 볼 수 없는 형태로 임하는 열정이
다. 나는 끊임없이, 지칠 줄 모른 채 여명에 여명을 거듭

맞이하며 늘 숭고한 별을 응시하는데, 그 별은 느닷없이 내 안으로 넘쳐와 삶에 구멍을 낸다.

하튼은 말한다. 벨기에의 강둑에서, 북해의 커다란 조수가 거스를 수 없이 하구로 몰려오는 순간에, 언제나 해 뜨기 전에 일어나 있는 뛸린이, 이미 달걀 두 개를 먹은 이 숭고한 여성이 나를 이불 밖으로 끌어내어, 우리는 여인숙에서 어두컴컴한 어둠 속으로 나왔다. 그녀는 내 손을 잡았고, 힘껏 나를 끌어안아 자기 곁으로 끌어당겨서 달리도록 이끌었다. 우리는 손을 맞잡은 채 조수 때마다 저절로 생겨나는 그 숭고한 공간 한가운데로, 그 공간 속으로 달려 내려가는 걸 좋아했다. 우리는 달렸고, 펄쩍 뛰고 내달렸다. 그러다 문득 그저 아름다움에 마비당해 느려졌다. 가장 먼저 빛나는 그 선은 촉촉한 음악의 보표 같아서 눈들은 거기에 매혹된다. 발들이 마치 자석처럼 달라붙는다. 말발굽, 동물의 발, 게의 집게발, 새들의 발톱이나 작은 갈퀴들이 새로운 발자국을 새기며 행복해하는 듯 보인다. 뛸린과 함께 나는 셰르부르와 안트베르펜 사이, 덩케르크와 제브뤼헤 사이에서 빛과 물결을 탐욕스레 만끽했다. 그러다 블랑켄베르허 제방 위로 펼쳐진 더없이 혹독하고 거친 대기 속에서 빛이 탄생하기 시작하면 우리는 급작스레 물웅덩이 한가운데 멈춰 섰다. 그 시간 바깥 날씨는 무척 추웠다. 우리는 손

을 꼭 잡고, 자연이 태양의 등장과 더불어 스스로 내주
는 거대한 행복 속에서 서로 바짝 붙은 채 팔짱을 꼈다.
그녀는 말했다. 신Dieu이라는 단음절은 이 눈부신 빛을
가리켰던 거군요. Dies[4]. 그게 전부였다. 참으로 아름다
웠다. 우리는 입술 위에서, 우리의 네 입술 위에서 빠져
나온 숨결이 낮은 안개 너머로 광막한 공간이 펼쳐지는
모습을, 촉촉한 해변이 기적처럼 물에서 빠져나오며 펼
쳐지는 광경을 바라보았다. 바다가 감추고 있었던 그 땅
혹은 바위는 더없이 순백하고, 놀랍도록 새로우며, 진정
온전하고 순수했다. 모든 걸 내려놓게 되는 기이한 마음
가짐이 어디에서 오는 건지 나는 알지 못한다. 하지만
뛸린과 함께할 때는 모든 것이 이런 내려놓기보다 훨씬
강력해졌다. 모든 것이 포기였다. 아니, 모든 것이 심지
어 방종이었다는 말이 더 믿을 만하다. 그래서 나는 그
녀를 그토록 사랑했다. 나는 그녀의 길고 드넓은 두 팔
에 안겨 거의 넋을 잃고, 열광하고, 골몰하고, 행복했다.
나의 예술, 나의 성공, 나의 미래, 나의 작곡을 모두가
알 수 있게끔 나는 그것들을 발표했다. 나는 그런 작업
에 관한 걱정은 한 번도 해 본 적 없었지만, 그녀는 별다
른 이유도 없이 거기에 집착했다. 왠지는 알 수가 없었
지만, 어쨌든 사정은 그랬다. 이따금 내게 표현할 길 없
는 슬픔이 덮쳐왔을 때, 다시 말해 그녀가 나를 사랑하

길 잊었을 때, 다시 말해 그녀가 어두운 붉은색의 긴 비올라를 들고 홀로 스승들을 만나러 뫼즈강변의 디낭으로, 비에브르강변의 파리 외곽으로 떠났을 때, 그녀가 테르뇌젠 항구나 함부르크의 목재 부두에서 배를 타고 자신이 오로라라고 부르던 곳, 뭐라 말로 표현하기 힘든 격오지로 가려고 가족들 곁으로 돌아갔을 때, 나는 내가 작곡할 수 있었던 음악보다 여성인 그녀의 몸을, 여성인 그녀 몸의 아름다움을, 여성인 그녀 영혼이 품은 성찰을 훨씬 더 좋아했다. 그녀의 긴 몸이 말없이 발가벗을 때면 나는 모든 악기와 세상의 모든 외침과 한탄과 흥얼거림을 들을 때보다 더 도취했다. 그 황홀경과 그 비밀스러운 방, 우리가 발가벗고, 우리가 타락하고, 우리가 자신을 잊고, 우리가 무너져 내리고, 우리가 서로의 품에 안겨 잠들던 그 방은 나를 끌어당겼다. 심지어 그녀가 최초의 인간들처럼, 가장 거칠고 가장 원시적인 인간들처럼 신으로 생각했던 여명보다 더 세게 나를 끌어당겼다. 그녀의 몸, 그녀의 긴 몸, 그녀의 부드러운 몸, 그녀의 향기, 그녀의 젊음, 젖꽃판이 금세 흥분해서 오톨도톨해지는, 무척 아름다운 그녀의 두 젖가슴, 그리고 문득 나를 둘로 찢어 놓는, 그녀를 잃을지도 모른다는 불안이 끊임없이 나를 그녀에게 내맡기도록 부추겼다. 그너는 바다였다. 동이 틀 무렵부디 얼음장 같은 물에 지

---

4   라틴어 dies는 날, 하루, 낮, 빛을 뜻한다.

신의 발을 담근 그 바다의 수면이었다. 깊은 바닷속 한 송이 아네모네처럼, 새의 알처럼, 봄의 매섭고 사나운 대기 속에서 기필코 피어나려는 한 송이 장미꽃처럼 몸을 펼치려는 움직임, 부화하려는 움직임, 그것이 그녀의 기쁨이었다. 성난 기쁨. 그녀는 온통 근육질이었다. 그녀는 무용수처럼 도약했다. 물에 뛰어드는 건 그녀의 기쁨이었다. 그녀는 비올라 연주자였지만 헤엄을 칠 때나 연주할 때나 같은 방식으로 두 팔을 벌렸다. 파도 속에서건 허공에서건 주변으로 두 팔을 날렸다. 그녀는 음악을 우리 눈앞으로 반짝이며 몰려왔다가 물러나는 바다처럼 체험했다. 20년, 22년 전, 그녀를 알기 전 그 오랜 세월 동안 스위스와 알자스, 바덴, 뷔르템베르크, 브르타뉴의 여러 곳을 떠돌며 오르간 연주자로 살아온 내 규칙적인 삶, 하루에 세 번씩 오르간에 자리 잡고 미사 내내 같은 곡을 반복하며, 누렘베르크의 작은 거울을 통해 제단 앞에 선 사제의 움직임을 하나하나 좇으며 살아온 삶은 어렸을 적 나의 꿈들이 내게 기대했던 바에 거의 부합하지 않았었다. 그것은 버림이자 변절이었다. 나는 버림받았다. 나는 버리기를 좋아했다. 나는 아무 의심 없이 달아나길 좋아했다. 그것은 언제나 나보다 빨랐기 때문이다―그것은 나를 추월했다. 나를 뛰어넘었다. 그것은, 아마도 내 꿈들의 밑바닥에서 내 안의 기다림이 기다려 온 것이었을 터였다. 어느 날, 여전히 동기를 알지 못하는 그런 갑작스러운 떠남을 경계해 오던 나는 이렇게 다짐했다. 어떤 꿈이건 내 꿈들을 좇고, 더는 나 자신에게 내 모험을 이해시키려거나 그 이유를 찾아 주느라 지체하지 않겠다고. 우선 나는 밤에 그 꿈들을 어느 책의 간지에, 악보 귀퉁이에 적었다. 그 꿈들이 나의 갈망들, 바람들, 희망들, 혐오들을 풀어내서 등급을 매기도록 말이다. 나는 잠에서 깨면서 전조들을 상상했다. 온종일 그 생각에 빠지곤 했다. 그리고 하루가 끝날 무렵, 햇빛이 충분치 않아서 악보 필경을 그만두는 시간이 되면 나는 그 자리에서 온갖 별자리 점과 연이은 긴급한 결정들을 끌어냈다. 양초 심지에 불을 붙이고, 와인을 한 잔 따르고, 타로 카드에서 도주하는 점괘를 뽑는 것이다. 이것이 내 삶이 되었다. 내 삶은 꿈이 결정한 꿈이 되었다. 그렇게 나는 업무 계약을 깨기 위해 병을 낫게 해 주는 온천으로 달려갔고, 다른 음악가에게 자리를 양보했다. 그 음악가의 재능을 존중하기에, 그에게는 그의 재능이 그의 행복이 되기에, 나는 그의 이름을 제시한 것이다. 베르그하임의 슈노뉴 씨였다. 우리는 약스트강[5] 변에서 마주쳤다. 나는 작곡하려고 혹은 내가 필경한 것을 확인하려고, 혹은 반주하려고 혹은 오케스트라에 합류해 연주하려고 손에 아지큐드[6] 하나만 든 채 배를 탔고, 슈투트가

---

5   네카르강의 지류로 바덴-뷔르템베르크 북부로 흐른다.

르트와 빈으로 갔고, 거기서 한편으론 대공을 위해, 다른 한편으론 황제를 위해 음악을 필사했으며, 그곳의 모든 것은 나를 홀렸다가 실망에 빠뜨렸다.

---

6   류트 계열에 속하는 현악기로, 개방현으로만 연주되는 베이스 현을 위한
      줄감개집이 따로 있어 줄감개집이 총 두 개가 있는 게 특징이다. 테오르
      보와 혼동되곤 하나 다른 악기이다.

3
디낭이라는 도시

어느 화창한 날, 그녀가 마흔 살이 되었을 때 아름다움이 이 여자의 몸에서 빠져나갔다. 그녀의 어깨는 벌어졌고, 젖가슴의 꼭지들은 단단해졌다. 그녀의 이마는 넓어졌다. 얼굴은 빛이 났다. 별안간 스웨덴이 나라를 점령했다.[7] 구스타프 2세가 폭정을 휘두를 때 그녀는 이미 프리지아 제도로 가 있었다.

그녀의 어머니는 그녀가 여섯 살 때 그녀의 아버지를 떠났다.

그녀의 아버지는 그녀가 열한 살 때 물에 빠져 죽었다.

튈린은 말했다.

— 사랑은 드물어요. 사랑은 세월의 흐름을 벗어날 수 있죠. 그리고 사랑은 와 있어도 결코 확신이 들지 않죠. 사랑에 타격을 입어 보지 않은 이는 사랑을 상상조차 할 수 없어요. 그러니 사

---

7   핀란드는 중세부터 19세기 초까지 스웨덴 왕국의 지배를 받았다.

랑을 알아보는 건 몹시 어려울 수 있죠. 사랑은 매번 예측하기 힘든 얼굴을, 호기심 어린 얼굴을 보입니다. 문득, 드레스가 나풀거리고 열에 들뜬 기쁨이 찾아오지요. 갑자기 드레스가 발가락 주위로 떨어지죠. 드레스의 천이 부풀 때, 또 부풀어 올랐다가 내려앉을 때 내는 소리는 꼭 숨결 같지요. 그러면 완전히 발가벗은 살갗이, 발가락부터 콧구멍까지 온통 전율하게 돼요. 온통 빨개지죠.

벨기에서는 황동을 두드려 만드는 사람들이 한 도시에 모두 모여 살았는데, 그곳은 디낭이라고 불렸다.

그곳은 온통 파란 도시였다.뫼즈강 근처에 자리한 그 도시에서는 소리가 쩌렁쩌렁 울렸다. 내 기억 속에서 그곳은 세상에 세워진 도시 가운데 가장 달콤한 도시다. 내게는 이곳이 세상의 남쪽이었다. 나는 성악을 버리고 에거란트[8]로 비올라를 배우러 떠났다. 그곳에서, 화성의 원리를 내게 가르쳐 준 음악 스승 곁에서 짧은 2년을 살았다.

디낭에서 나는 하튼과 결혼할 계획을 품었다. 결혼식은 이루어지지 못했다. 그래도 그날의 매혹은, 우리가 상상했던 예식은, 늘 강가에 자리한 이 작은 도시의 아름다움은 조금도 깎여 나가지 않았다.

빵집 문 앞에서 나는 생강빵 쿠크[9] 냄새도.

강둑에서 찌그러진 황동을 두들기는 소리도.

뱀장어를 달아나게 하는 수달의 주둥이도.

물은 거의 없었다. 게다가 길이도 그다지 길지 않았다. 그러나 그건 개천이 아니었다. 해안으로 흐르는 물, 바다로 뛰어들기 전에 두 팔을 벌리듯 양변을 넓게 벌리는 물을 강이라고 부른다면, 그건 분명히 강이었다.

이 강은 길이가 4킬로미터도 채 되지 않았다.

그것은 활기 없이 흐르며 들판 장벽을 2백 미터 지난 뒤 북해로 흘러들었다.

매일 저녁, 그녀는 작은 하구 안쪽으로 갔다. 늙은 튈린은 피오르 바위들을 기어올랐고, 가장 높고 가장 편평하고 가장 뜨거운 바위에 올라가 저 완만하게 흐르는 물이 그녀가 여러 가죽을 기워 붙여 만든 보트를 넣어둔 헛간 근처에서 고요히 바다와 합류하는 걸 바라보았다. 저 물이 대양과 접촉하면서 작은 강이 되는 순간, 순간의 강이 되는 바로 그 순간, 그 담수는 활기 넘치고 거품이 일렁이는 짠 바닷물에 뒤섞였다. 그것은 포개지는 눈더미 같다가, 녹아내리는 크리스털 조각 같더니, 석양의 발ㄴ스름한 빛에 황금빛으로 물든 톱니 모양의 두루

8   Egerland. 오늘날의 체코와 독일 국경 인근에 해당하는 지역
9   생강을 넣은 플랑드르식 빵으로, 디낭의 쿠크는 특히 유명하다.

마리로 변했다.

30년 전 그녀는 오스텐데의 침실 양초 심지에 불을 붙였다.

금빛 불꽃들이 일렁였고, 그녀는 무척 아름다웠다.

거울 속 불꽃의 나선 모양 속에 비친 그녀는 얼마나 아름다운가. 그 시절 그녀는 얼마나 젊은가. 그녀는 곧 마흔 살이 된다. 이는 그녀가 비범하게 아름다워질 순간이다. 그녀 삶에서 가장 아름다울 달들이 다가온다. 그 시간은 풀쩍 뛰어든다. 시간은 그 사실을 알 수도 없고 희망할 수조차 없는 그녀 앞에 쏟아진다.

그녀가 난로 돌 위에 말려 둔 악보를 하나씩 돌돌 만다.

그러더니 짙은 초록색 리본으로 그걸 묶는다.

핀란드와 북카렐리야의 전나무를 떠올리게 하는 초록색 사틴 리본이다.

그녀는 그 흰 두루마리를 탁자 위에 놓인 양탄자 위에 가지런히 놓는다. 양탄자에는 수가 놓여 있다. 헤라클레스가 아직 배내옷에 감싸인 제 자식들을 자수로 만들어진 불 속으로 집어 던진다. 거대한 게 한 마리가 신의 하얀 발뒤꿈치를 쥐어뜯는다. 한 남자가 발가벗은 장대한 몸을 드러내고 옴팔레 여왕 앞에 무릎을 꿇은 채

물레를 쥐고 파란 털실을 감으며 앉아 있다.[10]

벽난로 옆에는 붉은 비올라 한 대가 옆으로 뉘어져 있다. 그녀의 콘서트용 비올라다. 비올라의 머리는 악기의 수호성인인 성녀 세실리아의 머리 모양인데, 성녀는 황홀경에 빠진 몽롱한 눈을 줄감개와 검은 지판 위쪽 하늘을 향해 치켜뜨고 있다.

벽난로 계단 위에는 가지런히 정돈된 장작이 불을 피우도록 준비되어 있다. 그녀가 느릿느릿 아궁이 앞에 반쯤 쪼그리고 앉자 화려한 쥐색 드레스의 빳빳한 옷감 안쪽이 드러난다.

그녀는 거리를 유지한다.

팔을 뻗는다. 그녀는 팔을 더 길게 연장해 주는 쇠집게로 장작 하나를 더 집어넣는다. 장작이 숯 위에서 불붙고, 그녀는 숯을 들쑤시며 이리저리 흔든다.

그녀가 다시 일어선다.

참으로 아름다운 상체를 다시 곧게 세우더니 불꽃 튀는 열기를 향해 기울인다.

그녀는 힐끗 보였다가 사라지는 오렌지빛 불티들을 지켜본다. 불티들은 장작 표면에서 튀어 올랐다가 저들을 낳은 빛 속으로 섞여 든다.

잠시 후 그녀는 너무 덥다. 시뻘겋게 타오르는 불에

---

10   헤라클레스는 광란에 빠져 첫 번째 아내와 자식들을 죽인 바 있다. '거대한 게'는 히드라와 싸우던 헤라클레스를 공격했던 게 카르키노스다. 마지막 문장 속 '한 남자' 역시 헤라클레스이며, 이는 그가 3년 동안 옴팔레 여왕의 노예가 되었던 일을 가리킨다. 당시 헤라클레스는 바느질 등 당대 여성들이 하는 일을 수행하며 전도된 성역할을 부여받았다.

서 재빨리 멀어진다. 그녀는 아주 차가운 창 유리에 이마를 댄다. 얼굴 그림자 위에 제 얼굴을 댄다. 그러나 서린 김 속엔 볼 게 아무것도 없다. 어둠뿐이다. 바다 가장자리를 두른 수풀 아래쪽에 펼쳐져 있는 해변을 점령한 어둠.

문득, 모래밭 오솔길 위로 한 남자와 아치류트 케이스의 그림자가 나아간다.

두 그림자는 짧게 잘린 풀밭으로 접어든다. 풀밭은 어둠에 뒤덮인 물처럼 보인다.

하늘에서 빛나는 달빛이 그림자들을 비춘다.

그림자들은 하얀 의자들 옆에서 멈춰 선다.

한밤중이다. 그녀는 여전히 창밖을 바라본다. 그러나 일 년이 지났다. 그녀는 고틀란드섬[11]을 떠나왔다. 투술라 호수의 도로변에 자리한 가족 저택에 머물고 있다.

올빼미 한 마리가 창밖의 멋진 정원 속 철제 의자 등받이 위에 앉는다.

그녀는 여전히 혼자이고, 불은 여전히 타고 있지만, 이제 그녀는 혼자일 때 춥다. 발가락까지 내려올 만큼 길고 아름다운 흰색 면 잠옷을 입고 있음에도 춥다. 하늘 높이 뜬 조각달이 비추는 빛에 그녀의 몸이 투명하게 드러난다. 그녀의 몸은 여전히 매우 아름답다. 그녀의 엉덩이는 아주 동그란 곡선을 그린다. 그녀가 호숫가를 걸을 때 혹은 새벽에 자작나무 숲에서 운하를 따라 달릴 때, 그녀가 돌아온 이 세상 끝의 인동덩굴 아래로 달릴 때 그녀의 엉덩이는 참으로 단단하고 동그랗다. 그녀는 펼쳐진 바다와 물결 위로 떠오르는 태양을 보기 위해 모든 바위와 제방 위로 오른다. 그런 다음 시간을 채우려고 구덩이들과 나지막한 언덕들로 내려간다. 그녀의 배는 차갑다. 그녀의 젖가슴은 어느 때보다 아름답지만 무거워졌다. 이젠 젖가슴이 셔츠를 팽팽하게 부풀리지 않는다. 그녀는 그때까지 자기 눈에 어렸던 고유한 빛을, 자기 눈이 볼 줄 알았을 뿐 아니라 그렇게 보았던 것들이 실제로 지녔던 고유한 빛을 남겨 두고 떠나온 것처럼 보인다.

바깥에 남겨져 있는 철제 의자의 팔걸이에 달라붙어 있는, 투명한 듯 희끄무레하게 형광을 발하는 저것은 뭘까?

아주 오래전부터, 그녀가 이 땅―뚜우술란야르비―에 태어난 이후로, 그녀의 아버지가 2층 딸린 이 오래된 저택에서 태어난 이후로, 그녀는 그곳 주변에 있는 수많은 사물로부터 그 빛의 흔적을 지각한다. 더는 자신의 눈에서 발산되지 않는 빛. 그것은 제 죽음을 향해 나아가는 달팽이가 남기는 점액 같다. 계속 변화하기 때문

에 이제는 존재하지 않는 원천에서 길어 올린 흔적 같
다. 우리가 열렬히 사랑하는 남자가 더는 억제하지 못
할 때 손가락 사이로 흘러넘치는 정액 방울 같다. 고분
고분하지 않은 그 방울들은 틀림없이 눈물이다. 그렇다.
그건 눈물이다. 아니면 아이들인가? 그렇다, 그것이 행
복이건 아니면 불행이건, 그것은 언제나 불현듯 느닷없
이 솟아나는 눈물이다. 기이한 눈꺼풀을, 육신의 껍데기
를 떠나는 눈물, 억누를 길 없이 넘쳐흐르는 눈물이다.
그렇다, 그 눈물은 불시에 덮쳐서, 우리는 그것이 어디
에서 물을 끌어오는지 이해하지 못한다. 참으로 기이한
이슬이다. 짙어지면서 맑아지는, 참으로 꿈결 같고 놀라
운 물질이다. 볕에 태운 살갗과는 반대다. 또한 산과 숲,
정원의 철제 의자 등받이, 오두막 지붕, 사우나, 돼지우
리, 영구 동토층의 작은 농가들을 비롯한 만물을 뒤덮기
위해 별에서 떨어져 내려오는 먼지, 시간이 시간 자신이
되려고 몰두하듯 불굴하며 저 위에서 떨어져 내려오는
먼지와도 정반대다. 그 이슬은 얼굴들을 둘러싸는 후광
의 경계선 위에 있다. 오래된 그림들 속 얼굴들을 에워
싸는 그 섬세한 황금색 윤곽선은 오래전에 여기 존재하
기를 멈춘 이들의 이목구비에 마법을 걸어, 그들은 존재
하지 않을 때조차 여기 존재한다.

4

큰 위기에 탄생한 알망드

빈을 떠날 때, 프로베르거는 빈 왕실 소속으로 페르디난
트 황제의 성가대 지휘자다. 그런데 야콥 프로베르거는
슈투트가르트 왕실에 속하는 지빌라 공녀의 악장樂匠이
기도 하다. 그래서 그는 봄이 올 때마다 그곳으로 돌아
간다. 그는 거기서 태어났다. 1616년에. 네카르강변 마
장馬場 근처였다. 그의 누이와 어머니, 뷔르템베르크 공
작 궁정의 궁정 예배당 소속 카펠마이스터였던 그의 아
버지 바실리우스는 1637년 페스트가 유행할 때 거기서
사망했다. 비가 그치면 지빌라 폰 뷔르템베르크 공녀는
눈밭과 산을 지나고, 화창한 날이 오면 라인강을 건넌
다. 레오폴트 프리드리히 대공[12]은 사냥을 좋아하고, 몽
벨리아르 성에 칩거하기를 좋아한다. 몽벨리아르가 아
니라 동화 속처럼 묌펠가르트[13]라고 말해야 한다. 공녀
가 말할 때처럼, 혹은 음악가가 공녀의 궁정에 남아 있
으면서 그녀이 자연 속 행보를 좇을 때, 사냥감 풍성한

---

12 레오폴트 프리드리히 폰 뷔르템베르크-묌펠가르트 (1624~1662), 뷔르
    템베르크 공작, 몽벨리아르 대공
13 몽벨리아르의 독일식 이름

숲에서, 구릉과 산의 경사면에서 길을 잃었을 때 혼자 중얼거렸던 것처럼 말이다. 지빌라가 단Danne 숲에서 사냥하는 동안 그는 알렌강[14]을 노래한다. 그러곤 다시 떠난다. 그는 떠나고 다시 떠난다. 곳곳에 멈춰 서지만 어디에도 정착하지 못한다. 그는 가서 음악을 찾는디. 가장 새롭고, 가장 즉흥적이고, 가장 절도 없고, 가장 무질서하고, 가장 다감한 음악을 찾는다. 점점 그는 음악이 되어 간다. 음악은 존재하지 않으나 그의 열정을 이룬다. 통치 초기부터 아타나시우스 키르허[15]의 도움과 조언을 받은 황제는 유럽 전역의 새롭고 독창적인 음악을 수집하는 책무를 프로베르거에게 맡겼다. 야콥 프로베르거는 불신자 하튼에게 그 음악들을 필사하고 화음을 붙이는 일을 맡기고, 그런 뒤 곧장, 잠시도 지체하지 않고 모든 걸 빈으로 늦지 않게 보내 즉각 빈 왕궁에서 연주할 수 있게 했다. 프로베르거는 페르디난트 황제를 좋아한다. 이 왕은 발표된 적 없는, 혹은 들어 본 적 없는, 혹은 마법 같은 음악에 관심도 많고 열정도 깊었다. 프로베르거는 금세 왕실 생활과 반복되는 임무보다 이 일을 선호하게 된다. 그는 마구간에서 말을, 대개는 노새를 꺼낸다. 그리고 언제나 작은 연습용 건반 하나를 끈으로 묶어 등에 메고 다닌다. 브뤼셀에서 루벵으로 가는 길에 떠돌이 병사들이 그를 말에서 끌어 내린다. 에스파

냐 국적에 가톨릭 신도인 병사들. 그 역시 로마 종교로
막 개종한 참인데 말이다. 열둘이나 된 병사들은 그에게
덤벼들어 돈주머니를 빼앗고, 말과 여우 모피로 만든 외
투를 훔치고, 자수로 장식된 새틴 윗도리와 가죽 신발을
벗기고, 반지들을 가로채고, 마구 두들겨 팬다. 그는 어
설픈 거인처럼 방어한다. 그의 힘과 강건함은 아무런 문
제도 없었지만, 카스티야 군인들은 수도 많았고, 팔뚝
이 더없이 강력했으며, 종교로 인한 증오가 너무도 격렬
해서 새로 개종한 연주자의 맹세를 조금도 신뢰하지 않
았다. 어깨를 다친 건장한 신 헤라클레스는 가장 가까운
오두막까지 기어간다. 그를 가장 먼저 보살펴 준 건 에
테르베크의 한 산파였다. 멀리 떨어진 덤불숲에 숨은 채
신중하게 군인들의 습격을 지켜본 송어 낚시꾼이 음악
두루마리와 회양목으로 만든 건반을 그에게 가져다주
었는데, 건반 케이스는 깨져 있었다. 그는 에테르베크에
서 뢰벤 또는 루뱅으로 수레에 실려 갔다. 그는 이 낚시
꾼과 우정을 맺었고, 심지어 친밀한 사이가 된다. 이 어
부는 그에게 송어를 낚고 손으로 가재를 잡는 법을 가르
쳐 준다. 어부는 황금손 대장장이에게 부탁해 프로베르
거의 연습용 건반을 수리해 준다. 루뱅에 도착한 연주자
는 지빌라 공녀에게 편지를 쓴다. 묌펠가르트 성에서 돈

---

14   스위스 북서부와 프랑스 동부를 흐르는 강
15   Athanasius Kircher(160?~1680). 독일 예수회의 수사이자 다방면에
      박식한 르네상스형 학자였다. 과학과 문화 등 다양한 분야를 연구하며
      그 부흥에 힘썼다.

을 보내게 한다. 그렇게 그는 프랑스의 루이 금화를 어부 친구에게 아낌없이 주었고, 어부는 자신의 숲과 시냇물, 야생 식물, 자신의 고독과 행복을 향해 다시 떠난다. 프로베르거는 그곳에서 몸이 회복되는 동안 《내가 도둑맞은 사실에 대한 탄식은 조심스럽게, 그러나 에스파냐 병사들이 내게 가한 폭력보다는 난폭하게 연주할 것》이라는 제목의 모음곡 14번을 작곡한다. 그는 필경사 하튼이 기다리고 있는 나무르의 뫼즈강으로 돌아간다. 하튼은 테오르보를 멘 채 아르덴 지역에서 난 둔중한 말을 타고 에르스탈Herstal, 세랭Seraing, 아메Amay, 위이Huy, 안덴Andenne을 거쳐 도착한다. 테오르보는 무엇인가? 둘로 갈라지는 류트다. 이 악기는 마치 숲속의 키큰 고사리들 위로 도드라진 사슴뿔 같은 모양을 하고 있다. 더 길고 거의 일그러져 보이는 목 위에 달린 저음 현 여덟 줄을 개방현으로 퉁기면 주선율을 담당하는 키타라[16]의 메마른 열한 개 현으로 연주하는 노래에 믿기 힘든 고통이, 그런 느낌이 더해진다. 마치 키레네 동굴 속 헤르메스 신이 켜던 이중 리라 같다―그러나 리라로부터 3천 년 이후에 생겨난 이 악기는 명백히 훨씬 아름답고, 훨씬 유쾌하며, 훨씬 불굴하는 화음을 따른다. 추위는 혹독하다. 때는 1652년 3월이다. 두 사람 모두 파리 출신 류트 연주자인 블랑-로세의 초청을 받고 파리로 간다. 당시 프랑스인들의 수도는 소요가 한창이고, 심지어 포위된 상태였다. 프로베르거는 기마 여행이 너무 고통스럽다. 에스파냐 가톨릭 신도들에게 얻어맞아 어깨를 다친 데다 갈비뼈를 잇는 연골이 삐걱거려 너무 아프다. 그는 지빌라 공녀에게 허락서를 청한다 – 공녀의 허가서가 뮘펠가르트에서 발송된다 – 혼자서도 승합 마차를 타고 강과 운하를 건널 수 있도록 승인해 주는 여행 허가서였다. 그렇게 그는 천을 씌운 의자에 누운 채 햇살을 받으며 여행하지만, 강물 거룻배의 갑판 위에서는 맹렬한 추위 속에 놓인다. 그는 쐐기풀과 골풀로 짠 거룻배 지붕이나 강배의 천막 밑에서 소나기를 피하며 물길로 여행을 이어 간다. 한편 느무르 공작 일행과 합류한 하튼 씨는 빌리에-코트레 숲에서 난투에 휘말렸다. 그는 산토끼처럼 숲의 잡목림 속으로 달아났다. 본격적인 싸움판이 벌어졌다. 프랑스 병사 아홉과 에스파냐 병사 둘, 혹은 카스티야 출신 가톨릭 신도 둘이 거기서 죽었다. 하튼은 샤랑통의 물레방아를 향해 여행을 강행하는 느무르 공작 곁을 다시 떠났다. 내란[17]이 일어난 파리는 경이로웠다. 센강 부근, 루브르 주변의 공원과 작은 정원들, 튈르리의 기와 굽는 가마들을 따라 이어지는 길, 마레 지역의 채소밭과 과수원, 그 모든 곳의 온갖 나

---

16   기타의 원형으로 꼽히는 악기다. 테오르보는 개방현으로 이루어진 베이스와 지판을 짚는 부분이 서로 다른 줄감개집으로 나뉘어 있는데, 그중 키타라는 지판을 짚는 부분을 가리킨다.
17   1648~1653년에 걸쳐 일어난 프롱드의 난을 가리킨다.

무에 꽃이 만발했다. 마자랭이 브륄에서 돌아왔다.[18] 갑자기 번쩍이는 옷감과 보석의 이주移住가 일어난다. 그러나 프랑스 왕실은, 숭고한 태양[19]이 있음에도 불구하고, 집결한 의회가 왕실을 가두어 두려는 팔레 루아얄로부터 다시 달아난다. 콩데와 그의 군대는 생-클루로 후퇴한다. 강을 통해 파리에 입성한 프로베르거는 황실 통행증을 써서 30일에 바리케이드를 넘어선다.[20] 두 달 동안─1652년 여름에─그는 하튼과, 호트만[21]과, 슈노뉴와, 로베르데[22]와, 뒤포[23]와, 두 명의 리샤르[24]와, 드니 고티에와, 블랑-로셰와, 리라 연주자 하노버와, 그리고 논쟁의 중심에 선 오르간 연주자 루이 쿠프랭과 함께 연주한다. 모두가 파리에 발이 묶였다. 그들 모두 음악 경쟁을 늘려 간다. 그리고 거기서 그들의 영예가 온전히 드러나거나, 적어도 살짝 노출된 뒤 점차 두드러진다. 음악 애호가들은 도둑처럼 느닷없이 찾아온 이 기쁨을 누리고, 그 모든 광포한 종교들의 눈길 앞에서 이단처럼 행동한다. 슬픔, 무덤, 떨림, 구구거리는 울음소리, 담장을 따라 들려오는 탄식…… 밤이 되면 이 모든 것이 서로 겨루는데, 음악 애호가들도 그 경쟁에 가담한다. 야간 통행금지를 어기며, 난폭한 달빛이나 보초의 등불을 피해, 처마 아래, 난간 아래, 노점 차양 아래 몸을 숨긴 채로 말이다. 전투가 멈추는 일요일이 오면 그들은 몸을 감출 걱정 없이 미사를 보러 가는 척하고, 비올라와 클라브생과 류트 소리, 높아지는 여자들의 목소리, 뚫고 나오는 바이올린 소리, 끊이지 않고 더없이 감미롭고 가냘프게 이어지는 플루트 소리를 들으며 운다. 이제 파리의 음악가들은 프롱드의 난으로 격분해서 봉기한, 혹은 피와 진흙과 영광과 화약을 뒤덮어 쓰려고 전쟁 중인 국경으로 떠난 대공들을 위해서가 아니라 취향이 세련된 법관들, 문인들, 부르주아들을 위해 연주한다. 그 세련된 이들은 춤꾼이자 도망자이자 아이인 왕[25]을 둘러싼 조신들이 입는 의상을 깐깐하고 세심하게 검열한다. 폴 만치니[26]는 바스티유 요새 바로 앞에서 벌어진 전투에서 죽는다. 그의 입술에서 앙리에트[27]라는 이름이 불쑥 튀어

---

18   프롱드의 난으로 피신했던 재상 쥘 마자랭의 귀환을 뜻한다. 루이 14세의 섭정이었던 마자랭은 프랑스 절대왕정을 상징하는 인물이다.

19   '태양왕' 루이 14세를 가리킨다.

20   1648년, 프롱드의 난이 시작되면서 파리에 수백 개의 바리케이드가 설치된다. 이 소요는 1652년 10월 21일 루이 14세와 안 도트리슈가 파리로 돌아오고, 뒤를 이어 1653년 2월 3일 마자랭이 돌아온 뒤에야 완전히 가라앉는다.

21   니콜라 호트만 (Nicolas Hotman, 1610~1663), 브뤼셀 태생이나 파리에서 주로 활동한 바로크 시대의 작곡가, 류트, 테오르보, 비올라 다 감바 연주자

22   프랑수아 로베르데 (François Roberday, 1624~1680), 프랑스의 작곡가이자 오르간 연주자

23   프랑수아 뒤포 (Françoit Dufaut, 1604~1672), 바로크 시대의 프랑스 작곡가이자 류트 연주자

24   프랑수아 리샤르 (François Richard, 1580~1650), 작곡가이자 류트 연주자. 에티엔 리샤르 (Etienne Richard, 1621~1669), 작곡가이자 오르간과 클라브생 연주자였고, 비올라를 연주하기도 했다.

25   루이 14세를 가리킨다.

26   마자랭의 조카이자 루이 14세의 친구

나온다. 사랑보다 기이하고 아름다운 감정이 있을까? 숨을 거둘 때 단 하나뿐인 얼굴, 마음을 뒤흔드는 하나뿐인 얼굴, 불운한 영혼을 마지막 행복으로 채워 주는 하나뿐인 얼굴의 이름을 부르는 것보다 더 아름다운 운명이 있을까? 하튼은 〈모Meaux의 고기 잡는 아가씨에 관한 알망드 무곡〉을 작곡한다. 사실은 그물 고치는 아가씨에 관한 이야기다. 알프스 산꼭대기 출신인 그는 잘 알지 못하는 언어를 완전히 소유하지 못했다. 그는 악보에 프랑스어로 pêcheuse라고 쓰지 않고 pêcheresse[28]라고 썼다. 하지만 다른 매개체라면 죄다 기를 쓰고 피하는 그 같은 음악광이 뭐하러 언어를 가까이하겠는가? 드니 고티에는 랑베르 하튼에게 격식을 갖춰 《신들의 수사학La Rhétorique des Dieux》[29]을 증정한다. 황제가 알아주기를 바라서다. 하튼은 프로베르거와 캅스베르거와 키르허가 로마에서 가져온 프레스코발디[30]의 모든 음악을 받아서 필사하고, 안 드 샹브레에게 그 음악들을 전달한다. 루이 쿠프랭과 샹보니에르[31] 씨 둘 다 하튼에게 필사본을 요청하지만, 하튼은 그들에게 그걸 마련해 줄 여유가 정말이지 없다. 결국 그들은 하튼의 필사본을 필사한다. 라로슈푸코 공작은 시가전 중에 눈을 다쳐 완전히 캄캄한 방에서 6개월 동안 갇혀 지낸다. 창문의 나무 덧문을 꽁꽁 닫고 두껍고 불투명한 벨벳 커튼

---

27   루이 14세의 사촌이자 한때 만치니의 연인이기도 했던 앙리에트-안 당 글르테르를 가리키는 듯 보인다.

을 친 채, 그는 어둠 속에서 영혼에 구멍을 뚫는 습격 같은 문장들을 생각한다. 그는 우주의 비밀을 줍는다. 어쩌면 그는 당시의 모든 음악가보다 훨씬 음악가다운지도 모른다. 그는 자신이 말하는 언어 안에서 가장 확실한 귀다. 극심한 기아가 수도 파리를 덮치고, 공략과 공략, 전염병과 전염병이 덮쳤지만, 필경사 하튼은 활짝 열린 창문으로 얼굴을 내민 채, 밤이 내리면 촛불 불빛 아래에서 교정을 부탁받은 모든 이탈리아 악보들을 고치며 지낸다. 여름이 한창이다. 정원에서 돌아온 블랑슈로슈 씨가 류트를 찾으러 2층으로 올라갈 때, 계단에 선 그는 마드무아젤 생 토마, 테르므 후작, 마드무아젤 드 라 바르, 하튼 씨와 하노버 씨의 눈길과 맞닥뜨린다. 루이 쿠프랭, 야콥 프로베르거, 랑베르 하튼, 드니 고티에는 각자 〈블랑-로셰를 위한 추모곡〉을 작곡한다. 그 네 곡 모두 비상하다. 그들의 친구가 사망하자 알자스인과 뷔르템베르크인은 애도를 표한 뒤, 정확한 동기는 알리지 않고 파리를 떠난다. 그들은 통행증 덕에 아미엥과 캉Quend 항구에 이르렀고, 거기서 바다를 따라가, 황제의 다급한 요청에 따라 그들을 영국으로 데려다줄 배를

---

28   pêcheur (어부, 낚시꾼)의 여성형은 pêcheuse이고, pécheur (죄인)의 여성형은 pécheresse인데, 여기서는 pêcheresse로 잘못 썼다.
29   드니 고티에가 작곡한 류트 음악. 여기서는 악보를 증정한 것으로 보인다.
30   지롤라모 프레스코발디 (Girolamo Frescobaldi, 1583~1643), 이탈리아의 작곡가이자 클라브생과 오르간 연주자
31   자크 샹피옹 드 샹보니에르 (Jacques Champion de Chambonnières, 1602~1672), 바로크 시대 프랑스의 작곡가이자 클라브생 연주자이며, 프랑스의 클라브생 악파 창시자라 불린다.

기다린다. 그들은 헤이스팅스로 떠나는 크고 황량한 너벅선에 올랐다. 해안이 눈에 보이지 않는 지점에 이르자마자 그들은 항해법의 지원을 받는 영국 해적들에게 털렸다. 해적들은 무엇보다 《신들의 수사학》을 훔친다. 그 악보에서 낭퇴이, 몸, 보스가 그린 동판화를 보았기 때문이다. 해적들은 에식스 해안에서, 심지어 요크셔 황무지에서─그 북부 고지대의 이끼 뒤덮인 자갈길에서─《신들의 수사학》을 낱개로 쪼개어 팔아 버린다. 하튼 씨는 지빌라 공녀에게 편지를 보내 뷔르템베르크 공작 곁에서 하는 일 때문에 에느몽 고티에[32]의 모음곡을 필사할 시간이 없었다고 변명한다. 프로베르거는 런던에서 《영불 해협에서 내가 탄 선박을 습격한 해적들에 관하여》를 작곡한다. 선박이라는 말은 과장된 것이다. 그가 탄 배는 캉에서 칼레로, 칼레에서 도버로, 도버에서 오스텐데로, 오스텐데에서 안트베르펜으로 해안을 따라 항해하는 앙베르 항구의 초라한 외돛배였다. 그 시절 바다는 오래전 해안가에 세워진 항구로부터 퇴각한다. 격렬하게 움직이는, 아무런 형태도 없는 대양 덩어리인 바다마저 새로이 생겨나는 국가들, 들끓는 종교들, 도시들의 공기를 감염시키는 전염병들, 번식을 막을 수 없는 폐허들과 적의들을 피해 달아난다. 바다는 끊임없이 먼바다와 바람에 가닿는다. 랑베르 하튼은 막 출간된 『리바이어던 *Leviathan*』[33]을 페르디난트 황제에게 보낸다. 황제가 그에게 요청한 것이다. 챈도스 경은 자신의 형수이자 사촌누이이기도 한 클레멘티아에게 선물할 프로베르거의 작품 필사본을 주문하고, 그 주문을 받은 하튼은 그 음악에 화음을 붙인다. 그러나 요한 야콥 프로베르거는 자신의 작품을 확산시키는 걸 맹렬히 거부한다. 그는 말한다. "그건 즉흥곡들입니다." (사실을 말하자면 그는 나의 "즉흥곡improvisations"이라고 말하지 않고, 독일어식으로 나의 "extemporaria", 나의 "extemporaires"라고 말한다. 다시 말해 "시간을 벗어난 나의 곡들"이라는 의미다.) 프로베르거는 하튼이 존경과 고통이 어린 얼굴로 지켜보는 앞에서 그 사본들을 불태운다. 프로베르거는 웨스트민스터 사원의 오르간 연주석에 오래 머무르지 않는다. 느닷없이 찾아오는 추위가, 영국 땅을 뒤덮는 유령 같은 안개가, 끈질기게 이어지는 비가 돌과 성벽과 주거지를 적셔 유령이 나올 법한 분위기를 조장하기 전에, 그러다 결국 사람들의 영혼까지 파고들기 전에 다시 떠나야 하기 때문이다. 템스강 하구의 마을 마게이트를 지난 갤리온 선은 일종의 만조 파고에 휩쓸린다. 바람의 힘에 밀린 물의 이 놀라운 후퇴는 예측 불가능한 것이다. 배는 역풍 아래 드러누워 반쯤 난파된 듯하다가 운 좋게 다시 일어서지만, 방향타를 잃는다. 통제 불능

---

32   Ennemond Gaultier(1575~1651), 프랑스의 작곡가이자 류트 연주자
33   1651년에 출간된 토마스 홉스의 저서

의 나룻배가 되어버린 선박은 네덜란드 선박의 호송으로 플리싱언까지 예인된다. 일단 플리싱언에 도착한 프로베르거는 《나를 템스강물과 네덜란드 바닷물이 뒤섞인 물에 빠뜨린 구멍 뚫린 갈리온 선에 관하여》라는 제목을 붙인 모음곡 29번을 작곡한다. 다시 안트베르펜에 모인 하튼, 뷜린, 프로베르거는 말을 타고 랭부르(림부르크)를 가로지른다. 그들은 마스트리흐트에서 뫼즈(마아스)강을 건넌다. 세 사람은 플랑드르 지역의 주요 도시들에서 함께 삼중주(테오르보, 비올라, 클라브생) 콘서트를 연다. 랑베르 하튼은 다시 파리로 가서 아벨 세르비앙[34]을 만나 《신들의 수사학》 한 부를 다시 사라는 호프카펠(궁정예배당)의 명령을 받는다. 그는 두 고티에가 작곡한 류트 모음곡을 아직 필사하지 못했는데, 황제 페르디난트 3세가 그를 고용한 건 바로 그 일을 시키기 위해서였기 때문이다. 황제는 다른 어떤 형태의 악기 음악보다 류트 모음곡을 좋아한다. 이때 두 음악가의 운명이 갈린다. 브뤼셀로 간 하튼과 뷜린은 보슬비를 맞으며 미칠 듯한 사랑에 빠졌고, 그 어떤 연인이 사랑한 것보다 사랑했으며, 북해 연안의 여인숙을 전전했고, 한때는 거대한 대양을 마주하며 오스텐데에 머물고, 또 세상 끝을 떠올리게 하는 스코틀랜드 섬들을 마주한 블랑켄베르허 해변에도 머문다. 오스트리아 왕궁 기사 여섯 명의 도움을 받아 악보 수송을 이끄는 프로베르거는 마인츠에서 라인강을 건넜고, 레겐스부르크에서 다뉴브강을 건너 4월 5일 빈에 도착했고, 그곳 왕실을 위한 일을 재개한다. 그는 공녀의 침실을, 터키풍 양탄자를 되찾고, 바덴에서 만든 회색 도자기 난로 아래 웅크린다. 그 자리는 밤새도록 보드랍고 따뜻하다. 그는 〈위험을 무릅쓰고 라인강을 건너며 지은 알망드〉를 작곡한다.

Abel Servien(1593~1659), 프랑스의 정치인, 외교관

5
몽환적인 절망

그는 숲을 가로질렀다.

순식간이었다. 젊은 외스테레르는 너도밤나무 잎사귀들 사이로 아주 오래된 도시를 어렴풋이 보았다. 그는 말없이 땅으로 뛰어내렸다. 그리고 나무 그늘 밑에 말을 묶었다. 그의 옷은 찢겨 있었다. 그는 배가 고팠다. 얼굴이 창백했다. 진흙탕에서 나온 어린 멧돼지처럼 더러웠다. 청년은 숲 가장자리로 조심스레 다가갔다.

저 멀리 보이는 도개교는 내려져 있었다. 도시 문은 열려 있었다. 그는 걸어서 언덕을 내려갔다. 그러고는 아담하고 매혹적인 원형의 도시로 들어섰다. 도시는 완전히 비어 있었다. 담장은 장밋빛 돌로 되어 있고, 발코니에는 꽃들이 피어 있었다. 그를 만나러 오는 사람은 아무도 없었다.

그는 멈춰서서 꼼짝하지 않았다. 노랫소리를 들은 것이다.

그는 성벽 위로 올라갔다. 저 멀리 장례 행렬이 벌판에 난 길 위를 나아가는 중이었다. 두 마리 말이 끄는 수레 위에서는 예복과 겉옷까지 걸친 두 시종이 검은 천막을 세우고 있었고, 60여 명이 그 뒤를 따랐다.

　　더 멀리로는 곡식밭에 둘러싸인 묘지가 보였고, 행렬은 그 묘지를 향해 흔들거리며 느릿느릿 나아갔다. 작은 도시가 죽은 자를 배웅하며 다른 세계로 인도하고 있었다. 외스테레르는 자물쇠 서너 개를 열었다. 그리고 마음에 드는 걸 훔쳤다. 갈망한 모든 것을 가졌다. 움켜쥐는 즐거움 외에 다른 건 생각지 않고 자기 눈길을 유혹하는 것들을 탁탁 훔치는 건 얼마나 즐거운 일인가. 상상이나 욕망이나 꿈속에서 단 한 번도 앞질러 음미해 본 적 없는 것들을, 지금 막 욕망을 불러일으킨 모든 것을 취하는 행위는 얼마나 숭고한가. 얼마나 숭고한 열망인가.

　　그는 다시 도시를 빠져나가 숲으로 돌아가서 자기 말의 커다란 가죽 주머니들을 경이로운 것들로 채웠다.

　　청년은 외곽으로 돌아가는 서쪽 도로로 접어들었다. 해가 지고 있었다. 그는 개들을 꼬드기고, 거위와 오리들을 피하고, 돼지우리에 가두지 않은 돼지들을 쫓으며 부유한 농가로 들어섰다. 거기서 먹고 마셨다. 새 셔츠도 하나 찾아냈다. 그러곤 우물로 갔다. 저녁 햇살 아래 발가벗었다 청년은 무척 가냘프고 젊었다. 그는 낌

꼼히 구석구석 씻었고, 새하얀 셔츠를 입었다. 새 반바지를 가져와 걸치고 배 위로 끈을 동여맸다. 머플러도 하나 걸쳤다. 멋진 가죽 모자도 썼다. 낡은 옷가지들은 돼지 통통 속에 빠뜨렸다. 그리고 다시 떠났다. 그에게 더는 아무것도 필요하지 않았다. 그는 다른 사람이 되었다. 어린 노루만큼 예뻤다. 그는 이름 하나를 지어내고 싶었다. 그러나 찾지 못했다. 대체 이름이란 건 뭘 표현하는 걸까? 현실에서 성이나 이름이 뭘 의미할까? 사람들은 그를 외스테레르라고 불렀다. 그의 억양 때문이었다. 그의 억양은 크리스털처럼 또렷하고 맑았다. 그의 눈도 그랬다. 아주 창백한 남옥색 눈이었다.

마리가 몸므에게 따귀를 날려 그의 콧구멍에서 피가 솟구친 건 그즈음이었다. 그녀는 삯마차에 올랐다. 그리고 캉으로 갔다.

그녀는 걸음걸이가 아주 독특한 여자였다. 그녀의 걸음은 느렸고, 다리를 앞으로 내밀 때 무릎을 들어 올리지 않아서 곧게 떨어지는 아름다운 원피스가 거의 움직이지 않았다.

그녀는 그저 폭우 같았다.

그녀의 살갗은 가무잡잡해서 거무스름한 분홍빛을 띠었다.

그녀의 눈은 믿기 힘들 만큼 아름다웠고, 카빌리아 원주민들처럼 파랬다.

바다는 거대한 파도를 일으켰다.

　커다란 검은 외투 둘이 숲을 떠나더니 세장브르섬을 마주한 채 에메랄드빛 바다를 따라갔다. 바람 소리가 너무 요란해서 두 청년은 말을 나눌 수가 없었다. 그만큼 바람이 거셌다. 바다의 소음이 몰아쳤다. 그 소리는 높다란 화강암 바위들에 부딪혀 메아리가 되어 울렸다. 파도가 그들 발밑에서 부서지자 물보라가 불꽃처럼 대기로 솟구치더니 신비로운 비가 되어 그들을 감쌌다. 저 멀리 생-말로가 보였다. 잘 다듬어진, 요철 모양의 총안을 갖춘 숭고한 회색 도시. 엄청나게 높은 파도들이 별안간 요란한 천둥소리와 함께 부서지며 그들 심장을 펄떡이게 했다. 두 청년은 앞으로 몸을 숙이며 지칠 줄 모르는 바람에 맞섰다. 바람의 방향이 급변하면서 그들의 머리카락을 휘날렸다. 이어지는 돌풍이 다시 머리카락을 그들 얼굴로 쏟아지게 해 눈을 가렸다. 이따금 그들은 땅에서 떨어질까 두려운 듯 손을 맞잡았다. 외스테레르와 조카 하노버는 할 수 있는 한 빨리 걸었지만, 맞바람에 맞서야 했기에 대개는 전혀 나아가지 못했다. 그들은 바람 무리로부터, 믿기지 않을 만큼 확고한 바람의 힘으로부터 자신을 지키려 애쓰다가 우연히 서로 접촉하게 되었다. 그들은 돌풍의 타격에 맞서 싸우려 애쓰다가 본의 아니게 접촉했고, 그 후론 본의로 접촉했다. 그들의 성기가 단숨에 단단해졌기 때문이다. 벼랑 위 바위에 도달한 그들은 압박하며 울부짖는 바람 속에서 조급해지는 몸의 욕구에 응했다. 그들은 맹렬히 서로를 어루만졌다. 신음하지 않고 태풍 속에서 함께 울부짖었고 입을 맞췄다. 그들은 바람 속에서 얼마간 얼싸안은 채 머물렀다. 끈끈한 손으로 상대의 성기 끝을 위축시킬 정도로 힘주어 잡고서. 젊은 외스테레르는 하노버의 소금기 가득한 머리카락에 입 맞추었다. 리라 연주자 하노버는 눈을 따갑게 찌르는 바람과 요오드가 가득한 대기 속에서 눈을 떴다. 그는 울고 있었다. 두 사람은 귀가 먹먹한 상태로 서로의 손을 맞잡은 채 다시 떠났다. 하노버의 뺨은 눈물에 젖어 있었다. 해안의 오솔길 끝에 이르자 마침내 세관 사무실을 둘러싸는 담장이 보였다. 두꺼운 성벽을 지나자 별안간 고요해졌다. 바람은 더는 그들이 있는 곳까지 이르지 못했다. 돌풍이 내던 소리도 사라졌다. 그들은 꼼짝하지 않았다.

그들은 서로를 바라보았다.

당혹감이 수치심처럼 변했고, 그들은 서로를 보지 않으려고 한층 더 가까이 다가갔다. 그들의 입안 가득

침이 고였고, 그들의 혀는 입속 어둠을 탐색하며 나아가더니 턱뼈 깊은 곳까지, 목구멍까지, 목구멍의 소리까지, 그들 헐떡임의 노래까지 이르렀다. 그들은 다시 서로의 성기를 더듬었고, 성기들은 둘의 배 사이에서 불가해한 사물들처럼 다시 벌떡 일어서더니 서로 끼워지려, 포개지려, 초승달처럼 휘어지려 들었다. 하노버는 벽에 등을 기대고 숨을 가다듬었다. 청년이 그의 앞으로 아주 가까이 다가와 손으로 선배의 얼굴을 오래도록 어루만졌다. 마치 쾌락 너머로, 눈에서 흘러내리는 눈물 너머로 마침내 그 얼굴을 발견하려는 듯했다. 그들은 계단을 올라갔다. 2층에서 외스테레르는 하노버의 팔을 붙들었고, 둘은 곧장 그의 침실로 들어가 옷을 벗었다. 그들은 완전히 발가벗은 서로를 처음 보았다. 그들은 자신들의 모습에 무척 행복해하며 세 번째로 행복에 빠졌고, 그렇게 잠들었다.

진정한 기쁨 — 침묵 속에서, 자기 손끝에서, 스스로, 자기 야만성의 원천을 발견하기.

그리스도는 어느 여인이 건넨 베일에 얼굴을 묻었고, 거기에 자신의 얼굴을 남겼다.

뷜린은 카드를 읽었고, 거기서 운명을 발견하는 일에 타의 추종을 불허했다.

그녀는 음악을 사랑했고 음악이 낳는 고통에 오롯이 몰두했다.

이 두 가지가 그녀의 열정이었다. 바다를 뺀다면 말이다. 그녀는 세상 끝의 군도에서 온 사람이었으니까.

아니다. 그녀는 죽음에 대해 절대적인 두려움을 품기도 했다. 따라서 네 가지 색이 꾸려지게 된다. 사랑, 바다, 음악, 죽음. 그녀는 참으로 아름다운 목소리를 가져서, 그녀가 대중 앞에서 노래하는 일을 받아들였다면 이탈리아 공국들의 모든 무대가 그녀를 두고 경쟁했을 것이다. 더없이 높고, 더없이 가벼우며 달콤한 소프라노였다. 그러나 그녀는 그저 침실이나 커튼이 드리운 문 뒤에서만, 오직 자신의 비올라나 하튼이 연주하는 아치류트의 반주에 맞춰서만 목소리를 내거나 죽였다. 그녀는 자기 악기 없이 빈손으로 무대에 오를 때 자신의 몸이 불러일으키는 감정의 동요를 싫어했다. 그런 동요는 그녀의 목소리를 바꿔 놓았고 – 심지어 파괴했다. 그녀는 비올라의 커다랗고 붉은 몸통이 그녀와 청중을 갈라놓으며 그녀의 몸을 보호해 주는 쪽이 더 좋았다. 그녀가 비올라 명인이 된 건 아마도 기억 때문일 것이다. 모든 사람 앞에서 목소리가 나오지 않자, 그녀의 펼친 팔이 그 책임을 고스란히 떠안았던 순간에 관한 기억. 그녀는 몸이 주는 쾌락을 좋아했다. 때문에 그녀는 자신을 정말 사랑해 주는 동시에 자신 역시 마음 깊이 애착을 품을 남자를, 자기 육신의 열기와 자기 육신의 감각으로 영원한 애착을 품을 남자를 만나지 못한 걸 애석해했다. 그녀가 기쁨의 순간에 완전히 믿음으로써 결코 다시는 눈을 뜨지 않도록 해 줄 남자를. 자신을 완전히 해체하고 녹여 버려 행복에 이르게 해 줄 남자를.

아홉 달씩 두 번, 밤과 밤을 함께 보낸 건 하튼이었다.

어느 날, 아직 함께 살고 있었을 때였다. 두 사람은 북해 가장자리, 크노케와 브루게 사이의 어느 모래언덕에 앉아 있었다. 저물어 가는 저녁, 바람이 잦아들 무렵 뮐린은 손을 들어 그의 머리 위에 얹고 머리카락을 어루만졌다. 그런데 얼마 지나지 않아, 그녀가 어루만지는 동작의 기계적인 즐거움 말고는 아무것도 생각지 않고 줄곧 그의 머리카락을 쓰다듬는 동안 하튼이 흐느끼며 무너졌다. 그가 울음을 그치지 못하자 젊은 여자는 무력하고 불행해졌다. 그는 딸꾹질 사이로 겨우 그녀에게 말했다. 기뻐서 솟구치는 눈물이니 걱정하지 말라고. 이 말을 할 때 그의 입술은 떨렸다. 어둠이 내리자 그들은 다시 일어나 해안가를 떠났다. 바위산을 올라 모래 깔린 오솔길로 다시 접어들었을 때, 그녀는 자신이 도무지 이해할 수 없는 그 눈물바람은 대체 어떻게 시작된 거냐고 그에게 물었다. 그러자 그는 대답했다. 이 세상에 나온 이후로 그런 어루만짐은 한 번도 경험해 보지 못했으며, 그것이 얼마나 감미로운지, 그 경험이 자신의 삶에서 빠졌다면 얼마나 안타까운 일이었을지 도저히 설명할 길이 없다고.

6
먼 곳

음악가 하튼은 말했다. 뷜린이 내 곁에 있지 않을 때면, 그녀가 여행을 떠났을 때면 나는 멀어진 땅을 나아가는 느낌이 들었다. 그러다 그녀가 처음 나를 버렸을 때, 나는 그 먼 곳에서 더욱 멀리 나아갔고, 내가 먼 곳이라 부르는 걸 다른 이들은 슬픔이라고, 아니 슬픔보다 한층 더 죽음에 가까운 항적이라고 부르는 모양이다. 그것은 감정이 아니라 하나의 소용돌이다. 몸속의 소용돌이가 아니라 공간 속의 소용돌이다. 공간에 속하고, 그 공간에 삼켜진 몸을 난폭하게 다루는 소용돌이다. 형성되었다가 아주 금세 터져 버릴 준비가 되어 있는 구름이다. 내 눈앞의, 혹은 내 눈 속의 모든 게 흐려졌다. 안개가 모래 언덕 위에서 길고도 비범한 파도를 이루던 모습을 기억한다. 그 안개는 아마도 그저 내 눈을 어지럽히는 내 피의 움직임이었으리라. 하지만 그것은 내 바깥의 공간 속에서 일어났고, 그 안에서 내 몸은 비틀거렸다.

폭우의 열기가 산 계곡의 소나무들을 일그러뜨리고, 산 꼭대기를 짓누르고, 눈을 녹이고, 눈사태까지 일으키듯이. 혈관 속 피의 맥박, 강의 흐름, 그리고 모래 위로 바다를 끌어오고 그것으로 시간과 돌풍과 휴식을 조직하는 조수는 서로 구분되지 않았다. 나는 둥근 돔 지붕들을 다시 만났고, 뮐루즈의 대로를 다시 보았다. 어린 나를 입양해 주었던, 악기 중개업자였던 남자도 다시 보았다. 석 달 뒤 나는 해변들을 다시 지나갔다. 내가 탄 말은 그곳의 광활함도 흙도 좋아했다. 나는 뮐린과 내 몸이 떨어지지 않던 시절에 뮐린이 참으로 좋아했던 바닷소리를 들으며 말을 탔다. 나는 너무 고통스러워 작곡을 그만두었고 더는 작곡할 생각조차 하지 않았다. 다시 한 달이 흘렀다. 파리에서 야콥 프로베르거와 안나 베르주로티를 다시 만났을 무렵, 암울한 시간을 보내던 나는 상처 입은 채 기도를 하러 갔다. 기도란 낮에 꿈꾸는 일이 아니던가? 꿈꾸는 건 밤에 기도하는 일이 아니던가? 불경한 나는 기도하러 갔다. 어느 성당에 들어가서 어느 열 끝 한쪽 구석에 앉았다. 희미한 어둠은 이내 익숙해졌고, 먼 곳이 내려앉더니 소멸했다. 나는 어려서부터 길든 이 습관을 여태 간직하고 있음을 누구에게도 말하지 못할 것이다. 심지어 나를 신들의 적이라 생각하는 친구들에게도, 나를 영원히 뒤틀린 인간이라 여기는 지인들에게도 – 나는 성가대 아이였고, 합창단원이었으며, 오르간 연주자였다가 악보 필경사가 되었고, 이제는 비밀과 불신과 슬픔을, 혹은 슬픔을 넘어서는 무엇을 시련으로 마주한 음악가가 되었다. 사람들은 나를 불경하다고들 말했다. 내가 신들에게 경의를 표하길 거부했기 때문이다. 하지만 교회와 성당과 바실리카 예배당은 내게 영원한 성소로 남아 있었다. 감히 말하자면, 심지어 완전히 죽은 한 신에 대한 기억은 이 침묵의 성소를 더욱 거룩하게 만들었다. 더구나 신도들이 성소를 떠난 이후부터, 숭배가 비워진 숭배 장소들이 불멸을 향한 희망으로부터 해방된 이후부터, 성소들이 품은 침묵은 더욱 울림이 크고 순수해졌다. 그곳은 어쩌면 비신도들을 위한 탁월한 장소가 되어 주었는지도 모른다. 마치 특혜를 베풀듯이. 무신론자들만이 이 성소들의 이런 옛 기능을 존중했다. 다시 말해 오래도록 변치 않는 어둠을, 절대적으로 멀고 높고 두려운 무엇을, 형벌에 가까운, 죽음과 죽음의 비명을 확신하는 무엇을, 어쩌면 성스럽기를 포기함으로써 더 성스러워진 그 무엇을 말이다. 그것은 하나의 냄새였다. 엉뚱하고, 향을 피운 듯하고, 방부 처리된 듯하며, 잃어버린, 숭고한 냄새였다. 우리가 가죽 문을 밀고 들어설 때 성소 중앙홀의 내벽들이 보여 주는 음익의 부재는 그 자체로 하나의 빅을 이루었나. 허리 높이까지 일종의 기름-침묵으로 뒤덮는 시커멓고 불투명하고 기다란 벽. 이 가상의 액체가 배꼽 높이까지 고여 있었다. 중앙홀과 성가대석 사이의 주랑으로 다가가면, 혹은 성가대석으로 다가가 뒤를 돌아보면 내 옛 둥지가, 나무 오르간이, 오르간 연주석이, 그 높은 관들로 이루어진 커다란 두 날개가 거대한 벽에 참으로 강렬히 매달려 있었다. 류트, 리라, 비올라 혹은 테오르보의 현 하나가 끊어지는 건 죽음의 신호다. 내가 사랑한 여인이 제 유년기를 향해 날아가 버렸을 때 나를 노리고 찾아온 비탄, 그 깊은 곳에서 나는 '무엇'을 보았나? 유령이란 무엇이겠나? 우리 자신 너머를 빙 돌아 다시 자신을 향해 돌아오는, 우리 자신의 죽음에 달뜬, 살아 있는 우리 자신일 뿐이지 않은가? 그런데 우리 자신이란 무슨 말일까? 그건 제 그림자에 삼켜지는, 살아 있는 우리 자신이지 않은가?

III

음악가들의 삶

1
카드 섞기

마리 에델이 서재로 들어서면서 말했다.

— 너무 늦었어요. 우리가 이 세상에 오기도 전에
카드는 이미 다 나눠졌죠. 우리는 아주 엉망인
채로 게임을 시작해요. 이게 어떻게 돌아가는
게임인지 아무도 우리에게 가르쳐 주지 않았
다는 사실을 우리가 모르기 때문이지요. 우리
는 게임을 하면서 규칙을 알게 돼요. 우리가 신
이 떠날 때야 신을 발견하는 것과 마찬가지죠.
우리는 베수비오의 화산재 아래서 질식하면서
베수비오의 영향력을 알게 된 폼페이 주민들과
같아요. 그러니 우리가 얼마나 엉터리로 게임
을 하겠어요. 조화로운 우주? 그건 게임을 하
는 어린아이의 왕국이죠. 밤? 밤은 멈출 수 없
어요. 매일 하루가 끝날 무렵 우리를 쓰러뜨리
는 힘, 무시무시한 불굴의 힘이지요. 거대한 파
도처럼 땅 위의 모든 몸을 눕히는 밤. 여자들,

코끼리들, 남자들, 물소들, 코뿔소들, 곰들, 들소들의 몸—모든 몸이 주저앉고 드러누워요. 그리고 매번 잠은, 밤의 힘 아래 놓인, 땅 위에 발붙인 모든 몸의 내면에서 피어나는 꿈들의 엉뚱한 주거지가 되지요. 어떤 영혼도 어떤 기억도 거역하지 못하는 꿈 말이에요. 잘못이요? 우리는 잘못을 저지른 게 없으니 잘못을 두고 왈가왈부하진 않겠어요. 대개의 잘못은 모든 시작 전에 시작되었고 돌아오지 않을 시간 속에 있지요. 모든 것을 만든 별의 빛에서 솟아난 걸 시간으로 통제할 수 있는 사람은 아무도 없을 거예요.

이게 제 생각이에요. 그녀가 외쳤다. 막 태어난 것들은 언제나 너무 작고 너무 허약해서, 거센 바람과 난폭한 어둠, 소용돌이치는 물과 집요한 죽음이 가하는 그 예측할 수 없는 타격에 굴복하지 않기가 힘들지요. 그들에겐 그걸 예상할 능력이 없어요. 모든 것이 태어나는 순간, 시간은 크기에 어울리지 않는 비명을 내지르는 3파운드 남짓한 고통 받는 육신에게 그 모든 이해할 수 없는 것들을 단번에 떠안기죠. 태어날 때 상상할 수 있는 건 아무것도 없어요. 이 세상보다 훨씬 균질하고 따뜻한 어느 세상에서 오는 모든 존재들, 이 세상의 빛이

따갑게 비추는 그 작은 얼굴들이 솟아난 날…… 그날 불쑥 나타나는 모든 게 그 얼굴들을 단박에 얼어붙게 만들죠. 해는 떴으나 아직 햇살이 너무 미약한 겨울 새벽의 잔가지들처럼요.

그럴 때 모든 격정은 - 우리가 그 모든 격정이었죠 - 우리 눈앞에서 한 시간 만에 해체되어 배신당한 애정으로 변하지요.

진실로 말씀드리죠, 마리 에델이 몸므를 향해 다가가며 다시 말한다. 횃불도, 탁자도, 카드도, 색깔도, 얼굴들도, 상대들도, 손에 쥔 패도, 심지어 자기 자신마저도 다른 무언가와 분리된 형태로 인식할 수 없을 거예요. 평생 저는 아무것도 제대로 본 적이 없어요. 그만큼 제 안의 무언가에 의해 눈이 먼 거죠. 그게 제 시선을 왜곡했고, 저를 앞지르고 내던졌어요. 집 밖으로 내동댕이쳤어요. 내 바깥으로요. 지금 나는 에스코강 기슭에 있는데, 당신은 내가 아라비아에서 왔다고 생각하시나요?

— 당신이 끊임없이 그렇게 말하잖습니까.

— 도랑 속에서요?

— 거긴 언제나 심연이에요. 다른 곳과 마찬가지로 구렁텅이죠.

— 나는 노르망디 사람입니다. 제 아버지는 모하메드이시고요.

— 그래서요?

그녀는 일어섰다. 그리고 그가 동판 작업을 하려고 청동 위에 올려놓은 손을 붙들었다. 강철 끌이 그의 손가락들 사이에서 번쩍였다. 그녀가 말했다.

— 그래서 나는 당신이 언젠가 생생해지면 좋겠어요.

— 그래요, 마리. 이제 나도 지금 내 나이를 생각하면 생생해지고 싶어요.

화가 몸므는 말하곤 했다. 몸이 영혼을 요구한다고. 그러나 몸은 영혼을 얻기 전에 하나의 이미지를 요구한다. 그리고 그 이미지를 익숙하면서도 마법 같은 주거로 삼는다. 그러곤 그 주거를 영혼이라 부른다.

몸므는 안트베르펜에 있는 아브라함의 길고 아름다운 주거지의 큰 서재에서 하튼에게 말하곤 했다. 에칭은 부식시키는 물을 가리킵니다. 그런데 그 물이 골을 파는 힘은 철필로 긁어 이미지를 만들 때보다 더 세고 자유롭지요. 불행한 이에게 주어진 고난은 그에게 화상을 입히기도 하는데, 그 화상은 대단히 강박적으로 지어진 집과도 같습니다.[1] 더없이 쓰라리고 에는 그 화상은 마치 그의 오늘과 미래를 비추는 등불 같지요. 사람은 저마다 자기 십자가 아래 머뭅니다. 그 고통이 각자의 특징이 되

---

1   판화가 몸므는 저자의 다른 작품 『로마의 테라스』에 주인공으로 등장하는데, 이 소설에서 그가 사랑한 여자의 약혼자가 질산을 끼얹어 얼굴에 화상을 입는다.

죠. 제 얼굴을 보세요. 성모 마리아는 자기 자식이 죽은
뒤 어디로 갔을까요? 그녀가 자기 아이를 사랑한다고 생
각할 수 있을까요? 그녀는 떠납니다. 이유 없이 떠나죠.
심지어 아리마테아의 요셉과 니고데모[2]로부터도 멀어지
죠. 그녀는 왜 떠날까요? 그녀는 동굴로 가지 않습니다.
그렇다면 정원 무덤[3]에 들른 이후엔 어디로 갔을까요?
그녀는 정원의 풀조차 밟지 않습니다. 엠마오로 가는 길
위 어딘가에 있을까요? 그녀는 오솔길을 따라 깔린 모래
조차 밟지 않지요. 우리 모두는 한낮에는 분간할 수 없
을 정도로 작은 불씨에 데었는데, 그것이 우리의 심장입
니다. 예측할 수 없는 불꽃을 다시금 날리는, 아주 작은
불씨죠. 그 불씨가 사람과 장면들을 엮지요. 아주 간략한
장면들이지만, 그 장면들은 잠자는 동안 꾸는 꿈속에서
조차 처음부터 끝까지 언제나 집요하게 나타나지요. 설
명할 길 없는 자기 상처를 떠날 수 있는 이는 아무도 없
어요. 그게 내 동판 작품들에 담긴 의미입니다.

　　아브라함이라고 불렸던 안트베르펜 사람은 이탈리
아 전선에 섰던 병사였다. 그는 신교도였다. 사부아 지
방 알프스에서 그는 살인자였다. 그는 마음을 다잡은 게
아니다. 그저 변한 것이다. 그를 진정한 문인으로 만들
어 준 건 그가 저지른 살인들이 아니었다. 그가 이끈 전
투들도 아니었다. 그가 이탈리아 전선에서 보여 준 용기

도, 두 차례나 갇혔던 감옥도 아니었다. 심지어 그가 시도한 끈질긴 탈옥조차 아니었다. 그를 변화시킨 건 뿌리 깊은 슬픔이었다. 그가 자신의 내면 깊은 곳에서 점차 알아보고, 찾고, 머물게 된 뿌리 깊은 슬픔. 그는 신도, 영웅도, 규칙도, 의무도 없는 일종의 수도원을 세웠다. 호보켄과 안트베르펜 사이에 마치 항구처럼 자리한 그곳은 에스코강의 운하에서 흘러들어오는 물로 가꾸는 텃밭이 딸린 일종의 샤르트뢰즈 수도원[4]이었다. 그는 얼굴이 일그러진 몸므를 맞아 주었다 – 먼저 브루게를 떠난 뒤 다시 로마를 떠났고, 그림을 포기하고는 아직 정련되지 않은 검은 청동을 부식시키는 기법을 선택한 몸므를. 또한 아브라함은 아무 해명도 없이 하튼을 버려둔 채 처음으로 북쪽을 향해 홀로 돌아온 튈린도 돌보았다. 그녀는 안트베르펜을 지나다가 이 '은신처'를 발견하고는 무척 놀랐다. 아브라함은 그 커다란 정원을 안식처로 삼고 그곳의 매력과 평안, 꽃, 채소, 감미로움을 몇몇 친구와 함께 나눴다. 아브라함에게 그녀를 잘 돌보아 달라고 부탁한 사람은 그녀를 제자로 삼은 생트 콜롱브 씨였다. 아브라함은 이 세상을 피해 달아나고 있거나, 혹은 국가나 법률 혹은 신들과 다투고 있는 모든 사람을 맞아 주었다. 그들이 조심스러움과 자부심을 조금만 보여 준다면 말이다. 그는 에스코강과 합류하는 운하 위에 세워진 기다란 주택에 그녀를 유숙시켰다. 그녀는 말이 없었고 몹시 불행했지만, 결코 그 사실을 인정하려 들지 않았다. 이 나이 많은 남자는 사람들의 불행에 무심해져 있었지만, 그녀를 보면서는 마음이 흔들렸다. 한탄하려 들지 않고, 나약한 모습을 조금도 드러내지 않고, 왜 자신이 사랑하는 남자를 버렸는지 아무런 말도 해명도 하지 않는 그녀의 모습이 마치 어떤 추억처럼 다가왔던 것이다. 그는 두 연인 사이에서 어느 한쪽을 지지하고 싶지 않았다. 절망들 사이에서 결정을 내리고 싶지 않았다. 사실 그는 모든 예술 작품에서, 심지어 인간들의 열정에서조차 하늘의 바탕만을 보았고, 거기서 때때로 성좌들의 자취를 간파했다. 그는 질서와 조화 뒤에서 열리는 카오스만을 보았다. 그는 유럽 북부에서 출간되는 모든 책을 샀다. 그는 허리춤에서 칼을 내려놓고 책의 인간이 되었다. 주먹 쥔 손은 피의 사물 위에, 붉은 가죽 위에 남겨 두었다. 그는 질문들을 무척 좋아했다 - 질문을 너무 좋아해서 사람들이 그 질문에 내놓는 대답들은 그저 습관처럼 예의 갖춰 들었을 뿐이다. 하지만 일단 결론이 말해지고 나면, 논거들을 검토하고 나면, 그는 사람들이 내놓은 대답이 다시금 제기한 질문들로 되돌아갔다. 그는 지상의 생명과 자연이 하나의 의미를 지

니기보다는 기상천외한 수수께끼를 이룬다고, 그것이
결말에 이를 때는 모든 게 끈적한 액체 속에 함께 담겨
있었던 태초 때보다 더 무의미해질 거라고, 생명과 자연
스스로가 보기에도 훨씬 더 무의미한 수수께끼가 되리
라고 여겼다.

2
새들

프로베르거는 하루에 건반을 여러 번 조율했다. 그는 절대음감을 가졌다. 그는 보리수 울림통보다는 편백 울림통을 선호했다. 그는 자신이 쓰는 조율 도구인 까마귀 부리[5]를 직접 깎았고, 언제나 그걸 담은 주머니를 몸에 지니고 다녔다. 새들이 작가의 손을 지배하듯이 악기를 지배하는 건 신기한 일이다. 새의 깃털로는 잉크를 찍어 종이 위에 글이나 오선을 그린다. 속이 빈 깃털대를 주머니칼로 뾰족하고 날카롭게 다듬어 쓰는 것이다. 스피넷은 활짝 펼친 새의 날개 모양이고, 클라브생은 독수리나 맹금류, 혹은 꽥꽥거리는 거위나 백조의 부리를 단 채 옆으로 누운 하프 모양이다.

야콥 프로베르거는 우리에게 아무런 이미지도 남아 있지 않은 이 시대의 유일한 음악가다.

그는 모든 도시에 들르자마자 자기 노새나 말을 마구간 소년에게 맡겼고, 짐은 여인숙의 여주인에게 맡기고는 곧장 한증막으로 갔다. 그렇게 목욕하며, 뜨거운 증기 속 돌계단에 앉아 쉬며 사람들을 살폈고, 장을 보았다. 대개는 자기 영혼의 내밀한 영역을 떠나지 않는 상상 속의 장보기였다. 그러고 나면 그 상상은 밤의 심상들이 지닌 즉흥성 속에서 이어지고 완성되었다. 그가 현실에서 만난 어려움은 자신이 끌어안고팠던 남자들을 유혹하는 일이었는데, 유혹이 통하는 경우가 아주 드물었기 때문이다. 그가 남들의 마음에 들려고 애쓰는 사람이었던 건 사실이다. 살롱에 들어설 때, 술집에 들어설 때, 대리석 계단을 오를 때, 그는 자신의 키로, 자신의 체구로, 자신의 권위로, 자신의 느림으로 사람들을 홀렸다. 뚱뚱한 그는 삼각형 체구를 가진 남자였고, 그 몸은 식탐 때문에 해를 거듭할수록 무거워졌다. 얼굴도 매력이 없었다. 이목구비는 부유하는 듯 거의 무표정했다. 대체로 공간 속에 놓인 바윗덩이 같은 형태였다. 매우 기이하게도 손만큼은 섬세하고 정묘해서 그의 상체 특히 불룩한 배와는 동떨어져 보였다. 두 손은 불룩한 배를 따라 축 늘어진 팔 끝에서 크고 흰 지느러미처럼 덜렁거렸다. 두 손만 도드라져 보였다. 포개진 이중 건반 위에 놓일 때 그 두 손은 예측 불가능했고, 즉흥적이었으며, 눈부시게

---

5   건반의 조율핀을 돌리는 데 쓰였던 도구로 끝이 까마귀 부리 모양이며, 일반적인 펜치도 같은 이름으로 부른다.

빛났다.

횃불을 밝힌 저녁, 음악 모임에서, 그의 하얀 두 손은 회양목의 노란 건반과 흑단의 반음 건반 위를 잉어처럼 헤엄쳤다.

그가 사랑할 때 만난 두 번째 어려움이야말로 궁극의 고충이었다. 바로 방탕에 빠질 장소를, 누군가 불시에 덮치지 않을 장소를, 혹은 또 다른 누군가가 여인숙 주인이나 경비대나 공장의 관리자들이나 교구 사제들에게 고자질해서 그를 감옥에 집어넣는 일이 일어나지 않을 장소를 찾는 것이었다. 구속에서 풀려나는 대가는 10드니에에 달했다. 'Enjôler'는 '유혹하다'라는 뜻으로 생각하기엔 참으로 기이한 말이다.[6] 'Enjôler'는 감방에, 감옥에 집어넣는다는 의미다.[7] 사랑은 얼마나 무시무시한 불가사의인가. 왜냐하면 소유-됨은 결코 멀리 있는 일이 아니며, 그로 인해 우리는 우리의 매일을 위협하는 기이한 꿈을, 감금을 꿈꾸게 되는 것이다. 그의 욕망은 여러 차례 그를 감방으로 이끌었다. 레오폴트 프리드리히 대공이 여러 차례 그의 석방을 위해 개입해야만 했다. 프로베르거는 자신을 괴롭히고 기운 빠지게 하는 그런 역경에 깊이 고통받았다. 그 고통은 그의 영혼엔 욕구불만으로 남을 육욕을 가득 심었고, 그의 몸엔 우울일 뿐인 외로운 만족을 잔뜩 안겼다. 그러자 그는 경이로운 작품들을 작곡했다. 자기 자신에게 무용담을 들려주는 거라고 상상하면서. 실은 자신에게 쌓인 원한을 스스로 보상해 주기 위해서였지만.

모피를 뒤집어 만든 긴 외투를 걸친 남자가 비를 맞으며 말을 타고 나아간다. 코 위로 두건을 눌러 쓰고 있다. 남자의 얼굴은 보이지 않는다. 그는 예수를 인도하는 요셉이다. 아스카니우스[8]를 멧돼지 숲으로 이끄는 아이네아스다. 거기서 그는 제 구덩이를 파고 도시를 건설할 것이다. 지빌라 공녀를 종 백 개를 매단 도시인 생-디에[9]로 이끄는 건 프로베르거다.

공녀는 어린 시절인 1630년 말, 아직 여드름 가득하고 볼품없이 키만 크고 서툴던 아이였을 때만 해도 융통성 없고 불안한 영혼의 소유자였다. 그녀는 살짝 등이 굽었다. 그녀의 영혼은 세심했다. 그녀는 사람들이 일러 주는 모든 것에 이내 순종했다. 슈투트가르트에 페스트가 창궐하자 그녀는 왕궁 안에 6개월 동안 갇혀 지냈고, 그 반년 동안 자기 침실 문을 넘어설 생각조차 하지 않았

---

6   Enjôler는 (갈언이설로) 농락하다, 속이다, 꼬드기디 등의 의미를 품고 있다.

7   감방(geôle, 졸)라는 단어를 써서 enjôler(앙졸레)를 engeôler(앙졸레)로 생각하면 '감방에 집어넣다'라는 의미가 된다.

8   그리스 로마 신화 속 아이네아스의 아들로, 트로이가 패망한 뒤 아버지와 함께 트로이 유민들을 이끌고 이탈리아에 정착해 로마 제국의 모태가 되는 알바 롱가 왕국을 건립하고 초대 왕이 된 인물

9   프랑스 북동부 보주주의 도시

다. 그러면서 모든 과제와 구구단과 모든 소수素數, 모든 나뭇잎의 형태, 그 열매들, 그 씨앗들, 모든 성서 시편, 말[馬] 신체의 모든 부분, 그리고 자신의 모든 음악을 외워 익혔다. 그녀는 쉽게 영향받았다. 눈에 보이는 온갖 독특한 편집증을 즉각 자기 것으로 삼았다. 그녀는 평생 면밀하다 싶을 정도로 엄격한 방식으로 자신이 수행해야 했던 역할들을 수행했다. 그 역할들은 그녀의 태생이 안긴 결과였으며, 또한 그녀의 어머니가 주입한 것이었기 때문이다. 그녀는 어머니가(혹은 가정교사들이, 혹은 하녀들이) 자신에게 설명하고 싶어 한 모든 법규와 규칙에 주의를 기울였다. 반항의 기미라곤 조금도 보이지 않은 채, 그녀는 어머니와 의무의 그늘 속에서 살았다. 그리고 종을 쳐서 알리는 모든 축제를 의무처럼 존중했다. 그녀는 숙박지에서건 휴식지에서건 복귀해서건 늘 성실한 꿀벌 같았다. 그녀는 개혁된 의식들, 행렬, 결혼, 장례, 제례들을 실행했다. 시간이 흘러서도 침착함은 여전했지만, 불가사의하게 생겨난 경멸이 조금씩 커져 갔다. 그녀는 마치 시골 사람들이 추는 춤, 박자를 정확하게 맞추며 묵직하고 한결같은 스텝으로 추는 조잡한 춤 속의 다양한 동작들을 취하듯 온갖 절차를 따랐다. 엄밀하리만치 지적인 그녀의 열정은 오직 기악과만 어울렸다. 그 순간만큼은 모든 통명함과 무심함이 사라져, 그녀는 자기 건반 앞에 홀로 자리하고 끝없이 연습하기를 즐겼다. 왜 그녀는 트럼펫만큼이나 인간의 노래를 싫어했을까? 왜 그녀는 음악에서 모든 합창을, 모든 금관악기를, 모든 타악기를, 심지어 플루트마저 몰아냈을까? 왜 그녀는 자신의 꿈을 싫어했을까? 왜 그 꿈들이 거슬렸을까? 왜 그녀는 매일 아침 꿈에 그토록 진저리를 쳤을까? 왜 다른 젊은 여자들을, 나이를 막론하고 왕궁의 모든 여자를, 깎이고 작아진 채 모든 걸 버리고 돌아온 모든 여자를 그토록 맹렬히 경계했을까? 왜 그녀는 남자들 앞에서, 아주 어린 아기부터 더없이 무기력하고 노쇠한 자들까지 그 모든 남자 앞에서, 그들의 떨리는 손과 그들의 침 흘리는 입술 앞에서 그토록 조심했을까? 완전한 차가움. 그녀는 젖먹이들과 그 냄새, 그 날카로운 소리를 혐오스러워했다. 심지어 결혼했을 때도 그녀는 남편인 레오폴트 프리드리히 대공에게 다른 어떤 감정보다도 위축된 모습을 먼저 보였다. 그녀는 종교가 처방한 몸짓들 말고는 어떤 연민도 보이지 않았다. 세상, 신, 전사들, 영주들, 목사들, 이 모든 것이 하나의 수직적인 춤이었고, 그녀는 각자만의 격식을 지닌 그 춤들에 더없이 초연한 태도로 가담했다. 빈의 왕궁에서, 슈투트가르트 총독 궁에서, 묌펠가르트 성에서, 에리쿠르의 거대한 광장에서, 혹은 내실에서, 그녀는 궁정 일을 볼 때를 제외하면 거의 누운 채 악보를 읽으며, 다양한 음악이 고유한 침묵 속에서 적절한 리듬으로 머릿속에 울리게 하며 홀로 머물렀다. 혹은 자신의 음악 스승인 야콥 프로베르거가 일러 준 모든 지시를 무한히 반복하며 건반 앞에 앉아 있었다. 그녀는 잉크병 위로 몸을 숙인 채 거위나 꿩의 속 빈 깃털대를 꼭 움켜쥐고는 스승이 일러 준 것을 하나도 잊지 않으려고 끝없이 악보들에 주석을 달았다. 그러다 보면 문득 밖으로 나가고 싶어졌다. 행복해지고 싶었다. 자유로워지고 싶었다. 그러면 마구간으로 갔다. 그녀는 몽벨리아르 성을 떠나 들판을 가로질렀고, 에리쿠르의 옛 봉건시대 광장에 이르렀고, 오래된 탑 네 개가 굽어보는 깊은 숲속으로 들어섰다. 거기서 그녀는 조신들에게 요청했다. 자신을 혼자 두어 달라고. 덤불숲에, 작은 숲속에, 호숫가에, 혹은 알렌강을 따라 이어지는 밤나무와 떡갈나무의 거대한 밑동들 사이에, 그 형태와 거칠거칠한 표면으로 보아 숲보다 더 오래된, 이끼로 뒤덮인 음침한 바위들 사이에 혼자 남겨 달라고. 그것은 그녀의 다른 열정, 진짜 열정, 관능에 가까운 열정이었다. 그곳에서 암말 요제파를 타고 안장 위에서 몸을 곧게 세운 공녀는 만물에서 해방된 것처럼 거의 아름다워졌다. 공녀 지빌라가 실제로는 사냥을 좋아하지는 않는다는 걸 인정해야 한다. 그녀는 성 밖으로 나갈 이 기회를 절대 놓치지는 않았지만, 그저 멀리 거리를 둔 채 사냥의 허식에, 흥분에, 사냥 무리의 나팔 소리에 가담했을 뿐이다. 총을 쏘는 일도 없었다. 야외에 있기, 숲속에 있기, 말타기, 세상을 떠돌기, 바로 이것이 그녀가 가장 높은 가치를 부여하는 일이었다. 그녀는 날짐승 사냥이나 들짐승 사냥 때 사람들과 개들로부터 동떨어져 아주 멀리 있을 수 있다는 점을 좋아했다. 그럴 때면 그녀는 개 짖는 소리와 함성과 뿔피리 소리를 들으며, 그들의 위치를 탐지해 가며 말 요제파를 타고 갈 수 있는 만큼 앞으로 나아갔다. 두 짐승 - 말과 공녀 - 은 아무도 보는 이 없이 둘만 있게 되면 아무것도 생각하지 않고, 생각한다는 사실조차 생각하지 않고, 모든 의식을 떠나, 모든 언어를 버리고, 모든 두려움이 가루가 되어 떨어지도록 내버려 둔 채, 숲의 나뭇가지들이 바스락거리는 가운데 숨을 쉬었다. 어떤 광대함이 돌아와 공간을 확장했고, 폐들을 증폭시켰으며, 코와 콧구멍과 눈을 넓혔다. 둘은 행복했다.

3
명인들

손가락이 재빠를수록 영혼은 손가락을 잊는다.

명인이 된다는 건 신화와 같은 재빠름을 얻는 게 아니라 이런 망각이 되는 것이다.

하튼은 명인이었다. 그는 자리를 잡고 앉았다. 그리고 자신의 테오르보를 허벅지 위에 놓았다. 겉도는 줄감개 둘 중 하나는 그의 뺨 근처로, 다른 하나는 그의 귀 위쪽으로 튀어나왔다. 그는 줄감개들에 가닿으려는 듯 상체를 조금 곧추세웠다. 그것들에 귀 기울이려는 듯 귀도 쫑긋 세웠다. 목이 둘 달린 그 악기는 그의 이마 위로 사슴의 뿔 모양을 그렸다. 그래서 그의 손가락 아래에서 탄생하는 멜로디는 그의 얼굴보다 앞섰다. 그의 눈꺼풀이 감겼다. 그의 얼굴이 발하는 긴 빛은 그가 연주하는 공간을 채우는 공기가 되었다.

문득, 어느 새의 노래가 어둠 한가운데에서 올라온다.

음악을 듣는 여자와 남자 들의 눈이 다시 감기면서 낳는 그런 어둠이다.

그의 이목구비가 긴장을 풀고 나긋해졌다.

이마, 그의 창백한 이마가 주름을 완전히 폈다. 그의 얼굴이 제대로 빛을 발했다.

명인이 연주할 때, 그의 영혼은 예전의 기계 같은 연습과 작업 덕에 얻은 자유 속에서 스스로 살아 움직이는 데 몰두한 듯 보인다.

영혼은 불시에 태어난 듯 솟아나는 선율에 도취해 귀 기울이며, 때때로 눈 끝을 통해 손가락들과 만나고, 손가락들은 영혼을 일으켜 세운다. 손가락들은 영혼을 표현할 때면 마치 그걸 발명해 내려는 듯이 내달린다.

능숙함이 더해갈수록 그 능숙함의 기원에 대한 기억은 통째로 사라지고, 그것을 얻기 위해 치른 훈련은 눈에 띄지 않는다. 능숙함을 얻었던 순간에 관한 기억만이 우리가 도달한 숙련을 무너뜨릴 수 있을 테지만, 몸의 민첩성은 이미 제 원천을 잊었다.

그것은 비상의 탄생과 같다. 새의 날개 끝에서 시작되는 첫 비상의 탄생, 우리가 세상의 역사 속에서는 상상하지 못하는, 그러나 일어나는, 비상의 탄생.

거장 프로베르거는 즉흥 연주를 주로 하는 거대한 명인이었다. 그는 제 손가락으로 원하는 걸 연주했다.

지빌라 공녀는 악보를 꼼꼼히 따랐고, 더없이 충실하게 연주했다. 스승이 지시한 대로 모든 템포를 지켰다. 그녀의 재빠름은 상상을 초월했지만, 그 날렵함은 오롯이 의도된 것이었다.

안나 베르주로티는 훌륭한 명인이 아니었다. 숭고한 건 그녀의 목소리였다.

튈린은 경이로운 명인이었는데, 때로 특별한 영감을 받기도 했지만, 무엇보다 조옮김을 하는 능력이 기적처럼 경이로웠다.

세상 사람들의 눈에는 타고난 재능처럼 보이는 이 능력은 가차 없고 한결같은 고행의 결과로 얻게 되는 은총이다.

모든 개인은 아무것도 갖추지 않은 채로 불쑥 등장한다. 생명이 그 옛날 바다에서 우연히 – 놀라운 우연으로 – 솟아났던 것처럼 무정 무형의 바탕에서 우연히 솟아난다.

걷기가 헤엄에서 출현했듯이, 뛰어오름이 뛰어내림에서 솟아났듯이, 날아오름이 뛰어오름에서 흘러넘쳐 나왔듯이.

우리는 명인의 몸을 이렇게 정의할 수 있다. 자기 자신과의 모든 격차를 잊은 몸. 이 몸은 스스로 느끼는 걸 표현한다. 자신으로부터 탈주해서 경이로운 분신을 스스로 지어내는 몸이다. 모든 근육 하나하나가 받아들인 엄청난 긴장을 잊은 몸이다. 이 몸은 그 긴장에 관한 기억을 더는 갖고 있지 않다. 긴장을 구성하는 다양한 톱니바퀴를 기억조차 하지 못할 것이다. 관계와 계승에 관한 체계 전체가 의도를 잊었다. 그 몸은 더 이상 하나의 덩어리도, 하나의 무게도, 하나의 움직임도 아니다. 그것은 순수한 도취다. 흰 식탁보 앞에 앉은 몸이 더는 자신이 집어삼키는 육신들의 뼈를, 형태를, 비늘을, 볏을, 뿔을, 실루엣을 지각하지 못하는 것처럼.

4
음악가들

음악가들이 강둑을 따라 전속력으로 달린다. 그들은 미끄러운 골목길에서 발끝으로 성큼성큼 걷는다. 그들은 자기 신발의 검은 칠이 벗겨질까 봐 겁낸다. 시간은 그들의 몸을 압박하듯 그들의 예술도 압박한다. 그들 머리 위 하늘에서 벌어지는 건 대개 장애물과 재난이 벌이는 경주. 하늘에 있는 건 구름, 바람, 느닷없는 소나기, 눈보라만이 아니다. 별안간 그들은 최악의 순간에 가발 위로, 모자 위로, 삼각모자 위로 떨어지는 한 양동이의 오줌을, 빗물받이 홈통에서 쏟아지는 물을, 화분에서 넘쳐흐른 물을 얻어맞곤 한다. 그들의 악보 두루마리가 젖는다. 그들은 달리면서 황급히 소매를 뒤집어 악보를 닦는다—혹은 웃옷 자락 밑에 넣어 잉크를 보호한다. 그들은 숨을 몰아쉬지만 숨을 고르지 못한다. 걸음을 재촉해 지체된 걸 만회하려 애써 본다. 그렇게 살롱을 향해 서둘러 달려가는데, 그곳엔 이미 정적이 깔려 있다.

알라바레Alabaret 백작은 광적인 음악 애호가였다. 그는 누군가 일러주거나 담장 너머로 조각조각 소식을 전해 들은 모든 연주회를 찾아다녔다. 그는 거리를 지나다가 노래가 들리면 노래가 나오는 집의 문을 찾아 종을 잡아당겼다. 그런 뒤 금화 한 푼을 꺼냈다. 그는 자신에게 감동을 줄 목소리를 찾아 나섰다. 그는 공연하러 파리로 왔거나 왕 앞에서 자신의 음악을 들려주기 위해 왕실에 소개되고자 애쓰던 외국인 음악가들 - 혹은 적어도 대공들의 영혼에 감동을 안겨 그들의 개인 예배당에 소속되기를 바랐던 외국 음악가들 - 을 자기 집에 재워 주었다. 그리고 하튼이 프로베르거와 함께 파리에 왔을 때도 방을 내주었다. 프로베르거 씨는 블랑슈로슈 씨의 집에 묵었다. 알라바레 백작은 연회를 열어 음악가들이 저마다 자신이 도달한 경지와 자기 연주의 특징을 선보이도록 했다. 거기서 음악가들은 관객에게 현기증을 불러일으키고, 자신의 탐구가 추구하는 감동을 드러내 보여야 했다. 이것이 우리 역사상 최초의 연주회였다. 그것은 일종의 결투였고, 도전이고 도발이었으며, 마상 창시합이었다. 청중들도 저들끼리 경쟁했다. 이런 모임 중 하나는 심지어 오직 학생들만을 위한 것이었다. 그런 음악 모임은 무료라고 했다. 모든 학생에게, 그리고 그들의 교수들에게까지 열려 있는 모임이었다. 그런 모임은 명인들에게는 연습의 기회였을 뿐 아니라 그들의 악기를 시험하는 기회이기도 했다. 또한 그들이 연주를 준비하는 공연장의 울림을 미리 가늠하게도 해 주었다. 사람들은 그것을 "총연습"이라고 불렀다. 음악 애호가들과 부르주아들에게 헌정된 다른 모임들은 유료였다. 구이Gouy 씨는 자신이 매주 여는 음악 연회에 돈을 내게 한 최초의 인물이었다. 그의 제자였던 오르간 연주자 들라 바르de La Barre 씨도 자기 스승과 똑같은 방식으로 연회를 활용했다. 세 번째 인물은 노트르담 근처에 자리한 작은 집에 살았던 파이앙 부인이다. 뷜린과 생트 콜롱브는 망도스 공연장에서 두 대의 비올라를 위한 콘서트를 열었을 때 돈을 받고 연주했다. 주된 회합은 일요일 아침에 열렸다. 정통 음악에 심취한 이들은 일요일 미사에 가듯이 그곳에 갈 수 있었다. 이 시합이 아주 인기가 있었던 건 그곳에서 연주되던 정통 음악의 격조 덕이기도 하고, 이 모든 새로운 연주 모임이 무신론자들에게 제공한 술책 때문이기도 했다. 진짜 신이 거기서 탄생했다. 얼굴 없는 진정한 유일신. 사람들은 저 머나먼 교구에서는 여전히 "사치스러운 연주회"라고 불리던 모임에 가면서 성당에 가는 척했다.

— 한 사람은 이름이 퓌센Füssen이고, 다른 한 사람은 브레시아Brescia요.

— 아주 근사한 이름이네요. 몸므가 중얼거렸다.

— 두 사람이 류트 장인이라는 것도 곧 알게 되겠
지요. 프로베르거가 말했다.

당시엔 류트가 중요했기에 류트 장인이라는 말도
썼다.

— 인쇄업자일지도 모르죠. 몸므가 말했다.

— 그럴지도. 그런데 억양이 첫음절에 있는 걸 보
니 류트 장인들일 거요. 프로베르거가 응수했
다. 그게 음악이지요. 우주처럼 말이오. 우리는
첫 음이 폭발하는 걸 듣고 세상을 알아보지요.
그게 아타카[10]입니다. 카오스가 시작되기 전,
카오스가 제 어머니인 어둠 속 공간으로 흘러
넘치기 이전의 우주가 지녔던 옛 음이지요. 책
에서 우리는 침묵하는 한 문장으로 시작합니
다. 소나타에서는 숲속에서처럼 외마디 비명으
로 시작하고요.

— 하지만 그건 눈물일 수도 있지요. 하튼이 덧붙
였다. 고유한 파동과 고유한 흐름의 추동력을
낳는 심장 박동 속에 떨어지는 소리 한 방울 말
입니다.

음악가들의 싦. 부정음不正音에 대한 논쟁, 조명 문제,

'악보의 다음 장까지 쉼 없이 계속하라'는 뜻의 음악 지시어

땔감 배당, 코담뱃갑, 아주 부드러운 형형색색의 실크 리본, 이집트나 아시아 혹은 그리스에서 온 카메오 보석, 황금 달걀 속에 담긴 자그마한 미니어처들, 기름 램프 혹은 횃불의 불빛 아래 반짝이는 반지 같은 선물들.

땀에 젖은 가발의 악취, 시큼한 와인 냄새, 벽난로 배관에서 나는 지독한 검댕 냄새, 담배 연기, 꺼진 촛불, 겨드랑이 땀 냄새가 뒤섞인 악취.

음악가들의 삶이 힘든 이유는 단순하다. 그들이 앉아서 살기 때문이다.

용감한 삶이다. 그들의 손가락 끝은 피로 물들다 못해 뿔처럼 변하니 말이다. 그들의 피크는 발톱이고, 그들의 리드는 부리다. 치질이 잔뜩 생긴 그들의 항문은 사소한 언쟁에도, 사소한 불안에도, 사소한 해약 통고에도, 사소한 지연에도 피를 흘린다.

연주 모임이 끝날 때마다 술 단지들이 쌓인다. 주석 잔들, 받침 발 달린 잔들, 구운 사기 사발들. 그러나 술은 그들이 참으로 오랫동안 몰입해 온 노래들을 몰아내기 위해 내지르는, 늘 똑같은 끔찍한 비명일 뿐이다. 우리는 영혼이 휴식할 수 있다고, 휴식을 가질 수 있다고 늘 믿는다. 그러나 그 무엇도 여자들에게서 난폭한 기억들을 멀리 떼어 놓지 못한다. 그 무엇도 남자들에게서 떠오르는 기억들을 가라앉히지 못한다. 그 무엇도. 여자들에게서도, 남자들에게서도. 그 무엇도. 그들 내면에 가라앉는 술은 그들의 번민을 잊게 하기보다는 그들의 피를 덥힌다. 우리가 질투하는 사람들에게 불행을 안기려는 욕망, 당신에게 상처를 입힌 자들의 죽음을 준비하려는 욕망, 혹은 살아남으려는 분노, 살아남으려는 만용, 심지어 열정을 회상하다 터뜨리는 흐느낌이나 비명이 취기와 더불어 올라와 그들의 입술을 떨리게 하고 그들의 소매를 적신다.

그들의 눈은 둔해지고, 눈가에 눈물이 고인다. 악보의 꼬부랑 글씨들을 비계 촛불의 깜박이는 불꽃에 비춰 해독하느라 각막이 타는 듯 따갑다.

그들의 농담은 케케묵었고, 어둠 속에서 비틀거리는 꼴은 점점 더 바보 같다. 그들에겐 오직 한 가지 욕망뿐이다. 비틀거리는 그들의 발이 이끄는 욕망, 그것은 허공에 엉덩이를 쳐들고는 매트 위에 머리부터 떨어지는 것이다. 그렇게 단번에 다른 세계로 들어서는 것이다.

— 물고기의 아가미는 조심스럽게 지켜야 합니다.
— 은빛 비늘을 지닌 그 모든 물속 거주자는 칼끝으로부터 그 태초의 귀들을 지켜야 합니다.
— 그러면 게는요?
— 안 되죠! 포크로 게의 집게발을 건드리는 건 절대 안 됩니다. 절대로요.

— 여러분, 휜히 둥근 달 밑에서 대체 지금 무슨 얘기를 하는 겁니까?

— 청각이 성별에 따라 차이를 보이게 되는 부분은 달팽이관이지요. 달팽이관에서 우리 몸의 성별을 확인할 수 있습니다.

— 우리는 청각을 건드리지 않아요.

— 음악가들에겐 듣는 데 쓰이는 부위를 먹는 게 엄격히 금지되어 있죠.

— 그건 왕들의 몫이죠.

— 외이外耳[11]를 떠나면 전정기관[12]에 들어서게 되지요.

— 전정기관에 들어서면 달팽이관[13]에 도달하고, 고실을 지나면 소골에 이르고요.

— 다시 지옥에 떨어지는 거죠.

— 그것이 청각의 작용이지요.

— 음악가의 마법이죠.

---

11 pavillon은 외이를 뜻하기도 하고 별관을 뜻하기도 한다.
12 vestibule은 전정기관(내이)를 뜻하기도 하고, 현관을 뜻하기도 한다.
13 limaçon은 달팽이관 외에 나선형 계단을 뜻하기도 한다.

5
음악과 죽음

음악은 오랫동안 아주 특별한 석제 악기 안에서 만들어
졌다. 로마네스크 양식 성당의 어슴푸레한 빛이 가득한
중앙 홀이나 거대하고 찬란한 고딕 양식 대성당의 통로
같은 곳에서 말이다. 죽은 신 곁에서, 음악은 임종의 순
간에 신이 내뱉은 마지막 말을 둘러싸고 늘 침묵으로 시
작되었고, 이후 천둥까지 올라갔다. 때로는 두려움을 안
겼다. 때로는 비를 내렸다. 때로는 위로를 주었다. 적어
도 모든 음악가는 그렇게 믿었다. 사실 그건 잘못된 생
각이고, 애초에 음악은 자신이 매복한 곳으로 침묵을 호
출한 뒤 죽음을 내놓았다. 활의 현이 만들어 내는 소리,
더없이 밀도 높고 더없이 메마르며 더없이 순수한 그 소
리는 멀리서 쓰러지는 먹잇감이 내보이는 기호다. 달리
다가, 날아가다가 죽어서, 너무 멀리서 쓰러지는 바람에
개가 궁수의 시야 너머까지 달리고 뛰어서 그에게 가져
다주어야 하는 먹잇감의 기호. 파멸하는 것이 개의 후각

과 인간의 눈길에 가져다주는 짜릿한 흥분. 굶주림 또는 기아는 예외 없이 우리를 사로잡는 모든 욕망의 핵심이다. 소리-유령들이 공간 속에서 제 시신 위로, 제 모피 위로, 제 뿔 위로, 제 앞니 위로, 제 정강이뼈 위로 떠돈다. 우리는 무엇보다 어둠 속에서 자기 심장 박동을 듣기 위해 동굴 속으로 내려간다. 이것이 진정한 최초의 노래다. 바닷가에서 아이들이 귀에 소라고둥을 대고 그 노래를 듣듯이. 진줏빛 또는 방해석 빛깔을 띤 그 어두운 궁륭들은 메아리를 던지는 내벽이기 이전에 침묵의 저장소이기도 하다. 옛 동굴들을 대체한 건 성당들이었고, 그 성당들은 점점 더 전례 없는 아름다움을 갖춘 공명기들처럼 변한다. 태양신이 첫 리라를 들었을 때 그가 들어 올린 건 속이 빈 거북이 등껍질이었고, 그 안으로 전조들이 집결했다. 신은 아르카디아 국경의 동굴 문턱에서 그것을 뒤집었다. 그러고는 가지고 있던 죽은 염소의 창자를 그 위에 펼쳤다. 악궁樂弓이라는 단순한 말은 이 도약의 출발점이 활이라는 점을 감추지 않는다. 음악은 연주자를 지옥으로 인도하고, 그 이계異界에서 갑작스레 다시 마주하게 되는 그림자들을, 지옥의 탐욕스러운 그림자들을 길들인다. 그 지옥에는 음악을 가르친 이들이 그들의 조상 곁에 피신해 있다. 거기서 음악을 가장 먼저 알아본 건 몰로스 개들, 집 지키는 개들이다. 개들이 아직 늑대였던 시절에, 그들은 울음을 버리고 거대하게 열린 아가리 같은 지옥의 거대한 문 앞에 납작 엎드렸던 것이다. 오르페우스는 케르베로스들의 수많은 눈이 매섭게 지켜보는 가운데 줄곧 리라를 켜며 나아간다. 그가 사랑하는 여인의 그림자는 그가 가락을 붙인 네 음절에 이끌린다. 그녀는 그의 이름, 그의 목소리, 그의 리라의 울림에 둘러싸인 채 그가 검은 문을 넘어설 때 한발 한발 가만히 그를 따른다.[14] 그녀가 예고 없이 그를 갑자기 떠난 건 무언가를 힐끗 보고 나서다 ─ 음악가가 심상을, 목표를, 매복을, 눈길을, 빛을 찾고 있었던 것이다. 소리-유령들은 다들, 마치 샘내듯 감은 눈과 어둠을 요구하는 몽상 속 환영들 같다. 어둠 속에서 그들을 깨우는 건 정확한 자세나 사랑받는 풍경들이 아니다. 그들을 깨우는 건 삐거덕 소리, 알 수 없는 폭발음, 종소리 혹은 징 소리, 바위를 치는 잔물결 소리, 발코니 아래 창밖 물가에서 별안간 들려오는 바스락 소리다. 뇌의 공동空洞 속에, 개개인의 떨리는 영혼이라 할 수 있는 그 숨죽인 숨결 속에, 미로 같고 작은 샛길 같고 지하 납골당 같고 작은 예배당 같고 채광 환기창 같은 비밀 보관함 속에 매달린 채 남아 있는 멜로디들 말이다. 그 멜로디 뒤에 이어지는 소리는 생각들이다. 감정의 반향이다. 내면의 기분을 상박석으로 드러내는 기이한 딱딱거림.

---

14   오르페우스가 지옥에서 아내 에우리디케를 데리고 나오는 순간을 가리킨다.

비난이나 회상처럼 반복적으로 떠오르는 곡조, 새소리,
슬픔의 불가사의한 봉헌.

6
류트의 소멸

그 시대에, 늙은 고티에[15] 다음으로 위대한 류트 연주자는 블랑슈로슈였다. 블랑슈로슈(샤를) 씨와 프로베르거 씨(야콥)와 드 라 게르(미셸) 씨는 1652년 7월 26일 파리에서 안 드 라 바르, 뱅상 씨, 하튼 씨, 콩스탕탱 씨, 오르간 연주자인 당글베르 씨, 쿠프랭 씨(루이)와 함께 연주했다. 왕실 정원에서 돌아온 블랑슈로슈의 참으로 어처구니없는 죽음은 테르프 후작이 자리한 가운데 마드무아젤 생 토마의 눈앞에서 발생했다. 연주 다음 달에 있었던 불꽃놀이 축제 직후였다. 마드무아젤 드 라 바르는 큰 안락의자에 자리 잡고 있었다. 하튼 씨와 하노버 씨는 접이식 간이의자에 앉아 있었다. 필요한 류트를 가지러 이층에 올라갔던 블랑슈로슈가 쓰러져 계단으로 굴러떨어지는 걸 모두가 지켜보았다. 그때 거구 프로베르거는 자신의 클라브생을 조율하고, 리드를 갈기 위해 그 이중 건반 위로 몸을 숙이고 있었다. 마드무아젤

---

15   에느몽 고티에를 뜻한다.

드 라 바르는 라틴어로 쓰고 있던 자신의 일기장에 이렇게 적었다. Dominus Frobergerus videns periculum cucurrit prodoctore. (위험하다고 판단하고 의사를 데리러 거리로 달려나간 건 프로베르거 선생이었다.) 이 위대한 류트 연주자의 이름은 다양하게 변한다. 프로베르거는 자기 악보에 블랑슈로슈라고 적었다. 쿠프랭은 블랑슈로셰를 위한 추모곡이라고 썼다. 그의 아내는 그가 죽고 난 뒤에 가정 일기에 이렇게 썼다. '샤를 드 플뢰리, 블랑-로셰 씨는 생 외스타슈 교구의 봉장팡 거리에 위치한 우리 집에서 세상을 떠났다.'

조프루아 몸므의 모든 판화 작품을 모은 미셸 드 마롤과 수학자이자 물리학자이기도 한 블레즈 파스칼은 블랑슈로슈가 사망한 직후에 작곡된 추모곡 네 곡을 들으려고 찾아왔다.

야콥 프로베르거가 직접 악보 머리에 써넣은 정확한 제목은 이러하다. 〈블랑슈로슈 씨의 죽음에 바치며 파리에서 지은 이 추모곡은 박자에 얽매이지 말고 재량껏 매우 느리게 연주할 것.〉 그는 이 악보에 1652년 10월 2일이라는 날짜를 붙였다. 도피하던 어린 왕이 파리로 돌아온 건 1652년 10월 21이다. 그러나 10월 21일이면 프로베르거는 이미 떠난 뒤였다. 화가 장 바티스트 본 크루아 씨와 판화가 조프루아 몸므 씨는 안트베르펜으로 가 아브라함의 집에 피신했다. 연인에게 버림받은 랑베르 하튼은 류트만 들고 그곳을 찾아 그들과 합류했다.

그런데 류트의 유행이 끝난 건 바로 이즈음이었다. 유럽 북부에서는 종교 전쟁이 한창이었고, 태양이 되길 갈망했던 군주가 생 캉탱 연못과 루브시엔 숲 사이에 사냥용 정자를 세우고 프랑스를 통치하던 시절.

세상은 기이한 방식으로 루터를 핑계 삼았다.[16]

주교들, 사제들, 성직자들은 이 악기가 박해받는 종교의 일부인 양 왕궁 밖으로 추방하기 위해 딱한 말장난을 늘어놓았다.

군 행정관인 티통 뒤 틸레 씨는 이렇게 썼다. "위원회 위원들의 수석 비서이자 샤를 블랑슈로슈 씨의 제자인 팔코 씨가 내게 댁으로 와 달라고 청했다. 그는 나를 보자마자 한참을 울더니 영문도 모르는 내게 이렇게 털어놓았다. '이제 파리에 남아 있는 루터교도는 고작 네 명뿐이오!'"

정기적으로 티통 씨는 팔코 씨 집으로 찾아갔다. 팔코 씨는 한 달도 안 되는 간격으로 그에게 자기 집으로 와 달라고 청했다. 티통 씨는 아주 딱딱하고 낡은 검은

---

16 루터는 음악을 하느님의 큰 선물이라 여겼고, 일반 회중이 찬송을 부를 수 있도록 예배 방식을 개혁했다. 또한 그 자신이 플루트와 류트를 능란하게 연주하기도 했다. 게다가 류트Lute는 루터Luther라는 이름과 비슷하다는 이유로도 박해받았다고 한다.

색 안락의자에 앉아, 율리시스가 자기 배의 돛대에 묶였듯 자신도 그 의자 팔걸이에 묶였다고 생각하며, 수석 비서관이 자기 집무실에서 류트 작품들을 연주하는 걸 몇 시간이고 들었다.

행정관은 "움푹 팬 뺨에 언제나 긴장한 표정으로 악기를 끌어안은 채 이따금 말없이 눈물을 흘리는 팔코 씨를 응시했다."

그러던 어느 날, 수석 비서관은 일어서더니 너무 슬퍼서 저녁 식사를 차려드리지 못하는 걸 용서해 달라며 물러갔다.

갑자기 정적 속에 홀로 남겨진 군 행정관은 깜짝 놀란 채 집으로 돌아갔다. 이튿날 팔코 씨는 그에게 이런 말을 전해왔다. 음악을 아는 사람 앞에서 이따금 류트를 연주하면 기억의 고통이 가라앉으리라고 생각했는데, 그렇지 않았다는 것이다. 류트의 시간은 끝났다. 수석 비서관은 전날 티통 씨 앞에서 연주하면서 그 시간이 끝났음을 자각했다. 이제 그는 절벽에서 뛰어내릴 기분이 들었다.

그리고 류트는 사라졌다. 블랑슈로슈 씨의 스승이었던 늙은 고티에는 정말 몹시 늙게 되자 네브 마을에 있는 동생 집으로 가 은둔했다. 네브는 리옹에서 2리외[17] 떨어진 곳, 론강 오른쪽 강변에 자리한 마을이다. 니농[18]의 아버지로 위대한 명인이자 결투에 능한 랑클로 씨는 그가 은둔한 걸 알고서 만나러 오고 싶어 했다. 두 사람은 먼저 과거를 떠올렸다. 그들은 도전했고, 승리했고, 패배했고, 사라졌고, 죽어간 음악가들에 대한 기억을 떠올렸다. 그런 다음 그들은 자신들이 알았던 이들을 조금 비방했고, 그들을 깊이 상처 입힌 두세 가지 만남의 일화를 비웃었으며, 자신들의 질투심 – 여전히 그들을 사로잡고 있었던 – 의 근원에 관해서는 그리 길게 얘기하지 않고 지나갔고, 자신들이 연주하길 참으로 좋아했던 악기에 대해서는 상당히 격렬하고 부당하게 물어뜯었다. 그들은 입을 다물고 천천히 일어섰다. 앙리 드 랑클로가 먼저 일어섰고, 고티에 노인이 뒤를 이었으며, 두 사람은 류트 케이스 가까이 다가갔다. 그들은 류트를 꺼냈고, 조율했고, "마시거나 먹을 생각조차 하지 않고 서른여섯 시간 동안 함께 연주했다."

드니 고티에의 얼굴은 그림 《친구들의 모임Réunion des amis》에서 볼 수 있다. 그런데 《친구들의 모임》은 액자 금박에 새겨진 내용과는 달리 부에Vouet 씨의 그림이 아니다. 거기 그려진 아름다운 깃발을 보면 부에의 방식으로 그린 깃이라 믿을 수밖에 없어서 생겨난 오해다. 《친

---

17   옛 거리 단위로 1리외는 4킬로미터에 해당한다.
18   니농 드 랑클로(Ninon de l'Enclos, 1620~1705), 프랑스의 작가이자 살롱의 여왕이라 불렸던 인물

구들의 모임》은 르 쉬외르Le Sueur[19] 씨의 손에서 나온 것이다. 기예 드 생 조르주Guillet de Saint Georges 씨가 회고록에 쓴 바에 따르면, 클레리 거리에 거주했던 군 재정관 드 샹브레de Chambré 씨가 친구들의 초상화를 남기고 싶어 했고, 그 친구들 한 사람 한 사람이 자기 열정을 상징하는 사물과 더불어 묘사되었다. 르 쉬외르 씨는, 끔찍이 싫어하는 일이었지만, 그 화폭에 자기 자신도 – 손에 붓을 든 모습으로 – 그려 넣지 않을 수 없었다. 그 그림 속 사냥꾼의 이름은 아무도 알지 못하지만, 그의 사냥개는 아주 멋지다. 블랑슈로슈 씨(샹브레 씨의 음악 스승이었던)가 파리에 등장하기 전까지는 그 시대의 가장 훌륭한 류트 연주자였던 고티에 씨가 자기 류트를 들고 있다. 그 19현 류트는 아홉 개의 코러스와 샹트렐로 이루어졌다.[20]

---

19   외스타슈 르 쉬외르 (Eustache Le Sueur, 1616~1655). 이 작품은 1640년경에 제작된 것이다.

20   두 현을 한 세트로 엮은 것이 코러스 (영어로는 코스)이고, 최고음을 담당하는 현이 샹트렐이다. 코러스가 9개면 현은 18개이고, 여기에 샹트렐 1개를 더하면 19현이 된다.

7

블랑-로셰 부인과 환영幻影

한참 세월이 흐른 뒤 어느 날, 블랑-로셰 부인은 튈린과 마드무아젤 드 라 게르를 베르사유에서 만났을 때 이런 속내를 털어놓았다.

— 떠난 제 남편이 가끔은 꼭 죽지 않은 것만 같아요. 이야기하기 힘든 그 꿈들은 잔인해요. 잠에서 깰 때면 흠뻑 젖어 있곤 해요. 엉덩이가 흥건히 젖어 있죠. 그이가 제가 아닌 여자와 만나는 걸 보고는 꿈속에서 괴로워한 거죠. 물론, 꿈에서 깨어나도 괴롭긴 마찬가지예요. 하지만 제 고통은 잠 속에서 훨씬 더 혹독해요. 말로 표현하기 힘들 만큼 괴로워요. 매번 호기심이 제 고통보다 더 앞서기 때문이에요. 저는 기둥 뒤에 숨어요. 가시덤불 뒤에 숨지요. 그리고 그이를 엿보죠. 숲속 나무 틈에서, 바위틈에서, 끝없는 골목길에서 그를 뒤쫓이요. 지는 화가

나면서도 허둥지둥해요. 아주 멀리 떨어진 채, 벽 속에 끼어든 그림자처럼 그를 염탐하죠. 내 팔 위로 벽이 느껴져요. 등에도 축축한 벽의 초석이 느껴지죠. 한낮에 떡갈나무 껍질 속에 파고들어 강렬한 나무 냄새를 맡으며 안심하고 잠드는 올빼미 같아요. 보세요, 그이가 그녀의 팔을 붙잡더군요, 그래서 저는 그이가 그 여자와 바람이 나서 나를 배신하고 있다는 결론을 내릴 수 있었죠. 확실해요. 너무 고통스러우니 확실하다는 생각이 들어요. 저는 왜 자신을 아프게 하는 이런 추악한 이미지들을 품고 있을까요? 그가 죽고 오랜 세월이 흘렀는데도, 왜 저는 이토록 의심으로 가득하고, 감정에 사로잡히고, 경계를 멈추지 않고 이런 생각들을 할까요? 왜 그런 표현들이 자꾸 떠오를까요? 왜 끈질기게 거듭될까요? 왜 자꾸 스스로 경계심을 품어 심장을 펄떡이게 할까요? 왜 제 머리는 언제나 질투하는 이야기들을 내놓을까요? 범죄를 뒤쫓는 이야기였다가 갑자기 사냥 이야기로 변하곤 해요. 더 최악인 건, 잠에서 깰 때는 그 꿈이 끔찍한 소설 같아서 제가 거기 담겨 있는 열기를 스스로 납득할 수도 없고, 당신한

테 거기 담긴 악의며 상스러움을 털어놓을 수
도 없다는 거예요. 어쩌면 음악이 제 남편을 직
접 찾아 나섰던 걸까요? 그이가 음악에 대해
품은 확고한 생각들, 그이가 내게 그토록 주입
한 생각들이 아직도 내게 깃들어 있는 걸까요?
화가들의 그림에서 볼 수 있듯이, 음악의 알레
고리가 이 세상에 내려온 걸까요? 하지만 그렇
다면, 왜 그 알레고리는 그토록 아름다운 가슴
을 가졌고, 그토록 매혹적인 드레스를 걸쳤을
까요? 왜 제 남편의 그 큰 몸은 언제나 내게서
멀어질까요? 저는 해가 지기만 하면 그이의 열
정에 대해, 고뇌에 대해, 허기에 대해 그토록
마음 썼는데 말이에요. 이 끔찍한 마법을, 그이
의 욕망에 참으로 무례하게 몸을 내맡기거나
그런 욕망을 부추기는 여자들의 행렬을 제압하
거나 퇴짜 놓으려면 어떻게 해야 할까요? 그이
는 계단을 그토록 황급히 내려서다가 제 나날
들로부터 참으로 어처구니없이 달아났지만, 사
실 저는 그이가 살아 있음을 느껴요. 제게는 결
코 주어진 적 없는 삶을 그이가 다른 곳에서 이
어 가고 있다고 느껴요. 뷜린, 죽은 이들의 얼
굴은 어떻세 죽고 나서도 이렇게 죽음으로부터

달아나는 걸까요? 죽고 나서 그토록 오랜 후에
도 이토록 감미로운 향기를 품고, 이토록 믿기
지 않는 신선함을 간직하고 있을까요? 일단 지
옥을, 생기 없는 개펄을, 죽은 물을, 끔찍한 골
풀을, 그 모든 거무스름한 그림자들을, 이끼로
뒤덮인 황량한 무덤들을 떠나고 나면 소나타
들은 다시 푸르러지고, 노래들은 솟아나며, 욕
정들은 더없이 거침없어지고, 더없이 새로워지
고, 더없이 잔인해지고, 더없이 환상적인 형태
로 세상에 흩어지는 걸까요?

— 뭐라 드릴 말씀이 없네요. 튈린이 대답했다. 저
역시 제가 언젠가 버린 이의 존재를 제 곁에서,
아주 가까이에서 느끼고 있다는 걸 설명할 길
이 없으니까요.

— 당신이 알려 준 그 믿기지 않는 공상의 세계를
난 하나도 알지 못해요. 마드무아젤 드 라 게르
가 말했다. 다행히 저는 절대로 꿈을 꾸지 않
아요. 적어도 꿈을 꾼 기억이 없으니 다행이죠.
그런데 당신의 유령들은 내 눈엔 무섭기보다는
기괴해 보이네요.

— 그건 그 유령들이 대개 욕망에 사로잡혀 있기
때문이에요. 그래서 잠에서 깨면 그 존재들이

조금 우스꽝스럽거나 불쾌해 보일 수 있죠. 뛸린이 인정했다.

— 그 충동은 사악해요. 블랑슈로슈 부인이 말한다.

— 적어도 그 충동은 제어되지 않지요. 뛸린이 인정했다.

— 꿈은 어디서 올까요?

— 꿈의 기능도 목적도 알아낸 사람이 없지요. 마드무아젤 드 라 게르가 불쑥 단언했다.

— 잠들 때, 내가 자는 동안 내 영혼이 무엇을 꾸밀지 겁나는 그런 밤들이 있지요.

— 저는 그런 두려움은 느끼지 않지만, 저 자신에 대한 분노가, 그리고 그의 곁을 처음 떠났을 때 한 마디 설명도 없이 떠나온 데 대한 끈질긴 수치심이 남아 있는 것 같아요.

나이가 어느 정도 들면 여자들은 입술에 립스틱을 바르는데, 그것이 그들의 노화를 더럽힌다.

그녀가 벤치에 발을 올려놓고 발톱을 깎고 있을 때 하노버가 그녀를 찾아왔다.

— 당신의 음부를 감추세요.

— 당신이 사랑하고 당신을 사랑하는 여자의 몸에
서 감출 건 아무것도 없어요.

그녀의 얼굴은 온통 발그스레하고 빛이 났다. 말할
때 그녀의 억양은 달콤하다. 아일랜드에서 온 젊은 여성
은 손을 성기로 가져갔다. 그리고 넓적다리를 더 벌렸
다. 그녀는 회양목 빗을 들고 손을 뻗어 털을 빗기 시작
했다. 덤불은 구불구불했고, 거의 흑인의 머리처럼 꼬불
거렸다. 그녀는 내밀한 부위의 포동포동하게 늘어진 주
름을 가만히 닦았다.

그는 아연한 얼굴로 그녀를 바라보았다.

— 나는 여자들의 벗은 몸에 끌리지 않아요, 그가
중얼거렸다.

— 그건 당신 이야기죠. 하지만 당신은 그 이야기
를 내게 들려주고 싶어 하지 않잖아요. 나는 이
렇게 완전히 깨끗해요. 당신은 절대 씻지 않나
요? 그녀가 자신의 새 남편에게 물었다.

— 당신 앞에서 씻는 건 안 할 거요.

— 내가 당신의 그것에 마늘 조금과 양파 몇 쪽을
넣어서 먹을 거라고 생각하세요?

— 그럴지도 모르죠. 내가 어찌 알겠어요?

— 아니면 버섯을 잘게 자르고 버터도 조금 넣
어서?

— 당신의 삶은 참 이상하오.

— 이상하지 않아요. 그저 내가 어렸을 때 망가졌고, 그 일에 대해 여전히 위로받을 수 없어 자책할 뿐이죠.

8

지빌라의 사랑에 빠진 청춘기

공녀는 고삐와 재갈을 당겨 요제파가 더는 움직이지 못하도록 난폭하게 말의 입술을 갈랐다. 그렇게 즉각 말을 옴짝달싹하지 못하게 하고는 그녀 자신도 경직되었다.

둘은 새끼와 어미 멧돼지 행렬이 지나가도록 기다렸는데, 멧돼지 일행은 둘에게 눈길조차 주지 않았다.

말은 바닥에 못 박힌 듯 서 있었다.

말은 다시 떠나기를 꺼렸다.

공녀는 말이 하려는 대로 내버려 두었다.

말은 스스로 마구간으로 향했다. 성에 도착하자 지빌라는 땅으로 뛰어내렸다. 요제파는 성 안뜰에 있는 수반의 물을 마셨다. 그러더니 마구간의 밀짚 잠자리로 갈 생각조차 않고 양지바른 안뜰 포석 위에 길게 누웠다.

말은 그 만남이 마음에 들지 않았던 모양이었다.

지빌라 공녀가 음악 스승을 사랑했을 수도 있지만, 그를 사랑한다는 걸 스스로 깨닫지는 못했다. 게다가 그 음악 스승은 세상의 그 어떤 계층과 그 어떤 조건의 여자들에 대해서도 전혀 관심을 보이지 않았기에, 쾌락을 상상하지 않고 기쁘게 만나는 그 둘의 몸 사이에는 어떤 유혹도 끼어들지 않았다. 그녀는 사랑했지만, 자신이 사랑에 빠졌을지도 모른다는 의심은 한순간도 해 본 적이 없었다. 아마도, 그녀 안에서는 뜨거운 열정이 일고 있었겠지만, 그 열정은 모호한 채로만 남아 그녀의 삶 속에서 눈에 띌 만한 어떤 불꽃도 일으키지 않았고, 그녀의 삶을 밝혀 주지도 않았다. 그저 그녀가 더 이상 몰두할 수 없을 정도로 열렬히 공부하던 시간을 뜨겁게 달구어 주었을 뿐이다. 그 열정은 그녀를 도취나 은총의 상태로 이끌었는데, 그녀는 그런 상태를 아주 어려서부터 스승 — 그녀는 불과 네 살 차이를 두고 그의 곁에서 태어났다 — 에게 배워 온 음악 탓이라 여겼다. 그녀는 유년기를 벗어나면서 그 배움에서 큰 만족을 얻었다. 차츰 그녀는 음악에서 특출한 실력을 드러냈다. 그러나 그는, 그녀의 스승은 묌펠가르트 성에, 에리쿠르 광장에, 빈의 거처에, 폐쇄된 바티칸 시국에, 나보바 광장의 궁에, 웨스트민스터 사원에, 파리의 살롱들에, 봉장팡의 그랑살 거리에, 혹은 세상 어딘가에 머무는가 싶다가 이내 다시 떠났다. 그녀는 그의 수업을, 그의 조언을, 그의 지적을 그리워하면서도 그 그리움과 슬픔이 그의 부재 때문에 생겨났으리라고는 생각하지 못했다. 그녀는 그의 작품들을 연주했고, 거의 그 작품들만 연주했으며, 그가 필요하다는 걸 인식하지 못한 채 그의 곁에 머물렀다. 지빌라 공녀는 자신이 몇 시간 동안 맞닥뜨린 달뜸의 근원도, 꽤 긴 우울의 시간이나 무기력 상태의 원인도 명료하게 분별해 내지 못했다. 그건 사실인 듯하다. 어쩌면 그걸 간파할 순간이 찾아왔어도 그녀는 자신의 고통을 초래했을 법한 동기를 그 고통 안에서 찾아내길 바라지는 않았을 것이다. 그녀는 순수하게 미학적인 헌신에—거장의 연주에 요구되는, 매일매일 강박처럼 이어진 근면하고 꼼꼼한 연습에—은밀히 내포된 **빽빽**하고 내밀한 감정을 끌어내길 원치 않았다. 공녀인 그녀에겐 그런 부류의 끌림에 대해 생각할 권리가 없었다. 그건 사실이다. 행여 그녀가 그 사랑을 알아보았더라도 아마 질겁했을 것이다. 이 또한 사실이다.

그녀는 클라브생을 연습한 뒤 사랑하는 말에게 먹이를 주러 갔다.

에리쿠르의 마구간은 너무 어두워서 축사 위에 작은 초롱이 매달려 있었다.

말들은 공녀의 독특한 발소리를 듣고서 부드럽게

히히힝 울며 다가왔다. 그녀는 말들에게 말했다. 그리고 말들이 꼴 씹기를 끝낼 때까지 곁에 머물렀다.

대개 요제파는 제 마방 안쪽에 앉은 채 그녀를 기다렸다.

지빌라는 얼굴 가득 미소를 머금고 손에 당근을 한두 개 들고서 손으로 말을 어루만졌고, 머리를, 멋진 갈기를 쓰다듬으며 애지중지 다뤘다.

그러면 요제파는 일어섰다.

그녀는 말을 타고 질주했다. 밖으로 나서면 둘은 장엄하고 거대한 한 마리 짐승이 되었다.

문득 지빌라는 엄청난 충동이 엄습해 오는 걸 느꼈다.

그녀는 엉덩이 안쪽에서 배 중심까지 올라오는 그 엄청난 충동에 온전히 자신을 내맡겼고, 둘은 어슴푸레한 어둠이 깔린 숲속으로 함께 들어섰다.

IV
노래

1

지옥

1652년, 피카르디 지방의 몇몇 마을이 기아로 완전히 몰락했다. 그 후 여러 도시 인구의 절반이 전염병으로 사라졌다. 사람들은 속죄양을 태우듯이 공기를 감염시키는 떠돌이들을 모두 잡아다 불태우기 시작했다. 이집트인들이 태워졌다. 마녀들이 태워졌다. 신교도들이 태워졌다. 자유사상가들이 태워졌다. 얀센파들도 태워졌고, 이미 몰살당한 이들이 무덤에서 파내진 뒤 그 뼈가 화형대에 던져졌다. 다시 돌아온 왕[1]이 파리와 소요로부터 멀리 떨어진 곳에 머물기 위해 구상해 둔 새 성이 지어질 들판에는 성스러운 수도원이 자리하고 있었는데, 왕은 그곳이 순례자들의 발길로 붐비는 땅이 되지 않길 바랐다.[2] 그런 식으로 그는 봉기의 함성을 면하려 했고, 또한 샤랑통 물레방아부터 노트르담 다리까지 강물을 따라 센강을 가로막았던 쇠사슬들, 갖가지 장애물들, 온갖 술통과 바리케이드들과도 영원히 거리를 두려 했다.

파리의 어린아이들은 자신이 어둠 속 어디에 있는지 알리려고 장난감들을 흔들었다. 또 다른 아이들은 굴렁쇠를 가지고 나왔다. 아이들은 어둠이 내리기 시작하면 콩티 강둑길에 모였다. 허기 때문에 아주 찰나의 기쁨밖에 누리지 못하는 검은 형체들이 너울거리는 등불에 도드라졌다. 달과 별들이 얼굴들을, 속삭이는 입술들을, 어른들의 폭력 속에 놓인 아이들의 어렴풋한 기쁨과 웃음을 비췄다.

하튼은 어느 날 두 소녀가 젖먹이의 목에 줄을 매고 화형대로 끌고 가는 모습을 보았다고 얘기했다. 그는 토하지 않을 수 없었다. 그 이야기를 하며 그는 힘들어했다. 목사들이 어린아이들의 폭력은 추기경이나 주교, 교황이 조직하는 폭력과는 다르다고, 그들의 폭력은 순수하기에 경이롭다고 주장했기 때문이다.

하지만 하튼은 살인하는 아이들은 그들의 군인 아버지들보다 더 나쁘다고 단언했다.

그리고 최악의 존재는 아이들을 전투로 내몰고 부추기는 어머니들이라고, 그는 덧붙였다. 사실 하튼 씨는 자기 아버지도 어머니도 알지 못했다.

---

1   프롱드의 난으로 피신했던 루이 14세와 모후 안 도트리슈가 돌아온 것이 1652년이다.
2   루이 14세는 얀센파들의 성소로 순례자가 끊이지 않던 포르 루아얄 수도원이 지도에서 사라지게 하라고 명령했다.

하튼 씨는 멀리서 솟구치는 연기만 보여도 숨었다. 달 없는 어둠 속에서 나무 둥치 사이를 떠돌며 그림자를 만드는 희미한 빛만 보아도, 어느 뾰죽한 바위 밑에서 일렁이는 불꽃을 본 듯한 느낌만 들어도 그는 말에서 내렸다. 그는 인내심과 근성, 튼실한 몸집, 조심성과 조용한 성품을 지닌 아르덴 말을 다른 어떤 품종보다 선호했다. 그는 땅에 바짝 엎드렸다. 사람보다 땅을 더 좋아하는 사람이었기 때문이다. 그는 대주교들과 대공들이 내세우는 가치보다 자연의 결실을 선호하는 사람이었다. 그의 혈통 가운데 누구도 그에게 충실하지 않았기에 그는 동족들에게서 충직함을 기대하지 않았다. 그는 가는 곳마다 난입하는 빛을 피하려 애썼다. 멀리 허공에서, 나뭇가지 너머로, 벽 너머로 사람의 목소리가 들리면 그는 숨어 있던 덤불의 그늘 속으로, 어둠 속으로 더 깊이 파고들어 숨었다. 더는 신자가 아니었던 하튼 씨는 종교 전쟁 동안 그런 식으로 모든 전장을 우회했다. 그렇게 그는 30년 동안 페르디난트 황제, 스웨덴 왕, 프랑스 총리, 에스파냐 군주의 꾀죄죄하고 요란하며 방탕한 군대를, 죄다 죽이고 불을 지르던 군대를 피할 수 있었다. 그는 어떤 전투에도, 어떤 교전에도 가담하지 않았다. 그는 포석이 깔린 도로로는 거의 다니지 않았다. 산책길 앞의 대로에 그늘이 드리워 있기만 해도 망설였다. 상인들의 대열에도 절대 합류하지 않았다. 말을 타고 행상들의 무리에 끼어드는 일도 없었다. 일단 어둠이 내리고 나면 도시의 성벽 내부로는 절대 들어서지 않았다. 그는 오직 텅 빈 벽만 믿고 어둠 속을 나는 박쥐들처럼 나아갔다. 박쥐들은 벽을 만나면 귀에 들릴 소리라곤 전혀 내지 않고 솟구쳐 오른다. 그는 어둠이 땅을 뒤덮기를 기다렸다. 마음을 가라앉히는 어둠의 물질성, 태양 빛보다 훨씬 오래되고, 오직 귀로만 들을 수 있는 특성을 지닌 어둠의 물질성은 그의 영혼을 진정시켰다. 밤은 그가 자기 날들의 토대를 이루는, 일종의 행복으로 간직한 유일한 기억과도 같았다. 어둠이 내리고 나면 그는 뱀이 산길을 나아가듯이 공간 속에서 구불구불 기이한 에스 자를 그리며 나아갔다. 혹은 키 큰 나무숲에서 이리저리 마구 내달리는 노루 같기도 했다. 그는 안장 왼쪽에는 언제나 칼집에 넣은 칼을, 오른쪽에는 회색 화약을 장전한 권총을 걸어 놓은 채 무기를 쓸 준비를 하고 다녔다. 프로베르거는 살생한 적이 있다. 자주는 아니지만, 두 번, 그는 망설이지 않았다. 하튼은 한 번도 살생하지 않았다. 교차로에, 요금소에 사람들이 모여들면 그는 악의 얼굴이 나타나는 걸 보았다. 그러면 그는 뒷걸음질 쳤고, 모여 있는 군중으로부터 멀어졌다. 멀리 돌아서 지날 방법을 찾아냈다. 그는 모임 한가운데에서도 인제나 사람의 얼굴을 피할 수 있도록 걸어서 건널 길이, 샛길이, 틈새가 있다고 말했다.

2
형 프로베르거의 이야기

어느 날 저녁, 그는 변방 지역 총독의 만찬에서 제1 바이올린 파트를 맡아 세 시간 동안 연주를 한 뒤 술을 마시기 위해 부엌으로 갔고, 거기서 오래 머물렀다. 그들은 모두 술을 마시고 또 마셨다. 그리고 다들 자신들의 삶에 대해 말했다. 어떤 삶의 경이로움도 심지어 혐오조차도 그들을 위로할 길 없었으니, 다시 말해 그들은 자신들의 삶을 애도했던 것이다.

그들이 연주할 수 있도록 연회장에 마련된, 노란 인도 사라사가 덮인 작은 나무 발판으로 그가 다시 돌아왔을 때 동료들은 모두 떠나고 없었다. 그는 의자 위에 놓인 자신의 바이올린 케이스를 집어 들었다. 그리고 집으로 돌아왔다. 이삭 프로베르거는 이때 스물아홉 살이었다. 그는 술을 많이 마신 만큼 깊은 밤을 보냈다. 아침에 연습하려고 바이올린 케이스를 열었을 때, 그는 거기들어 있는 바이올린이 자기 것이 아님을 알아챘다. 새

바이올린이었다. 그는 그것이 젊은 로리오의 바이올린
이라는 걸 금세 알아보았다. 로리오는 캉 출신의 노르망
디 사람으로 훌륭한 연주자였다. 그 새 바이올린은 품질
이 좋았지만, 베로나의 아마티가 만든 이삭의 악기와는
아예 급이 달랐다. 이삭의 바이올린은 차원이 다른 가치
를 지녔다. 그의 바이올린은 슈투트가르트에서 대유행
한 전염병이 수많은 사람의 목숨과 함께 그의 어머니와
누이까지 앗아갔던 시절, 그의 아버지 바실리우스가 호
흡곤란으로 비참하게 사망하기 전에 그에게 넘겨준 것
이었다. 바실리우스는 그 악기를 야콥의 오르간 스승이
었던 슈타이글레더Steigleder에게서 샀었다. 이삭은 피가
거꾸로 솟구쳤다. 그는 서둘러 옷을 입었다. 그리고 로리
오의 집으로 갔다. 그는 문을 밀었고, 격분한 채 하녀들
을 밀치고 들어서서는 이층으로 올라갔다. 로리오는 아
직 누워 있었고, 그의 아내도 그의 곁에서 자고 있었다.

— 내 바이올린 돌려줘. 프로베르거가 이불을 벗
  기며 외쳤다.

— 무슨 일이야? 로리오가 외쳤다.

그의 머리카락은 온통 헝클어져 있었다.

소스라치게 놀라 잠에서 깬 그의 아내가 옆에서 비
명을 질렀다.

— 네가 훔친 내 바이올린 돌려달란 말이야.

— 네 바이올린 안 훔쳤어.

형 프로베르거는 분노에 사로잡았다. 그는 침대에서 음악가를 끌어냈고, 발가벗고 있는 그에게 주먹질을 퍼부었다. 로리오의 아내는 남편만큼이나 발가벗고 있었지만, 창가로 가서 내리닫이창을 들어 올리고는 골목길을 향해 도와 달라고 외쳤다. 하녀들까지 끼어들었다. 그들은 함께 고함치며 몇몇은 문 쪽으로 몰려들었고, 또 몇몇은 이층으로 올라왔으며, 다른 몇몇은 아이들이 자는 방을 막아섰다. 프로베르거는 로리오의 어깨를 잡고 창틀 쪽으로 난폭하게 내던졌다. 유리가 박살 나며 창틀이 깨졌고, 음악가는 창밖 길바닥으로 떨어져 머리가 깨졌다. 프로베르거는 자기 바이올린을 되찾아 내려갔고, 피투성이의 시신 주위로 몰려들기 시작한 이웃들을 보았다. 그들의 표정은 모두 위협적이었고, 하녀들은 손가락으로 그를 가리키며 날카롭게 고함을 질러댔으며, 장인들은 몸을 숙여 돌멩이를 집어 들었다. 그는 그들을 등진 채 어느 집으로 들어가 꼭대기 층까지 올라갔고, 거기서 기와까지 올라가 이 지붕에서 저 지붕으로 건너뛰며 도시의 성문에 이르렀다. 그러고는 도랑으로 뛰어내린 뒤 쾰른으로 갔다. 거기서 이삭은 동생에게 쪽지를 보냈다. 야콥은 그에게 즉각 이름을 바꾸고 지체 말고 도망치라고 조언하며 돈을 보냈다. 이삭은 베네치아로 가는 배에 올랐고, 베네치아에서 비잔틴으로 갔다.

3

어린 마리 에델의 이야기

폭우와 돌풍에 외르 거리가 텅 비었다. 그들은 자고 있었다. 창을 두드리는 빗소리 너머로 둔탁한 소리가 들렸는데, 바로 그들 개인 저택의 문에서 나는 소리였다. 별안간 문이 무너지는 소리에 그들은 모두 침대에서 벌떡 일어섰다. 하녀들이 가슴을 드러내고 머리칼을 풀어헤친 채 달려왔다. 모두 동시에 고함을 질러 댔다. 얼굴에 검댕을 묻힌 낯선 남자 셋이 독일어로 뭔가 말하며, 물을 뚝뚝 흘리며 주인 방으로 불쑥 들어섰다. 한 명은 손에 횃불을 들고 있었고 나머지 두 명은 쇠테 두른 몽둥이를 들고 있었다. 그들은 횃불을 비춰 움직이는 모든 걸 두들겨 팼다. 파란-고상한 터키옥만큼이나 파란-눈의 어린 하녀가 침대 닫집 뒤로 숨었다. 그녀는 횃불을 든 남자를 보았다. 훗날 그녀는 그 남자가 제네바에서 온 남자들 가운데 장남이었다고, 시커먼 기름을 뺨에 잔뜩 묻히고 있었다고 말했고, 무겁고 살짝 끄는 듯한 그의 억양을 흉내 냈다. 남자는 스스로를 보호하려 애쓰는 모든 사람을 마구 후려쳤다. 바외Bayeux의 가톨릭 신자들이었던 부부를 죽도록 때린 건 또 다른 스위스인이었다. 밤이었고, 무서워서 애원하며 무릎을 꿇고 있던 부부는 별안간 나지막이 흐느끼며 신음을 토했다.

고통과 울부짖음, 피 흘림, 갑작스러운 복통, 악취 뿐이었다.

개중 가장 나이 많은 남자가 피로 벽에다 십자가를 그었다.

그 후, 오랫동안, 아주 오랫동안 깊고 깊은 정적이 흘렀다.

더 시간이 흐르고, 이웃들이 생쥐 걸음으로 살금살금, 문틈으로 조심스럽게, 인간적으로, 슬그머니 집 안으로 들어섰다.

그리고 한참 더 시간이 흐른 뒤, 경찰들이 새벽 비를 맞으며 도착했다. 침대 닫집 천 아래에서 떨고 있던 파란 눈의 하녀를 발견한 건 경찰들이었다. 하녀는 극심한 공포에 사로잡혀 숨은 곳에서 나오려 하지 않았다. 그녀는 느닷없이 닥친 폭력의 기억 속에서 굳어 버렸고, 죽음의 비명에 귀가 먹은 채 바깥세상과 담을 쌓고 있었다. 그녀가 유일한 생존자였다. 그녀의 이름은 마리암 압델이었다. 경찰은 그녀에게 독주를 조금 주고는 그녀를 보듬고 안심시켰다.

　그 아이는 토막토막 이야기했는데, 그건 그 말이 진실이라는 기호였다.

　그러나 그녀가 들려준 얘기는 거북했다.

　경찰은 하녀를 경찰서로 데려갔다. 거기서도 아이는 여전히 떨었고 잠을 자지 못했다. 그곳은 추웠고 그녀는 혼자였다. 해가 물러가고 어둠이 엄습해 올 때마다 밤의 환영과 소나기 소리가 그녀에게 두려움을 안겼다. 그녀는 거듭 악몽을 꾸었다. 그녀는 아침마다 찾아오는 수녀에게 위로받고─설교도 들었다. 이 아이를 돌보도록 배정된 수녀는 아주 좋은 향기를 풍겼고, 맛난 버터 과자를 만들어 주었으며, 과자엔 설탕이 뿌려져 있었다. 이 수녀는 아이가 목격한 광경을 머리에서 지우도록 도왔다. 아이는 매일 질문을 받았다. 매일 그녀는 알프스에서, 제네바 호수에서 온 남자들의 이름을 댔고, 그들의 질질 끄는 듯한 억양과 거친 태도를, 부자처럼 보이는 그들의 행동거지를, 범죄자 같은 그들의 술책을, 바위 같은 그들의 뻔뻔함을 털어놓았다. 그녀는 말을 조금도 바꾸지 않았다. 난감해진 법관들은 그 도시 의회를 앞세우고 추기경을 섬기는 망명자들을 찾아갔다. 스위스인 일가 모두가 어깨를 맞댄 채 큰 강당에 모여 있었는데, 남자들과 여자들 모두 하나같이 검은 옷을 입고 목에는 동그랗고 하얀 주름 장식을 달고 있었다. 그들은 아니라고, 자신들은 이 학살이며 벽에 그려진 십자가들과 무관하다고 말했다. 그들은 여러 주에서 맹위를 떨치고 있던 성전聖戰을 부인했다. 그렇다, 그 아이는 아마도 순수한 의도로 말했겠지만, 부당하게도 아이가 그들에게 전가한 이 범죄와 그들 자신은 완전히 무관하다는 것이었다. 어린 하녀는 돈주머니 하나와 드레스 한 벌을 받았다. 마리암 압델은 마리 에델로 다시 세례를 받았다. 그리고 가죽 커튼을 친 마차에 태워져 디낭 주교관으로 인도되었고, 거기서 하녀로 일하다가 뫼즈강에서 빨래를 했고, 그 후엔 유기그릇을 만들었고, 나중엔 청동판에 세밀화를 그렸다. 모든 게 진정되었다. 11년이 흐른 뒤 그녀는 화가 모뮈스[3]를 만났다―그러나 당시 그는 이미 화폭을 떠난 뒤였다. 질투심으로 그의 얼굴에 던져진 에칭용 질산이 그의 얼굴을 형체 없이 일그러뜨려 놓은 건 이미 오래전의 일이었다. 그의 눈 주위를 둘러싼 죽은 피부로 인해 그의 얼굴이 기괴해 보였다는 건 말해야겠다.

---

3   조프루아 뭄므를 가리킨다.

4
에리쿠르의 물통

에리쿠르 성의 안뜰에는 말을 위해 물이 채워진 물통이 하나 있었다. 웬 가난한 여자가 그 물통을 이용해 자기 아이를 씻겼다. 공녀는 사냥에서 돌아오다가 승마용 채찍으로 그 여자를 죽도록 때렸다. 자기 말 요제파가 마실 물을 더럽히고 있는 여자를 발견하고 자제하지 못한 것이다. 공녀는 젊은 여자가 의식을 잃고 광장의 포석 위에 쓰러질 때까지 후려쳤다. 아기는 시료원施療院에 맡겨졌다. 공녀는 금방 회한을 느끼지는 않았다. 하지만 이어지는 몇 주 동안 악몽을 꾸었다. 프로베르거 씨는 요제파가 꿈속에서 그녀에게 질책한 거라고 말했다. 두 계절이 채 지나지 않아서 그녀는 부속 사제에게 기도를 요청했고, 프로베르거 선생에게는 〈말의 물통에서 아이를 씻기던 가난한 여인에 관하여, 절제 없이 연주할 것〉이라는 작품을 주문했다.

오래전부터 프로베르거 선생과 함께 전쟁 중인 유럽 땅을 떠돈 노새의 이름은 프렐로르Frelaure였다. 노새는 그의 짐을 지고 다녔다. 노새는 고집을 부리지 않았으며, 오히려 차분했고, 살짝 길 잃은 표정을 짓고 있었다. 프렐로르는 오래된 동부 사투리로 "길 잃은"을 뜻했다. 프렐로르는 프랑스인들이 사용하는 말이지만 독일어 "베를로렌verloren"이라는 동사에서 온 것이다. 사람들은 떠돌아다니는 사람을 프렐로르라고 불렀다. 세상 어떤 도시에서도 일자리를 찾을 가망이 없을 것 같은 사람을 그렇게 불렀다.

탈주한 짐승은 다시 맹수로 돌아간 동물이다.

길 잃은 사람은 자기 자신을 잃은 사람이다. 길이 어떤 것인지에 대한 생각을 더는 갖고 있지 않기 때문이다.

떠돌이는 떠돌아다니는 걸 직업으로 삼은 자다.

그런 사람들은 강의 갈대밭 속으로, 가난한 자들의 야만성 속으로 들어섰다. 야콥 프로베르거가 헛간의 건초 속에 숨은 채 울타리 뒤에서 몸을 떨며 황급히 쾌락을 누리듯이.

그러던 어느 날, 비탈길에 올라 음악가 곁에서 풀을 뜯던 프렐로르가 풀밭에서 미끄러져 넘어졌고, 점점 더 빨리 미끄러져 내려가더니 라인강 물에 휩쓸렸다. 짐도 몽땅 휩쓸려 가 버렸다.

그때는 초기 종교 전쟁이 벌어지던 중이었다. 당시 불신자 하튼 씨는 보주와 알자스의 모든 가톨릭 신자들에게 추격당하던 신세였지만, 과감하게도 뷔르템베르크 지역의 약스트강 기슭에 있는 베르그하임 성당으로 들어갔다. 그는 한동안 기둥 뒤 어둠 속에 서서 자기를 따라온 에스파냐 사람이 없는지 확인했다.

그는 고해실과 커튼 뒤 어둠 속에 더 머물며 중앙 홀에서 기도하려고 무릎을 꿇은 베르그하임 마을 사람이 아무도 없는지 확인했다.

제의실에는 움직이는 사람이 아무도 없었다.

오직 정적뿐이었다.

그러자 그는 살며시 돌기둥을 돌아 제단에 올라갔다.

그러고는 오르간 페달 앞에 자리 잡고 오르간 뚜껑을 열었다.

세상은 전쟁 한가운데 있는데, 그는 음악 한가운데로 들어갔다. 그는 오르간 밑으로 미끄러져 들었고, 나무판자를 자기 몸 위로 덮었다.

그리고 거기서 잠들었다.

그의 잠을 깨운 건 아주 어린 독일인 오르간 연주자와 프랑스인 오르간 연주자였다. 그를 향해 프로베르거라는 이름의 전자는 비명을 질렀고, 슈노뉘라는 이름의 후자는 주먹질을 퍼부었다.

— 누구세요? 내 오르간 속에서 뭐하세요?

헤어[4] 하튼은 두 오르간 연주자보다 더 크게 비명을 질렀다. 그가 너무 세게 비명을 내지르는 바람에 주먹질이 중단되었다. 그들은 그를 오르간 밖으로 끌어냈다.

— 잠깐만요. 그가 겨우 말했다. 내가 말할 테니. 나는 라로셀에서 오르간 연주를 했던 사람입니다. 그곳 사람들이 불태워지고 도시가 타 버리기 전까진 말이지요.

그러자 헤어 프로베르거의 말투가 누그러졌다.

— 제 곁에 앉으세요. 선생님 이야기를 들려주세요.

그런데 슈노뉴 씨는 그를 알아보았다.

— 하튼이시군요! 한스 하튼이시군요.

— 아닙니다, 랑베르 하튼입니다, 하튼이 말했다.

5

칸티오 아솔루타[5]

어느 날, 리라 연주자 하노버 씨가 망트Mantes로 가던 길에 그의 말이 갑자기 주춤거렸다. 그는 고삐를 잡아당기고 귀를 기울였다.

꼼짝 않고 침묵을 지키자 주변에서 구슬픈 노래가 들렸다.

그는 강가를 향해 나아갔다.

목은 졸려서 시커멓게 변했고, 배는 피범벅에다 작은 생식기는 찢긴 여자아이가 연못에 던져져 있었다. 그런데 아직 살아 있었다. 갈대와 연꽃에 둘러싸인 채 적어도 아직 숨은 쉬고 있었다. 작은 몸은 크고 두툼한 연잎 위에 놓여 있었다. 아이의 입은 더는 앓는 소리조차 내지 못했다. 작은 상체는 들썩이고 헐떡였다. 아이는 사루비아꽃과 나뭇가지 한 줌을 움켜쥐고 있었다. 리라 연주자는 말을 탄 채 서둘러 물속으로 내려갔고, 아이를 조심스레 연못에서 꺼냈다. 그리고 상가로 올라왔다. 그

5   Cantio assoluta. '절대 노래'라는 의미의 라틴어

는 아이를 오래도록 가슴에 끌어안은 채 달랬고, 말 등에 조심스레 눕힌 뒤 자신의 웃옷으로 덮어 주었다. 그는 어느 여인숙의 문을 밀고 들어섰다. 여인숙 여자는 바로 도왔다. 여자는 간호할 줄도 알았고 치료할 줄도 알았으며, 꼬마 아이를 먹일 줄 알았고, 아이의 몸에 바르고 입힐 것도 금방 찾아냈다. 아이는 살아났다. 조카 하노버는 갖고 있던 돈을 주면서 베르사유의 주소를 남겼다. 앞으로 그곳 왕의 곁에서 리라를 연주하게 된 그는 왕의 실내 악단에 속하게 되기를 희망했고, 왕의 총애를 받는 음악가가 되어 자신의 유년기를 설욕하리라는 희망까지 품고 있었다. 그는 다시 말에 올랐다. 아이는 자랐다. 그리고 나이가 들었다. 아이는 자신의 고통과 구조자를 잊었다. 아이는 무척 아름다운 아가씨가 되어 지조를 맹세하기에 이르렀다. 아름다운 결혼이었다. 그날 저녁, 그녀의 남편은 욕망을 한껏 품고 참으로 벅찬 마음으로 그녀에게 다가갔다. 남편의 다리 사이에서 부푼 성기를 발견한 그녀는 기억에 남아 있지 않았던 무언가를 알아보았다. 그가 그녀 몸 위로 올라갔다. 그가 그녀 몸 안으로 들어설 때 그녀는 두 엄지로 그의 목을 졸랐다. 훗날 그녀는 달리 어쩔 도리가 없었다고 말했다. 예전에 일어났던 무언가가 문득 떠올랐기 때문이었다. 신이 그녀의 두 손을 덮친 것이다. 사람들은 그녀의 말을 믿었다. 그들은 그녀가 여인숙에 받아들여져 씻겨지고 치료를 받고 축복받았을 때의 그 고통에 대한 기억을 간직하고 있었던 것이다. 하노버가 와서 증언하도록 베르사유로 경관 한 명이 파견되었다. 피고석에 선 그녀 앞에서 리라 연주자는 예전에 자신이 행했던 구출에 대해 말했다. 그녀의 기억이 그 일을 붙들어 두길 원치 않았다는 사실을 두고 이 젊은 여자를 비난할 수는 없었다. 그녀는 구조자가 들려주는 이야기를 들으려 애쓰면서 한층 더 멍한 표정을 지었다. 그녀는 풀려났다. 그 후 그녀는 거듭되는 고통이 내모는 고독 속에서 방황했다. 때때로 그 고통은 미칠 것만 같았다. 묘하게도 그녀는 자신을 구해 준 사람만큼 음악을 사랑했다. 그녀를 구해 준 이가 음악가였기 때문이다. 그녀는 이 주제들을 저 이미지들과 뒤섞었고, 조금씩 그것들을 굴리고 변형해서 군더더기를 덜어 냈다. 그녀는 하나의 노래가 되었다. 그리고 프랑스를 떠났다. 그녀의 목소리는 성당들의 제단에서 울려 퍼지며 사람들의 마음을 뒤흔들었다. 그녀는 밀라노에 있는 산 암브로지오 바실리카 성당의 아솔루타, 즉 절대 노래가 되었다.

6

종교 전쟁

종교 전쟁의 시기에는 어떻게 창작할까? 일하는 평일이 비명과 대혼란에 시달리고 있는데, 어떻게 영혼의 울타리 안에서, 침묵 속에서 집중할 수 있을까? 시간 가운데 이른바 '제어할 수 있는' 모든 순간이 두려움에 붙들렸는데? 모든 밤이 대책 없이 두려움에 빠져들고, 모든 꿈이 공포에 사로잡혔는데? 프랑스에서 일어난 성 바르톨로메오 축일 학살[6]은 한 세기가 흐른 뒤에도 여전히 꿈들을 떨게 했다. 독일에서, 핀란드에서 30년 전쟁은 연기 냄새와 잔악무도함의 냄새를 남겼고, 그 냄새는 모든 언덕과 그 언덕에 핀 금작화들을, 그 언덕 비탈에 줄 맞춰 자라난 포도나무들을, 언덕 위로 삐죽 솟은 소나무숲을 물들였고, 발트해 섬들의 해안 혹은 사모예드족의 야영지만큼 먼 곳까지 퍼져 나갔고, 여전히 사람들의 목구멍을 조이고 있었다. 카오스 속에서 예술을 어떻게 생각해 낼 수 있을까?

승화되지 않은 것은 여전히 강렬하게 남아 있다.

그것이 야만이다.

영국 군함에 폭격당해 폐허가 된 프랑스 연안 항구들과 깡그리 불타 버려 폐허가 된 코샬린, 코펜하겐, 브라운슈바이크, 탈린의 항구들 사이에서 어찌 하나를 고를 수 있을까.

랍테프해까지 그리고 추크치해까지.

더 멀리, 사슴뿔 오두막집들을 돌아가면, 저 거대한 태평양 끝자락에서, 중국해가 부르는 의연한 노래 속에서 파괴되고 약탈당하는 일본 섬들.

항구마다 제 탄식을, 제 세이렌을 노래한다.

오팅 부인은 삼십 대였을 때 자신이 구상한 음악 비극의 초안을 하튼에게 말로 설명하며 곡을 붙여 달라고 주문했다. 그러고는 자신이 지은 몇 곡을 노래했다. 그 곡들이 특출나지는 않았지만, 하튼은 그 곡들의 토대가 된 발상에 즉각 열광했다. 이미지들이 떠올랐다. 그는 자신이 상상한 화음의 연쇄가 마음에 들었다. 그는 그 음들을 아치류트로 연주했고, 그가 선보인 악구에 모두가 홀려들었다. 튈린은 그를 부추겼고, 자신의 온 힘을 그 음악에 쏟았으며, 한밤중에 어둠 속에서 불쑥 솟아나는 멜로디들을 그가 기록할 수 있도복 도왔다. 그 멜로디들은

<hr />

6   1572년 8월 24일 성 바르톨로메오 축일 밤을 시작으로 가톨릭 교인들이 신교도인 위그노들을 대량 학살한 사건으로, 종교 전쟁으로 얼룩진 16세기 유럽 역사 중에서도 가장 잔혹한 사건으로 꼽힌다.

오팅 부인이 지시한 선율보다 한층 보완되었고, 심지어 훨씬 매혹적으로 변해 갔다. 튈린은 그 선율들을 곧바로 자신의 비올라로 편곡했다. 이 작품은 첫 두 막에서는 케피소스강 기슭에서 일어난 에코와 나르키소스의 불행한 사랑을 이야기했다. 이어지는 두 막에서도 주제는 같지만, 템포가 달라지면서 그 사랑의 좌절과 고통을 반영했다. 그것은 블로[7]가 아도니스에 관해 쓴 오페라와 같은 통주저음 오페라였다. 오팅 부인은 말로우[8]의 텍스트를 그대로 가져와 사용했는데, 말로우는 그 텍스트를 쓰던 중 더없이 잔인하게 죽었다. 점점 더 폭넓어지고 점점 더 자유로워진 음악은 앞선 주제들을 헬레스폰트 해협[9]에서 일어난 헤로와 레안드로스의 불행한 사랑과 결부시켜 반복했다. 나르키소스의 얼굴이 물속에 묻혔듯이 레안드로스의 얼굴도 물속에 빠졌다. 물의 밑바닥이 수면 위로 거울을 투사했는데, 그 거울에 비친 형체와 그림자 들은 포옹의 기쁨을 나누려 애썼지만 서로 만나지 못한 채 고통 속에서 멀어졌다. 그 불가능한 포옹 끝에, 그 기이한 변신 끝에 에코는 일종의 현기증을 느끼는 절벽이 되었고, 헤로는 거대한 바다매가 되어 모래톱까지 떠밀려 온 레안드로스의 해체된 시신 위를 느리게 맴돌았다.[10] 딱하게도 이 모든 사랑 앞에서, 하나로 합쳐지지 못하고 갈라진 이 모든 사랑 앞에서 오팅 부인은 머리가 핑 돌았을지 모른다. 말로우는 그러지 못했다. 하튼도 그러지 못했다. 어쩌면 넘쳐나는 생각들이 그를 부글부글 끓어오르는 도가니 속에 빠뜨렸는지도 모른다. 어쩌면 그는 통주저음의 제약 앞에서, 다양한 아리아를 구속하려 드는 주제 선율 앞에서, 작품의 규모 앞에서, 뷜린을 점점 더 흥분 속으로 몰아넣는 자신의 선율 앞에서 겁을 먹었는지도 모른다. 아니면 그를 점점 덜 행복한 즉흥 연주로 내몲으로써 자신의 조언과 영향력과 돈 아래 가두려 하는, 그에게 압박을 행사하려 드는 오팅 부인을 두려워했는지도 모른다. 이 음악가는 자기 안에서 흘러넘치도록 솟아나는 음악적 발상들을 다스리는 데 실패했다. 갑자기 발상들이 그를 피해 달아나기 시작했다. 뷜린은 그의 작곡 계획에 열정을 품고 있었고, 그런 만큼 하튼이 음악가들의 세계에 더 적극적으로 뛰어들고 자기 예술에 대해 더 자부심을 갖게 하려고 애썼다. 그러나 그는 자신에게 크게 실망했다. 그의 작품은 서툰 시와 같았다. 운율도 질서도 없는, 영어 단어

---

7   존 블로(John Blow, 1649~1708), 영국의 작곡가이자 오르간 연주자로 가면극 《비너스와 아도니스》를 작곡했다.

8   크리스토퍼 말로우(Christopher Marlowe, 1564~1593), 영국의 극작가이자 시인. 의문의 사고로 29세에 사망하면서 서사시 『헤로와 레안드로스』를 미완으로 남겼다.

9   흑해 마르마라해의 서단에 있는 다르다넬스 해협의 옛 이름.

10   레안드로스는 사랑하는 헤로를 만나기 위해 수영으로 해협을 건너다 익사했고, 나르키소스를 짝사랑하던 요정 에코는 그에게 거절당한 뒤 바위로 변해 죽었다. 이후 나르키소스는 저주를 받아 수면에 비친 자신의 모습만 바라보다 말라 죽었다. 키냐르는 물에 비치는 일, 물에 빠지는 일을 음악에 관한 매혹과 곧잘 연결 짓곤 했다. 이에 관해서는 그의 작품 『부테스』와 『음악 혐오』를 참조할 것.

들까지 마구 섞여든 채 각운도 맞추지 못한 시. 그는 종 잡을 수 없는 그 물결 속에서 갈피를 잃었다.

뮐린과 마리 에델은 에스코강 끝에서 북해로 뛰어든다.

둘은 점점 더 거세지고 얼음장 같은 거대한 파도 속으로 머리부터 뛰어든다. 헤엄치는 두 여자 위로 파도가 일어선다.

한 여자는 아주 창백하고 길다.

다른 여자는 가무잡잡하고 고혹적인 눈매에 풍만하다.

바닷가에서는 모든 것이 조금 더 짙은 냄새를 풍긴다. 공기도 밀도가 높다. 입술에 닿는 모든 것이 짜다. 요오드 찌끼 같은 것이 끼어 모든 게 끈적하다. 그것은 손가락에 끈끈하게 들러붙고, 뺨을 덮고, 젖가슴을 무겁게 늘어뜨리고, 허벅지 안쪽에 달라붙고, 머리카락 뿌리에도 뒤섞인다.

그녀는 고개를 조금 뒤로 젖힌다. 물방울을 떨구려고 머리카락을 흔든다. 머리카락이 뒤로 넘어가자 앙상하고 축축한 이마의 창백함이 고스란히 드러난다. 그녀는 몸을 뒤로 활처럼 휘며 젖혔고, 물을 짜려고 머리카락을 꼬았다가 다시 늘어뜨렸다.

그녀의 젖가슴은 옆으로 벌어졌다가 온몸이 넘어가자 상체 위에서 납작해진다.

이제는 그녀의 배만, 그 볼록한 맨살만 보인다.

뒤로 젖힌 머리카락이 침실 바닥에 닿는다.

그녀는 아직 젖은 이마에 닿는 열기를 느낀다. 열기가 그녀의 코뼈 위를 스친다. 눈꺼풀 위로 미끄러진다. 그러자 튈린은 눈을 뜨고, 고개를 여전히 뒤로 젖힌 채, 화폭 귀퉁이에 아주 세밀하게 그려져 있는 장면을 본다. 맹수를 좇아 몇 시간을 달리는 바람에 지쳐서 덤불숲 그늘에서 숨을 헐떡이고 있는 사냥꾼이다. 사냥꾼은 거의 앉자마자 다시 일어선다. 그는 땀에 흠뻑 젖은 채, 동이 트면서 불기 시작한 미풍을 맞으며 말없이, 갑자기, 일어선다.

그는 침묵 속에서 투창을 든다. 뒤쪽 덤불숲에서 야생동물이 나뭇가지를 밟는 소리를, 바스락거리는 소리를 들었기 때문이다.

나뭇가지 틈으로 아름다운 여자의 얼굴이 얼핏 보인다.

그가 사랑하는 여자는 자신이 사랑하는 남자가 그녀에게 조금도 불충하지 않다는 걸 확인하지만, 대신에 창이 솟구치는 걸 본다.

그녀는 그저 눈을 뜬다. 무無를 향해, 죽음을 향해.

7
카드의 인물들

사람들이 카드를 섞고, 뗀다고 하더니, 한데 모아서 펠트 융단 위에 내려놓았다. 마치 책처럼 두툼한 직사각형 종이 무더기였다.

금빛 튜닉을 입고 하프를 든 다윗이여, 사람들이 그대를 뒤집었다.

다윗, 알렉산드로스, 카이사르, 샤를마뉴여, 사람들이 게임판의 초록 융단 위에서 당신들의 상체를 뒤집을 때, 사실 당신들은 썩 왕들 같지 않았다.

미네르바, 주노, 라헬, 유디트, 여신들, 여성 순교자들, 기이한 여왕들이여, 당신들 역시 딱히 여왕들 같지 않았다.

헥토르, 오지에[11], 랜슬롯, 라이르[12]여, 그대들은 결코 시종도, 농노도, 종복도, 하인도 아니었다.

하지만 이 인물들은 존속한다.

그대들은 영속한다. 사람들이 게임을 하면서 그 사

실을 늘 의식하진 못하지만 말이다.

　사람들은 게임을 할 때 우연에 관한 기억은 떠올리지 않는다.

　류트가 사라진 1650년에 파리의 카드 제조공들은 당신들의 이목구비를 결정하고, 당신들의 위업을 환기했으며, 파리Paris 카드에 담을 다양한 영웅들을 선정하고, 당신들이 손에 쥐거나 허리춤에 찰 사물들을 명시하고, 마지막으로 당신들이 걸칠 드레스와 튜닉의 색깔을 결정했다.

사람들은 이름을 이미 잊은 그 모든 얼굴들을 뒤엎었다. 그리고 앉았던 의자를 뒤로 밀고는 게임장을 떠났다. 그렇게 사람들은 지베Givet에서 난 점토 또는 사부아 지방과 앵Ain 지방에서 난 브라이어 나무로 만든 담배 파이프에서 올라오는 소용돌이에, 그을음 섞인 그 연기에 완전히 등을 돌렸다.

이제 불신자 하튼은 강을 향해 내려간다. 새벽에도 그의 눈은 여전히 타는 듯 따갑다―그러나 그를 둘러싼 여명은 발그스레하다. 공기와 차가운 바람이 홍채와 동공을 씻어 준다. 그는 타고 다니던 덩치 큰 아르덴 말을 강가

11　샤를마뉴를 섬기는 열두 명의 기사 중 한 명인 오지에 르 다누아를 가리킨다.

12　에티엔 드 비뇰(1390~1443), 일명 라이르라 불린다. 잔다르크의 전우였다.

의 어부 집 울타리에 묶어 두었다. 그가 밤새도록 게임을 벌였던 금지된 장소를 누군가 짐작해 찾아내기 전에 다시 떠날 수 있도록. 그가 사랑한 여자는 어느 날 한마디 말도 없이 프리지아 제도보다 더 먼 북해 어느 해변을 향해 떠났다.

그는 사실 같지 않은 그 결별에서 결코 치유되지 못했다.

그의 앞에는 배 한 척이 풀밭 위에 덩그러니 올려져 있었다.

그는 물소리를 듣는다.

외양간 나무 칸막이 너머로 한 여자가 다리를 벌리고 선 채 짚 더미 위에 오줌을 누고 있다. 용변을 마치자 여자는 배를 내밀고 허리를 조금 구부려 속옷으로 닦는다. 그는 여자가 얼마나 젊고 아름다운지 본다. 여자의 엉덩이는 작고 하얗고 둥글다. 그는 그걸 보고 나서, 대담하게도 그녀를 응시하고 나서 감히 크게 말하지도, 소리쳐 외치지도, 부르지도, 그녀에게 자신을 알리지도 못한다. 그는 차마 그녀에게 자기 말을 위해 보리 건초를 조금이라도 줄 수 있겠냐고 청하지 못한다. 밤새 술을 들이마셔서 목이 마르니 염소젖이라도 조금 얻을 수 있겠냐고 청하지도 못한다. 그는 도망치듯 떠난다. 회색으로 변한 새벽으로 달아난다. 대기는 구름이 잔뜩 끼어

흐릿하다. 그곳은 모Meaux라는 도시다. 그는 늙은 아르덴 말의 고삐를 쥔 채 가까운 도시 성문을 향해 간다. 음악가는 대로에서 가장 먼저 간판이 눈에 띈, 제일 먼저 본 여인숙에 방을 하나 빌린다. 오줌을 누고 나서 옷자락으로 닦던 여자의 모습이 그의 마음을 뒤흔들어 놓았다. 그 형체가 밤새 그를 강박처럼 사로잡는다. 그는 아침나절이 되어서도 속절없이 그 생각을 한다. 그가 연인이 아닌 웬 여자를 생각하는 건 처음이다. 그는 오후에 강가로 돌아온다. 여자가 집 앞에 놓인 고리바구니들 위에 앉아 있다. 그녀는 야외에서 그물을 손보느라 여념이 없다. 그는 그녀 곁에 앉는다.

— 어제 당신이 오줌 누는 걸 보았어요. 그가 말했다.
— 그럴 수도 있겠네요. 하루에도 여러 번 누니까요.

V

사랑

1
사랑의 첫 순간들

하튼과 튈린이 브뤼셀 광장 오른편에 위치한 시립홀에
서 열린 콘서트가 끝나고 처음 손을 맞잡았을 때, 쏟아
지는 폭우 아래 서로의 손가락이 맞닿았을 때, 우물과
양조장으로 이어지는 골목길 끝에서 그녀가 문득 두 손
으로 그의 뺨을 감쌌을 때, 서로 침묵했을 때, 그들은 마
치 포석 위에 못 박힌 듯 서서 서로를 바라보았다.

　밤의 어둠 속에서, 세차게 내리는 소나기를 맞으
며 – 아마도 두 사람이 들었던 모든 비의 노래가 그의 마
음속을 파고드는 가운데 – 사랑이 그들을 감쌌다.

　사랑 – 절대 하나의 몸에 속하는 법이 없는 – 이 충
분한 시간을 갖고 그들을 감쌌다.

　사랑은 비가 내리는 가운데 꼭 필요한 침묵을 즉흥
으로 지어냈고, 바로 거기서 두 사람의 눈길은 서로를
발견했다.

　비는 그들의 얼굴을 촉촉이 적셨고, 가지런히 모은

그들의 손을 적셨다 – 갑자기 두 손이 서로를 맞잡았다.

그들은 더는 말하지 않았고, 이미 서로를 끌어안고 있었다.

사랑에도 그렇듯이, 어쩌면 음악에도 어떤 후회가 필요한지 모른다. 쾌락이 주는 기쁨보다 더 큰 그리움. 음악에 생명력을 부여하는 어떤 기억. 음악 너머로 펼쳐지며 통제되지 않는 무언가가 필요하다. 욕망이 잠든 사이에도 여전히 꿈꾸는 무언가. 몸 깊은 곳에서 기다리는 무언가. 몸, 시간, 힘, 재능, 나이, 두려움 등 모든 게 부족할 때조차 여전히 희망을 품는 무언가.

결핍된 것에는 어떤 동녘이 필요하다.

새들의 노랫소리에서 찾아내기 쉬운 그 동녘은 태양이다.

새들은 매일 내놓는 가르침에 자신만만하다. 새들은 단호하다. 즉흥 연주로 바뀌지 않는 연주는 음악이 아니다.

그것은 여명이다.

여자의 허기와 남자의 갈증 사이를 지배하는 그 모든 적의. 장르는 물론 그 결말의 형태까지 규정지어 버리는 그 모든 시기심. 이전 시간 속에서도, 이후의 시간 속에서도 정확히 어디에서 멈춰야 할지 알지 못한 채 시대에서 시대로 이어지며 세대들의 불행을 이어 주는 그 모든 욕구 불만. 성별 차이에서 절로 생겨나는 그 모든 야만스러운 적개심, 시기심, 적의, 비탄, 경쟁, 질투. 그것들은 갑자기, 돌연, 느닷없이, 언어가 부서지는 순간에 차단된다.

하늘이 열리는 순간에.

벼락이 칠 때, 하늘이 쏟아지는 순간에.

비에 젖은 몸들 위로 번쩍이는 그 갑작스러운 번개는 태어날 때 딱 한 번 보았던 맹렬한 빛을 대체한다. 그 번개는 최초의 세상을 해체한다. 그 빛은 반쯤 세상을 향해 열려 있는 몸을, 성기를 통해 열려 있는 몸을 빛 자신만큼 맹렬한 모습으로 비춰 드러낸다. 그런 이유로 하나의 성기가 나아간다. 그런 이유로 하나의 성기가 열린다.

사랑에 대상을 두는 모든 남자, 모든 여자는 사랑하지 않는 것이다. 사랑에 목표를 정하는 모든 인간이나 동물은 사랑하지 않는 것이다. 사랑에 내용을 강요하는 자는 사랑하지 않는 것이다. 하나의 가정을, 집을, 아이를, 금을, 보상을 꿈꾸는 자는 사랑하지 않는 것이다. 명성을, 사회적 영향력을, 차를, 명예를 좇는 자는 사랑하지 않는 것이다. 시합의 챔피언을, 종교적 청렴을, 청결을, 먹을 거리의 묘미를, 장소의 질서를, 정원의 단장을 목표로 삼는 자는 사랑하지 않는 것이다. 남자 속의 어머니, 여자 속의 외할아버지처럼 더없이 확고한 목표들에 도달하려는 목표일지라도, 자신이 속하지 않는 집단에 끼어들려 나서는 자는 사랑하지 않는 것이다. 문화를, 명인의 솜씨를, 용기를, 경험을, 자부심을, 지식을 추구하는 자는 사랑하지 않는 것이다. 포옹 속에서 신과 '나'는 죽었다.

그러나 밤의 어둠이 감추는 것을 드러내겠다고 나서는 건 얼마나 미친 짓인가.

밤의 거대한 푸르름이 보존해 온 것을 빛 가운데 던지는 건 미친 짓이 아닌가?

우리는 남몰래 품은 마음을 누설하지 못한다.

뷜린은 생각했다. 어려서 품게 된 불행에 대한 관점에 구속되지 않는 영혼이 있을까? 하튼, 내가 비를 맞으며 당신의 뺨을 어루만지기 전에 무엇을 경험했는지 당신은 몰라. 그 깊은 구렁은 나를 떠나지 않았어. 나의 아버지가 피요르드의 얼음물에 빠져 돌아가셨을 때 내가 만난 게 바로 그 구렁이었지. 내가 런던행 차표를 샀던 건 바로 그 구렁에서 당신을 빼내기 위해서였어. 그 구렁은 그저 나의 구렁이어야 했으니까.

우리의 첫 삶이 입는 옷이 그림자라면, 사랑의 옷은 그 그림자를 다시금 내보이는 베일이다. 우리는 그 베일이 품은 냄새 속에서 꿈꾼다. 우리는 더 오래된 사랑에 조금씩 젖어 가는 그 옷 주름 속에서 운다. 우리는 매일 저녁 등불 옆에서 들추는 이불의 그림자 속에서 꿈꾼다. 벗은 몸은 희고 긴 다리와 털북숭이 성기를 이불속으로 슬며시 밀어 넣는다. 우리는 꿈꾼다. 침대 커튼의 냄새 속에, 커튼이 이루는 천막 속에, 이불이 부풀리고 농축하고 짓누르는 그 천막의 냄새 속에, 그 속에 있는 모든 것에 깃들 행복을, 어떤 말도 환기하지 않는 기억을, 다시 입혀지기 전에 먼저 입혀졌던 첫 육신의 옷을 꿈꾼다. 우리는 밤의 장막 속에서, 입술 주위를 에워싼 그 공기주머니 속에서 끝없이 꿈꾼다. 장막은 감추는 게 아니라 보호한다. 후산 _délivre_[1] 이라는 말은 얼마나 기이한 이름인가! 그것은 우리가 눈을 감은 채 잠들기 위해 뺨까지, 혹은 콧구멍 가장자리나 콧구멍 중간까지 끌어당기는 이불자락 같은 것이다.

그러면 얼마 후, 꿈은 발가벗은 사지 한가운데 불쑥 나타나 그 사지를 뒤덮지만, 꿈꾸는 동안 그 몸을 완전히 마비시키지는 않는다.

눈꺼풀 아래로 동공이 바삐 움직인다.

---

1   _délivre_ 는 후산, 태반을 뜻하는데, 그 동사형인 _délivrer_ 에는 '후산하다'는 뜻 외에 '해방하다'라는 뜻이 담겨 있다.

2

은신처의 튈린

튈린은 북부 섬들에서 왔다. 북해 벽지에서, 보트니아만에서 왔다. 그녀의 아버지는 선주이자 선장이었다. 그녀는 아버지가 이끄는 선단의 모든 배의 갑판에 올라 보았고, 서쪽 끝에 있는 오지에 대해 잘 알았다. 독일의 벽지, 슐레스비히-홀스타인, 프리지아 제도, 고틀란드섬에 대해 모든 걸 알았다. 그녀는 스웨덴의 침략[2]과 잔혹 행위 때 온갖 끔찍한 일들을 직접 목격했고, 거기서 그저 비밀스럽고 사적인 음악만을, 오직 새롭게 탄생한 그 탄식의 놀라운 힘만을 포착했다. 그녀가 그 폭력에서 다른 무엇보다 먼저 지각한 건 비극적인 감정과 마음의 난관과 두려움이었다. 그녀는 북유럽에서 러시아의 주요 항구들까지, 멜라렘 호수 안쪽과 스톡홀름의 섬들까지, 덴마크의 비보르그까지 이름이 난 젊은 비올라 연주자였다. 아름답지만 키가 무척 크고(185센티미터), 머리가 바닷새를 닮은 이 여성은 음악을 위해서라면 지옥에라

도 갔을 것이다.

그녀가 하튼이라는 인물을 본능적으로 사랑하게 된 이유도 바로 그것이다. 그는 음악을 위해 영벌받은 자였다. 그는 더 이상 신을 믿지 않았다. 그는 음악을 위해 신을 떠났다.

그녀는 안트베르펜에 있는 아브라함의 집으로 갔다. 그 집은 항구의 성벽 밖에 자리한 대저택이자 드넓은 은둔지로, 실제로 '은신처'라고 불렸다.

그녀는 본크로와 씨(이 화가는 본 크루아Bonne Croix 또는 본크로와Bonnecroye라고 구별 없이 서명한다)가 그린 그림 한 점을 펼친다. 니스 섞인 오일 냄새가 아직 남아 있다.

그녀는 모직 천을 써서 그림을 조심스럽게 펼친다. 손가락 자국을 내지 않으려고 그림을 펼치는 동시에 닦는다. 탁자 위에 손바닥으로 그림을 완전히 펼친 뒤, 자신의 붉은색 비올라의 소용돌이 장식과 목으로 눌렀다.

그의 그림이 밤 장면을 다루지 않은 건 처음이다.

우선, 자갈밭으로 흐르는 시냇물을 뒤덮은 안개가 보인다. 여름이다. 푸른 언덕 위의 나무마다 열매가 달린 걸 보니 여름이다.

예전에 빈치라는 마을에서 태어난 천재 화가[3]의 그

림에서 볼 법한 안개가 피어올라 강 근처 들판으로 흩어지는 중이다. 눈을 가늘게 뜨고 보면 화폭 왼편에 욕망을 품은 채 발가벗은 남자의 아주 작은 형체가 보이는데, 남자는 푸른 빛을 받으며 달려가고 있다. 그는 세상위로 제 황금빛 영역을 펼치는 별의 동쪽에 자리한 버드나무 숲을 향해 가고 있다. 남자는 두 팔을 뻗어 막 몃을 감고 물에서 나오는 젊은 여자를 끌어안고 싶어 한다. 이제 더없이 반짝이고, 길고, 발가벗고, 물에 젖은 님프같은 여자는 팔로 새하얀 젖가슴을 가린다. 그리고 다른손의 손가락들로 거뭇한 성기의 덤불숲을 가린다. 흠뻑젖은 채 굳어 버린 그녀를 감싼 베일은 다시금 색을 띠어가는 빛을 받으며 점차 벗겨지고, 그녀는 누더기처럼흩어지는 밤안개 속에, 강변에서 두어 걸음 떨어진 물속에 서 있다. 남자의 성기는 마치 배 앞에 가지가 돋아난 듯 우뚝 서 있다. 내민 팔 끝의 두 손은 활짝 열린 채젖어 반짝이는 키 큰 여자의 나신을 감싸 안고 움켜쥐려 든다. 여자의 발과 발목은 진흙과 물안개 속에 잠겨있다. 그런데 그가 붙든 건 몃 감는 여자가 아니다. 그가두 팔로 끌어안은 건 늪지의 갈대 줄기 다섯 개다. 그의욕망이 갈대 사이로 흩어지는 동안 그의 손은 갈대를 끌어모아 움켜쥔다. 갑자기 그의 숨이 이빨 끄트머리를 타고 새어 나오더니 길이가 제각각인 골풀 시이를 빠져나가며 아주 가녀리고 미약하고 경이로운 노래를 내뱉는다. 그는 여자의 길고 보드라운 벗은 몸을, 어둠 속에서 한껏 부푼 젖가슴을, 동글동글하고 매끄러운 뺨을, 팽팽하게 펄떡이는 매끈한 배를, 살짝 열리다가 점차 벌어지며 흘러내리는 까끌까끌한 이끼를 움켜쥔다고 생각하고 갈대를 움켜쥔다. 탄식하는 이 신의 이름은 마르시아스다. 그리고 그의 한숨은 "시링스Syrinx"라는 말로, 휘파람 소리가 나는 단어로 바뀐다.[4] 시링스. 몸 아래쪽은 젖은 채, 진흙에 파묻힌 채 강을 따라, 수양버들과 오리나무와 물구덩이와 버드나무를 따라 흘러가는 님프의 잔해를 그는 그렇게 부른다. 더는 눈에 보이지 않게 된 여자. 노래하는 가련한 갈대. 어느 꿈이 밤의 끝자락에 탄생시킨 헛된 포옹 후에 생겨나는 기묘한 슬픔. 이제 그 슬픔은 속이 텅 빈 손가락의 울음일 뿐이다.

---

4   그리스 신화에서 님프 시링스는 목신인 판에게 쫓기다가 붙들릴 찰나에 물의 요정들의 도움을 받아 갈대로 변했고, 목신은 그 갈대를 엮어 악기를 만들었다. 이 '길이가 제각각인 골풀'이 팬파이프의 시초다.

불신자

어느 날 하튼 씨는 새 모자를 사려고 노트르담 다리 위로 갔다. 오팅 부인은 하튼 씨가 얼룩 당나귀Âne rayé라는 간판을 단 쿠타르 씨네 상점에서 따뜻하고 보드라운 소모사 직물로 만든 화려한 펠트 모자를 샀다고 말했다. 하튼은 평생 두 번째로 튈린과 맞닥뜨렸다. 커다란 담비 외투를 입고 강을 따라 걷고 있던 그녀는 쿠프랭 씨의 오르간 연주를 듣기 위해 저녁 미사에 가는 길이었다. 그는 그녀를 향해 달려갔다. 그녀는 수달 모자를 쓰고 있는 그를 용케 알아보았고, 그들은 그 후 아홉 달 동안 서로를 떠나지 않았다. 두 사람은 서로를 처음 안 것처럼 보이는 수준을 넘어서서 아예 야생의 세계 한가운데로 다시 내려온 것처럼 보였다. 그들은 마치 다시금 다른 세계 속으로 뛰어든 것 같았다. 이번에는 아예 태어났을 때부터, 다시 말해 영원히 그곳에 속해 왔던 듯 보였다.

뤼랭은 센강 앞에 서서, 아주 맑고 파리한 파리의 대기 속에서, 사랑에 빠진 모든 여자가 하는 몸짓을 했다. 손가락으로 그의 손을 만진 것이다.

별안간 그의 살갗이, 그리고 살갗 아래의 육신이 깨어났다.

그는 그녀를 끌어안았다.

그의 무릎이 그녀의 무릎에 닿았다.

그가 말하는 동안 그녀의 손가락이 입술에 닿았다. 이제 그녀는 그 입술만 바라보고 더는 말을 듣지 않는다. 그녀가 입술을 내민다. 살며시 입을 맞춘다. 그녀는 젖은 혀끝을 입술에 댄다. 그의 손가락들이 그녀의 손가락을 아주 세게 쥔다. 모든 건 상대의 상대를 위해 시작되었다. 상대의 상대는 본래의 자신보다 훨씬 무한하며, 각 영혼은 제 고유의 반향 속에서 낯선 것보다 훨씬 낯설어지기 때문이다.

엄지가 한껏 부풀고 단단해진 젖가슴 끝에서 떨어진다. 이 고고한 여자는 욕망 속에서도 참으로 품위 있다. 청정한 공기와 침묵 속에서 그녀는 얼마나 아름다운가.

우리가 전혀 알지 못하는 몸을 발견하는 일, 불안해하거나 조심스러워하거나 수줍어하며 이루어 내는 그 발견보다 더더욱 감동적인 일은 무엇인가. 바로 우리가 익히 알고 사랑하는 몸이 다시 나타나는 걸 보는 기쁨이다.

이전과 비슷하고, 여전히 비할 데 없이 향기롭고, 저항하기 힘들 만큼 매혹스러우며, 생생하고, 따뜻하며, 자신만만하고 숭고한 그 몸을 다시 만나는 건 행복이다.

그 몸을 알아보는 행복감은 참으로 유일무이하다.

그 몸에 똬리를 트는 건 황홀한 일이다.

어쩌면 바로 거기서 음악과 사랑이 만나는지도 모른다.

음악은 말하지도 않고 의미하지도 않는다. 그것은 암호화하고 다시 찾아낼 뿐이다.

그것은 뇌의 그늘 깊은 곳에서 잃어버린 것을 되살려 낸다.

그것은 뒤로 돌아가 돌진하고, 한 악장 한 악장 천천히, 그러다 별안간 빠르게 나아가며 마음을 뒤흔든 모든 것을 되찾는다.

우리는 바닷가에서 느닷없이 달려 사랑하는 그녀의 품에 뛰어드는 걸 참으로 좋아한다.

음악은 특출나게 감동적인, 어딘가 미쳐 버린 인식 같다. 세상 이전의 세상에 있던 것, 되찾으리라 더는 기대하지 않던 것과의 아연한 재회 같다.

그들은 예전에 그들 발밑으로 엄청난 구멍을 열었던 걸

별에 대해선 절대 말하지 않았다.

브뤼셀 그랑플라스의 양조장 골목길 끝에서 소나기를 맞으며 처음 만났던 그 시절처럼, 다시 그들은 지인들과 세상의 의무들에 매달린다. 그들이 다시 서로를 품은 첫 여인숙은 칸막이벽이 얇아 소란이 요란하게 메아리쳤다. 그 점이 너무도 혐오스러웠던 그들은 날이 밝기도 전에 그곳을 떠났다. 그리고 다시 바다로 달려갔다. 바다에서 씻고 포옹하기 위해서였다. 다시 그들은 블랑켄베르허의 북해로 간다. 튈린에게 그것은 반사행동이다. 그녀는 대양을 보면 뛰어든다. 그들은 달리고, 얼싸안고, 꾸물거리고, 바람 속으로 내달린다. 이 여인숙 저 여인숙을 전전하며 쉬지 않고 물보라를 향해 간다. 바람에 흩날려 그들의 얼굴을 적시는 물보라와 싸우며, 돌풍의 근원을 향해 나아간다. 돌풍이 그녀의 올림머리를 풀어 버리고 머리카락을 헝클어 놓는다. 그들은 어디건 오래 머물지 않고 유년기의 바다와 여명의 원형을 향해 끊임없이 돌진한다. 사랑하는 두 연인은 정말이지 자기들 둘뿐이다. 그들의 눈길에서 세상은 저절로 사라진다. 그들이 상대 몸의 살갗을 본 순간에, 그들이 상대의 목이나 어깨에 얼굴을 얹고 파묻고 냄새를 느낀 순간에, 도시, 스승, 친구, 시대, 아버지, 어머니, 왕, 여왕, 시종, 영웅, 신이 모두 그들 주위에서 멀어지고 부스러지고 소멸한다. 그들은 할 수 있는 한 다른 모든 여자와 남자에게서 멀어진다. 그들의 이기심은 경이롭다. 그들이 만들어 낸 영역, 그들의 손들이, 그들의 바리케이드가, 그들의 내밀함이, 그들의 굳건한 행복이 만들어 낸 영역. 그것들이야말로 그들이 이 세상에서 찾아낸 보물, 세상의 시샘 속에서 간직하는 보물이다. 그들 몸 한가운데에 그들이 보호하는 원천이 있다. 그들이 빌린 방 혹은 자신들을 맞이해 준 숙소를 떠날 때, 그들은 개펄을 따라 몇 시간 동안 손을 맞잡고 걷는다. 다시 불어나기 시작하는 대양이 소란을 떠는 가운데, 그들은 머플러를 한껏 흩날리며, 그들의 추억을 쓸어가는 바람을 맞으며, 이마는 젖고 눈꺼풀은 촉촉해진 채 걷는다. 이 매혹은 그들을 포괄하는 우주나 그들을 둘러싸는 자연에게는 관대하다. 그것은 오직 하나가 되려 애쓰던 두 몸을 갑자기 떼어 놓으려 끼어드는 제삼자에게만 알레르기 반응을 보인다. 그들은 자신들보다 더 오래된 것 속으로 뛰어든다. 이 매혹은 인간 세상 앞에서만, 그 종교들, 그 사원들, 그 언어들, 그 말살들, 그 십자군들 앞에서만 뒷걸음질 친다.

4

테오르보

하튼은 류트 연주자였다. 사실 그가 받은 교육은 오르간 연주자를 위한 것이었지만, 그는 테오르보를 써서 작곡했다. 스위스 출신이었던 그는 어린 시절을 일강 기슭의 뮐루즈에서 보냈다. 그렇지만 그는 그 악기를 이탈리아에서 부르듯이 "티오르바"라고 불렀다. 튈린은 아치류트라고 불렀다. 로마에서, 적어도 바티칸 시국에서 티오르바는 목이 두 개에 줄감개집도 둘인 이중 류트를 가리켰다. 처음에 사람들은 하튼에게 "신교도"라는 별명을 붙였는데, 나중에는 불신자 하튼이라 불렀다. 하지만 그는 그저 구역질이 난 사람이었을 뿐이다. 어떤 이들은 그를 한스라고 불렀고, 또 어떤 이들은 나탄이라 불렀으며, 또 다른 이들은 랑베르라고 불렀다. 하지만 그는 자기 앞에서 나아가는 배를 알지 못하는 슬픔의 항적일 뿐이었다. 그는 모닥불을 떠난 연기 같았다. 길 잃은 연기 같았다. 그 연기는 때때로 아주 잔잔하게, 평온하게 날아간다. 또 때로는 격노해서 비비 꼬여 솟구친다. 그러나 대개는 다시 떨어져, 대기 속에서 물결치는 파동처럼 취약하게 움직인다. 그것은 구불구불 느리게 굽이치는, 부서지기 쉬운, 예민한 사라반드 춤이다. 그를 맞아 준 가족은 작센 출신으로 일강과 돌레르강 사이에 정착한 사람들이었다. 얼마 후 그들은 그를 변절자라며 배척했다. 그의 악덕은 신을 찾는 일을 거부하고 반항하는 데서 오는 게 아니었다─그런 건 중대한 위배에 속하지 않았다. 그의 악덕은 미사에 절대 가지 않겠다고, 기름진 음식에 대한 금기를 지키지 않겠다고, 사순절을 지키지 않겠다고, 부활절에 영성체를 하지 않겠다고, 죽은 이들이 지나갈 때 십자가를 긋지 않겠다고 마음먹은 데 있었다. 그는 공동의 열정에 속한 모든 의식을 잊고 싶어 했다. 그러면서 점점 더 야성적으로 변해 갔다. 그는 빛을 싫어해 폐허 속에서 빛을 등지는 맹금류, 우리가 올빼미라고 부르는 작은 맹금류처럼 되었다. 올빼미가 '에프레 *effraie*'라고 불리는 건 공포감을 주기 때문이 아니다.[5] 오히려 녀석이 햇빛과 인간의 외침에 겁을 먹기 때문이다. 녀석들은 눈이 아주 크다. 긴 뺨엔 솜털이 가득하고, 가죽 또는 깃털은 황금색이고, 거의 새하얀 솜털은 비단처럼 부드럽다. 하튼은 참으로 특별한 필경사여서 유럽 전역의 노는 음악가가 그를 값을 매길 수 없는 소중

---

5   올빼미를 뜻하는 'effraie'라는 말은 동사 'effrayer(겁먹게 하다, 오싹하게 하다)'에서 나온 것이다.

한 보물처럼 보호했다. 어느 종족이건, 어떤 종교나 국가에 속하건, 어떤 언어를 쓰건 모든 음악가는 그를 감쌌다. 그는 어쩌면 바로크 세계에서 가장 화성에 조예가 깊은 음악가였을 것이다. 모두가 자신의 무신앙을 숨겼지만, 그는 그러지 않았다. 그는 작곡을 거의 하지 않았다. 발표도 하지 않았다. 그의 멜로디들은 아주 독특한 형식으로 만들어져서 단번에 알아볼 수 있었고, 조금이라도 그 곡들을 연구한 사람이라면 들으면서 두세 번은 반드시 울었다. 튈린은 그의 곡들을 무엇보다 높이 평가했다. 그리고 그 정점에 〈F# 장조 서곡〉을 두었다. 그녀는 그 곡을 두 대의 비올라를 위한 곡으로 편곡해 발표했다. 지빌라 공녀는 하튼의 곡들을 프로베르거의 모음곡과 추모곡 바로 밑에, 프레스코발디와 루이 쿠프랭의 작품들 바로 위에 두었다. 안나 베르제로티는 그 곡들을 높이 평가하지 않았다. 그녀는 명인이었지만, 지빌라 공녀보다는 덜 명인이었다. 하튼이 쓴 곡들은 접근하기가 어려운 것도 사실이고, 그 짜임새도 말로 표현하기가 어려웠다. 그는 딱히 이유 없이 모든 음자리표를 사용했다. 곡을 쓴다기보다 암호화했다. 이 변주곡들을 초견해보면 기발할 뿐 아니라 난해해 보이기까지 했다. 이 곡들이 인도하는 지점은 낯선 침묵의 해변이지 결말이 아니었다. 겉보기엔 거의 해독할 수 없는 상형문자 같을지

라도 꼭 읽어야 하는 창작곡들. 파헤치고 헤집어서 찾아
내어 추모하며 되살려야만 하는 노래들. 반면에 영주들,
부르주아 애호가들, 성직자들, 음악 모임들이 그를 찾은
이유는 간단했다. 그가 필사한 악보의 선명함 때문에,
그 악보들을 여는 장식 그림 때문에, 그가 덧붙이는 화
음 때문에, 그가 그린 보표의 아름다운 마무리 장식 때
문에 그를 찾은 것이다. 그뿐이다.

사람들은 이 난해한 명인의 삶에 관해 천 가지 전설을
이야기했다. 깡마르고 긴 몸, 상냥하지만 사람을 피하는,
늘 당혹스러워하는, 언제나 검은색 짧은 바지를 입고 파
란색 단춧구멍 장식끈을 달고 있는, 무척 예의 바르며
무척 파악하기 어려운 인물. 그가 결국 튈린을 떠난 건
분명하다—그는 젊은 스웨덴(사실은 핀란드) 출신 여성
예술가가 그에게 해 주던 조언으로부터, 다른 음악가들
사이에서 그의 평판을 공고히 다져 주기 위해서라던 그
조언으로부터 느닷없이 해방되며 달아난다. 하튼 씨를
몽벨리아르로, 뷔르템베르크 궁으로 보낸 건 하위헌스
씨였다. 거기서 프로베르거는 그를 다시 만났다. 그를
제국의 왕궁에 추천한 건 지빌라 공녀였다. 빈에서, 하
튼과 청년 프로베르거는 나이 차이가 열다섯 살이나 났
지만 우정을 맺었고, 서로 숭배하는 사이가 되었다. 서

로가 추구하는 예술은 달랐지만, 또 어떤 점에서 그들의 가치와 취향은 양립할 수 없을 정도였지만, 두 사람은 절대적으로 서로를 존경했다. 서로 다른 신앙관도 영향을 미치지 못했다. 프로베르거는 개혁파였었지만 더는 그렇지 않았다. 흑사병의 대유행 이후, 프로베르거 씨는 로마로 달려갔다. 전염병으로 가족 대부분이 죽은 뒤, 그는 하튼 씨가 내전의 광경을 목도하고 모든 종교를 떠났을 때와 똑같은 열정, 똑같은 결의로 가톨릭 신앙으로 개종한 것이다.

프로베르거, 캅스베르거, 키르허, 하튼 씨는 몽벨리아르에 새로 지어진 성을 거쳐 간다. 뷔르템베르크 대공과 공녀가 그들보다 앞서 거쳐 갔다. 그들은 레오폴트 프리드리히가 막 유리벽을 설치하게 한 대회랑으로 간다. 프리드리히는 회랑을 그들에게 보여 주며 자신의 그림들을 보호하기 위해 비와 바람을 막아야만 했다고 그들에게 설명한다.

그렇게 그는 이탈리아인들의 방식으로, 프랑스 왕이 퐁텐블로의 키 큰 나무 숲속에 만든 방식으로 그 긴 회랑을 덮을 구상을 한 것이다.

동이 튼다.

멀리서 해가 떠오른다.

그들은 지평선 위로 밝아 오는 눈부신 태양에 감탄한다. 그리고 그림들을 보며 감탄한다. 그림들의 유약에 닿고 황금빛 액자 틀에 반사되는 첫 햇살들에 감탄한다.

대공이 그들에게 인사했다. 그는 부하들이 기다리고 있는 무기고로 갔다. 주 거처의 아래쪽 어둠 속에서 몇몇 가톨릭 신도들, 몇몇 에스파냐인들, 몇몇 프랑스인들, 몇몇 무어인들을 그날 참수할 예정이었다.

그곳의 난로 아궁이에서 벌겋게 타고 있던 불이 그들의 눈과 그들 허리춤에 매달린 무기들을 비추었다.

그들은 신의 가호를 빌었다. 그리고 서약을 다시 읊었고, 예배당으로 가서 무릎을 꿇고 차례차례 성호를 그었다.

그들은 싸락눈이 덮인 안뜰을 가로질렀다.

그리고 마구간으로 갔다. 그러는 사이 어둠은 축사 칸막이들 속에서 완전히 해체되었다.

하튼 씨는 사람들이 그에 대해 내리는 판단에 상처받았고, 그로 인해 오래전부터 – 1630년대 초부터 – 더는 서곡도, 사라반드 춤곡도, 장중한 곡도 선보이지 않았다. 그에 대한 평판은 이랬다. 다른 사람들의 작품을 감탄스럽도록 잘 읽지만, 성격이 까다로운 음악가라는 것. 사람들은 그를 찾았다. 사람들은 벽난로와 화덕 속 불을 다룰 때 부집게를 쓰듯이 그를 조심스럽게 대했다. 그는 훨씬 젊은 작곡가들의 작품들을 비범한 힘으로 연주했다. 그 곡들에 오직 자신만의 우아한 선율을 더했다. 그러면 사람들은 그가 그 곡을 연주한다고 하지 않고 읽는다고 말했다. 그는 친구들의 음악을 읽고 조음했다. 하튼 씨가 자신의 아치류트로 누구보다 감정을 잘 전달한다고 평하지 않는 음악가는 아무도 없었다. 기악 협주를 할 때도, 오르간의 온갖 연주법을 활용할 때도 마찬가지였다. 무엇보다 그는 각 곡을 실어 나르는 흐름을 만들어 낼 줄 알았다. 그런 다음 각 원작이 제 앞에 열어 놓은 허공 속에 그 흐름을 분출했다. 원작의 저자들조차 그가 작품에 덧붙인 악상의 유일무이한 방향 덕에 자신이 작곡한 작품을 새롭게 발견했다. 때로 그는 그런 도약을 상상한 뒤 그 도약을 직접 원작에 제공했다. 때로는 도약을 암시하는 데 그치기도 했다. 그는 자신이 해독하던 악보 속에 은밀히 도약을 끼워 넣곤 했다. 그는 그 믿기 힘든 약진을, 그 불가사의한 안단테를 다른 세계에서 가져왔고, 그것은 각 음악 작품이 품는 비밀 노래가 되었다. 즉발하고, 생기 넘치고, 동물적이고, 고무적이며, 끌어당기는 힘을 지닌 증폭. 튈린은 그것을 발트해 부근의 키엘에서 처음 듣고, 그 후 안트베르펜에서 다시 들은 뒤 홀렸다. 그녀는 그들의 사랑이 탄생하기 전 3년 동안 곳곳으로 그를 따라다녔다. 그녀 역시 놀랍도록 강력한 음악가로, 힘찬 활의 움직임이 놀랍도록 살아 움직였다. 화성에도 조예가 깊은 그녀는 제안 받은 곡을 탁월하게 편곡했다. 17세기 독일, 플랑드르, 이탈리아, 영국, 프랑스의 많은 악보가 뷜루스 사람 하튼의 손길에 힘입어 보존되었다. 생트 콜롱브 씨가 남긴 작품들의 유일한 복제본도 그의 손에서 나온 것이다. 그는 생트 콜롱브의 음악들을 바이에른의 집에서 들은 뒤, 파리에서 그 기억을 더듬으며 필사했다. 하튼은 홀로 살았고, 하나뿐인 방에서 홀로 작업했으며, 프로베르거와 함께 여행할 때도, 튈린과 함께 다닐 때도 혼자였다. 페르디난트 황제가 죽고 난 뒤, 아니 좀 더 정확히 말하자면 하튼 자신의 아버지가 타계한 직후에 그는 갑자기 베른에 은둔했다. 그는 남몰래 작곡했고, 아무것도 보여 주고 싶어 하지 않았다. 튈린은 청소년기가 끝날 무렵엔 달콤하게 노래할 줄 알았지만, 대중 앞에서는 도무지 노래하지 못했다. 그래서 그녀는 청중으로부터 자신을 보호하기 위해 비올라를 이용했고, 활 끝으로 현을 울리는 식으로 노래했다. 두 사람은 서로 잘 통했을 법했는데도 서로를 사랑했다. 그들은 잘 통하는 것보다는 사랑하는 편을 택했다. 어쩌면 그들의 생각이 옳았는지 모른다. 하시만 정말 옳았을까? 그들은 두 번에 걸쳐 이홉 달을 함께 살았고, 완벽하게 행복했다. 두 사람은 영원히 함께 살았으면 좋았을 것이다. 그는 엄청나게 작업했다.

VI
마르마라해

1

카드를 쥔 손

프로베르거 씨는 카드 앞에서 몇 시간이고 보낼 수 있었다. 게임을 위해 깔아 놓은 융단 위로 작은 상아 주사위를 던지며 몇 시간이고 보낼 수 있었다. 그는 말하지 않고, 꼼짝 않고, 오줌도 누지 않고, 눈도 깜빡하지 않고, 떨지도 않고, 초조함을 조금도 드러내지 않고, 행운의 신호를 기다리며 몇 시간이고 보낼 수 있었다. 그는 자신이 예견할 수는 없지만 모든 걸 발칵 뒤집어 놓고 시간을 사방으로 흩날려 버릴 무언가를, 그를 강박처럼 사로잡던 모든 욕망을 낱낱이 확인해 줄 어떤 사건을 초조하게 기다리며 인생을 보냈다. 그 욕망들이 일상의 현실에서 어느 목적지에 도달하는 건 아주 드문 일이었다. 게임은 그런 공간을 제공한다. 매번 카드가 배분될 때마다 도달을 향한 희망은 다시 탄생한다. 정확히 말해 그것은 기도祈禱가 아니다. 순수한 상태의 기다림이다. 프로베르거는 미신에 집착했다. 사람들은 꼼짝하지 않는 부류의 시간을 인내라고 부른다. 혹은 고독한 시간이라고 부른다. 타고난 대식가였던 그가 먹지조차 않는 시간. 게임을 하는 그 시간 내내, 그는 헤라클레스 신의 동상처럼 옛 시대 풍으로 턱을 앙다물고 긴장해 있었다. 맹금류의 눈처럼 살짝 돌출된 눈을 한 채 등을 꼿꼿이 세우고 있었다. 능숙함이나 민첩함과는 거리가 먼 손, 물결보다는 나뭇가지에, 사구의 모래보다는 가장 높은 바위의 산마루에 조금 더 길든 발톱처럼 오그라들고 곱은 손을 가진 오르간 연주자. 이마가 완전히 불룩하게 거의 둔각을 그려, 그의 속은 그 안에 매복한 듯 헤아릴 길 없다. 솔개 같달까, 아니 더 정확히 말하자면 관절 있는 큰 날개를 반쯤 펼치고 있는 매 같다. 그렇게 탁자의 초록색 융단에서 게임을 하고 나면, 그는 입을 벌린 속 빈 조개 같은 길고 하얀 손을 뒤집었다. 에리쿠르 성의 식당에서 카드 게임을 하는 빈 왕궁의 음악가는 이집트의 프레스코 벽화 위에 그려진 봉헌하는 형체들과 마치 두 방울의 물처럼 꼭 닮아 있다. 그 벽화는 우연에 의해, 모래의 움직임에 의해, 고대를 향한 열정에 의해, 머나먼 곳을 향한 탐험심에 의해 저 아름다운 나일강을 따라 이어지는 충적층 속에서 발견된 것이었다. 그가 좋아하는 게임은 에카르테와 리버시였다. 그는 빈에서 성가내 시휘사로 있을 때 이틀 낮 이틀 밤 동인 크리스토프

에르만 드 로스부름Christof Hermann de Rosswurm과 맛난 아몬드 크림에 이름을 남긴 이탈리아 영주 폼페오 프란지파니Pompeo Frangipani[1]와 함께 게임을 했다.

그가 이 세상을 떠나며 남긴 걸 어떤 존재가 추정할 수 있을까?

하루하루는 매일 물러나면서 그 이후에도 지각할 수 있는 무언가를 남길까?

우리가 사는 시간 내내 무엇을 축적하건, 무엇을 고백하거나 고백한다고 주장하건, 우리는 자연도, 몸도, 심지어 우리 자신이 지나간 날에 남겨 놓은 발걸음조차 알지 못한다.

우리가 어떤 방식으로 행동하건, 자기 삶에 어떤 움직임을 바라건, 우리는 그 방향을 알지 못한다. 꺼져 가는 끄트머리조차 방향을 드러내지 않는다.

이 운명은 관측되지 않는 비밀이다.

실존의 토대를 이룬 모든 것이 그 장본인에게 그토록 완벽히 감춰진다는 건 참으로 경이로운 일이다.

모든 영혼은 스스로 낯설다.

우리는 프란지파니 씨가 살면서 사랑한 한 여성, 혹은 두 여성, 혹은 세 여성에 대해 전혀 알지 못하고, 그가 그 여자들을 사랑할 때 그들 곁에서 받은 고통에 대해서도 전혀 알지 못한다.

그의 가장 커다란 행복이 어떠했는지도 전혀 알지 못한다.

왕을 정하는 잠두콩[2]을 숨겨 놓은, 이빨에 들러붙는 달콤쌉싸름한 크림만 기억한다.

젊은 요한 야콥 프로베르거가 로마 바티칸 시국에서 프레스코발디 씨에게 음악을 배울 때였다. 어느 날 아타나시우스 키르허의 대사관으로 가던 그는 니콜라 푸생이라는 이름의 프랑스 화가를 만나는데, 그 화가는 황금빛 여명에 물든 채 아침 산책을 하고 있었다. 밤이 끝나 가고 해가 아직 완전히 뜨기 전, 작업실에 필요한 빛이 채워지기 전, 조수들이 일을 시작할 채비를 마치기 전, 스스로 다시 작품 제작에 몰두하기 전에 화가는 옛 광장의 잔해 속으로 가서 걷는 습관이 있었다. 그가 거기 가는 건 자신의 허약한 폐를 씻고 휘발유와 기름 냄새를 빼기 위해서였다. 그리고 시간 속, 역사 속에서 더 오래된 무언가를, 아름다운 마모를, 묘한 색채들을, 경이로운 형태들을, 감미로운 시구들을, 숭고한 전설들을 남긴 무언가를 들이마시기 위해서이기도 했다. 그 외에도 그는 노랑이끼 버섯, 장미 버섯 등 야생 버섯을 모아 자기 모

---

1   프란지판 크림이라고 불리는 아몬드 크림은 프란지파니의 이름에서 유래했다.

2   주현절에 먹는 케이크에는 잠두콩(요즘은 작은 도자기 인형)을 하나 숨겨 두어, 그것이 든 조각을 먹는 사람이 왕관을 쓰는 전통이 있다.

자에 담아 왔고, 가져온 버섯은 오믈렛에 들어갔다. 또한 걷다가 매혹적이고 진귀한 꽃을 발견하면 그 꽃들도 모자에 담아 왔다. 작업실에 두려고, 혹은 아내를 위해 침실에 두려고, 혹은 그저 부엌 식탁에 놓아 두기 위해서였다. 노르망디에서 태어난 그는 다시는 그곳으로 돌아가지 않았다. 그가 태어난 때는 종교 전쟁이 가장 격앙된 시절이었고, 그의 아버지는 대위로 복무하고 있었다. 키 크고 사납고 야심 차고 능숙하며 인색한 대위였다. 그의 아버지는 고통에 내지르는 비명과 구원을 청하는 아우성과 경건한 애원에 감탄하며 화형대를 더 늘렸던 파스칼 씨의 아버지[3]와 조금 비슷했다. 푸생 씨의 아버지는 신교도들을 엄청나게 약탈한 인물이었다. 로마의 총애를 받음으로써 신의 은총을 얻은 그는 도화선과 화약통, 포탄과 탄약으로 부를 축적했다. 그의 외아들은 유년기 특유의 무력한 침묵 ─ 영혼의 무지와 신체의 취약함, 어른들에 대한 두려움, 혼란스럽도록 분산된 현실 등으로 빚어진 ─ 속에서, 또한 아버지 휘하의 부대가 남겨 놓은 잔해 속에서 자란 아이였다. 그는 움직임 없는 시신들, 으스러진 아이들, 배가 갈라진 말들, 침묵 속에서 무너진 돌덩이들을 보고 질겁한 아이였다. 푸생 씨는 그 시절의 프랑스 화가 가운데 유일하게 죽은 자들의 언어이자 고대인들의 언어인 라틴어를 사랑했다 ─ 그는 베르길리우스의 책을 전부 읽었고, 『변신』에 담긴 모든 변이를 외웠으며, 『황금 전설』속 그 모든 무시무시한 일화들을 라틴어 원전으로 접했다. 그 옛날, 로마 공화국 말기에 피에솔레에 살았던 베르길리우스도 폐허의 아이였다. 그의 가족이 퇴역 군인들에게 고향 집을 징발당했던 것이다. 푸생은 레장들리Les Andelys에서, 베르길리우스는 피에솔레에서 똑같이 탐욕스럽고 폭력적인 얼굴들을 올려다보았다. 똑같은 징발자들의 얼굴이었다. 똑같은 파괴 행위, 똑같은 패주, 똑같이 망가진 풍습, 구덩이에서 새어 나오는 똑같은 신음. 똑같은 운명들. 베르길리우스는 아우구스투스가 제 왕궁들을 확장해 나가던 도시에는 절대 정착하려 들지 않았다. 푸생도 프랑스 수도의 성벽 안쪽에 거주할 마음을 먹지 않았다. 화가가 결국 로마를 선택한 건 로마 제국과 가톨릭 기독교의 옛 수도였던 그곳이 시간의 기슭을 건너며 낯설고 미적지근한 마을이 되었기 때문이다. 로마로 간다는 건 그을음과 시큼한 사과 냄새가 진동하는, 축축하고 추위에 얼어붙은 노르망디의 새로운 폐허를 떠나 강인한 꽃과 푸른 박하 싹, 태양의 별빛에 젖은 딱총나무와 산방 꽃차례로 가득한 오래된 폐허를 찾아가는 것이었다.

---

3   에티엔 파스칼(1588~1651)은 블레즈 파스칼의 아버지다. 권위적이었으며 타협을 모르는 엄격한 법관이었고, 수학과 음악에도 조예가 깊어 학문과 권력을 겸비한 인물이었다.

2
산

몽마르트르 언덕, 쇼몽 언덕, 루즈 언덕, 샤이오 언덕, 생
트-쥬느비에브 산, 이곳들을 보면 프랑스의 수도가 알
프스라고 믿을 수도 있을 것이다.

　생트 콜롱브 씨: 1640년대에 파리로 가면, 나는 생
테브르몽 씨와 라 로슈푸코 씨가 부당한 압력을 받으며
갇혀 있던 오래된 바스티유 감옥 근처에 있는 파리 늪지
에 야생 오리들이 내려앉는 걸 보러 가곤 했다. 모랭 씨
가 나와 동행했다. 안개에 둘러싸인 버드나무들이 얼마
나 아름답던지. 새들이 바스락거리는 소리. 나무들 사이
를 비추는 빛줄기. 참으로 향기로웠다. 우리 신발은 젖
어 있었다. 어느 날 아침엔 보갱 씨와 본 크루아 씨가 우
리와 함께 가서 그림 수첩에 매사냥 스케치를 하려고 동
이 트기 전에 일어났다.

홀로 남은 채 행복해진 튈린은 스승에게 인사를 하려고

바이에른강 인근에서 파리로 왔다. 어느 날, 그녀는 그 저 걷기 위해 베르사유의 새 왕궁을 둘러싼 정원과 멋진 숲으로 갔다. 봉장팡 거리를 떠나와 그곳 왕궁에 머물고 있던 블랑슈로슈 부인은 왕의 침실에서 왕이 기침할 때 리라를 켜도록 왕이 손수 임명한 하노버가 죽었다는 사실을 알게 되었다. 조카 하노버는 그토록 꿈꿔온 자리를 얻었지만, 결국 다른 사람에게 그 자리를 넘기게 되었다. 그는 자신이 임명되었다는 소식을 듣고서 행복한 마음에 술을 마시러 갔다가 감기에 걸려 죽게 된 것이다. 그래도 그는 그 기쁨을 맛보긴 했다. 그를 죽게 한 혹한이 닥치기 10주 전에 맛본 기쁨이었다.

3
하노버의 삶

프로베르거 씨가 몽텔리아르에 사는 외과 의사를 찾아간 건 1647년 11월이었다. 그의 제자 중 한 명이 단Danne 숲에서 병사들에게 습격당해서였다. 더 자세히 말하자면, 그 제자는 파라오 카드놀이를 하다가 배에 칼을 여러 차례 맞았다. 그가 조카 하노버였다. 스물네 살이었던 그는 파리 시테 출신이었고, 고티에 씨와 샹브레 씨가 활동하던 시절에 유명했던 류트 연주자의 조카였다. 이 젊은 연주자는 새하얀 반바지를 내린 채 긴 벨벳 의자에 앉았다. 외과 의사는 몸을 숙인 채 그의 옆구리 상처를 꿰맸다. 프로베르거 씨는 아프지 않은 척하려고 애쓰는 그 청년의 손을 잡고 있었다. 청년은 얼굴이 창백했다. 그의 성기는 작고 하얀 튤립처럼 아름다웠다. 제자가 다 나아 평온해지자 스승과 제자는 일곱 달 동안 서로 사랑했다. 1653년, 조카 하노버는 트롤선을 타고 르아브르 드 그라스[4]를 떠나 영국으로 갔고, 거기서 리

216

라를 배웠다. 배의 갑판에 오른 모습이 눈에 띄었던 그는 이후 4년 동안 종적을 감췄다. 그리고 바닷길을 통해 프랑스 땅을 다시 밟고 생-말로로 돌아온 그는 자신보다 스무 살 어린 어느 오스트리아 청년을 미치도록 사랑하게 되었다.

임명되었다가 죽음에 이르게 되기 2년 전, 파리로 돌아온 리라 연주자 하노버는 그의 삼촌(샹브레 씨의 친구였던 류트 연주자 늙은 하노버)의 무덤이 훼손된 걸 발견했다. 다음날, 무덤을 어떻게 손볼지 가늠하려고 대리석공과 함께 무덤을 다시 찾은 그는 남편의 무덤이 밤새 훼손당한 과부를 만났다. 여자는 검은 베일을 쓴 채 울고 있었다. 그녀 남편의 관은 부서졌고, 철제 부품과 십자가는 도난당한 상태였다. 여자는 아일랜드 출신이었다. 그녀는 목이 휘어질 정도로 길었다. 키가 작았지만 아름다웠고 뺨이 발그레했다. 그녀는 좀 서투르긴 해도 프랑스어를 말할 줄 알았지만, 두 사람은 영어로 대화를 나누었다. 그가 그 언어를 쓸 줄 알았고 또 그 언어로 말하는 걸 즐거워했기 때문이다. 그는 여자와 함께 검찰관을 찾아갔다. 여자는 말하기 위해 베일을 벗었다. 젊은 여자의 피부는 창백한 분홍빛, 투명한 분홍빛이었고, 얼굴에는 주근깨가 누세 개 보였는네 그중 하나는 한쪽 콧

프랑스 북부의 항구 도시. 현재는 르아브르로 불린다.

구멍 위에 있었다. 그녀는 목까지 단추가 달린 짙은 초록색의 예쁜 블라우스를 입고 있었다.

— 대체 누가 그런 짓을 했을까요?

— 그이를 좋아하지 않는 누군가였겠죠.

경찰서에 신고하려고 시테섬을 찾았던 그들은 밖으로 나오면서 하노버의 친구인 류트 연주자 파두 씨의 집으로 갔다. 투아네트가 혼자서 맞이해 주었고, 그들은 그녀에게 자신들의 이야기를 들려주었다. 두 여자가 서로 말을 잘 이해하지 못할 때는 하노버가 통역했다. 작업실은 이상하게도 텅 비어 있었다. 하노버 씨는 아무 말도 하지 않았다. 파두 부인의 표정을 보니 말하고픈 마음이 들지 않았다. 부인은 젊은 아일랜드 과부에게 수프를 내주며 말했다.

— 아마 시샘한 사람이 있을 텐데, 그 사람을 불시에 덮쳐야 해요.

그래서 그들은 번갈아 지켜보려고 묘지로 갔다.

어느 날 밤, 그들이 교대하던 시간에 젊은 아일랜드 부인의 두 손이 어둠 속에서 길을 잃었다. 그들은 밤을 함께 보내려고 시도했다. 그는 밤을 지새고 나서 난감한 얼굴로 말했다.

— 왜 내가 지금까지 남자들을 더 좋아했는지 알겠어요. 조금이나마 성적 쾌락을 취할 때 말이

에요. 여자들의 쾌락이 그토록 촉촉이 젖는 건
줄 몰랐어요. 우리의 기원은 액체입니다. 끔찍
할 정도로 액체적이죠. 여자들이 자기 기쁨을
표현하는 방식은 어딘가 급류 같네요. 그들의
성기는 푹푹 빠져드는 진창 같고요.

　그는 이내 말을 이었다. 함께 밤을 보낸 젊은 과부
에게 그는 설명했다. 자신은 그녀와 함께 있기를 좋아했
다고. 그녀의 아름다움을, 그녀의 목소리를, 그녀의 눈
을, 그녀의 성격을, 그녀가 말하는 언어에 밴 아름다움
과 그 모든 말들에 더해지는 억양까지 사랑했다고, 그러
니 그가 그녀를 꺼렸던 건 그녀의 몸이나 영민함에 모
자람이 있어서가 아니라고, 다만 그녀의 성기 때문이라
고 했다. 그는 자신이 끌리고 감동하는 젠더와 기피하는
성性을 구분했다. 자신은 언제나 호전적인 것에 끌렸고,
자신과 같은 존재의 억세고 민첩하며 굳건한 손을 좋아
하는 성향을 보여 왔다고, 그날 밤에도 그랬다고 그는
그녀에게 털어놓았다. 그녀는 입술을 뾰로통하게 삐죽
거렸는데, 그 표정에서 그는 연민보다는 반감을 보았다.
심지어 그녀의 눈 속에는 분노로 가득한 무언가가 있었
다. 그는 그걸 감지하고, 남자들끼리는 자신들 쾌락의
성급하고 응축된 표현을 잘 이해한다고 그녀에게 말했
다. 그러지 젊은 여지는 이언실색했다. 히노비 씨는 자

기가 한 말에 당황했다.

— 우리가 함께 있는 모습은 당신이 원하는 만큼
세상에 보여 주되, 어둠 속에서 내밀한 건 아무
것도 나누지 말자고요.

그런데 발그레한 안색과 유머와 화술과 남다른 자
부심을 가진 아일랜드 출신 젊은 여자는 그에게 홀딱 반
해 있었다. 그래서 그의 대답이 만족스럽지 않았다. 그
녀는 구애하며 그를 뒤쫓았을 뿐 아니라, 그보다 더 깊
은 마음을 그에게 털어놓았다.

— 저는 수치심을 느껴요. 당신에게 털어놓아야겠
어요. 제가 끔찍하게도 당신을 속였답니다. 사
실 무덤 두 개를 훼손한 건 저예요. 당신을 보
고는 당신과 하나가 될 희망을 품고 그랬어요.
제 남편이었던 이의 죽음 후에 찾아온 슬픔에
빠져, 아니 그보다는 무기력에 빠져 너무도 외
로웠어요. 그 고독은 견디기 힘들었어요.

그러나 촛불 곁에서 긴 머리카락이 어깨 위로 흘러
내리는 걸 보았을 때, 드레스가 벗겨져 침실 바닥 위로
떨어지면서 내는 소리를 들었을 때, 그는 상상 속에서
자신의 온몸이 형체 없는 물구멍 속으로 흐물거리며 빨
려 들어가는 걸 보았다. 불안감에 사로잡힌 그는 뒷걸음
질 쳤다. 그가 그 두려움을 결코 뛰어넘을 수 없으리라

는 사실은 그도 그녀도 알지 못했다. 그는 그녀와 함께
있는 걸 좋아했고, 그녀의 발화를, 그녀 목소리에 섞여
드는 노래 같은 낯선 선율을 즐거이 음미했으며, 그녀의
냄새를, 그녀의 다정함을 좋아했지만, 밤이 오면 그녀의
침대에 들지 않으려고 조심했다. 세상 바닥으로 사라질
까 두려웠던 것이다. 젊은 아일랜드 여자는 문득 한 인
물을 지어낼 생각을 했다. 그녀는 미용사에게 가발을 만
들어 달라 하고는 자기 머리카락을 잘랐다. 그녀가 제
붉은 머리카락을 자른 바로 그 순간 사랑이 탄생했다.
그녀는 '면제'라는 생각을 떠올렸다. 그녀는 앞으로 자신
은 오직 남자가 할 행동만 할 거라고, 여자가 번식을 원
할 때 남자가 여자에게 할 수 있는 행동은 아무것도 하
지 않아도 좋다고 그에게 약속했다. 그녀 자신도 번식을
조금도 원치 않았다. 두 사람은 서로 나란히 누워 홀로
즐길 방법을 찾았다. 심지어 그들은 서로를 바라보는 걸
좋아했다. 그들은 자신들의 기이한 행복을 소중히 누릴
방법들을 개선해 나갔다.

두 번째로 과부가 되고 나서 그녀는 베르사유 정원을 거
니는 튈린을 보고 말했다.

　　— 중요한 점은 항상 혼자 자지 않는 거예요. 내
　　　가 젊은 하노버 또는 조카 하노비와 함께 끄린

삶을 말하는 거예요. 호칭만큼 그리 젊지 않고, 조카 같지도 않은 사람이었죠. 당신이 아이들에게 둘러싸인 사람이 아닌 것처럼요. 오직 악기를 경이롭게 연주하는 리라 연주자 하노버일 뿐이죠. 그런 그와 함께하는 삶, 그건 내가 한 번도 이뤄 보지 못한 꿈이었지만 정말 멋졌어요. 내 마음대로 만들어 꾸었더라도 이만큼 멋지진 못했을 겁니다. 엉뚱하면서 달콤한 삶이었지요. 밤에 벌인 모험은 놀라웠어요. 쾌락 속에 거리감이 있었거든요. 나는 유하임Uhaim을 떠나 런던으로 갔고, 다시 런던에서 파리로 갔고, 파리에서 베르사유로 와서 블랑슈로슈 부인의 집과 젊은 과부 쿠프랭 부인이 사는 집 사이에 눌러앉았지요.

튈린은 베르사유의 넓은 테라스에서 블랑슈로슈 부인과 함께 얘기를 나눈다. 그녀가 갑자기 부인 곁을 떠난다. 그러더니 큰 분수를 향해 간다.

저 멀리, 큰 분수 끝에, 초록색 옷자락을 양쪽으로 늘어뜨린 파란 드레스를 입은, 키가 크고 고고하며 아주 아름다운 여자가 보인다.

오늘은 비가 내린다.

뛸린은 분수로 다가간다. 분수 물이 비와 섞이고 있다. 그녀는 손을 내민다. 참 묘하다.

이 세계 곳곳이, 그녀를 끌어당기는 물가들이, 바닷가 모래사장들이 하나의 꿈 같고, 그 꿈의 항적은 아무런 고물도 남기지 않고 물속으로 해체되어 가는 남자 같다.

남자는 물속으로 사라지고.

구조 요청도 하지 않는다.

어쩌면 그는 하튼인지 모른다. 아니면 만灣에 빠져 사라져 가던 그녀의 아버지일지도.

이제 빗속의 형체는 제방 끝에서 힘겹게 뒤뚱거리는 갈매기가 되었다.

새의 하얀 가슴팍은 상체를 덮은 흰 모직 조끼가 된다.

비가 퍼붓듯 쏟아지는 가운데 정적이 내려앉는다.

애도는 참으로 기이하다.

하늘색 벨벳 끈이 달린 웃옷이 큰 운하를 따라가더니 작은 숲속으로 사라진다.

애도는 심지어 느닷없다. 그녀의 남편이 죽던 날, 그때까지 평온하고 흠잡을 데 없는 어머니였고, 품행 방정한 안수인이었으며, 너그럽고 주의 깊고 무뚝뚝힌 이네이자 알뜰한 요리사였던 블랑슈로슈 부인은 별안간 작고 한 남편을 미칠 듯이 사랑하는 여자로 변했다. 그는 죽었는데, 그녀는 옷을 더 잘 차려입었다. 그녀는 다시 일어섰다. 그러면서 그녀의 남편을 알았던, 그와 함께 일했던 모든 이들을 깜짝 놀라게 했다. 남편이 봉장팡 거리에 있는 자택 계단에서 추락한 뒤 일주일이 지나자 그녀는 프로베르거 씨에게 모든 일을 중단하고 주거지를 떠나라고 요구했다. 그러지 않으면 그를 법정에 세울 거라고, 그녀는 말했다. 그녀는 그의 거구를 쳐다보는 것조차 견디기 어려웠다. 또한 그의 명성도, 그리고 어쩌면 그의 국적도 마찬가지로 견디기 힘들었다. 그녀가 여기저기 흘린 몇 가지 속내에 따르면 그녀는 이렇게 믿고 있었다. 야콥 프로베르거가 황제의 도시 빈에서 왔다고. 또한 그녀의 남편이 류트 연주에 공헌한 그 모든 장식음과 억양을 훔쳐 자신의 클라브생에 이식한 뒤 그 훔친 것들로 뽐내려 한다고.

하튼 씨도 블랑슈로슈 부인으로부터 혐의를 받았다. 아타나시우스 키르허의 보호 아래, 아니 지휘 아래, 그녀 남편의 수집품에 속하는 악보를 훔쳐다가 빈에 있는 페르디난트 황제의 왕궁으로 향하는 수레에 실어 가져가려 한다는 것이었다.

프로베르거 씨는 이렇게 해명했다. 그날 오후 그들

은 마드무아젤 드 생 토마와 함께 황실 정원에서 돌아오는 길이었으니, 자신이 친구의 죽음에 직접적인 원인이 될 수는 없다고 말이다.

그는 블랑슈로슈 부인이 거듭해서 자신을 향해 쏟아 내는 비난을 도무지 이해할 수가 없었다. 그녀는 그가 자기 남편의 죽음을 애도하며 작곡한 〈추모곡〉도 비난했다. 그 작품은 큰 성공을 거두었다. 금세 그 작품은 루이 쿠프랭과 드니 고티에의 작품보다 더 인기를 얻었다. 오직 블랑슈로슈의 류트 연주만을 생각하면서 구상한 하튼 씨의 작품은 난해했다. 사실 그 작품은 하튼 씨가 직접 연주하는 경우가 아니라면 연주될 수 없는 작품이었다. 반면에 프로베르거 씨의 서사적인 작품은 여러 차례 연주되었고, 여러 차례 찬사를 받았으며, 여러 차례 기려졌고 필사되었다. 그 작품은 국경을 넘어섰다. 그 작품은 그의 고통을 고스란히 담고 증언했다.

— 하지만 선생, 그 일은 제 고통이었지. 당신의 고통은 아니었잖아요.

— 높은 데서 그가 떨어지는 걸 보았으니, 결과로 보면 제 직접적인 고통이기도 했지요.

— 그 고통은 당신 것이 아니었어요.

— 아닙니다, 부인, 그렇게 말할 수는 없어요. 고통은 그걸 겪는 사람들의 것입니다. 고통은 나

누어지지 않는 것이고, 그 자리에 있었던 모든 사람이, 그가 미끄러지면서 갑자기 공처럼 떼굴떼굴 굴러서 부러지고 죽는 걸 본 모든 사람이 그 고통의 소지자들이지요. 그 직접적인 고동은 우리 공통의 것이었습니다. 심지어 그 죽음의 순간은 그날 그 자리에 없었던 쿠프랭 씨와 고티에 씨에게도 큰 충격을 안겼지요. 그 자리에서 그가 눈앞에서 죽어 가는 걸 지켜본 당신이나 마드무아젤 드 라 바르나 마드무아젤 드 생 토마가 겪은 것만큼 큰 충격을요.

— 당신은 오직 그이만의 개성적인 작곡 특징들을 사취했고, 그걸 당신이 작곡한 작품 속에 심었죠.

— 네, 부인. 게다가 저는 그 일에 모든 정성을 쏟았습니다. 제가 작곡한 건 그의 추모곡이니 마땅히 그의 초상화를 그려야 했죠. 저는 사람들이 그를 온전히 알아볼 수 있도록 그의 작곡법이 지닌 모든 특징을, 그 장식과 꾸밈음들과 모티프들을 활용해 그의 초상을 만들었지요.

— 죽음은 장신구가 아니에요. 애도는 당신이 독차지할 수 있는 장식이 아니라고요. 당신은 예술이, 특히 음악이 앞서 경험되었던 모든 것을

되살린다는 사실을 알지 못하는 것 같군요. 당신은 제가 얼마나 불행한지 알지 못해요.

— 이해합니다만, 탄식은 탄식을 낳을 뿐이지요. 기억력이 기억을 유지할 것을 제안하듯이, 음악은 고통을 울려 퍼지게 하죠. 그렇게 예술은 간극을 벌려 고통을 그것의 원인과 떼어 놓습니다. 그렇게 고통을 위로하지요. 심지어 저는 예술이 이전까지는 비탄과 공포였던 것에 마법을 걸 수도 있다고 생각합니다. 어쩌면 예술은 충격을 다른 곳으로 옮겨서, 그 충격의 방향을 다른 쪽으로 틀어서 견디기 덜 힘든 풍경 속으로 조금씩 밀어 넣을 수 있을지도 모릅니다.

— 예술은 내가 느끼는 이 애도를 결코 누그러뜨리지 못할 거예요. 예술은 우리 세계 속에서 아무것도 진정시키지 못해요. 창작은 어떤 살아 있는 피조물에게도 평화를 가져다주지 못한다고요.

— 그 말이 사실일지라도, 부인, 제겐 상관없어요. 그래도 저는 창작을 멈출 수가 없습니다.

— 그렇다면 더는 당신 말을 듣고 싶지 않아요. 내 집에 더는 발을 들이지 말아 주세요. 저는 사람들이 고통받고 있는 제 삶을 늘먹이면서 사기

이득이나 얻어 내려고 하는 꼴을 견딜 수가 없어요.

— 우리가 만들어야만 했던 필사본이 주는 이득에 대해서 하시는 말씀이라면……

— 아뇨. 사람들이 제 비명을 멋대로 꾸미는 게 날 아프게 한다고요. 내 인생의 남자를 가만히 내버려 두세요. 그이가 그토록 참담하게 죽은 장소에서 물러나시라고요. 당신의 산으로 돌아가세요. 당신의 수레를 끌고 배를 타고 라인강을 건너가시라고요. 원하신다면 헤엄을 쳐서라도 건너세요. 그리고 당신이 구하는 황금 양털을 찾아서 떠난 뱃사람들을 위해 헤엄의 노래나 작곡하세요. 우리의 적인 황제의 궁으로 돌아가세요. 나의 그이는, 그리고 그이의 유물은 가만히 두세요. 제가 누릴 권리가 있고, 제게 꼭 필요한 침묵 속에 나를 내버려 두시라고요.

그녀는 담비와 여우 가죽으로 만든 두툼한 그의 외투를 집어 들어 그에게 던졌다. 그녀의 얼굴에는 아름다운 분노가 가득 어렸다. 그녀는 혼자가 되면서 무척 아름다워졌다. 그녀는 고통받으면서 야위었다. 그녀의 머리카락은 하얗게 변했고, 뺨은 수척해졌으며, 이마는 넓어져 완전히 새로운 빛으로 빛났다. 그녀는 그를 자기 집 대문 쪽으로 밀더니 봉장팡 거리의 포석 위로 집어 던지다시피 한다. 모피를 걸친 거대한 체구가 비틀거린다. 심지어 그녀는 도저히 설명할 길 없는 행동을 하는데, 그에게 남편의 류트 중 하나를 건네면서 다시는 여기 돌아와 자신을 성가시게 굴지 말라는 조건을 내건 것이다. 그는 그러겠다고 맹세한다. 집으로 돌아온 프로베르거는 그 류트를 하노버에게 준다. 하노버는 그의 연인이다. 혹은 적어도 그들이 여기저기서 만날 때 그의 쾌락을 돕는 조수이다. 하지만 하노버는 그 류트를 하튼에게 주어야 한다고 말한다. 하노버 자신은 리라를 향한 열정에 사로잡혀 있었던 것이다.

그로부터 10년도 더 지난 어느 날, 3월의 언젠가, 프로베르거의 몸이, 그의 온몸 속 무언가가 빛을 거부하기 시작했다.

　몸의 표면이 빛을 거부하기 시작한다면 죽음이 몸의 내부로 들어선 것이다. 육신의 어둠에서 올라오는 죽음은 실제로 볼 수 있다. 그것은 죽음이 다 오기 전에 내보이는 전조다.

　그의 비만이 사라졌고, 평소에 보이던 얼굴의 홍조가 사라졌다.

　시커먼 구멍 같은 것이 몸을 파고든다. 그 검은 구

멍은 살갗의 표면에 기이하고 모호하며 쉬 손상될 것 같은 혼탁한 빛을 내보인다.

몸은 그림자로 변해 간다.

그 그림자가 몸에서 빠져나가기 시작한 건 마인츠에서였다.

이제 남은 건 그 혼탁하고 모호하며 허술한 빛이 기이하게 드리운 눈, 새 황제가 감사를 표했을 때 이미 일찍 늙어버린 음악가의 눈뿐이었다.

그때가 1665년이었다.

크고 능숙하고 하얀 손이여, 안녕. 참으로 놀라우리만치 재빠른 관절을 감춘 그 주름지고 매끄러운 피부여, 안녕.

그는 1667년 5월 마지막 날 새벽까지 연주했는데, 손아귀의 힘과 피부의 진줏빛은 이미 시든 뒤였다. 그 민첩성에는 머뭇거림이 없었지만, 연속성은 토막이 났다. 그의 얼굴은 나날이 여위어 갔다. 그 후 단Danne 숲으로 돌아왔을 때, 헤라클레스 같던 그의 모습은 볼썽사나운 끄나풀처럼 변해 있었다. 질병 때문이었다. 마치 띠처럼 늘어진 길 위를 살갗으로 이루어진 띠가 배회하는 듯 보였다. 그 띠는 에리쿠르의 도개교 위를 배회하는 듯 보였다. 지빌라는 모든 정황을 짐작하고 그에게 질문을 던지지 않으려고 조심했지만, 그때부터 그를 자기 가까이에서 지내게 했다. 그는 아주 오래된 거대한 광장을 배회했다. 그리고 지고트 탑에서부터 에스파냐 탑, 랑테른 탑, 그로스 탑까지 네 개의 탑 사이를 배회했다. 프랑스의 모든 침입으로부터 그들을 보호해 준다고 여겨지는 해자를 따라 배회했다. 공녀는 그가 그곳에서 마지막 날을 보내게 했다. 꽤 긴 세월이 흘렀다. 그 무렵 참으로 볼품없던 피부, 뷔르템베르크 공녀의 작은 얼굴 위 피부는 갈색을 띤 작은 새처럼 완전히 주름지거나 쪼그라들었다. 작은 개똥지빠귀처럼. 그 얼굴은 달콤한 고랑이 난 숲이었다. 죽음의 꽃이 곳곳에 핀 피부는 정확히 작은 음악가인 개똥지빠귀들의 배를 닮았다. 음악가들은 개똥지빠귀들의 노래를 유난히 좋아한다. 그 새들이 대기에 던지는 각 모티브는 두 번 반복되고, 다시 네 번 반복되면서 아주 아름다운 효과를 낳는다. 깡마르다 못해 가녀려진 늙은 음악가가 단 숲으로 복귀해서 막 그녀 앞에 고개를 조아렸을 때, 그의 눈은 촉촉이 젖어들었다. 그녀는 관절이 망가진 기다란 게의 앞발처럼 변해 버린 그의 손을 잡았다. 그녀는 자신이 빈과 슈투트가르트, 몽벨리아르의 옛 왕실 거처들에서 수거한 그림과 장식 융단들을 하나씩 그에게 보여 주었다. 이제 그 사물들은 그녀의 오빠가 양도해 준 성채, 참으로 엄숙했던 그 성채의 갤러리와 살롱들을 장식하고 있었디.

그녀는 새 화폭들에 그림을 그리게 했고, 호수, 샘, 숲, 사냥한 고기, 기마행렬, 연못, 오리 사냥 장면이 그려진 옛날 그림들을 다양한 융단에 복제하게 했다.

그녀는 막 새로 제작되어 번쩍이는 그 모든 이미지를 오래된 살롱들의 벽뿐만 아니라 나선형 계단을 따라가며 걸게 했다.

그는 자연이 그림의 형태로 요새 속에 들어왔다고 그녀에게 말했다.

그 말은 공녀의 마음에 쏙 들었다.

그는 그 그림 중 가장 예쁜 것 하나를 빌려줄 수 있는지 그녀에게 물었다.

그녀는 기꺼이 그러겠노라고 대답했다.

그는 피렌체풍으로 석고 위에 그려진 긴 수직 프레스코화를 가리켰다. 헤로가 아르테미스를 숭배하는 여사제 특유의 긴 드레스를 새하얗게 차려입고 두 팔을 벌린 채 푸르디푸른 곳으로, 숭고하도록 새파란 마르마라 바다 위 허공으로 뛰어내리는 모습을 그린 푸른 단색화였다.[5] 헤로는 날고 있었고, 파란 대기 속을 헤엄치고 있었다.

　　― 당신이 하늘을 나는 여자를 고르리라고는 생각지 못했네요, 그녀가 말했다.

그는 저 여자가 저 아래, 헬레스폰트 해협 너머에

있는 프렌스섬에 살고 있는 자기 형을 떠올리게 한다고
대답했다.

　　— 나도 그분을 기억해요.

　　지빌라는 바로 그 그림을 내주었다.

　　그는 그 그림을 자신의 침실 벽에, 건반들을 두는
긴 받침대의 맞은편 벽에 걸게 했다.

　　그가 눈을 들기만 하면 곧바로 여행하는 듯한 느낌
이, 가족 아니 유일하게 남은 혈육을 만나는 듯한 느낌
이 엄습해 왔다. 그림의 색채는 참으로 아름다웠다. 더
없이 아름답고 더없이 창백한 파란색이었다. 오직 북부
이탈리아만이 떠올릴 줄 아는, 혹은 그곳의 언덕 위 하
늘만이 내놓을 줄 아는 색이었다. 그렇게 그는 자신이
마지막 날까지 섬긴 합스부르크의 황제 페르디난트 3세
의 기억 속에, 황금 예배당 곁에, 그의 아버지 바실리우
스의 기억 속에, 바이올린을 참으로 경이롭게 연주했던
그의 형 곁에, 이탈리아에서 온 그 순수한 보석과 같은
악기[6] 곁에 머물렀다.

강 건너 노트르담 성당 맞은편에 살던 노인이 있었다.

5　　헤로와 레안드로스는 그리스 신화 속 연인이다. 마르마라해를 사이에 두
　　고 아비도스의 청년 레안드로스와 세스토스의 여사제 헤로는 서로 사랑
　　했다. 레안드로스는 매일밤 헬레스폰트 해협을 헤엄쳐 건너 헤로를 만나
　　러 갔다. 폭풍이 일던 어느 밤, 레안드로스는 기력이 빠져 물결에 휩쓸렸
　　고, 떠내려온 연인의 시신을 본 헤로는 탑에서 바다로 투신했다. 헤로는
　　아프로디테의 여사제로 알려져 있으나, 키냐르는 아르테미스의 여사제
　　라고 표현했다.
6　　앞서 등장했던 아마티 바이올린을 뜻한다.

그는 바실리우스라 불렸던 남자 즉 프로베르거 아버지의 친구였다. 그는 로지에 거리에 살았다. 그전에는 카르파티아 산에서 살았다. 노인은 전지가위, 가위, 절단기, 끌에 둘러싸인 채 회전 숫돌 앞에 앉아서 살았다.

이 날붙이 장수 노인이 야콥에게 그의 형 이삭이 보낸 편지들을 전해 주었다. 이삭은 콘스탄티노플을 마주한 어느 그리스 섬에서 살았다. 그는 그곳에 숨기 위해 아버지의 이름을 그리스식으로 바실레우스라 바꿔 사용했다.

날붙이 장수는 지독히도 독한 좁쌀 술을 작은 나무잔에 담아 음악가에게 건넸는데, 그 술이 너무 독해 프로베르거의 눈에는 굵은 눈물방울이 맺혔다.

프로베르거는 시간의 바닥까지 거슬러 올라가는 그 좁쌀 술을 무척 좋아했다.

에리쿠르의 음악가는 이렇게 죽었다. 계단에서 죽지 않고 부엌의 체스판무늬 타일 위에서 죽었다. 첫 번째 증언은 공녀의 직접적인 측근이라고는 할 수 없는 사람 즉 자를란트 출신 어느 부르주아의 가정 일기에 등장한다. 1667년 5월 8일의 일기다. 그리고 공녀의 편지 두 통이 있는데, 하나는 상황을 서술하고 있고, 다른 하나는 그 죽음으로 인한 고통을 표현하고 있다. 프로베르거는 에리쿠르 성에서, 성내 식당에서 숨을 거두었다. 늙은 공작 부인 지빌라는 하위헌스 씨에게 편지를 썼다. 존귀하시고 열성적이시며 참으로 소중하신 요한 야콥 프로베르거 스승님의 보잘것없는 제자밖에 되지 못한 저를 신께서 용서하시길. 그분께서는 신께서 제가 세상에 나타나길 허락하시기 정확히 4년 전에 이 세상에 오셨습니다. 저는 그분이 지켜보는 가운데 태어났고, 제 연주는 아주 일찍부터 그분의 연주에 섞여들었으며, 아니 그보다는 제가 그분의 연주를 모방했지요. 그분께서는 제게 연주의 모든 규칙을 가르쳐 주셨습니다. 그 후 그분은 제가 열 살 생일을 맞이하던 무렵 황제 폐하의 총애를 받는 오르간 연주자가 되셨고, 지금으로부터 7주 전, 매일 하시던 대로 부엌에서 카드 게임을 시작하고 다섯 시간이 지나 저녁 기도 시간을 알리는 종소리가 울렸을 때 일어서시다가 신께서 내리신 피의 일격을 받으셨지요. 그분과 함께 놀던 시종들의 말로는, 성당에서 노래가 시작되던 순간에 그분이 손에 카드 한 장을 여전히 쥔 채로 일어섰는데, 그 순간 그분의 몸이 앞으로 기울어지더니 희고 검은 타일 위로 돌덩이처럼 쓰러졌답니다. 사람들이 저를 불렀지요. 저는 그분을 벽에 기대고 어떻게든 다시 일으켜 세웠어요. 그분은 제 품에 안긴 채 힘겹게 숨을 몰아쉬시더니 사지를 전혀 움직이지 못한 채 제

가슴 위에서 아주 평온하게 잠드셨지요. 성 사람 모두가 그곳에 자리했고, 그분의 마지막을 지켜보며 저처럼 아파했습니다.

콘스탄틴 하위헌스가 재현한 서술은 이러하다. 위대한 음악가는 부엌 식탁에서 카드 게임을 하고 있다. 그는 저녁 기도 시간에 두 번째 시편을 노래하는 소리를 듣고 일어선다. 〈당신이 행하신 놀라운 일을 사람들이 기억하게 하셨으니Memoriam fecit mirabilium suorum〉.[7] 그 곡은 그가 17년 전인 1650년에 로마에서 돌아오면서 작곡한 노래다. 그 순간 그의 눈이 돌아간다. 그는 기이하게 거꾸러진다. 그가 손에 쥐고 있던 카드가 떨어진다. 몸이 휘는가 싶더니 뒤로 휘청거려 뒤로 쓰러질 듯 보이지만, 반대로 그는 앞으로, 마치 경배하는 사람처럼 얼굴을 땅에 대고 타일 위에 쓰러진다. 그러곤 의식을 되찾지 못한다. 그의 육신이 굳는다. 사람들이 그의 어깨를 붙든다. 식당 벽에 기대어 그를 앉히려고 애쓴다. 그는 저녁 기도의 두 번째 시편 〈신앙 없는 자들Impius〉의 노랫소리가 들릴 때 마지막 숨을 거둔다.

---

7   시편 111편 4장에 나오는 구절이다.

4

헤라클레스 신의 죽음에 관하여

세네카는 헤라클레스의 죽음에 바친 긴 극작품에서 감탄스러운 합창을 한 편 지었다.

오 신이시여 제가 죽어갈 때 살아 있게 하소서.

자신의 날들과 행복이 동시에 끝나는 걸 보는 이는 신들에 필적하나니

죽음과 행복을 함께 맞이할 방법은 무엇인지요

오 신이시여 제가 죽어 갈 때 살아 있게 하소서

오, 주피터시여! 제 숨결이 부푼 내 입술 사이로 빠져나갈 순간에 제가 아직 살아 있게 해 주소서.

수명의 바닥까지 기쁨이 동반하는 인간은 참으로 드무나니

늙고 행복한 이는 드무나니 Rarum est felix idemaue senex.

늙고 행복한 이는 드무나니.

배, 기다림, 늪지, 고성소를 면한 이는 행복하나니,
천 배 행복하나니,

이름들과 그림자들이 잠드는, 늙고 더러운 침 같은,

지옥의 미끈거리고 악취 나는 골풀 틈에 고여 있는
죽은 물,

수줍은 그림자들이 제 기억 앞에 멈춰 서는 그곳,

불꽃들이여 어서 오라

기억이 사라지기 전까지는 아무것도 잊고 싶지 않
구나

고통이 기억을 붙들기 전까지는.

기쁨이 수명 끝까지 동반하는 인간은 참으로 드무나니.

그저, 나는 쓰러졌으면.

그 어떤 트로피도 없이. 공상도 없이. 장황한 말도
없이.

빨리, 더 빨리, 침묵이여 오라.

맞서려고 애쓰는 몸을 쓰러뜨리는 강력한 파도여
어서 오라.

무엇에도 매달리지 마라.

일어서는 두루마리 파도 한가운데로 그저 뛰어들
어라.

5
프로베르거의 제자들

위대한 바로크 음악가의 가장 조예 깊은 두 제자, 그가 자신의 모든 비밀과 작품 노트들을 맡긴 두 제자는 여자들이었다.

에리쿠르 성에, 그리고 10년 후인 1677년부터는 슈투트가르트 성에 머물렀던 지빌라 폰 뷔르템베르크 공작 부인.

로마의 옛 광장 위쪽에 자리한 궁에 살았던 시뇨라 안나 베르제로티.

주 예수는 기원 초기에 열두 제자를, 적어도 열한 명의 제자를 두었고, 그들은 모두 남자였다. 바로크 시대의 가장 위대한 클라브생 연주자는 내전과 종교 전쟁이 한창이던 시절에 제자를 둘 두었는데, 모두 여성 명인들이었다.

두 여자는 극도로 비밀스럽고, 완벽하게 충성스러우며, 지독히 시샘하는 사도들이었다.

황제 페르디난트 3세의 궁정 악단 오르간 연주자가 작곡한, 참으로 독특하고 참으로 예측 불가능한 작품들은 거의 남아 있지 않다. 남아 있는 건 하나의 곡으로 엮이지 않은 조각들뿐이다. 두 여자는 스승의 요청에 따라, 남겨진 유물을 한데 엮지 않고, 맹렬히, 각자 따로 은폐하려 했다. 그들은 칩거한다. 프로베르거가 남긴 추모곡과 악절 들은 새들이 삼키길 싫어해서 길 위에 남겨진 하얀 조약돌들 같다 — 새들은 아이가 — 아버지와 어머니가 숲속에 버려 둔 채 길을 잃길 바란 그 아이 말이다 — 뜯어서 버린 빵조각만 쪼아먹고 싶어 했다. 오직 조약돌만이, 몇몇 소중한 돌멩이만이 알프스로 오르는 길 위에 남겨져 있었다. 지빌라 공녀는 프로베르거가 부엌 바닥에 쓰러져 사망하면서 그녀의 거처에 남겨 놓게 된 작품을 다른 사람들이 필사하도록 허락하지 않았다. 그녀가 스승의 작품을 전달해 달라는 요청을 간단히, 깨끗이 거부하면서 하위헌스 씨에게 보낸 거절 편지는 참으로 단호했으며, 나폴리만에서 침대에 누워 있던 하위헌스 씨는 시인 베르길리우스의 부탁을 마주했던 황제 아우구스투스가 한 행동을 언급하며 저항했다.[8] 그 저항은 지극히 단호하고, 지극히 감동적이며, 지극히 이해할 만했다. 그러나 그가 무엇을 청하건, 필사가 아니라 적어도 읽게라도 해 달라고 청해도, 지빌라 공녀는 완고했다.

또한 시뇨라 안나 베르제로티도 언제나 거절했다. 그녀는 자신이 로마의 궁정에 소유하고 있던 모든 악보에 대한 필사 요청을 매섭게, 매정하게 거절했다.

다행히 1650년 드레스덴에 있는 마티아스 베크만의 집에서 프로베르거가 자신의 작품 〈다가올 나의 죽음에 대한 명상, 조심스럽고 느리게 연주할 것〉을 연주했을 때 베크만이 그 곡을 받아 적었고, 쉬츠[9]가 다시 필사해 두었다.

우리는 음악의 힘으로 참으로 행복하게 죽음의 어두운 밤을 가로질러 나아간다.

그가 남긴 알망드 무곡[10], 추모곡 그리고 모든 푸가는 하튼에 의해 기록되었고, 그가 작곡한 서곡들과 사라반드 무곡들처럼 여기저기로 흩어졌다.

오직 마지막 두 작품만 그의 손에서 직접 나온 것이다. 1662년의 〈몽벨리아르의 레오폴트 프리드리히 비르템베르크 공작의 대단히 고통스러운 죽음에 대한 추모곡〉, 그리고 1663년의 〈몽벨리아르의 공녀, 비르템베르크 공녀인 지빌라 공작 부인을 위한 애조곡, 신중하고 매우 느리게 연주할 것〉, 이 두 곡 모두 슈투트가르트 대성당의 보물관에 기탁되었다.

지빌라는 야콥보다 네 살이 어렸다. 두 사람은 어린

---

8   베르길리우스는 자신의 작품 『아이네아스』를 불태워 달라는 유언을 남겼고, 아우구스투스는 그 유언을 집행하지 않았다.

9   하인리히 쉬츠(Heinrich Schütz, 1585~1672). 작곡가로 독일 바로크 음악의 아버지로 불린다.

10   1550년대에 생겨난 독일풍의 무곡

시절을 여러 홀에서, 계단에서, 테라스에서, 성벽 총안을 따라 난 오솔길에서, 강가에서 함께 보냈다. 둘은 약스트강을 굽어보는 숲속을 함께 뛰어다녔다. 둘은 어린 시절의 모든 놀이를 함께했다. 레몬 나무 상자 뒤에 숨었고, 커다란 세브르 화병 뒤에도 숨었다.

그녀는 자기보다 연상이었던 친구의 모든 비밀을 알았다. 그는 심지어 그녀의 멘토가 되었다. 그렇지만 그녀는 언제나 그에 대해 존경을 넘어 약간의 경외심을 품었다. 그가 바실리우스의 아들이었으니 말이다. 그는 그녀 아버지의 궁정악장의 아들이었으므로, 그녀는 수염이 덥수룩한 그 두 남자를 두려워했다. 어린 오르간 연주자는 사춘기가 되자마자 만족할 줄 모르는 목청의 소유자가 되면서 파이프 오르간을 닮아 가기 시작했다. 그녀는 그의 다른 어떤 장점보다도 그가 음악을 향한 자신의 열정을 단 일 초도 의심한 적 없다는 데 감탄했다. 어린 소녀였던 그녀는 그가 이웃 성으로 연주하러 갈 때 종종 시녀들과 함께 그를 따라갔다. 그들은 서로에게 언제나 대단히 조심스러웠고 정중했다. 음악가가 늘 신중하게 처신하고 여자들 앞에서는 위축되기까지 한 것처럼 공녀도 남자들을 경계했다. 두 사람은 서로를 지극히 배려했다. 마치 영원히 서로를 보호하려는 듯했고, 서로로부터 자신을 보호하려는 듯하기도 했다.

돌로 된 선착장, 아니 어쩌면 나무로 된 선착장에서 프로베르거 씨는 돌돌 말아놓은 밧줄 위에, 버드나무 바구니 위에, 계주 위에, 수레 채 위에 즐거이 앉았다. 그러고는 배에서 짐을 내리는 반쯤 헐벗은 하역부들을, 그들의 불거진 근육을 바라보았다. 그는 고함 소리를 따라갔고, 망치질 소리에 기대어, 코를 하늘로 치켜든 채, 소리를 향해, 소음을 향해, 타격을 향해, 병기창을 향해, 인근의 온갖 다른 작업장을 향해 갔다. 바닷가에 다다른 그는 목수들이 배를 짓고 있는 모습을 보며 즐거워했다. 도시에서는 석공들이 골목길 담장이나 집 외관을 지으려고 돌멩이들을 맞추고 포개는 모습을 지켜보았다. 대장간에서는 커다란 가죽 앞치마만 걸친 젊은 견습공들의 땀에 젖어 번들거리는 나신보다 더 아름다운 게 있을까?

프로베르거 씨는 대단한 미식가였다. 그는 좋은 값에 팔 만한 게 있어서가 아니라 살 만한 귀한 생선이 있는지 보려고 경매장을 찾곤 했다. 그는 아귀, 곤들매기, 대구를 좋아했다. 마음에 드는 게 보이면 바로 샀고, 그걸 요리사들에게 가져와 요리법을 의논하곤 했다. 그렇게 자신이 만든 경이로운 요리를 공녀와 함께—식사 시간이 아니더라도, 모든 일을 멈추고는 곧바로—먹었다.

　　오래된 에리쿠드 성으로 돌아온 그는 죽을 떼기 기

까워지자 경이로울 정도로 세세하게 가족들을 기억해
냈다. 그러고는 그들을 마음속으로 다시 떠올렸다. 그
들은 그가 잠들려는 찰나에 다가왔다. 강변 어디에 빛
이 있지? 불타 버린 우리의 재산은 어디에 있지? 전염병
을 저지하기 위해 병사들이 연기를 피운, 덧문 닫힌 그
네 개의 침실은 어디에 있지? 어머니! 돌아가신 어머니
는 다리가 잡혀 끌려 나가셨다! 나는 어머니가 돌아가시
던 순간에 당신의 벗은 배가 드러난 걸 보았다! 우리의
방에서 발견된 옷가지는 전염병을 퍼뜨릴지도 모른다는
두려움 때문에 몽땅 불구덩이에 던져졌다. 죽은 가족을
돌려달라는 요구에 매정하기란 쉽지 않다. 그렇지만 열
병과 두려움이 우리를 압박할 때는 어쩔 수 없다. 우리
가 강둑에서 태어난 후 어머니는 우리가 어머니에게서
나왔다고 믿게 했지만, 어머니가 뷔르템베르크의 숲 위
로 피어오르는 연기가 되어 떠난 뒤로 우리는 우리가 어
머니에게서 나왔다고 꿈꾸었지만, 사실 우리는 어머니
에게서 나온 것이 아니다. 우리는 그 동물 같고 고독한
배에서 스스로 나왔다. 그렇지만 바다 위를 나는 새들
조차 세월이 흐른 뒤에도 자신들이 새끼들을 위해 지었
던 둥지를 기억한다. 낭떠러지에 파서 만든 둥지를, 오
래전 그들의 조상이 정비해 둔 곳에다 그들이 침과 똥을
바르고 먹은 걸 토해서 덧대 지은 둥지를. 그들의 기억

을 이루는 건 알껍데기가 아니라는 말이다. 우리가 싫어해도 해체할 수 없는 관계들이 있다. 최악의 관계, 우리가 딱히 선택하지 않은 관계, 할 수만 있다면 우리가 정말이지 고르지 않았을 관계야말로 우리 영혼이 가장 힘든 고통의 순간에 의지하게 되는 마법의 부적 같은 관계다. 우리를 가장 구속하는 끈은 우리를 육신과, 또한 가장 더러운 악취와 이어 주는 끈이다. 또한 그것은 우리가 다른 그 무엇보다 바랐던 가장 내밀한 어둠과 우리를 이어 주는 끈이며, 동시에 그 어둠들이 우리 내면에 불러일으키는 해소할 수 없는 허기와 우리를 이어 주는 끈이기도 하다.

죽음의 순간, 그는 손에 끈의 여왕 카드를 들고 있었다.

VII
숲

1
가장자리

뷔르템베르크 공녀는 말을 타고 있을 때만 아름다웠다. 말을 탈 때 자세가 감탄스러울 정도로 곧았기 때문이다.

지빌라 폰 뷔르템베르크가 요제파 위에 앉은 자세가 그리 감탄스러웠던 건 오직 말과 그녀가 서로 사랑했기 때문이다.

둘은 행복했다.

그리고 둘 다 행복했기에, 태우거나 탄 쪽 모두가 믿기 힘들 만큼 고고하고 아름다웠다.

요제파는 풀밭이건 마구간이건 혹은 안뜰이건 혼자 있게 될 때 걸핏하면 성을 냈다. 조그만 일에도 격분했고, 그럴 때면 두 귀를 감추고 맹렬히 공격했다. 다른 모든 말을 공격했고, 마부나 말 탈 사람이 겁 없이 다가갈 생각을 떠올리기라도 하면 닥치는 대로 공격했다. 그들이 지빌라의 허락을 받지 않고 말에 올라탈 생각이라도 했다간 상황이 더 나빠졌다. 요제파는 오직 공녀만 사랑했다. 다른 누구도 사랑하지 않았다. 공녀를 보는 순간, 그 내면의 분노와 그늘이 말의 눈에서 단박에 사라졌다.

지빌라는 마구간으로 들어가곤 했다.

둘은 얼마간 얘기를 나누었다. 혹은 이마로 서로 맞대었다. 코끝을 맞추기도 했다.

그러곤 드넓고 둥근 성 안뜰로 나갔는데, 그곳엔 포석이 깔려 있지 않았다.

여름엔 먼지가 폴폴 날렸다. 11월엔 진창으로 변했다.

안뜰에 나서면 공녀는 단번에 훌쩍 뛰어서 요제파 위에 가뿐히 올라탔다. 그녀는 넓적다리로 요제파를 죄었다. 등을 꼿꼿이 세웠다. 어깨를 내리고 당당히 폈다. 얼굴을 들었다. 갑자기 그녀는 자신의 온몸을 느꼈다. 자신의 몸 전체가 다른 몸이 되는 걸 느꼈다. 속보로 조금 달리면 둘은 한 몸이 되었다. 그러면 둘은 단 숲을 향해 갔다.

암말 요제파는 달리면서 반짝이는 물을 다발로 날린다. 질주 후에 멈춰 선다. 말은 발굽 끝으로 달리는 시냇물과 장난친다.

지빌라 공녀는 오줌 냄새, 마구 냄새, 두엄 냄새, 젖은 가죽 냄새, 밀랍 냄새를 싫어하지 않았다. 그뿐 이니리 공녀는 요새의 어두컴컴한 곳에 있는 마구간으로 갈 때마다 야생의 자부심을 품은 냄새를 – 똥과 달군 발굽과 축축한 돌과 여물통 냄새를 – 맡으면서 마음이 평온해졌다. 그녀는 축사 칸을 채운 색다른 공기를 좋아했다. 그중에서도 요제파의 축사를 특히 좋아했다. 그곳에서 만나는 그 농밀하고 생생하고 거칠고 진솔한 삶은 그녀를 단숨에 관례에 따른 예속에서 벗어나게 해 주었다.

심지어 그 삶은 그녀가 그토록 좋아하는 음악으로부터도 해방해 주었다. 그녀 스승의 음악은 무척이나 현학적이어서, 때로는 거기서 멀어지는 것이 행복이기도 했다.

갑자기 더는 침묵도, 음악도, 언어도, 궁도 없었다.

오직 숲뿐, 신선하고 어렴풋하면서 더없이 오래되고, 끝없이 다양하면서 아무런 형체가 없는, 모호한 숲의 노래뿐.

요제파는 예쁘장하지 않았다. 털은 회색이었다. 짙은 흰색 줄무늬 하나가 등에 나 있었다. 격정 가득한 머리는 숭고해 보였다. 가슴팍도 멋졌다. 이 말은 잘 놀라고 예민했지만, 지빌라는 그 말의 눈길을 좋아했다. 그것은 놀라운 눈길, 인간은 갖지 못하는 눈길이었다.

참으로 깊은 눈. 참으로 순수한 깊이였다.

그 눈길은 말이 여주인을 향해 얼굴을 들고 숲으로 나가자고 애원할 때마다 마음을 흔들어 놓았다.

그녀는 점점 더 자주 독일어를 떠났다. 그리고 말에게 프랑스어로 말했다. 말을 조제프라고 불렀다.

밖으로 나가 안개 속에서, 아직 안뜰의 흙길 위에서서 바깥을 살필 때 말은 신성해졌다. 법열에 든 성녀의 눈길이었다.

자유는 곧 법열이기 때문이다.

갑자기 조제프가 꼼짝하지 않는다. 주변을 둘러본다. 그리고 조용히 운다.

하얀 김이 말의 크고 길쭉한 얼굴을 휘감다가 긴 갈기 위에 내려앉으며 부서진다.

음악가는 손을 내밀었고, 그녀가 조제프에서 내려오는 걸 도왔다. 장교들은 비켜서 있었다.

콘스탄스 호수 위의 공기는 장엄하리만큼 맑았다.

그는 뱃사람이 까서 건네는 굴을 받았다. 그는 그 생물이 살아서 움츠러드는지 보려고 노란 레몬즙을 짜서 그 잿빛 육신 위에 눈물방울만큼 떨어뜨렸다. 황제의 음악 스승은 검은 진주가 알알이 박힌 베일을 쓴 공녀에게 깐 굴을 내밀었다─그녀는 막 죽은 남편의 재산을 상속받고 묌펠가르트[1]의 지빌라 공작 부인이 되었다. 그때가 1662년이다. 두 사람은 빈에서 돌아온다.

— 살아 있어요, 그가 중얼거렸다.

그녀는 중지와 엄지로 굴을 잡고 살핀다.

— 진줏빛이 참 오묘해요. 그녀가 중얼거린다.

— 안을 들여다보세요! 그가 속삭인다. 굴의 최고 부위는 저 옅은 초록색의, 숨 쉬는 작은 폐입니다.

— 그 말씀에 식욕을 잃었어요. 지빌라 공녀가 차갑고 울퉁불퉁하고 회색빛을 띤 작은 껍질을 그에게 돌려주며 대답한다.

그는 이내 그걸 빨아들이더니 혀 위에 올려놓고 음미하다가 꿀꺽 삼킨다.

— 맛있네요.

그는 해초를 깔아 놓은 바닥에서 굴을 하나 더 고른다.

— 해초 옆 그늘 속에서 굴이 살짝 입을 열며 부르는 노래가 있지요. 굴은 지나가는 물을 걸러 보내는데, 그러면서 그 행복의 경계에서 숨을 쉬지요. 그것이 노래입니다. 지극히 부드러운 노래죠.

2
미궁

몽벨리아르 성에 온 음악가들은 공작이 이탈리아풍으로 정비한 새 그림 갤러리에 잠시 붙들려 있다. 그들은 대공들, 가수들, 여가수들을 위한 식탁 준비가 한창인 대접견실로 들여보내 주길 기다리는 중이었다. 그들은 유리에 비친 자기 모습을 보며 가발을 매만졌다.

몇몇은 바깥과 그들을 갈라놓은 두툼한 유리창에 코를 댄 채 눈앞의 나뭇가지 위에서 뛰어다니는 작은 다람쥐들의 형체를 짐작해 보려고 애썼다.

검은지빠귀들도 있었는데, 새들은 그들을 바라보며 노래하거나 노래를 흉내 내고 있었다.

새잡이 한 사람이 초록색 타이츠 차림으로 이 가지 저 가지로 옮겨 다니는 중이다. 그는 끈끈이 막대기를 들고 있다.

유리창으로 그들과 분리된 바이올린 연주자들, 비올라 연주자들, 류트 연주자들은 손에 악기를 들고 있었다. 그들은 새들의 노랫소리를 듣고 있지 않았다.

음악가들이 더는 새들의 노랫소리를 듣지 않게 된 건 이미 오래전의 일이다.

몇몇은 악기 가방을 내려놓고 쥐라 산 와인을 마시고 있었다.

또 다른 이들은 파이프를 빨았다가 입술과 얼굴 주위로 연기를 토해내고 있었다. 연기는 나선형을 그리며 뺨을 떠나더니 가발과 멀어져 나뭇가지 속으로 날아올랐고, 유리창에 비친 그들의 모습을 흐렸다. 그것은 마치 허공에 떠다니는 새하얀 아리아드네의 실 같았다. 그것은 미궁이었고, 미궁 속에서의 기다림이었다.[2]

옛날에 거위 놀이[3]는 하나의 미궁이었다. 옛날에 거위 놀이는 '듣기 놀이'라 불렸다. 마음은 나선형으로 이루어진 귀의 달팽이관을 따라가는데, 어느 정도 시간이 지나면 선택의 기로에서 길을 잃는다. 어린 시절부터 홀린 듯 따랐던 조언들에 주의를 기울이다가 길을 잃는 것이다. 라틴어로 '복종하다'라는 말은 듣는다는 뜻이다. '듣기'의 이런 독특한 작용 속에서 놀이판 위의 길은 십자가의 길이 된다. 각각의 다음 도착지가 이로울지 위험할지 갇힌 곳일지 방탕한 곳일지 예견할 수 없는 길. 사람들은 거위 놀이판의 나선형 길이 크레타 미노스왕의 옛 미궁을 재현한 것이라고 말한다. 솔직히 말해 그 지식은 당신에게 달려드는 황소를 눈앞에서 맞닥뜨릴 때나 유용하다. 31번 칸은 우물 장면이다. 그것은 우리 역사의 첫 장면이다. 사람들은 주사위를 던지고, 앞으로 나아가고, 뒤로 물러서고, 꼼짝 않는다. 다리, 호텔, 감옥, 죽음. 다리는 탄생이다. 호텔은 유년기다. 감옥은 사랑이다. 죽음은 끝이다. 놀이하는 사람이 에덴동산에 이르면 게임은 끝이 난다. 그곳이 각자의 진정한 체류지이기 때문이다.

쾌락 또한 하나의 미궁이다. 여성의 성기는 미궁의 문이다. 자신이 욕망하는 남자를 얼싸안는 여자는 그의 옷을 뒤적인다. 그녀는 손가락으로 남자 성기의 단단한 뼈를 찾는다. 여자를 두 팔로 끌어안은 남자는 여자의 드레스를 허공으로 들춘다. 그는 여자의 넓적다리 안쪽 살갗을 어루만진다. 그녀의 속옷 아래에서, 그의 발가벗은 손은 끈을 끄르고 리본과 자수를 푼다. 그 손은 우회로와 굴곡, 구불구불하고 불가사의한 장애물, 패주로 가득한 기억을 닮은 자극적인 세계 속으로 들어선다.

　천 아래 감춰진 모든 벗은 몸은 우리가 꾸는 꿈속에서보다 훨씬 당혹스러운 것으로 드러난다.

　무성한 덤불 아래 감춰진 수수께끼는 우리가 그걸

2　테세우스는 아리아드네가 건넨 실을 이용해 미노스왕의 미궁을 탈출할 수 있었다.

3　63칸이 나선형으로 그려진 놀이판 위에서 주사위 두 개를 굴려 거위 모양의 말을 이동시키는 놀이

수수께끼라 부르기에 열리지 않는다. 그것은 오직 침묵에만 열린다. 그것은 침묵 앞에 모습을 드러내고, 갈피를 잃고, 별안간 쏟아진다.

1640년이 되면 "빈 현"을 연주한다고 말하지 않고, "개방현"을 울린다고 말하게 되었다.

3
숲 언저리의 나무꾼

암말 또는 공녀 – 둘 중 어느 쪽도 둘이 이루는 짝을 지휘하지 않았기에 –, 조제프와 지빌라는 태양이 내리쬐는 작은 언덕 위에서 오던 길로 돌아섰다.

둘은 측대보側對步로 오솔길을 벗어났다. 아주 느리고 여유로운 걸음으로 둘은 포도나무 사이로 나 있는 풀 뽑힌 고랑을 따라갔다.

둘이 포도밭의 고랑을 세심히 따라가자 포도 미로 속에서 개똥지빠귀들이 하나씩 날아올랐다.

그러다가 둘은 밭을 떠났고, 숲을 향해 언덕으로 올랐다. 스무 살 남짓한 나무꾼 한 사람이 깡마르고 불결한 모습으로 숲 언저리에 서서 아무것도 하지 않고 그들이 다가오는 걸 바라보고 있었다. 그렇지만 그는 아름다웠다. 버팀목처럼 긴 몸에 소녀 같은 얼굴이었다. 그는 애원하는 얼굴로 손을 들었다. 오른쪽 손에는 손가락 두 개가 부족했다.

— 담배 있으십니까? 그가 지빌라 공녀에게 물었
다.

— 없어요.

— 뭐라도 좀 주십시오.

— 안장주머니 속에 빵 한 조각이 있어요.

— 네.

그의 상체에서 열기가, 김이 뿜어져 나왔고, 갈비뼈
가 셔츠 밖 추위 속으로 삐져나왔다. 그녀는 차가운 대
기 속으로 김을 내뿜는 나무꾼의 빈약한 두 가슴을 보았
다. 그의 배꼽에서 가난의 흔적을 보았다. 그의 뒤로는
그가 쓰러뜨리려고 애쓰던 나무가 있었다. 나무의 잎사
귀들엔 싸락눈이 덮여 있었다. 그녀는 안장에 매둔 가방
을 열고 빵을 뜯어서 그에게 큰 조각을 내밀었다. 그는
빵을 받았다. 그리고 그녀 앞에서 천천히 씹었고, 그녀
의 눈을 응시하며, 먹는 걸 행복해하며 전부 먹어 치웠
다. 그러더니 그녀에게 등을 돌리고 숲 언저리로 돌아갔
다. 에리쿠르의 기이한 큰 탑 네 개를 에워싸는, 사냥감
이 풍성하고 경이로우며 방대한 숲이었다.

암말의 사랑은 늙어가면서 더 커지고 과격해져서 다른
모든 사랑을 질투하게 되었다. 때때로 느닷없는 표변과
뒷발질이 있었고, 그런 행동은 대단히 파괴적이었다. 암

말은 위험을 무릅쓰기를 요구하는 어떤 마부의 말도 듣지 않았으며, 누구도 가라고 하지 않았는데 제 축사로 들어갔다. 어린 시절에 인간의 배려를 경험하면서 인간들과의 동행을 억울해하지 않게 된 동물들은 다들 질투심이 많아지는 법이다. 새끼 고양이, 가슴뼈에 갈색 작은 반점이 있는 새끼 개똥지빠귀, 아기, 새끼 까마귀, 망아지, 강아지…… 그 모두가 각별한 존재이지만, 그들 각자는 언제나 성급하고 꾸준한 관심을 원한다. 이 모든 어린 것들이 던지는 호소 속에는 신비스러운 신뢰가 담겨 있어, 사랑 속에서 그 보답을 문득 경험하게 된다. 그들은 오직 하나의 손이 그들의 먹이를 준비하고 물통을 채우고 변을 치워 주길 바란다. 단 하나의 속삭임이 그들의 사랑으로 뒤덮인 그들 운명의 여로를 속삭여 주길 바란다. 그들은 단 하나의 손이 그들의 목을, 그들의 머리 밑을, 그들의 긴 털을, 그들의 이마를, 그들의 콧등을, 그들의 매끄러운 부리를 위해 헌신해 주길 바란다. 암말은 공녀가 아닌 다른 누구도 태우는 걸 점차 거부했다. 말은 지빌라를 기다렸다. 그녀가 공주이건, 아내이건, 과부이건, 남편의 재산을 물려받은 상속녀이건, 공작 부인이건, 공녀이건, 음악가이건, 명인이건 그런 건 중요치 않았다. 말에게 그녀는 자신의 몸에 올라타서, 가능하면 매일, 자기 옆구리를 꽉 낀 채 타고 날리는 가벼운 여자의 무게였을 뿐이다. 종종, 과부가 된 그녀는 사원에 가기 전에 마구간을 찾았다. 자기 손으로 말에게 먹이를 먹이고, 설탕 조각이나 건초 한 줌을 주고, 온몸을 어루만졌다. 말할 때면 프랑스어로 말했고, 단둘이 있을 때면 평소보다 말이 훨씬 많았다. 그녀가 사랑하는 존재의 손이 말의 다리가 되고, 발목이 되고, 발굽 털이, 발굽이 되다니 신의 섭리란 얼마나 기이한가. 또한 가슴띠에 눌린 저 젖가슴, 올림 머리 위를 덮은 저 검은 모자, 다리 끝을 덮은 저 부츠, 부츠 끝을 덮은 저 박차는 또 얼마나 기이한 귀속인가. 공녀는 큰 암말 곁에서 날씨를 걱정했고, 그날을 위한 조언을 구했고, 말의 건강을 돌보았고, 말의 상처를 보살폈으며, 말의 기분을 걱정했고, 신이 그날 어떤 기분일지 말에게 물었다.

　　— 나는 고삐를 헐렁하게 풀어 두었어요. 지빌라 공작 부인이 말했다. 그러면 내 사랑은 나무 사이로 부는 미풍을 따라갔죠. 그러다가 그늘 아래, 어슴푸레한 어둠 속에 도착하면 조제프는 물소리를 따라 언제나 물 있는 곳으로 갔지요.

그녀는 강물이 나뭇가지 아래에서 만드는 기묘하고 돌연한 미로들을 따라갔다.

숲속 빈터에 이르면 조제프는 연못 위로 새들이 나는 걸, 맹금류들이 달려드는 걸, 제비들이 반짝이는 수면을 스치며 날다가 다시 솟아오르는 걸 보며 좋아했다.

　둘 모두, 별안간, 귀가 전율하더니 물의 헐떡임이 발산하는 특유의 떨림을 들었다.

둘이 서로를 향해 품은 사랑은 쌍방향의 사랑이었다. 지빌라에게 허벅지에서 심장까지 이르는 힘을 안겨 준 건 조제프뿐이었다. 오직 그 말을 통해서만 알게 된 힘이었다. 그녀는 조제프를 타야만 생생해졌다.

지빌라는 집으로 돌아오고 나면 가죽 벨트를 풀기도 전에 조제프의 온몸을 쓰다듬었다. 안장은 밀짚 위에 내려놓았다. 그런 다음 말의 발을 살폈다. 그녀는 다시 일어나서 말의 몸을 다시금 조금 문질러 주었다. 둘은 축사의 독방과 친근한 냄새와 내밀한 어둠 속에 있게 되자마자 쉬지 않고 서로 이야기했다. 지빌라는 흙을 씻어 내려고 물통 속에 담가 두었던 당근을 말에게 내밀었고, 둘이 함께한 노정에서 흥미로웠던 점들을 얘기했고, 함께 보인 놀라운 반사행동들을 자찬했다. 조제프는 대개 당근을 씹으면서 호기심을 보였고, 귀 기울였고, 좋아했으며, 동조했다.

4
까마귀

9월의 어느 아침, 날은 이미 한 시간 전에 밝아 있었고, 더없이 신선한 대기 속에서 하루의 첫 햇살을 받고 행복해하며 홀로 말을 타고 가던 공녀는 숲속에서 요제파의 발굽이 나무 그루터기에 부딪히는 바람에 낙마했다.

지빌라 드 룀펠가르트는 썩은 나뭇잎 틈에서 다시 일어나려고 애쓴다. 그러나 발이 버티지 못해 다시 일어서지 못한다. 발목이 부러진 건 아니지만 찌르는 듯한 극심한 고통이 느껴진다. 발목에 힘을 줄 수가 없다.

공녀는 젖은 이끼를 붙들고 네발로 기어서 나아갈 수조차 없다.

길 수도 없자 그녀는 결국 버섯과 끈끈한 나뭇잎 위에 앉는다.

그녀의 말은 어디 있을까?

말을 불러본다.

아무 대답이 없다.

그런데 정적 속에서 까마귀 한 마리가 그녀 가까이 다가
온다.

까마귀는 그녀 손등에 앉는다.

그녀는 놀라서 까마귀를 바라본다.

— 아냐, 너 잘못 생각한 거야. 나는 좋은 먹거리
가 못 돼.

그녀는 용기 내어 까마귀의 부리 끝을 가만히 쓰다
듬는다.

— 난 아직 죽은 여자가 아니야. 그녀는 새의 짙고
까만 눈을 응시하며 거듭 말한다.

그러자 까마귀는 그녀 손을 떠나 입 가까이에서 팔
딱인다. 새는 장난을 친다. 그러더니 멀어진다. 그녀는
새가 홀연히 날개를 퍼덕이며 단Danne 숲의 나무 꼭대
기를 향해 떠나는 걸 본다.

키 큰 수림 속에 있던 요제파는 당황해서 느릿느릿 여주
인 곁으로 돌아온다.

여주인을 떨어지게 한 자신에게 화가 나서, 요제파
는 입을 여주인의 손에 갖다 댄다. 지빌라는 말의 콧잔
등을 오래도록 문지른다. 말은 히힝거리며 곁에서 풀을
뜯는다.

까마귀도 곧 돌아아 지빌라의 미리 위에 앉는다. 까

마귀는 그녀의 머리를 여러 번 두드린다.

　　── 난 아직은 쪼아먹을 만하지 않아. 그녀는 틀어
　　　올린 자신의 머리카락에 걸린 새의 발톱을 세
　　　심하게 **빼내려고** 손가락을 새의 발밑으로 밀어
　　　넣으며 중얼거린다.

　머리카락에서 **빼냈지만**, 새는 여전히 그녀의 손가
락 위에 남아 있다. 새는 손목 위로 올라온다. 보아하니
거기가 더 좋은 모양이다. 새는 그녀 드레스의 장식끈
위에 앉아 춤을 춘다. 그러더니 그녀 머리 위를 날다가
다시 돌아온다. 새는 장난을 치고 있다.

　　── 너도 좋다면 나랑 같이 가자. 성에서 사람들이
　　　그녀를 구하러 왔을 때 그녀가 새에게 외쳤다.

　그러자 어린 까마귀는 머뭇거리지도 않고 사람들
이 들어 올린 들것의 팔걸이 위에 매달렸다. 그러곤 공녀
의 손목을 살피더니 거기서 빛나는 팔찌에 홀려 버렸다.
새는 그것이 마음에 들었다. 그래서 그걸 붙잡으려 애썼
다. 그녀는 새의 검은 부리를 어루만졌다. 그리고 집으로
데려왔다. 그녀는 새에게 밀알과 작은 벌레를 먹였다. 또
한 시종들에게는 성의 해자에 오줌을 누라고 요청했다.
쥐라 지방 요새의 해자 아래 사는 지렁이들이 살짝 썩은
듯한 짠내를, 그 기분 좋은 냄새와 온기를 감지하고 땅
위로 나오게 하려는 것이었다. 까마귀는 그녀의 창가에

서 12년을 살았다. 녀석은 떠났다가 돌아오곤 했다. 때로는 공녀의 침실로 들어와서 클라브생에 앉아 클라브생 상판을 발톱으로 두드리며 연주를 듣곤 했다. 이따금 새는 그녀의 침대 기둥에 매달려 자신이 사는 삶의 천 가지 다양한 외침으로 그녀와 얘기를 나누었는데, 그 삶은 그녀의 삶처럼 단순하고 형식적이지 않았다. 혹은 새는 그저 그녀를 바라보았다. 새는 그녀의 귀고리를, 그리고 특히 귀고리가 그늘 속에서 흔들리는 걸 보고 감탄했다. 녀석은 지빌라의 침실에서 나가고 싶을 때면 창문으로 가서 두드렸다. 공녀는 창문을 열어 주었다. 새는 1667년 봄에 사망한 야콥 프로베르거보다 1년 더 살았다.

5
망아지

1667년 가을, 출산은 힘들었고 어미는 불행했다. 조제
프는 신음했고, 울었고, 포효했다. 신음하다, 울다, 포
효하다 사이에는 많은 차이가 있다. 꼭 음악가가 아니
더라도 그 차이를 느낄 수 있다. 공녀는 단지 몸집이 커
진 정도가 아니라 거대해져서 곧 어미가 될 준비를 하
고 있던 말의 등을 몇 시간 동안 마사지하고, 배를 부
드럽게 문질러야만 했다. 말은 거대한 악몽 덩어리처럼
변해 있었다. 정확히 말하자면 세상 끝에서는 '코크메
르quauquemaire'라고, 섬들에서는 '나이트메어nightmare'
라고, 유럽 해안가에서는 '코슈마르cauchemar'라고 부
르는 것이 되었다. 여기서 마르트Mahrt는 특별한 암말
을 가리킨다. 그 암말은 꿈속에서 여자들의 상체를 짓밟
음으로써 그 여자들이 별안간 자기 몸속에, 삶 속에 갇
혀 숨이 막힌다는 느낌을 받도록 만든다. 마르트는 그
럴 때 여자들에게 말한다. 남자들을 떠날 때가 되었어.

이제 엄마가 되어야 해. 마르트는 어머니들의 어머니다. 남편의 재산을 상속받은 공녀는 잠도 자지 않고 허름한 옷을 입은 채 축사에 자리 잡았다. 엄마의 몸속에서 꿈틀대는, 아무리 근육질에다 튼튼하다 해도 아직 눈에 보이지도 않는 새끼 망아지와 얘기를 많이 나눠야만 했다. 그녀는 손바닥으로 생생한 형태가 느껴지는 더없이 예민한 형체, 즉 관절이 제대로 발달했지만 눈에는 보이지 않는 기다란 태아와 얘기를 많이 나눠야만 했다. 그녀는 어미 뱃속의 아이를 안심시켜야 했고, 마르트 속의 어미를 안심시켜야 했으며, 또한 자신을 감싼 흰 줄무늬 회색 껍질에 대해 아무것도 알지 못하는, 그 기다랗고 앙상한 아이를 품은 마르트까지 단단히 안심시켜야 했다. 그녀는 그 거대한 물고기 같은 태아가 갑자기 음문 밖으로 솟구쳐 마구간 앞에 펼쳐둔 밀짚 속으로 떨어졌다가 성의 모래 안뜰에서, 하늘에서 쏟아지는 빛 아래서 휘청거리며 일어설 수 있도록 아무 말이라도 속삭여야만 했다. 새끼는 즉각 어미를, 어미의 혀를, 어미의 핥기를, 어미의 꼬아 둔 꼬리를 따라다녔다.

날씨가 포근해지자 어미와 새끼, 그리고 상속받은 공작 부인은 에리쿠르의 풀밭으로, 신선한 물로, 그리고 숲의 그늘로 갔다. 셋은 얼마나 아름다웠던지!

새끼가 언제나 앞섰고, 그 뒤를 어미가, 그 뒤를 시

빌라의 얼굴이 따랐다.

그녀는 둘을 풀밭에 풀어 두었다.

한 가지는 확실했다. 말들이 보름달을 무척 좋아한다는 것이다.

그들은 달이 완벽하게 둥글 때 더 오래, 밤새도록 바라본다.

검은 하늘에 뜬 만월의 온전히 둥근 모양은 말들을 진정시킨다.

그러면 말들은 달이 발굽 사이로 비추는 풀을, 클로버를 뜯는다.

초겨울 아침에 망아지는 가축들이 피신하는 들판의 오두막집 안에서 죽은 채 발견되었다. 이유는 규명할 수 없었다. 공녀 ─ 지빌라 ─ 와 암말 ─ 요제파 ─ 은 그 충격에서 끝내 헤어나지 못했다. 요제파의 참으로 당당하던 눈길은 영원히 달라져 버렸다. 말은 제 분노를, 검은 우울을, 광기를 잃었고, 연민과 다정한 선의마저 잃었다.

요제파, 스투트[4], 마르트는 더없이 침울하게 풀을 뜯는다.

홀로 남아 땅을 슬프게 긁는다.

남편을 잃고 혼자가 된 지빌라가 불행한 어미의 불

거지고 용맹하고 아름다운 턱뼈를 끌어안아도 더는 응답이 없다.

저녁마다 공녀는 요제파가 규율을 따르도록 다정하게 불렀다. "조제프, 조제프."

그러면 말은 자려고 자기 축사 칸에서 힘겹게 일어났다.

그녀는 말을 어루만지고, 애지중지하고, 말을 걸었다. 말이 풀밭을, 개간지를 자유롭게 떠돌게 내버려 두었다. 그녀는 말이 괴로워한다고 생각했다. 그래서 더는 편자도 박지 않았다.

편자를 박기 위해 말을 데려다 놓는 목재 발판을 사람들은 작업대라고 부른다.

말들을 위한 작업이 있듯이, 애도를 위한 작업도 있다.

애도는 시간이 흐르면 약해지는 고통이 아니다. 애도는 죽음을 대하는 담대하고 능동적인 초탈이다. 죽음에 동조하지 말고 작별 인사를 해야 한다. 사라진 존재와 이어 주는 각별한 끈을 끊어야 한다.

애도를 위한 작업이 있듯이 사랑을 위한 작업도 있다. 사랑은 열리는 문이 아니어서, 그저 앞으로 나아가기만 하면 되는 게 아니다. 사랑의 초기에, 첫눈에 반한 사랑은 끊임없이 스스로 읊조리고, 스스로 상상하고, 스스로 재구성하고, 스스로 비교하며 재평가하고, 스스로 환대한다. 세상에서 가장 아름다운 순간을 환영해야 한다.

그걸 꿈꿔야 한다.

그걸 노래해야 한다.

이것이 사랑을 위한 작업이다.

마구간에 있는 그 멋진 짐승들은 마음이 평온해지면, 바깥 날씨도 온화해지면, 꿈을 많이 꾼다. 바닥에 눕는다. 말들이 꿈꾸는 소리가 들린다. 혹은 등을 깔고 누워 구르는 소리. 때로는 노래하는 소리.

그 노래는 침묵과 좌절로 채워진 한탄이다. 그것은 오래전 이 짐승들이 망아지였을 때 달렸던 어느 노정 속의 미로이고, 숨결에 가까운 빈약한 노래다.

지빌라 공녀는 밤이면 조제프 곁으로 자러 왔다. 그녀는 조제프를 위로할 말을 더는 찾지 못할 때, 혹은 둘이 사랑했던 어린 망아지를 기억하고자 할 때면 오랫동안 말 갈기를 빗었고, 그 흰색 갈기를 부드럽게 땋아서 멋지게 양 갈래로 만들었다.

얼마 후 말의 털에 푸른 음영이 드리웠다.

털에 그늘이 비쳤다.

말은 늙어 가고 있었다. 산책에서 돌아와 안장을 벗고 나면 암말은 큰 이빨로 밀어서 쌓아 놓은 작은 밀짚 더미 위에 머리를 내려놓고 어렵사리 자기 축사 속에 웅크렸다. 그러곤 잠시 눈을 감았는데, 그럴 때면 지빌라는 말의 옆구리에 기댔다. 그렇게 그녀는 천천히 숨 쉬는 그 배와 맞닿은 채 앉아서 말없이 지켜 주었다. 나이든 조제프가 힘겹게 눈꺼풀을 들면 공녀는 말에게 말을 걸고, 슬픔을 달래 주려고 아무 말이나 했다.

마치 밤이 내리기 전에 책을 읽는 것 같았다.

6
검은 손

중세 탑 네 개가 세워져 있는 에리쿠르 성채. 조르주 왕자가 새롭게 단장한 그 성채 속에는 상속녀 지빌라 폰 뷔르템펠가르트-뷔르템베르크 공작 부인의 큰 침실이 있고, 그 침실 안에는 그림 두 점이 쌍을 이루고 있다.

하나는 법열에 든 성녀 막달라 마리아를 그린 르 쉬외르의 작품이다. 다른 하나는 니콜라 투르니에Nicolas Tournier가 죽은 그리스도를 그린 그림이다.

니콜라 투르니에는 1590년 7월 11일에 몽벨리아르에서 태어났다. 그는 스트라스부르에서 하튼을 알게 되었는데, 하튼은 1598년에 바덴에서 태어났다.

그리스도를 그린 그림 중앙에 하나의 장소가, 하나의 비밀이 있는데, 빛은 그걸 비추지 않는다.

공현公現이요 말씀이 되기 위해 이 세상에 오신 분, 빛이신 그분의 찬란한 몸에 검은 얼룩이 하나 있다.

신이 내미는 손은 눈에 보이지 않는 어떤 성기 위에

떠 있다.

그것이 신의 비밀이다.

아름다운 것, 끔찍한 것, 혹은 그저 감동을 불러일으키는 것. 그건 그림 한가운데 자리한 그 검은 손이다.

신의 손은 인류를 둘로 나누는 성별의 차이를 감춘다.

검은 손은 이 암흑의 자루를 만들고는 그것을 빛 옆에, 어둠 속에 놓아둔다.

늙어 가면서 지빌라는 그 시커먼 손 앞에서 두 손을 모았다. 매일. 매일 새벽.

일단 동이 터 오면 지빌라 공녀는 일어나서 깨끗이 씻고, 천천히 옷을 입고 나서 머리부터 발끝까지 꼼꼼히 머리를 빗고, 다듬고, 신발을 신고 나면 니콜라 투르니에의 그림 앞에 놓인 기도대에 무릎을 꿇고 앉았다.

그녀는 동터 오는 여명 속에 잠긴 밤의 자루를 응시했다. 햇살이 유리창을 넘어 그녀의 침실 옆 작은 예배당을 비추었다.

태양의 까마귀, 지빌라가 베르길리우스라고 별명을 붙인 그 까마귀는 창틀에 매달린 채 방을 환히 밝히는 햇살을 지켜보았다. 이따금 까마귀는 그 빛을 유심히 살피며 깍깍 울었다.

저녁이 되면 그녀는 기도대를 옮겼다. 그러고는 촛불로 밝혀진 르 쉬외르의 속죄하는 막달라 마리아를 향해 돌아앉았다. 그녀는 자기 영혼의 비밀을 성찰했고, 거기서 가차 없이 적발한 잘못들을 자책하며 오래도록 기도했고, 자신이 소환한 잘못들을 용서하기는커녕 연민조차 품지 않은 채 그 죄들에 대해 신 앞에서 참회했다.

베르니니가 조각한, 천사의 화살을 맞은 성녀 테레사[5]는 정확히 1652년의 작품이다. 블랑슈로슈가 사망한 이 년도는 마치 모래늪 같다. 아빌라의 테레사는 정확히 이렇게 썼다. "고통이 너무도 생생해서 신음이 절로 나왔지만, 고통에 따른 달콤함이 참으로 커서 그 고통을 빼앗기고 싶지 않을 정도였다. 그 열락悅樂이 다름이 아닌 바로 하느님이었기 때문이다." 신비주의자들은 대개 요정처럼 글을 쓴다. 옛날에 성녀들은 하느님을 자신의 열락이라 불렀다. 지빌라 공녀가 하느님을 이렇게 불렀듯이. "사람들이 동굴 속에 묻으려 애쓰는 죽은 신의 몸에 제 은신처를 여는, 참으로 순수하게 검은, 검정 얼룩."

베륄 추기경은 법열에 빠진 아빌라의 성녀 테레사를 조각한 베르니니의 작품을 발견하고는 충격을 받았다.[6] 심지어 그 충격으로 회심까지 했다. 그는 포르-루아얄과 그곳의 교묘한 규율들을, 그곳의 곳간들을, 그 고독한 공동체와 그곳을 채운 열정을 만들었다.[7] 그는 외스타슈 르 쉬외르가 예전에 그린 그 놀라운 막달라 마리아 앞에 무릎 꿇은 자신의 모습을 르 쉬외르로 하여금 그리게 했다.

추기경은 성녀의 헝클어진 머리카락을 향해, 죽은 눈을 들어 하늘에 계신 하느님의 세계를 바라보며 뒤로 젖힌 성녀의 머리를 향해 고개를 든다.

추기경은 속죄하는 여자의 젖혀진 몸을, 뜨거운 신음이 불시에 드러낸 더없이 아름답고 동글한 왼쪽 젖가슴을, 몸을 격렬하게 휘게 한 법열 끝에 기절한 그녀를 다정히 품에 안은 천사를 응시한다.

르 쉬외르 씨는 큰 화폭 아래에 금박으로 죽음과 사랑이 만나는 두 개의 긴 문장을 라틴어로 썼다. Incertum moritur vel Magdalena languet amore, langueat haud refert an moriatur, amat. (막달라 마리아가 죽은 건지 아니면 사랑으로 나른해진 건지 알 수 없다. 그녀가 몽롱해진 건지 죽어가는 건지는 중요하지 않다. 그녀는 사랑하고 있다.) 그는 《르 쉬외르의 법열에 빠진 막달

---

5   《성 테레사의 법열》
6   베르니니가 이 조각품을 완성한 건 1652년이고, 베륄 추기경이 사망한 해는 1629년이니 추기경이 베르니니의 작품을 보는 건 불가능한 일이나, 저자는 이 소설에서 허구의 인물과 실존 인물을 뒤섞고 역사적 사실을 뒤틀기도 한다.
7   프랑스 영성파의 아버지로 불리는 피에르 드 베륄 추기경은 카르멜 수도원을 설립하고, 프랑스 오라토리오회를 창립해 프랑스의 가톨릭 개혁에 앞장선다.

라 마리아 앞에 무릎 꿇은 베륄 추기경》 그림을 1656년에 완성했다.[8]

---

8   르 쉬외르는 1655년에 사망했다. 베륄 추기경은 막달라 마리아에 관한 책을 마지막 저서로 남길 만큼 이 성녀에 각별한 관심을 기울이긴 했으나, '막달라 마리아 앞에 무릎 꿇은 베륄 추기경' 그림은 키냐르의 상상의 산물로 보인다.

7
조제프의 자살

시간이, 상실이, 고통이 말의 몸 군데군데에 파란 얼룩을 남겼다. 말은 별안간 떨곤 한다. 오른쪽 다리는 후들거리는 듯 보인다. 말이 공녀 쪽을 향해 돌아보지만, 공녀는 이해하지 못한다. 그러자 조제프가 슬프고 당황한 표정으로 그녀를 바라본다. 큰 동물은 다시 한번 고개를 흔들며 콧바람을 내뿜지만 소용없다. 자기 마음을 이해시키기가 힘들다. 말은 다시 공녀를 바라본다.

말은 마지막으로 울어 본다.

말이 불안을 느끼는 건 너무도 명백했지만, 지빌라는 그 불안이 몸에서 비롯한 것임을 알아채지 못했다. 말의 푸르스름한 몸은 연신 떨렸다. 동물의 격렬한 불안이 허벅지 부분에서 올라와 공녀의 배로 스며들었다. 공녀는 곧장 등자 위에서 몸을 세웠다. 멀리 숲의 짙은 어둠 속에서 짐승들이 움직이는 소리가 들렸다. 그녀는 임박한 위험이 저 야생 세계에서 다가오고 있다고 추정했다. 그 순간 무슨 일이 일어나고 있는지 깨닫지 못했던 것이다. 그녀는 죽은 남편 레오폴트 프리드리히를, 그 옛날 바로 저 숲속에서 했던 사냥을 생각했다.

그녀는 고삐가 안장 머리 위에서 펄럭이도록 가만히 내버려 두었다. 그녀의 행동이 옳았다. 그녀는 사랑하는 거대한 동물에게, 둘의 몸을 감싸는 포근한 공기에 자신을 내맡겼다. 이상하게도 약용 양귀비 냄새와 축축한 이끼 냄새가 섞인 냄새가 났다. 그 순간에도 아직 그녀는 자신을 태운 말이 느끼는 고통의 성격을 알지 못했다. 그녀는 고사리밭으로 뛰어내렸다. 그리고 요제파를 자유롭게 내버려 두었다.

그녀가 사랑하는 말은 불가사의하게도 협곡으로 몸을 던졌다.

왜 그녀의 말은 불가사의하게도 협곡으로 몸을 던졌을까? 요제파는 왜 그랬을까? 그녀는 끝내 완전히 이해하지 못했다.

그녀는 협곡 아래 흐르는 물가에서 아주 작은 암말이 꼼짝 않는 모습을 바라본다. 공녀는 말을 버릴 수가 없다. 고통받고 있을까? 공녀는 고원을 내려가기로 마음먹는다. 하산은 한 시간 넘게 걸렸다. 그녀는 말의 옆구리를 어루만졌다. 불안하고 뒤숭숭하며 애처로운 마음으로 그녀는 말의 심장이 더는 뛰지 않음을 확인한다. 그녀는 재갈을 벗긴다. 안장을 벗긴다. 눈을 감긴다. 자기 이마를 말의 이마에 갖다 댄다. 친구의 머릿속에서 해체되던 생각의 마지막 움직임을 느낀다. 꿈이 내뿜는 열기의 마지막 파동들은 짐승과 우리가 죽고 나도 참으로 느리게 고갈된다. 그녀는 일어선다. 이제 흐느낀다. 얼음장 같은 빈터를 가로지른다. 얼마 후 그녀는 하인들, 시종들, 농부들을 거느리고 성에서 돌아온다. 그녀는 그들 앞에 서서 걷는다. 땅이 너무 차가워 곡괭이로도 파기 힘들 정도다. 그녀는 큰 불을 피우라는 명령부터 내렸다. 그 거대한 불이 곡괭이며 가래, 삽이 들어갈 정도로 땅을 부드럽게 녹인 덕에 숲속에 무덤을 팔 수 있었다. 흰 줄무늬가 있는 회색 암말은 밤새도록 지켜졌다. 그리고 이튿날 아침 땅에 묻혔다. 말을 뒤덮은 밤색 흙무덤은 문득 구름을 뚫고 나타나 비추는 햇살 아래서 더없이 아름다웠다.

공녀가 조제프라고 불렀던 암말이 죽고 나서 사로잡힌 고통에 비교할 만한 고통이 있을까? 지빌라 공녀가 그토록 무기력한 상태에 빠진 모습은 그때껏 아무도 보지 못했다. 그녀는 무감했다. 침울했다. 1662년 그녀의 남편이 사냥 중에 죽었을 때조차 그렇지 않았고, 1667년 그녀의 음악 스승이 식당 바닥에 쓰러졌을 때조차 그렇지 않았으며, 이듬해 망아지가 죽었을 때조차 그렇지 않았다. 그러나 이 새로운 상실만큼은 차마 입에 올릴 위험을 무릅쓸 수조차 없을 정도였다. 그만큼 그 고통은 흉포했고, 그녀는 그 흉포함이 부끄러웠다. 그녀는 자신의 고통을, 적어도 그 고통이 그녀를 집어던진 허공의 깊이를 차마 털어놓지 못했다. 더구나 대체 누구에게 털어놓고 싶겠는가? 그녀는 자신을 사로잡은 낙담을 누구에게도 설명하지 못했다. 어쩌면 자기 자신에게조차도.

그것은 진지하고 진실한 갈망, 죽고 싶은 갈망이었다. 그녀는 매주 찾아와서 자신을 돌봐 주고 맥박과 호흡과 대소변을 살피던 룀펠가르트의 프랑스인 외과 의사에게 한 번도 그 갈망에 관한 이야기를 꺼내지 않았다. 그녀가 겪는 빈혈, 여윔, 신체와 피부의 현저한 노화를 이해하는 사람은 아무도 없었다. 그 고통은 몇 안 되는 그녀의 조신들에게, 성의 공동체에, 신께 전할 수 없는 것이었고, 특히 그녀의 사원 안에서는 혼자서도 소리 높여 표현할 수 없는 것이었다. 그것은 쇠약이었고, 정상적이면서도 기이해 보이는 허약이었다. 그걸 겪는 사람이 아무 저항 없이 받아들였으니 말이다. 날씨는 화창했다. 그녀는 순교자처럼 고통받았다. 새들은 노래했다.

검은지빠귀, 종달새, 굴뚝새, 개똥지빠귀, 울새…… 그
무엇도 그녀의 주름을 펴 주지 못했다. 사람들은 그녀를
어떻게 위로해야 할지 알지 못했다. 그녀를 피하려는 사
람도 없었다. 사람들은 물러서면서 다가섰다. 그 움직임
은 그녀가 뷔르템베르크 공녀로, 묌펠가르트 공작 부인
으로, 죽은 세계의 여왕으로 사는 내내 그들이 함께 춰
야만 했던 더없이 까다로운 춤이었다. 그녀는 침묵 속에
서 말라 갔다. 그녀의 젖가슴은 점차 쪼그라들더니 어느
화창한 아침에 그녀의 상체를 떠났다. 그 주름은 그녀의
갈비뼈 부근에서 지워졌다. 그러더니 갈비뼈가 불거져
나왔다.

　그녀의 눈도 커졌다.

　슬픔이 넘쳐, 프로이센의 고요하고 새파란 물 같은
그 눈동자를 조용하고 평온하게 적셨다.

얼마 후 그녀는 등이 아팠다. 그 후론 숲속 승마를 그만
두었다. 극도로 깡마른 묌펠가르트 공작 부인은 더는 사
냥에도 참석하지 않았다. 그러나 초목 아래 어슴푸레한
어둠 속으로 지팡이를 짚고 걸어서 탐사하러 나서는 일
은 계속했다. 이따금 허벅지가, 허벅지 안쪽이 떨리고
무릎이 후들거려서 그녀는 앉아야만 했다. 그럴 때면 털
썩 주저앉았다. 그녀는 죽은 나무둥치에 앉아 눈물을 흘

렸다. 그녀는 치마에서 꺼낸 큰 빵 덩어리를 먹었다. 그
녀는 바라보았다. 저 멀리 어렴풋이, 암말이 협곡으로
다가가다가 그녀를 향해 그 멋진 얼굴을 천천히 돌리고,
생각에 잠긴 채 그녀를 오래도록 바라보더니 심연으로
몸을 던지는 모습을.

VIII

강 하구

1

배

1658년, 얀 판 데르 메르[1]가 델프트 항구를 그토록 경이롭게 그린 뒤, 장 바티스트 본 크루아는 에스코강변에서 안트베르펜 항구와 닿아 있는 기다란 황금 강가를 그렸다.

플람스 호프트에서 발부르크 성당을 마주하고 바라볼 때 펼쳐지는 안트베르펜 정박지 정경이다.

그것은 경이로운 작별 인사다.

모든 항구는 출항의 외침을 내지른다. 삼 밧줄과 돛 활대, 보트와 흔들리는 선창이 삐걱거리는 소리, 그물 주위를 맴도는 갈매기 소리, 배의 짐을 내리는 데 쓰이는 나무 기중기를 모래 위로 끄는 말들이 내는 소리, 뱃사람들이 노 젓는 소리, 그들을 따라가는 갈매기들 소리, 어부들이 통을 굴리는 소리, 경매장에서 값을 부르는 외침, 갑작스러운 사이렌 소리, 뱃고동 소리. 부두의 모든 골목길은 출항으로 이어진다. 모든 현현顯現은 곧

승선이다. 항구를 따라 부산하게 피어오른 열기가 바람과 위험 쪽으로, 바다의 형체 없는 광막함 쪽으로 쏠린다. 몸이 사랑하는 몸에 다가설 때처럼 모든 것이 쏠리고 다급해진다. 영혼은 내달리는데, 다리가 충분히 빨리 나아가지 않는다. 숨이 빨라지지만, 그렇게 가빠진 숨은 그 숨을 허용하는 호흡과 어긋난다. 심장이 꼬집히듯이 아프다. 갑자기 중단해야만 한다. 불안이 발을 들어 올리는데, 몸은 그 자리에 멈춰 서서 꼼짝하지 않고 끓어오른다.

눈길은 관조로 변한다.

거무스름하게 깊은 물 위에 뜬 노란 경계 부표는 마치 말려 올라간 입술 같다.

화가는 화폭 전면, 강가 풀밭 왼쪽에 있는 한 여자를 보여 준다. 여자는 파란 원피스와 진홍빛 앞치마를 걸친 채 세 사람에게 둘러싸여 있다.

시장의 인사를 받는 여자는 뷜린이다. 그녀는 흰 드레스를 입은 마리 에델을 가리고 있다. 길고 넓은 깃털이 달린 근사한 모자를 쓰고 멋들어지게 차려입은 외스테레르는 우쭐대고 있다. 그의 뒤에서 마리 에델의 몸에 손을 대고 있는 화가 몸므는 고통을 한껏 품은 듯 온통 검게 차려입은 채 이미 멀어지고 있다.

---

1   바로크 시대의 네덜란드 출신 화가 요하네스 베르메르(1632~1675)의 다른 이름. 그는 야콥 판 데르 메르, 얀 판데르메르, 베르메르 판 델프트 등 여러 이름으로 불리고 서명했다. 여기서 말하는 그림은 《델프트 풍경》이다.

그들 앞에, 제 대본을 손에 들고 선 시장은 아브라함의 장례식을, 그리고 그 장례식이 불러일으킨 고찰과 고초를 환기한다.

그 오른편에, 화가는 자기 자신을 그려 놓았다. 플람스 호프트의 땅바닥에 거의 닿을 정도로 커다란 스케치를 오른손에 든 남자.

뮐린과 동료들은 부두와 배 쪽으로 갈 태세를 하고 있다.

파리. 대성당이 있는 시테섬으로 이어지는 다리들 아래 늘어진 오귀스탱 강둑을 따라, 비에브르강 둑길과 방앗간을 따라, 그레브 광장의 모래톱과 루브르의 지붕 장식들을 따라, 튈르리 궁의 해자를 따라 포르트 드 라 콩페랑스²까지 늘어선 배들이 너무 많아서 그 배들이 떠 있는 강물을 보기가 어려울 정도였다. 어떨 때는 강둑으로 다가가도 강물이 – 센강, 에스코강, 라인강 물이 – 아예 보이지 않았다. 사방에 뗏목과 돛단배, 선박뿐이었다. 여기서는 유럽 북부 해안가에서 일렁이는 바다 물결, 양털처럼 복슬복슬한 바다 물결 같은 것은 볼 수 없었다. 쫓겨 달아나며 굶주린 사람들이 여기로 몰려들었다. 엉겅퀴밭과 키 큰 데이지꽃과 금작화 무더기 뒤에 몸을 숨기고, 해변의 모래언덕을 기어서 지나고, 진흙투성이 도랑에서 잠을 자고, 기를 써서 국경과 해협과 고개를 넘은 사람들이었다. 끝없는 종교 전쟁 때문에 도로는 전혀 안전하지 못했다. 거기에는 열에 달뜬 얼굴들이, 기침이, 호흡곤란이, 각혈이, 광기가 있었고, 더는 역병으로 죽어 가는 사람들이 없어지자 네거리마다 소요가 일었다. 경찰들의 폭력에서 벗어나고, 노상강도들의 공격과 노략질을 피하고, 종교인 공동체의 악의와 탐욕을 면하고 싶었던 사람들은 덜 불안하고 한결 평온한 강물에 의지했다. 그들은 강 위로 솟아 나온 석회 절벽의 동굴 속에 몸을 숨겼으며, 모래톱과 낭떠러지를 따라 연안을 항해했다. 그들은 강둑 예인로를 따라갔고, 화승총 소리만 나도, 노새나 당나귀 울음소리만 나도, 멀리서 말 울음소리나 달리는 소리만 나도 덤불에 몸을 숨겼다. 만灣과 내포에서는 농작물 서리가 횡행했고, 그 이후 이어지는 날들은 순전한 굶주림에 위협받는 두려움의 날들이었다. 연어 떼가 대양을 가로지르며 몰려들듯이 배들이 줄을 지어 강 하구로 몰려들었다. 사람의 수는 그리 많지 않았던 반면, 쾌속 범선, 대형 곤돌라, 소형 트롤선 등등 배의 수와 모양이 무한했던 이 시대를 누가 기억할까? 욘Yonne강의 거룻배들, 그리고 몽트로 언덕 아래로 흘러든 센강의 물결 위에 종대로 늘어선 하천용 수송선들은 수문이 열리길 초조히게 기다렸고, 빌기에의 만灣

---

2   센강 우안에 자리했던 파리의 문으로, 프롱드의 난 때 안 도드리슈와 어린 루이 14세가 이 문을 통해 도주했다. 지금은 사라지고 없다.

파고를 비켜 갔으며, 그라스Grâce에서 르아브르로 갔고, 남쪽으로는 포르토로, 탕헤르로, 모가도르로 돛을 올렸고, 서쪽으로는 템스강과 런던시와 마게이트와 헤이스팅스를 향했으며, 북쪽으로는 오스텐데, 브루게, 제브루게, 프리지아 제도, 노르웨이해, 바렌츠해, 보트니아해를 향해 갔다.

파리 도심의 모든 길은 강을 향했다.

　　모든 골목길과 오솔길은 강둑을 향해 내려갔고, 강둑 작은 부교 앞에 떠 있는 거룻배들은 종소리가 울리면 다시 떠나려고 기다리고 있었다. 귀족들의 세공된 곤돌라들이 노를 저어 그곳에 정박했다. 라 로슈푸코 씨는 그곳에 자기 곤돌라를 가지고 있었다. 곤돌라들은 그 부교로 고리바구니들을 배달했다. 보트들과 너벅선들은 나무통들을 배달했다. 도랑처럼 좁고 평행한 길들이 창백한 회색 하늘 아래 내리막으로 이어졌다. 하수가 그곳의 안개, 나무들, 배회하는 소 떼와 뒤섞였다. 나뭇잎, 그림자, 아이들, 말들, 개들, 쥐들, 수달들, 고양이들조차 향긋하고 웅성거리는 이 신선함에 섞여들었다. 신선함은 창백한 회색 구름과 뒤섞이더니 파리를 가로지르며 섬들을 에워싸는 구불구불한 물길을 따라갔다. 물가에서는 어부들이 은은한 초롱을 든 채 끝나 가는 밤에 섞여 들었다. 사공들은 개펄이나 모래톱에 묶어 둔 통나무 위에서 그들의 작은 배를 외쳐 불렀다. 빨래하는 여인네들은 끈으로 묶어서 물 위에 띄워 둔 뗏목에 올랐다. 치마, 속곳, 블라우스, 시트를 있는 힘껏 두들겨 빨 예정이었다. 아이들은 엉덩이를 깐 채 들오리며 오리 새끼, 벌써 알을 깨고 삐악거리는 병아리를 뒤쫓으며 놀고 있었다. 유모들을 실어 가는 배들은 빽빽거리며 울부짖는 신생아들을 잔뜩 태운 채 낭테르로, 코르베이로, 팔레조로 향했다. 선술집들이 탁자와 의자들을 정렬하고 행상들이 진열대를 설치하는 동안 헌책방들은 판화들을 진열했다. 사랑은 그곳에서 서로를 찾았다. 아이들은 처음 나타나는 얼굴들을 염탐했고, 덤불 꽃밭 속에서는 포옹이 시도되었다. 후미진 곳에서 여자들이 갑자기 몸을 열었고, 남자들은 여자들의 어깨를 붙든 채 눈을 감고 거친 숨을 몰아쉬었고, 기쁨의 신음을 토해 내며 다른 세상으로 들어섰다.

2
자맥질

아이들이 고사리손을 깃털 가까이 내밀어 붙잡으려 하자 거위는 날아올랐다.

그러자 세 꼬마는 이마를 맞대고 속삭였다. 밀담은 3초도 채 걸리지 않았다. 꼬마들은 눈 깜짝할 새 옷을 벗었다. 그리고 세차게 배치기를 하며 강물에 뛰어들었다. 한낮에 어린아이들이 자맥질하는 모습은 얼마나 아름다운가. 물은 목소리와 웃음을 아주 멀리까지, 참으로 멀리까지 퍼뜨린다. 아이들은 손바닥으로 서로에게 물을 튀겼고, 햇살에 비친 물보라는 더 커 보였다. 별안간 아이들이 두 팔을 앞으로 던지더니 사라졌다. 얼마 후 수면 위로 다시 떠오른 아이들은 강아지들처럼 똑같이 조급하게, 전염된 듯 똑같이 즐겁고 경쾌하게 강 한가운데로 헤엄쳤다. 아이들은 다리 기둥을 향해 나아갔다. 팔힘으로 그곳에 오르더니 수면 위에 도드라진 교각 돌출부 위로 기어올랐다. 목재 집들과 장인들의 작은 판잣집들 바로 아래에 다다른 아이들은 건너편 강둑에 있는 사람들을 향해 소리치며 팔을 흔들었다. 다리의 궁륭이 강물 위에 드리운 그림자 아래로 발가벗은 아이들의 작고 하얀 고추가 도드라져 반짝였다. 교각 위에서 꼬마 하나가 창백한 하늘을 향해 두 팔을 들어 올리고 뛰어들 자세를 취하더니 불쑥 두 팔을 던졌다.

꼬마가 공중으로 날아올랐다.

이내 꼬마의 몸은 기울어졌다.

그러곤 물결 속으로 사라졌다.

사라졌던 꼬마의 감미롭고 눈부신 머리가 검은 물을 찢으며 다시 나타났다.

아이는 작은 물뱀처럼 소리 없이 헤엄쳤다. 작은 소용돌이도 일으키지 않았고, 물을 가르며 반짝이는 몸 주위로 작은 파도조차 일으키지 않았다. 아이는 한 어부가 내미는 손을 잡았다. 그러고는 몸을 털었고, 옷을 다시 입고, 두 강물 친구들에게 큰 동작으로 인사를 했다. 두 친구는 아이가 헤엄치는 동안 이미 맞은편 제방에 이르러 있었다. 센강 건너편, 이끼와 고사리로 뒤덮인 흙더미와 돌 위에 세워진 목재 처형대 기둥들은 창이나 삼지창처럼 보였다. 일몰은 거기서 시작되었다. 더없이 감미로운 빛이 그 기둥들을 비스듬히 비추었다. 성가대 아이 베르농[3]이 바로 거기시 죽있다.

---

3 키냐르의 단편소설 「마레의 노래」의 등장인물, 경이로운 목소리를 가진 아홉 살 꼬마로 16세기 파리의 마레 지역에서 매년 열리는 어린이 노래 경연에서 겨루던 경쟁 상대에게 센강변에서 목이 잘린다.

3
주교관 정원에서

해가 주교관의 작은 정원 잔디밭을 비추었다.

　노인은 이제 머리카락이 남아 있지 않았다. 작고 동그란 철제 안경을 끼고 있었다. 머리 위엔 두개골을 보호하기 위해 성직자용 빵모자를 쓰고 있었다. 그는 몸을 일으키더니 의자를 끌며 다른 형제들의 독방 앞을 지나 작은 동산까지 갔다.

　어린이 성가대를 지휘하는 노인은 자신의 나이와 얼굴을 데워 줄 한 점 햇살을 찾아 천 의자를 풀밭 위로 오래도록 끌고 다녔다.

　햇살에 아래쪽 본관의 모든 창문이 반짝였다. 유리벽에 반사된 빛이 너무 강렬해서, 눈이 부신 우리는 바깥의 그 무엇도 볼 수 없었다. 물도 기슭도 나무도 다리도 대성당도 하늘도 볼 수 없었다. 무엇도. 아무것도. 광막한 하늘에서 떨어지는 빛이 너무도 생생했다.

　그는 책을 다시 덮고 눈을 감았다. 그의 마음속에서

모든 것이 메아리쳤다.

4
베르뇌이에서

나막신들이 가지런히 반짝였다.

그가 태어난 작은 마을, 마들렌 광장 모퉁이 왼쪽에는 나막신들밖에 보이지 않았다. 그것들은 삼각형 모양 청동 고리에 한 켤레씩 매달려 있었다.

나막신들은 꼭 불빛처럼 멀리서도 보였다. 그것들이 놓인 널판자를 진열대 삼아, 두 구두장이는 행인들에게 보이도록 무릎 높이에서 닫히는 목재 반半문 너머에서 마주 앉은 채 작업하고 있었다.

길가에 묶인 당나귀는 닿을 수 있는 데까지 최대한 풀을 뜯었는데, 그 반경이 제 혀가 닿는 반경보다 조금 더 컸다.

별안간 당나귀는 생각에 잠긴 듯 노란 울타리를 바라보더니 울었다. 그러고는 베르뇌이의 회색 탑을 바라보았다.

5
스톡홀름에서

뮐린은 모자 장인의 탁자 앞에 앉아 있다. 스톡홀름의 중심 섬에 자리한 붉은 색의 아름다운 상점이다.

이 제조사의 종업원 여자가 그녀에게 리본을 보여 준다.

왼편에는 장식끈 만드는 남자가 어둠 속에서 알록 달록한 색깔의 파도처럼 끝없이 리본을 짜고 있는 두 베 틀을 지켜보고 있다.

안트베르펜에서

— 당신께 고마운 마음을 전하고 싶어요.

마리가 그에게 말했다.

— 그럴 이유가 없는걸요.

— 제가 여기 있고. 여자로 살아 있잖아요.

— 당신이 여자로 살아 있는 건 몸므 덕이지요.

아브라함이 응수했다.

— 판화가 몸므를 사랑하지만, 제가 있는 곳은 당
신의 궁이잖아요, 아브라함.

— 누추한 나무집일 뿐이에요.

— 정원도 정말 아름다워요. 뤼스의 못은 참으로
고요하고요. 이곳엔 제가 아는 빛이 있어요. 제
가 느끼는 것의 깊이를 얘기해 드릴게요. 제 마
음속 깊은 곳에서 어린아이가 솟아나는 게 느
껴져요.

아브라함은 즉각 대답했다.

― 오, 세상에! 그런 말씀으로 제 마음을 기쁨으로
채워 주시는군요. 옛날에 제가 어느 항구에서
꼬마 사내아이를 잃은 적이 있어서, 제 머릿속
깊은 곳은 그 뒤로 굳은 채 남아 있었지요.

― 솔직히 말씀드리면, 자세히 설명하진 못해요.
그저 당신의 정원을 바라보면서 제가 느끼는
느낌일 뿐이죠.

7
나뮈르에서

어느 날, 나뮈르에서 하튼은 누군가가 정원에서 그를 부르는 꿈을 꿨다. 여자 목소리였다. 그러더니 갑자기 말발굽 소리가 들렸다. 그는 일어섰다. 열어 둔 창문 밖으로 몸을 내밀었다. 실제로 거리의 어둠 속에서 그에게 손짓하는 커다란 검은 형체가 보였다. 그는 내려갔다. 알고 보니 그 형체는 여자가 아니라 브뤼셀을 거쳐 루뱅으로 떠난다고 손짓하는 야콥이었다. 그는 손을 앞으로 내밀었다. 문득, 프로베르거가 죽었다는 생각이 들었다. 그 형체는 야콥의 유령이었고, 그가 손가락으로 가리키자 유령은 사라졌다.

꿈속에서 그들은 다시 말을 타고 달렸다. 오래도록, 오래도록, 오래도록. 그것은 끝나지 않는 꿈이었다. 쾰른, 지겐, 풀다, 바이로이트, 그문드, 크렘스, 빈.

8
오스텐데에서

오스텐데에 가장 큰 밀물이 들어오면 거대한 파랑이 몸을 덮쳤다. 그러자 몸은 해안과 바다 사이에서 열렸고, 사물과 무한 사이에서 깊어졌다.

그것은 거대한 거품 다발이었고, 그 안에서 튈린은 발가벗은 채 덜렁이는 젖가슴과 반짝이는 엉덩이를 내놓고 웃으며, 소리치며, 모래밭에 벗어 둔 흰색 튜닉과 치마를 향해 달려갔다.

긴 다리에 더없이 아름다운 이 여자는 세상 끝에서 온, 세상의 운무와 안개에서 온, 슐레스비히-홀슈타인의 여자, 투술라 호숫가의 여자, 발트해 항구들의 여자, 보트니아해의 여자, 바다에 실색한 여자였다. 그녀는 제사랑에 두 번 자신을 내맡겼다.

두 번 제 노래 속에 빠져들었고, 두 번 쓰러져서 바다의 파도처럼 굴렀다.

제 공처 위로 끊임없이 열리는 피도, 제 심연의 두

루마리 속으로 끊임없이 휘감겨 들어가는 파도처럼.

제 심연 속에 빠져드는 한 여자.

그녀는 느닷없는 물결의 아름다움에, 부서지는 물보라에, 가루처럼 흩날리는 거품에, 눈부신 구름에, 흐느끼는 눈물에 끊임없이 호출당했다.

어느 날, 폭풍우가 미쳐 날뛸 때, 배에 탄 채 파도에 흔들리고 돌풍에 휘둘리고 있던 어부와 뱃사람 들은 바다 위를 걷는 남자의 아름답고 평온한 몸을 멀리서 보고는 그것이 유령이라고 믿었다.

그들은 생각했다. "저기 보이는 저 커다란 몸 말이야, 물 위를 걷고 있는 저건 유령이야."

그러자 실제로,

유령이 대답했다.

— 겁내지 말라. 나는 사람보다 조금 더 아름다운 사람이다. 사람보다 조금 덜 죽을 목숨이다. 나는 신이다. 그것이 나다. 그것이 내 이름이다. 그것이 나다. 나는 바다 위를 나아간다.

그러자 한 어부가 유령이 내미는 손을 덥석 쥐었다. 신이 어부의 손을 잡았지만, 어부는 겁이 나서 가라앉았다.

여신들과 신들은 인간들에게 내내 이렇게 말한다.

— 겁내지 말라. 그대들 안에 있었고, 그대들 안에서 피처럼 흘렀던 내가 이제 그대들 곁으로 돌아가느니.

하지만 그럴 때마다 인간들은 질겁해서 거대한 날개를 활짝 펴는 여신들 앞에서 달아난다. 그들의 발톱 아래에서 부서지는 바다의 파도만큼이나 부풀고 휘청거리는 젖가슴의 아름다움을 ─물보라 속에서─ 보여 주는 여신들 앞에서.

산꼭대기 위에서 느릿느릿 헤엄을 치는 신비스러운 존재들이 있다. 그들은 숨 쉴 수 있는 대기 속 가장 먼 곳까지 나아간다. 별에 가장 가까이 다가간다.

나무판자에, 가장자리에 매달리지 말아야 한다. 파고가 일 때 돛에 자신을 묶지 말아야 한다.

폭풍 속으로 뛰어들 줄 알아야 한다. 난폭한 대기 속으로 뛰어들 줄 알아야 한다. 그러면 문득, 우리는 파도 위를 태연하게 걷게 된다. 더없이 유순하고 평온한 곳까지, 태풍의 심장까지 미끄러져 들 줄 알아야 한다.

9
콘스탄티노플에서

세상 반대편에는 바다가 황금빛이다.

세상 반대편에는 자정에 하늘의 바닥이 먹물처럼 까맣다.

거듭 말해야 한다. 하늘의 바닥이 먹물처럼 까맣다.

누군가 다시 물 위를 걷는 듯 보인다. 그러자 사람들이 눈을 깜박인다. 사람들은 바다 위에서 종종걸음으로 걷거나 달아나거나 혹은 녹아 버리는 그 형체를 관찰한다.

그것은 이동하는 작은 태풍이다.

어쩌면 그저 돌풍인지도 모른다.

아니면 갑작스레 인 안개이거나.

기계를 돌려 날을 갈아 주는 날붙이 장수가 보내 온 옹색한 편지 덕에 그는 동생의 죽음을 알게 된다.

그는 프렌스섬 한가운데에, 그리스 본토에서 가장

먼 섬에, 말뚝 위에 세워진 나무 테라스에 서 있다.

이삭 프로베르거였던 바실리우스는 마르마라해에 흩어져 있는 눈부신 군도 한가운데에서 살았다. 레안드로스가 연인을 만나러 가려고 애쓰다가 죽은 곳도 거기였다. 세스토스의 여사제를 누구보다 사랑한 청년이 아비도스의 성벽에서 물에 뛰어든 곳도 거기였다. 슈투트가르트 출신의 프로베르거 집안에서 살아남은 두 형제 중 형이 캉 출신의 바이올린 연주자 로리오를 프리부르의 골목길에서 죽인 뒤 피신처를 찾은 곳도 거기였다. 세상을 피해, 이 세상의 서양과 동양 사이에 자리한 그 좁은 협로로 피신한 것이다. 그는 떨었다. 동생이 죽었기 때문에 떨었다. 카르파티아 산맥 출신의 남자, 파리 로지에 거리에 작은 날붙이 가게를 연 남자가 그의 동생이 죽었다고 알려 준 것이다. 뷔르템베르크 공작령에 속하는 프랑스 영지에 자리한 오래된 요새이자 옛 신교도 성채였던 에리쿠르 성에서. 하지만 늙은 날붙이 장수는 동생이 가톨릭 의식에 따라 바빌리에 성당의 경작지에 묻혔다고 덧붙였다.

이제 그의 집안에서 남은 건 그뿐이었다.

이삭은 야곱을 위해 운다.

그는 눈 아래에서 반짝이는 바다를 바라본다. 그리고 운다.

이렇게 바실리우스가 된 이삭은 – 이렇게 바실레우스가 된 바실리우스는 바다 곤돌라를 타고, 교황 옆에 앉아서, 수도원 성가대를 동반한 채, 유럽 연안의 기독교나 유대교 왕궁에서 바이올린 연주를 한다는 제 역할을 다하기 위해 갔다. 그의 머릿속에는 대륙에서 사도록 허용된 물건들을 구해야겠다는 생각뿐이었다. 향신료, 양초, 잉크, 파이프 담배를 위한 종이 등. 그는 자신이 격분해서 어린아이와 아내를 둔 동료를 죽인 대가를 치르고 있다고 생각했다. 그의 가난한 집, 그곳의 얼기설기 꿰맞춘 나무판자 지붕은 조금이라도 구름이 끼면 물이 샜다. 맨바닥은 축축했고, 크리스마스 직후 겨울 먹구름이 몰려올 때면 싸락눈처럼 얼 때도 있었다. 프로베르거 집안의 마지막 후손인 바실레우스는 매일 아침이 끝날 무렵이면 테라스에 앉아 악기 조율을 한 뒤 독일 가곡들을 연주하기 시작했다. 그는 더는 바이올린을 턱 아래, 어깨 위에 올리고 연주하지 않았다. 이제는 아라비아의, 아니 더 정확히는 아시아의 음악가들이 하듯이, 마치 작은 비올라를 연주하듯 허벅지 사이에 끼우고 연주했다. 그는 자기 자신과 새들을 위해 옛날 작품들을 연주했다.

그는 죽은 이들을 그리워했다.

때때로, 시편을 연주하며, 아버지 바실리우스의 곡을 연주하며, 동생 야콥이 빈의 수도에서 그에게 보낸 몇몇 추모곡의 선율을 다시 고치며 그는 불안을 가라앉혔다.

　슈투트가르트, 튀빙겐, 프리부르의 왕궁, 호수, 숲에 대한 기억은 점점 더 비현실적으로 변한 비와 눈의 관념 속에서 부스러졌고, 그렇게 부스러진 것들은 거미줄로, 일관성 없는 복잡한 꿈으로, 그가 더는 알지 못하는 따뜻한 양모로 변했다.

　태양은 새파란 하늘에서 점점 더 생생하고 점점 더 눈부신 황금빛을 내뿜었다.

IX

폭풍우

1

발트해

두 번이나, 너무도 순식간이었다. 연인들 자신이 보기에도 정말이지 수수께끼처럼 여겨졌다. 온전히 숨 쉴 수 없는 분위기가 생겨났는데 그게 어디에서 온 건지 알 수가 없었다. 그들에게 일어난 일은 도무지 돌이킬 수 없는 부류의 일이었다. 심지어 그 정체조차 알 수 없어서 그들은 그 일의 작은 밑그림조차 간파하지 못했고, 따라서 그들 중 누구도 그 일을 예감조차 할 수 없었다. 어떤 선량한 시도, 심지어 근본적으로 너그러웠던 시도가 사랑을 망가뜨렸다. 금세, 모든 것이, 아무런 힘 없이, 우리를 쓰러뜨리는 중력의 효과처럼, 지구가 우리를 끌어당기는 중력의 효과처럼, 모든 것이 절망을 향해 미끄러져 들었다. 그들은 정말 사소한 일로, 눈썹 한 번 으쓱 올린 일로, 입술 한 번 깨문 일로 언쟁했고, 그러자 빛이 달라졌다. 그들은 다시 함께 잠들고 싶었지만 그러지 못했다. 그들은 더없이 정중하고, 가장 덜 내밀하고, 더없이 조심스러운 동시에 변함없는 불면의 밤을 보내며 돌이킬 수 없는 일이 일어났음을 깨달았다. 그러자 이쪽도 저쪽도 굳어 버리면서 그들을 집어삼킨 밤의 정적을 깨뜨릴 용기를 내지 못했다. 그들 몸 사이의 공간은 바다처럼 넓어졌다. 그들 손과 입술은 구름과 안개 속에서 어디로 향할지 방향을 잃었다. 난바다의 망망한 허공에서 훅 불어닥친 공기가 그들의 어깨를 차갑게 식혔고, 그들의 다리 가랑이 사이로 미끄러져 들었다. 그 공기의 냉철함과 투명함은 끔찍했다. 어쨌든 뛸린은 바다로 되돌아간 게 확실했다. 그녀 유년기의 바다. 보트니아해. 그녀의 아버지가 죽음을 만난 바다, 아니, 숫제 집어삼켜져, 무한한 물결 아래 묻혀 다시는 영원히 발견하지도 못하게 된 바다. 그녀는 이따금 꿈속에서 오래된 사어를─당시 문인들과 골동품상들에 따르면 태초에 생겨났다던 언어를─다시 말하고 있는 자신을 발견하고는 흠칫 놀랐다. 그것은 그녀의 어머니가 아직 그녀 곁에서 살던 시절에 그녀의 유모가 다정하게 달래고 위로해 줄 때 쓰던 언어였다. 상처 입은 그녀는 유년기를 향해, 어린 시절의 은신처를 향해, 어린 딸로서 느꼈던 고통의 피신처를 향해 달려갔다. 참으로 기이하게도, 만 한가운데에서 사라진 그녀의 아버지마저 부표처럼 돌아왔다. 우리가 '죽은 몸 corps-mort'이라고 부르는, 바다

수면에 뜬 계선 부표처럼. 난파를 면하도록 호의를 베풀어 주는, 바다에 떠 있는 그 유령처럼. 차가운 물은 두려움을 이기는 데 도움이 된다.

튈린에겐 그런 게 있었다. 하튼에겐 그런 게 없었다. 그는 언제나, 늘 그랬듯이 내면의 언어를 갖지 못했다. 이름도, 별명도 없었고, 마음 깊은 곳에 심어진 애칭조차 없었으며, 자신의 시원으로 돌아가려는 힘조차 없었다. 그는 깨어났다. 세상이 열렸다. 그는 옷을 입었다. 그리고 나갔다. 그는 걸었다. 놀았다. 환경과 공간은 열려 있었다. 그가 다가서는 모든 것이 산만하게 흩어졌고, 심지어 약간은 부재하기까지 했다. 각 사물을 여전히 만질 수는 있으되 붙잡을 수는 없었다. 교회 중앙 홀이나 콘서트를 열고 난 살롱들은 아주 살짝 변형되고 약해졌다. 하루의 흐름은 여전히 형태가 없었다. 예전에는 절대적으로 고정된 시간마다 그를 괴롭히던 허기도 그를 떠났다. 일 분 일 분이, 한나절이, 긴 시간이 알맹이 없이 흐릿하게 흘러가는 황폐한 느낌은 이제 그를 떠나지 않았다. 그 현기증 같은 느낌은 마침내 멈췄지만, 멈추면서 동시에 정체되었다. 빛이 드리운 곳곳에서 덕지덕지 바른 회반죽 같은 것이 드러났다. 외벽의 부식, 내벽과 벽지의 손상. 몸므가 수집해서 주변의 벽이나 칸막이벽에 걸어 놓은 그림과 동판화들에조차 일종의 침식이, 결함이 보였다. 그가 무대에 올랐을 때는 바닥이 흔들리는 듯했고, 공연장을 떠나 거리의 포석을 밟을 때는 땅이 해체되고 바닥이 불안정해지는 듯한 느낌이 들어 끔찍했다. 이 붕괴는 그의 밤에도 섞여들었다. 그의 꿈은 혼란스러웠고, 그 꿈의 무대는 해체되거나 복잡해지며 끝없이 이어졌고, 구조 요청은 울려 퍼지지 못하고 이내 기억 속에 묻혔으며, 색채들은 퇴색했다. 그는 한밤중에 여전히 발기했지만, 자신이 체험한 것과 닮지 않은 빛바랜 이미지들 앞에서 괴로워하며 발기했다. 그는 매일 저녁 해가 질 때, 어둠이 내릴 때 술을 과도하게 마셨다. 새벽에는 그 어느 때보다 열심히 일했다. 그는 등이 휘도록 일했다. 주문서들을 차곡차곡 쌓았다. 한순간도 비지 않도록, 주중에 아무런 휴일도 없도록, 달과 달 사이에 어떤 구렁도 없도록. 언제나 그는 일로 불안을 속였다. 2년을 기다려야만 했다. 그리고 2년이 지나자 그는 흐느끼며 무너졌다. 그 흐느낌, 그 비, 그 우기, 그 유별난 장마는 지독히 무더운 여름 두 달 동안 그치지 않고 이어졌다. 무더운 여름에 연신 쏟아지는 폭포 같았다. 그는 더는 외출하지 않았다. 그의 얼굴은 거센 물줄기와 따가운 소금기 때문에 주름으로 가득했다. 눈물 속에도 일종의 오줌이 있다고들 말한다. 그는 지독한 더위 속에서 자신의 고통을 이해했고, 그 고통의 중요성과 그 고통이 주는 기이한 구원을 이해했다. 이 고통이 그의 내면에서 열리기 시작한 지 2년이 지나자 그는 그것에 이름을 붙일 수 있었다. 그는 자신이 원인이긴 하지만 근원은 아닌 – 근원이란 의심할 여지 없이 그 탄생까지 거슬러 올라가는 것이기에 – 약탈의 규모를 알게 되었다. 그는 더는 먹지 못했다. 여름 끝 무렵의 폭염에 익어 그 어느 때보다 달콤해진 저 경이로운 과일들, 오디, 머스캣 포도, 살짝 입 벌린 푸르스름한 무화과, 8월 말의 레네트 사과, 야생 블루베리조차도. 모든 게 망가졌다. 모든 게 슬픔이 되었다.

우리는 우리가 사랑하는 사람들의 눈길 속 무엇이 우리를 상실로 이끄는지 알지 못한다.

음악가는 세상 북쪽에서 오랫동안 방황했다. 뤼겐Rügen섬에서. 그러다 문득, 바베 부교 위로 그 얼굴과 경이로우리만치 긴 몸이 불쑥 나타나더니 그를 향해 다가왔다. 그는 단번에 알아보고 전율했다. 돌아온 그녀를 보는 건 더없이 행복했다. 그는 다른 어떤 여자보다도 조금 더 미소 지으며 자신을 바라보는 여자를 향해 다가갔다. 그녀는 한 여자 이상이었다. 그는 사랑에 떨었다.
　　이제 그는 두려움에 떨었다. 그는 무너졌다.

그는 쓰러지며 산산조각이 났다.

　　그리고 굴러떨어졌다.

Dékrinkoler, 이 말은 이 기다란 여자가 돌아간 소나무
와 눈밭에서, 세상 끝에서 온 동사였다. 이것은 튈린이
태어난 나라의 말이었다. 그들이 차마 말을 꺼내지 못한
채 헤어지자마자 그녀가 모든 일을 멈추고 곧장 달려간
라흐티에서 쓰는 언어에 속한 단어였다.

　　Gringuelen, Krinkelen이 Dégringoler(굴러떨어지
다)가 되었다.[1]

　　Dékrinqueler는 파리에서 어느 여름에 자기 눈앞에
서 계단을 내려오다가 굴러떨어진 블랑슈로슈 씨의 죽
음을 애도하기 위해 야콥 프로베르거가 쓴, 발작 같으면
서도 숭고한 작품의 이름이기도 했다.

　　블랑슈로슈, 프로베르거 두 사람 모두 죽었다.

작곡가는 완전히 해체되었고, 그녀 역시, 그러나 다른
방식으로…… 구름에서 떨어졌다.[2] '구름에서 떨어지다'
라는 표현은 아찔하고 급작스러운 만큼 숭고하다. 밀랍
이 녹는다. 날개가 떨어진다. 태양의 아이는 높은 하늘
에서 말 한마디 못 한 채 바다로 떨어진다. 그러나 그녀

1　Gringuelen/krinkelen은 '비틀거리다, 꼬이다, 굴러떨어지다'를 뜻하는
　　네덜란드어이고, dégringoler는 프랑스어다.

2　'tomber des nues'라는 표현은 '어리둥절하다', '깜짝 놀라다'를 뜻한다.

는 고통받지 않았다. 완전히 아연실색한 그녀는, 굴러떨어지는 대신에 마차에서 마차로 건너뛰며 끝없이 이어지는 길에 지친 그녀는 꼬집히는 듯한 아픔도, 배를 죄는 불안도, 고통을 예고하는 동요도 느끼지 못했다. 원인을 찾을 수 없는 불안이 느닷없이 불러일으키는 경악스러운 지옥 같은 공포에 사로잡히지도 않았다. 말에서 말로, 배에서 배로, 목재 선박에서 가죽 선박으로 갈아타며, 그녀는 발트해로, 투술라 호수로, 앞에는 조약돌이 깔려 있고 외벽은 병아리처럼 샛노란 색으로 칠한, 아름다운 외부 회랑에 둘러싸인 3층짜리 아름다운 가정집으로 갔다. 그녀는 남은 가족과 친구들을 다시 만나며 기쁨을 느꼈다. 그들을 한 사람씩 찾아가서 그들의 사랑을 받았다. 또 그녀는 참으로 행복했던 유년기의 장소들을 다시 접하고는 거기에 빠져들었다. 아버지와 함께 참여했던 노래와 음악 콩쿠르, 놀이, 걷기, 통발 낚시, 플라이 낚시…… 짙은 향기를 내뿜는 라일락, 헤아릴 수 없이 많은 양 떼, 커다란 오두막집들, 고라니, 흰곰, 연어가 그득하고 물살이 센 강. 이 도저한 천국. 그녀 안에 슬픔은 없었다. 그렇지만 그녀의 몸속 황금빛 살갗 아래에는 참으로 긴 근육을 따라 무언가가, 생명 없는 무언가가 남아 있었다. 물론 그녀는 더는 한 남자를 사랑하지 않았다. 음악이 남았고, 음악에 대한 취기와 음악 속 절박한 리듬도 남았고, 어서 두 팔로 짙붉은 악기 몸통을 끌어 안으라는 비올라나 첼로 음악의 요구도 그대로 남았지만, 당신을 제 배에 대고 압박하고 욕망하는 남자의 팔은 남지 않았다. 이제 그녀의 영혼을 가득 채운 건 그녀가 일스테드에게 다가가기 위해 빌린 집 앞의 바다가 끊임없이 보여 주는 전망, 밤새도록 쉬지 않고 구르는 파도 소리, 정오의 태양 아래의 맹렬한 헤엄, 광막한 바다였다. 한 남자를 향한 열정은 기억 속에 조금도 남아 있지 않았다. 그녀의 심장이 그런 옹졸한 혹은 옹색한 목표를 거부했다고 생각해야 한다. 광막함은 남았다. 그뿐이다. 그녀 안에는 어떤 흔적, 어떤 고통이 남긴 꽃가루조차 없었다. 모든 고통은 음악에 속했고, 음악은 부분적으로 바다 파도의 포효와 이어져 있었다.

2
사랑의 잔해

사랑이, 명백히, 더는 존재하지 않을 때 사랑으로부터 무엇이 남을까? 열거하기가 불가능할 정도로 많은 것들이 남는다. 한 세상이 남는다.

사랑을 끌어들인 움직임은 계속된다.

본질은 끝이 없다.

사랑은 우리가 알지 못하는 어느 몸을 포식하는 것 이상의 행위다. 더없이 동물적이고, 더없이 주의 깊고, 더없이 호기심 많고, 더없이 탐욕스럽고, 더없이 열렬하며, 더없이 매혹적인 포식을 넘어선 행위, 그것이 사랑이다.

사랑은 몸을 가진 존재가 만들어 내는 것, 즉 무척이나 충격적이고 향기로우며 낯설고 아연한 접촉 이상으로 오래 남는다.

심지어 식물들도 꽃가루에 꽃꿀을, 꽃꿀에 향기를, 향기에 색채를 입힌다―스스로 되살아나도록 돕는 것들을 붙들어 두기 위해.

그렇게, 숭고하게, 돌연하게, 식물들은 마치 제 광
채에 취한 듯 제게 동물들을, 나비들을, 새들을 더한
다–발기에 움직임을 더하고, 색채에 노래를, 그리고 노
래에 기억을 더하기 위해.

그렇게 계절은 거듭된다. 이 계절의 수레바퀴가 돌
아가면서 기억에 그리움이 더해지는 것이다. 천상의 빛
속에서 시간을 돌고 도는 건 오직 욕망을 향한 욕망뿐
이다.

드레스가 위로 벗겨진다. 갑자기 구겨지는 커다란 꽃
한 송이 같다. 그는 그것을 손가락 아래로 굴리다가 들
어 올린다. 별안간 그가 그것을 자기 쪽으로 살짝 당긴
다. 그러자 드레스 천은 그가 보기만 하고 만지지 않는,
동그랗고 풍만한 두 젖가슴 위로 올라간다. 그는 그것을
얼굴 위쪽으로 들어 올린다. 그리고 팔을 뻗어 흩트리고
싶지 않은 쪽진 머리 위로 올린다.

이제 드레스는 무척 길고 무척 창백한 몸 위로 드리
운 닫집 같다.

그 파란색 비단이 그리는 커다란 원은 마치 검은 공
간 속에서 육지가 물을 에워싸며 그리는 원 같다.

드레스는 아직 허공에 떠 있다. 그가 두 팔을 뻗어

그것을 허공에 들고 있을 때, 드레스는 점점 더 빛을 발하는 발가벗은 몸 위로 크고 어두운 후광을 그렸다.

마치 새벽에 고양이들이 더없이 그윽하고 능란한 동작으로 탁자 위에서 뛰어내려, 먹을 걸 달라며 손등에 앞발을 살포시 올리고, 작디작은 코끝을 내밀고, 자신이 먹기 전에 녀석들을 먹이려고 애쓰는 이의 앙상하고 늙은 ─ 게다가 더 단단해진 ─ 이마에 제 작은 이마를 세차게 부딪듯이,

약간의 시간을, 다정한 어루만짐을, 사랑 같은 무언가를 분명히 요구하듯이,

왜냐하면 사랑은 접촉이고, 오직 접촉이며, 탁월한 접촉이기에,

그러니 사랑을 정의하려면 우선 사랑을 탁월하게 정의하는 그 조용한 접촉보다 먼 곳에서 사랑을 찾지 말아야 하느니,

고양이들이 자기 목덜미 털을 붙잡아 달라고, 꼬물거리며 발을 휘젓는 자기들을 강물 위로 들어 올려 그 낯설고 차갑고 흐르는 물질로부터 구해 달라고, 그렇게 자기들을 바싹 마르고 아주 따뜻한 배의 나무판 위에 내려놓아 달라고 애걸하듯이,

그러고 날이 저물면 녀석들은 자기들에게 다가오는

손바닥을 향해 금방 털을 세우지만, 그러면서도 침실이 어둡고 조용하기만 하다면 자기들이 침대와 베개를 향해 가도록 허락해 주길 바라듯이,

말들이 기다란 머리를 돌려 그 멋진 얼굴을 보이고는, 저들이 사랑하는 여자를 향해 더 느릿느릿 목을 내밀듯이,

혹은 머리를, 혹은 코끝을, 도톰하고 아름다운 입술을 내밀듯이,

한 마디 격려의 말을 해 주길, 빰을, 턱을 살짝 토닥여 주길, 힘주어 어루만져 주길,

오랜 눈길을, 경이로운 눈길을, 무한한 눈길을 주길 청하듯이,

내 이마가 네 젖가슴의 매끄러운 살갗에 닿았고, 내 메마른 입술이 그곳에 살포시 내려앉았고, 그곳에서 반쯤 열려 오톨도톨한 육신의 끝을 적셨다. 나는 거기서 가능하고 무미하며 포근하고 창백하며 비범한 생명을 천천히 끌어내고 우려내고 짜내길 꿈꾸었다.

3
뮐린의 단상斷想 (1)

불행히도 불행은 그것을 겪고 살아남은 이들에게 마법
을 걸어 그들을 불굴의 존재로 만든다. 그 불길한 힘은
때로 스스로 욕망하는 공포다. 비탄의 날로부터, 자기
동족들로부터 그들을 든든히 보호해 주는 그 불굴의 힘
은 참으로 기이하다. 증오는 등껍질이고, 탁월한 깃털이
자 모피다. 증오는 그들을 무심하게 만들고, 심지어 이
제 고통받을 차례가 온 이들을 향해 환호케 한다. 증오
가 그들을 인류로부터 구한다. 그게 구원일까?

네 살에 그녀는 아버지의 무릎에 오르며 말한다.
   — 나의 큰 사랑.
   그러곤 아빠의 입에 입을 맞춘다.
   — 안녕, 나의 작은 상어, 하고 아빠가 품에 안고
      속삭이면 그녀는 목젖을 드러내며 웃는다.
   아버지는 그녀의 금발 머리카락을 어루만진다. 그

리고 그녀를 바닥에 내려놓는다.

그녀의 어머니가 열려 있던 침실 문을 닫았다. 아이는 양쪽 뺨에 따귀를 맞았고, 쓰러졌다가 마룻바닥에서 다시 벌떡 일어섰다.

— 두 번 다시 그러지 마. 어린 딸이 아버지의 입술에 입 맞추는 거 아니야.

아이가 대여섯 살이 되었을 때 어머니는 마침내 결혼 생활을 파기하기에 이르렀다. 그녀는 핀란드를 떠나 라트비아 출신의 어느 부유한 상인과 함께 함부르크로 떠났다. 아이는 일스테드의 집으로 가서 일스테드와 함께 길러졌다.

튈린이 열한 살이 되었을 때 아버지가 바다에서 사망했다. 그는 거룻배 여러 척 중 하나에 잔뜩 실은 가죽 화물과 선원 전부와 함께 사라졌다. 시신도 난파선 잔해도 찾지 못했다.

튈린: 나는 빛을 따라갔다. 내가 사랑한 두 남자를 잃었기에 태양과 세상 끝에 자리한 태양의 영역, 이 둘만이 나의 안내자가 되었다.

거기서는 내가 알았던 두 사랑이 부분직으로 뒤섞

이는 것 같다.

그녀는 말했다. 북극성이 뜨는 바닷가, 거기로 나는 가야 한다. 그곳에서 죽기를 바라서가 아니라 내가 그곳에서 태어났기 때문이다. 그러나 우리가 생겨난 곳에서 죽는 것이 그토록 혐오할 일인가? 나는 영원한 여명이 뿜어져 나오길 기대하며, 매일 저녁과 긴 밤 내내 매시간 연주를 이어 가는 발트해의 음악 모임들을 다시 찾아가려 한다.

그는 자기 그림자가 밟힐 때마저 벌컥 화를 내는 남자였다. 그는 한 번도, 그 무엇에 대해서도 고해하지 않았다. 마치 고해할 일이 없기라도 한 것처럼. 어떤 슬픔이 그의 마음에 깃들어 그를 영원히 겁에 질리고 불안하게 만들었다. 모든 판단, 심지어 호의를 담은 판단조차 그에겐 상처가 되었다. 그는 사소한 칭찬조차 거부했다. 그런 건 그에겐 언제나 불충분해 보였다. 조금이라도 머뭇거림을 목격하면 그는 자기 안에 틀어박혔다. 그런 태도가 그의 심장을 찔렀던 것이다.

　　그는 한낱 감정이었을 뿐이다. 항상 감동하고, 경련을 일으키고, 불안정하고 뒤집히는 감정.

　　그의 안에 있는 그 무엇도 언어 속에서 길 잃지 않

앉고, 언어의 진창 속에 매몰되지도 않았다. 그는 그런 우회로를, 혹은 예인로를, 혹은 관세로를 알지 못했다.

그는 그런 구역을 경유하지 않았다. 그런 입국세를 알지 못했다. 그런 세금을 내지 않았다.

여덟 명이 함께하는 만찬에서는 웃기든지 아니면 적어도 상냥하든지 아니면 정중하든지 해야 했는데, 그건 그에게는 지옥과도 같았다. 저녁이면 그는 돌연 술집에 가서 파이프 담배를 피우고, 눈을 편히 쉬게 하고, 도미노 게임을 했다. 왜 그때 그는 아무 말 없이 내 곁을 떠났을까? 아무런 기별도 없이? 기별할 의식조차 없이? 그는 타로점에서 나온 연애 얘기를 하는 걸 좋아했고, 그걸 얘기하면서 울었다. 그만큼 그의 상상은 슬펐다. 하지만 그는 그 생각들을 다 털어놓지 못했다.

그는 끝없이 마시는 걸 끝없이 좋아했다.

때때로 그녀는 그를 증오했다. 그녀는 이렇게 생각했다. 이 그림자가 진저리 나. 그는 이 침묵의 집에서, 이 나무 상자에서, 이 매미의 흉갑에서, 그를 뒤덮은 이 나무껍질에서 언제 빠져나올까? 실제로 존재하는 그 작품, 그가 보여 주기로 마음먹으면 우리가 이따금 듣게 되는 그 작품은 그걸 작곡한 사람과는 어울리지 않아 보인다. 그의 계획 속에서 그는 희미하나. 미래가 그에게는 아무런 매력을 발하지 않기 때문이다. 그는 단단하지 않다. 하늘 아래의 안개나 물속의 해초처럼. 그의 몸은 모든 걸 피한다. 모든 우호적인 상황을 우회한다. 그는 자신에게 제시되는 모든 행운을 조금도 밀어내지 않는다. 다만 불가사의할 정도로 그것을 비껴간다. 그것이 더는 존재하지 않을 때까지. 그러고는 멀어진다. 아무것도 없이 혼자 동떨어진다. 그렇지만 두려움에 사로잡히는 건 아니다. 그가 쓰는 곡은 참으로 대담하며, 이탈리아에서 일어나는 모든 것, 독일에서 발생하는 모든 것, 런던에서 눈물을 쏟게 하는 모든 것, 프랑스 궁정의 마음에 들려고 애쓰는 모든 것에 맹렬히 역행한다. 하지만 그는 자기 작품을 타인들에게 보이길 꺼리는데, 그건 꼭 기이한 신체 반응처럼 보인다. 그는 자신과 관계된 그 무엇도 내놓고 싶어 하지 않는다.

나는 그가 빙하 위의 곰 같았으면 싶었다. 그가 나를 죽이길 바랐다.

파도가 나를 덮쳤으면 싶었다.
　혹은 뮐루즈에 있는 그의 형제들이 그를 우물 속에 던져 넣었으면 싶었다.
　심지어 나는 들소가 그 남자를 뿔로 들이받아 죽여

버렸으면 싶었다.

당신은 누구였나? 내가 가슴에 얼굴을 간신히 끌어안았던 당신은? 내 입술 아래로 입술을 스치기만 한 것 같은 당신은? 나를 그만 보려고 서두르며, 내가 떠난다는 생각에 갇힌 채, 당신의 비탄을 조금도 보여 주지 않으려는 초조한 마음에, 두 번이나 번개 같은 속도로 떠나는 꼴을 내게 보여 준 당신은? 구두쇠처럼 한 번은 절망에 틀어박혔고, 또 한 번은 공포에 틀어박힌 당신은?

당신의 입술에서 나온 물을 내가 맛보았던가? 당신의 눈에 차오르던 물을 맛보았던가?

4

일스테드의 집에 머물던 때의 튈린

튈린은 저녁 음악 모임을 마치고 홀로 돌아온다. 그녀는 크고 하얀 모피 외투를 둘렀다. 날씨가 몹시 춥다. 그녀는 미끄럽고 뽀득거리는 눈밭을 걷는다. 날은 어둡지만, 검은 밤하늘 속 그녀 머리 위 아주 가까이에 온갖 별이 초롱초롱하다. 별들은 빛나고 그 빛은 죽는다. 그녀는 붉은 케이스에 담긴 붉은 비올라를 어깨에 메고 빙산 위를 걷는다. 모든 게 고요하다. 그녀도 참으로 평온하다. 이 세상은 얼마나 평온한가. 북극의 밤은 얼마나 경직되고 조용한가. 이 여성 음악가는 눈을 감고 있다. 이제 그녀는 발가벗었다. 침대 시트 아래로 미끄러져 든다. 그런데 왜 그녀는 시트 밑에서, 이불 밑에서, 솜털 이불 밑에서 네 발로 길까? 그녀는 그의 몸 위로 눕는다고 생각한다. 온몸으로 세심히 뒤덮는 젊은 여자의 무게가 잠들려는 몸을 자극한다. 그녀의 머리카락이 그의 성기 위로 미끄러진다. 그녀의 젖가슴이 그의 배에 닿는다. 곧 그녀가 그를 자기 안에 살며시 밀어 넣자, 그는 신음한다. 발정 난 사슴 울음소리 같다. 아니다. 그것은 숨죽인 가르랑거림이다. 그들은 얼마나 행복한가. 잠 속으로 녹아들 찰나에 그녀의 영혼은 온통 혼란스럽기만 하지만, 그녀의 육신은 더없이 젊고 탐욕스러운 상태 그대로다. 그녀가 갑자기 흘러내린다. 이것이 10년이 지나서 그녀가 꾸는 꿈이다.

보트니아만, 올란드 제도.

베르겐. 노르게. 로시야. 이 모든 멋진 이름은 그녀가 어린 시절을 보낸 장소들이었다. 그 유년기의 끝은 아주 행복했다. 그녀는 일스테드와 함께 달렸다. 그녀와 함께 헤엄을 쳤다. 둘은 3도 화음으로, 돌림노래로, 5도 화음으로 함께 노래했다. 열네 살 때, 봄이 깨어날 무렵, 불행이 그녀를 덮쳤다. 그녀의 어머니와 어머니의 떠남만 빼면 어린 시절은 계속되는 낙원이었다. 그녀의 아버지는 살아 있었다. 그는 그녀를 사랑했다. 그녀도 그를 사랑했다. 그녀는 피오르드 골짜기로, 유럽의 여러 바다로 아버지를 따라다녔다. 모피는 백해를 따라, 바렌츠해를 따라 이동했다.

자기 세계로 다시 돌아간 튈린이 가장 먼저 찾았고 만난 사람은 일스테드(일나 폰 에센베크)였다. 일스데드는 그대로였다. 조심성 있고, 내성적이며, 영민하고, 비밀스러우며, 수줍음 많고, 신중하며 눈에 잘 띄지 않았다. 두 친구는 마치 한 번도 떨어진 적 없는 듯 보였다. 일스테드는 그녀를 사랑했다. 심지어, 말년에 두 사람은 함께 2년을 살았고, 마지막 순간에는 불필요해진 관능성을 벗고, 조금 더 이목을 끌지 않는 내밀한 삶을 살며 편안히 죽기 위해 서로 멀리 떨어졌다.

뷜린은 무척 아름다웠고, 여전히 어린 아이 같았으며, 유년기를 벗어나면서 아주 유연해졌다. 아버지가 사라진 뒤, 그녀의 길고 불행한 몸은 파도 속에서 아버지가 있는 곳으로 가려고 애쓰느라 더 길어지고 근육질로 변했다. 그녀의 얼굴은 세모꼴이었다. 그녀는 공간 속에서 움직일 때 여전히 도도했고, 늘 발걸음에 몰두해서 몇 살이 되건 꼿꼿한 상체를 꼼짝하지 않은 채 백조처럼 나아갔다. 사방을 바라보면서도 무엇도 응시하지 않고, 난감한 기색은 조금도 보이지 않고, 과감하게, 예리하게 활짝 뜬 그 크고 침착한 눈은 그녀가 맞닥뜨리지 않은 가시可視 세계까지 빨아들이는 듯 보였다. 그녀는 자신이 보는 것에 속했다. 그녀는 더없이 평온하게 젊은 여자들을 가르치면서 더는 설명하지 않았다. 제자들에게 그저 비올라의 여러 요소를, 통주저음이 실현되는 순간을, 다양한 방식의 작곡을 선보였을 뿐이다. 그녀는 조언은 점점 줄이고, 끊임없이 본보기를 통해 보여 주었다. 예전에 한 번은 너무 많이 말한 적이 있었다. 두 번 다시는 그러지 않을 터였다. 그녀는 아주 큰 소리로 말하며 꿈꾼 적이 있었다. 말하지 않고 보여 주는 이미지들에 머물러야만 했다. 이미지들은 압박하거나 부추기지 않고 약속한다. 그녀는 그 어느 때보다 꿈을 많이 꿀 테지만, 잠에서 깨어나면서 더는 어떤 언어로도 자기 꿈을 옮기지 않을 것이다. 그녀는 이제 누가 죽어도 조의를 표하지 않았다. 그냥 자신의 비올라가 든 가죽 케이스를 들고 그곳에 도착했다. 흰 담비 외투의 털을 온통 휘날리며 나타나서는 접이식 의자를 펼쳤다. 그녀는 모든 사람을 울리는 슬픈 작품을 연주했다. 그녀는 감사를 표하지 않았다. 그저 말없이 해변에서 산 선물 하나를―자갈에 새겨진 그림 하나, 상아 혹은 견갑골에 새겨진 그림 하나를― 말없이 내놓았다. 그리고 그것을 붙잡은 손 위에 놓인 자기 손을 그저 오므릴 뿐이었다. 혼자 있을 때만 보세요, 라고 그녀는 중얼거렸다. 그녀는 꼭 바다 같았다. 그녀는 움직이면서 경이롭게 흩어지는 모래톱과 정말이지 구분되지 않았다. 그녀는 어린 시절에는 오직 생생하고, 고요하고, 단호하고 야성적인 담대함만을 사랑했있다.

5

사춘기 뤼린

어느 날, 스웨덴 전쟁 전, 열한 살 때, 라흐티에서, 뤼린은 사촌의 바지 주머니 속에 손을 넣고 부적절한 행위를 시도했다. 그것이 불러일으킨 쾌락을 발견한 그녀는 다시 시도했다. 그녀가 보기에 남자애들은 행운을 얻은 존재들이었다. 바깥으로 튀어나온 채 살아 있고, 자율적이면서 성마르고, 사나우면서도 믿기 힘들 만큼 민감한 어린 새를 제 배 위에 가지는 행운. 쉽게 굴복시킬 수 있고, 참으로 쉽게 이리저리 날아다니는 것으로 밝혀진, 심지어 손바닥 안에서조차 흥분하고 나아가 열광하기까지 하는 어린 새. 한 청년이 그녀에게 그걸 보여 줄 때마다 그녀는 화가 났다. 눈으로 보고도 납득할 수 없었다. 눈으로 본 그것은 동물이 아니었다. 그것은 심장이 빠르게 펄떡이는 새가 아니었다. 그건 차라리 제 숲에 뿌리내린 구근 위에서 휴식하며 묵직하게 흔들리는 창백한 식물이었다. 오랫동안 그녀는 그것이 천에 덮여 거의 보이지 않을 때 포획하듯 접근하는 편을 선호했다. 아니면 그녀가 돌돌 말아 가방 속에 넣어 둔 실크 스카프 아래 숨긴 채, 혹은 손수건을 덮어씌운 채, 아니면 어둠 속에서 접근했다. 그녀는 번들거리며 떨리다가 벌떡 일어서면서 돌연 발가벗는 성기를 마주하기보다는 젊은 수컷이 눈을 감은 채 특별한 노래를 부르는 동안 자신이 손가락으로 어루만지는 천에 드리운 어두운 얼룩이 점차 커지는 모습을 관찰하는 쪽을 더 좋아했다. 더 어둡게 하려고 창문의 커튼을 치고서 하튼의 성기를 본 날까지는 그랬다. 그녀는 더는 난감해하지도 당황하지도 않았다.

그녀는 하튼의 성기를 좋아했다.

그 순간, 세상의 끝인 라흐티에서 보낸 유년기를 벗어난 것 같은 느낌이 들었다.

그때는 오후 초입이었다.

그녀는 그와 함께 브뤼셀에 있을 때 천 밑으로 손을 밀어 넣었고, 그것이 자기 손안에서 부풀어 오르는 걸 느꼈다. 하지만 그녀는 가만히 손을 떼며 말했다.

— 당신한테 부탁드리고 싶은 게 있어요.

— 뭔데요?

— 어떤 남자에게도 부탁한 적 없는 일이에요.

— 뭔데요?

그러나 뷜린은 입을 다물았다. 그들은 기쁘해졌다.

그들이 명확히 밝힐 용기를 내지 못한 가운데 생각은 이쪽에서 저쪽으로 전해졌다. 그들은 차마 서로를 쳐다보지 못했다.

그녀가 나지막이 웅얼거렸다.

— 나는 당신이 당신을…… 보여 주면 좋겠어요.

— 어떻게요?

— 여기, 제 앞에서요. 제 손이 당신을 느낀 그대로, 지금요. 당신이 내게 그걸 꺼내 주면 좋겠어요.

— 당신 부탁을 제가 들어드릴 수 없을 것 같아요. 이젠 그런 놀이를 할 나이가 아니라.

— 그런 나이는 없어요.

— 당신이 요구하는 대로 나를 보여 주면 부끄러울 것 같아서, 라고 음악가는 웅얼거렸다.

이 일은 브뤼셀의 큰 호텔 안 그녀의 침실에서 벌어졌다. 그들이 서로에게 사랑을 말한 지 겨우 이틀밖에 되지 않았을 때였다.

튈린이 말했다.

— 네. 당신이 거북하리라는 건 이해해요. 그래도 그게 제가 원하는 거예요. 그걸 당신에게 부탁하는 제가 당신보다 떳떳하리라고 생각하진 말아 주세요.

그녀는 침실 창가로 갔다. 낮의 햇빛을 조금 들어오게 하려고 커튼을 살짝 거뒀다. 그녀는 그의 손을 잡으며 말했다.

— 커튼을 통과하는 이 빛 한가운데로 오세요.

그들은 둘 다 살짝 열린 커튼 앞에 섰다. 그러자 그녀는 그의 손을 놓았고, 눈을 들어 그의 눈을 바라보았다. 그러나 하튼은 꼼짝하지 않았다. 그는 난감했다.

그녀가 말했다.

— 더는 당신을 돕지 않을래요.

그는 차마 꼼짝하지 못했다.

— 그리고 우리가 서로 반말을 하면 좋겠어요. 그녀가 말했다.

그는 아무 말도 하지 않았다. 움직이지도 않았다.

— 보여 주세요!

그는 말없이 옷을 벗었다.

— 그러니까 당신도……. 그녀가 웅얼거렸다.

그녀는 그의 음낭을 들고 무게를 가늠했다. 페니스가 더 일어섰다. 그의 몸이 떨리기 시작했다.

— 저는……

— 입 다물어.

그녀는 등을 대고 창문 아래 궤짝 위에 누웠다. 그리고 치마를 걷어 올렸다.

── 당신도 봐.

그녀가 말했다.

그녀는 다리를 벌렸고, 두 손을 써서 손가락 끝으로 젖혀 자신의 은밀한 곳을 조금 열어 보였다. 그는 창문에서 쏟아지는 햇살 아래 그것을 보았다.

── 내 깊은 곳으로 들어와. 그걸 밀어 넣어. 그녀가 속삭였다.

그는 그녀의 발가벗은 긴 허벅지 사이로 다가갔다. 그녀는 젖어 있었다. 그는 그 물속 깊이 자신의 성기를 집어넣었다. 그것은 장소가 아니었다. 장소가 아닌 다른 무엇이었다. 그것은 공간 속에서 참으로 오래되고 모호한 무엇이었다. 그것은 하나의 기억보다 훨씬 생생했다. 활짝 핀 큰 꽃보다 훨씬 아름다웠다. 그것은 어느 시간 혹은 시각에도, 혹은 계절에도, 혹은 역사 속 어느 시대에도 속하지 않는 그 어딘가와도 같았다. 그들은 전율했다. 그들은 소스라쳤고, 부르르 떨었다. 신음했다. 그들은 시간 속에서 펄쩍 뛰어올라 마치 제 고유의 기원에 이른 것 같았다.

그녀의 음문이 붕괴된 그의 성기를 배출하자 그녀는 울음을 터뜨렸다.

── 뭔가를 잃으셨나요? 그가 물었다.

── 네. 당신이 내게 반말을 하지 않아서인가 봐요.

정사 후에 그녀는 온몸을 떨며 울기도 했다. 그러면 그녀는 커튼을 완전히 쳐서 창문을 가려 자기 눈물을 보지 못하게 했다. 그녀는 사랑하는 이의 어깨에 얼굴을 묻었다. 그리고 울었다.

6

브레스트라트의 신트 안토니스 교회

아브라함은 브레스트라트에 있는 신트 안토니스 교회에서 길고 젊은 여자를 슬쩍 보고는 숨이 멎을 정도로 놀랐다. 그는 생각했다. "하튼이 헨트에서 연주할 때 함께 산 여자군." 어처구니없게도 처음에 그는 마치 그녀를 보지 못한 것처럼 기둥 뒤에 숨었다. 우리의 첫 행동은 참으로 경솔해서 때때로 행동을 바로잡아야 한다. 따라서 아브라함은 다시 행동을 바로잡았다 ― 기둥 뒤로 숨었다가 그 기둥에서 나와 그녀를 찾으러 갔다. 그가 그녀의 옆모습을 보고 피했을 때 그녀는 몹시 불행해 보였다. 그는 그녀의 쪽진 머리를 향해, 언제나 곧디곧은 그녀의 등을 향해 다가갔다. 신트 안토니스 교회의 희미한 어둠 속에서도 그녀의 등은 참으로 곧았다. 이 키 큰 여자는 길쭉하고 창백하게, 제단을 비추는 빛에 순수한 얼굴을 드러낸 채 더없이 당당히 서 있었다. 그녀는 무척 평온해 보였다. 보아하니 그녀는 기도하고 있지 않았다. 그녀는 행복하지 않은 다른 세상에 있는 듯 보였다. 그가 그녀 곁으로 다가갔을 때, 그가 그녀 앞에 나타났을 때, 그가 그녀 뺨에 볼인사를 했을 때, 그가 그녀에게 "안녕하세요, 뮐린"이라 말했을 때, 그녀는 아브라함의 주름지고 늙은 두 손을 힘주어 붙잡았다. 그러곤 그의 늙은 두 손을 자기 눈으로 가져가더니 여린 눈꺼풀 위에 얹었다.

— 제가 틀렸어요. 분명 잘못했어요. 그녀가 아브라함에게 말했다. 그런데 무엇을 잘못했고, 얼마나 잘못했는지 모르겠어요.

— 확실한 건 아무것도 없어요.

— 전 너무 오만해요.

— 아니, 난 그렇게 생각하지 않아요. 프로베르거 씨는 당신의 친구 하튼을 아주 잘 알았는데, 아주 까다로운 음악가라고 생각했지요. 누구의 말도 듣지 않는 창작자라고요. 밤에 느닷없이 노래하는 뻐꾸기 같다고 했지요. 둥지를 짓지 않는 그악한 새 말입니다.

— 선생님, 정말 오랜 세월이 흘렀는데, 이렇게 갑자기 만나게 되니 정말 뭉클해요.

— 그런 말 하지 말아요.

— 선생님, 이렇게 불쑥 마음속을 털어놓는 게 죄

송하지만, 저는 이러고 싶어요.

— 은신처로 오세요. 그가 말했다.

— 제 삶을 결판 지으려 하고, 불시에 그를 덮치려 했던 게 잘못이었다고 생각해요.

— 네.

— 기습에 겁먹는 남자들이 있지요. 그런 기습이 끔찍한 불법 침입을 떠올리게 하기 때문이죠.

— 남자들도 있고 여자들도 있지요.

— 맞아요, 그녀가 웅얼거렸다.

— 하지만 그런 서두름 때문만은 아니에요, 륄린. 하튼은 자기 창작품에 겁먹는 음악가예요. 적어도 야콥이 말한 바에 따르면 그래요. 은신처로 오세요. 모두가 당신을 환영할 겁니다.

— 그렇지만 어떻게 하면 자신이 하는 일을 그렇게 사랑할 수 있고, 또 그토록 사랑하지 않을 수 있죠?

— 한 번도 사랑받지 못했을 때 그렇지요.

— 저는 그를 이해하지 못했어요. 하지만 그는 이해하기가 참으로 힘든 사람이에요. 그는 자신을 이해할까요?

— 아닐 겁니다. 하지만 어느 누가 자기 자신을 이해할까요? 내 생각 속에 생각하는 사람이 있

나? 라고 누가 말할 수 있겠어요.

— 그는 모든 걸 두려워해요.

— 맞아요. 그는 스스로 강요당한다고 느꼈던 것
같네요. 그는 겁을 먹었어요.

아브라함은 그녀에게 안트베르펜의 은신처를 소개
해 주었다. 살롱 하나하나. 계단 하나하나. 침실 하나하
나를.

그는 큰 거실에서 등을 운하 쪽으로 돌린 채 서
있다.

그가 긴 의자에 앉은 튈린 곁으로 다가와 앉는다.
그가 천천히 말한다.

— 나는 하튼이 다른 모든 예술가처럼 공허가 깊
이 패는 걸 좋아한다고 생각해요. 그는 공허에
서 결핍을 느끼는 걸 좋아하죠.

그는 말이 없는 젊은 여자의 손을 붙잡는다.

— 그들은 최악이라 느꼈던 걸 되찾길 좋아하지
요. 그것이 그들의 끔찍한 생동력이죠.

— 이 생각은 정말이지 견디기 힘들어요. 그는 절
겁냈어요. 그를 너무도 사랑하는 저를 말이
에요.

아브라함은 튈린의 손을 놓았다.

동판화가 몸므는 안트베르펜에 있는 플랑탱의 집에서 카드 제작자로 일하면서 은신처를 방문했고, 거기서 마리를 다시 만났고, 그때 아브라함이 거둬들인 젊은 핀란드 여자에 대해 말했다.

　　— 나는 튈린을 걱정스러운 마음으로 바라보았어
　　　요. 그녀의 심장이 나무처럼 불타 버렸기 때문
　　　이지요.

사실, 그 키 큰 젊은 여자는 장작더미에 던져진 시커먼 나무가 아니었다. 오히려 물에 잠식된 나무였다.

게다가 그녀는 꺼진 불 – 판화가가 초벌 스케치를 하는 데 쓰는 불 – 이었던 적이 없었다. 그녀는 거품이었고, 석회로 뒤덮인 조개껍데기였고, 계절이 흐르면서 하얗게 변한 백악이었다.

난파와 폭풍으로 이리저리 휩쓸리다가 해변으로 밀려온 부러진 돛 조각, 갉아 먹히고 마모된 나무 파편이었다.

그녀의 머리카락은 완전히 백발이 되었다.

그녀가 예순을 넘겼을 때는 하얀 가루처럼, 세상 끝처럼 새하얬다. 눈밭의 흰 올빼미처럼 하얬다. 포근한 눈처럼 순수하게 하얬다.

그러자 튈린의 얼굴은 더 특이해지고 길어졌다. 그녀의 몸은 더 아름다워졌다고 말할 수 있다. 그녀는 나이가 들수록 더 아름다워졌다. 하지만 그녀의 얼굴은 타일처럼 각이 졌다. 아주 긴 흰 창 위에 얹힌 그 흰 타일에는 주름이라곤 없었다.

그녀는 추위 속에서 빙판 위를, 언덕 비탈길을, 눈밭을 걷고 또 걸었다. 그러느라 그녀의 몸은 놀랍도록 근육질이 되었고 또 매끈해졌다. 그녀의 머리카락이 하튼에 대한 회한 때문에, 혹은 나이가 준 평온이나 일스테드의 사랑으로 인해 하얘졌듯이 그녀의 몸도 하얬다. 백조 깃털이나 상아처럼 하얀 게 아니라 백묵처럼 광택 없이 하얬다. 옷을 벗을 때 그녀는 소녀처럼 벗었고, 일스테드와 함께 쓰는 큰 침실 문 맞은편 계단의 하얀 난간 위에 다음 날 새벽에 입을 옷을 미리 놓아두었다. 모든 벽이 하얬다. 그녀는 자기 집의 두 층을 통틀어 두 점의 그림만 남겨 두었다. 침실 안 십자고상이 놓일 자리에 그중 한 점을 두었다. 텅 비고 고요한 성당 내부를 그린 그림이었다. 그것은 장 바티스트 본 크루아가 그린 그림이었다. 그녀가 아브라함의 집에 피신해 있던 시절, 운하 위에서, 이 화가는 그녀가 깎아 달라고 하지 않았는데도 거의 공짜나 다름없는 값에 이 그림을 그녀에게 팔았다. 거실에는 그녀가 소장한 비올라들 위쪽에 작은 그림 한 점이 걸려 있었다. 뤼뱅 보쟁이 그린 그 그림은 오래된 와인 잔 하나와 반쯤 먹나 만 고프레트[3] 몇 개를

그린 것이었다. 그것은 그녀의 옛 음악 스승이 준 선물이었다.

둘 다 투술라에 머물 때, 그녀는 사랑하는 일스테드에게 음악과 함께 마르시아스를 그린 그림을 주었다. 멀리서 보면 감탄스러운 갈대 다발과 푸른 바위 하나밖에 보이지 않는 그 이미지를 일스테드가 무척 좋아했기 때문이다.

매일 오후, 일스테드와 그녀는 그저 음악이 되었다. 적어도 집-공간 안에서는.

튈린은 점심 식사 후에 옷을 입었다.

모든 음악은 일층의 긴 거실로, 핀란드 목재로 만들어진 그곳으로 모였다.

모든 음악, 보면대, 악기, 건반이 함부르크에서 사다가 식당과 서재 사이의 칸막이벽 속에 설치해 둔 (혹은 박아 넣은) 커다란 도기 난로 주위로 모여들었다. 그 난로는 한결같이 포근한 온기를 내뿜었다.

7
창문에서 from the window[4]

그녀는 혼자 창틀에 기대어 서 있다. 그녀가 그를 향해 돌아보지만, 그는 이제 거기 없다. 그녀는 오래도록 허공을 바라본다.

그러자 하튼의 그림자 또는 구름이 아주 나지막이, 극도로 나지막이 튈린에게 말한다.

— 당신 불행해?

튈린은 유령이 그녀가 불행하길 바라기 때문에 불행한지 묻는다고 생각한다. 그래서 대답한다.

— 물가에서는 행복해. 난 바닷가에 있는 게 좋아.

그녀는 집 문을, 투술라 호수로 이어지는 길 쪽으로 난 축축한 문을 민다. 뚜우술란야르비.[5] 그녀는 여름만 되면 일스테드와 함께 이곳을 찾는다.

해초 냄새가 향긋하고, 돌돌 말리는 파도는 거세지는 일 없이 흰 복재 갤러리에서 2미터 떨어긴 지점까지

---

4   이 장의 제목은 불어가 아닌 영어로 쓰여 있다.
5   '투술라 호수'라는 뜻의 핀란드어다.

다가온다.

그녀가 그때까지 들어 왔던 그 모든 음악보다 더 사랑한 음악, 발견하기가 그토록 힘들었고 좋아하게 되기까지 정말 오랜 시간이 걸렸던 그 음악. 그녀는 왜 그 음악이 사람들에게 알려지고 갈채를 받아야 한다고 생각했을까? 왜 그녀는 그의 작품들이 전파되기를, 심지어 발표되기를 그토록 갈망했을까? 그녀가 감탄하는 남자, 그녀를 울게 하는 남자, 매끄러운 피부와 참새 같은 작은 외침과 백조처럼 갑작스러운 헐떡거림이 유독 사랑스러운 그 남자가 작곡가로 명성을 떨치는 게 뭐가 그렇게 중요했을까? 정작 자신은 대중 앞에서 노래하길 포기해 놓고, 왜 그녀는 그가 두려움 없이 모든 사람 앞에 나서서 찬사를 수확하고 유명해지길 바랐을까? 왜 그녀는 자신이 할 수 없었던 것을 그에게 요구했을까? 왜 그녀는 스스로 갖지 못한 부류의 용기를 자신이 사랑하는 남자가 보여 주는 걸 중요하게 여겼을까? 왜 한 남자가 그녀 자신의 설욕을 대신해 주어야 했을까? 그녀가 자기 자신에 맞서 세운 그 회한의 울타리를 어째서 그가 뛰어넘어야 했을까? 그녀가 피해 달아난 환경을 왜 그가 과감히 대면해야 했을까? 그녀가 그토록 무서워한 자들로부터 왜 그는 갈채를 받아야 했을까?

투술라 예배당의 작은 종이 정오를 알리는 열두 번의 종을 울렸을 때 두 여자가 농가에서 나왔다.

두 여자는 황급히 밭을 가로질렀다.

아낙네들일까? 소녀들일까?

튈린이다. 일스테드다. 두 여자는 달린다.

두 여자는 새벽에 널어 둔 회양목 위에서 흰 시트를 거뒀다.

그들은 손을 내밀어 시트를 당겼고, 천천히 두 손을 붙여 소리 없이 시트를 접었다.

아버지의 이름이 가장자리에 수놓인 시트였다.

그다음엔 다른 시트, 바닥 시트였다. 두 여자는 그걸 계속 당겼다가 합치고 다시 당기면서, 눈밭 위에서, 시트 표면에 한 점의 주름도 지지 않도록 조심하며 끈기 있게 접었다.

8

하튼의 작품

뷜린은 하튼에게서 남겨진 작품 ‐ 프리지아 제도에서 만난 일다 폰 에센벡의 도움을 받아 수집한 그 현기증 나는 작품들 ‐ 을 자신의 비올라로 편곡하는 일을 받아들였고, 그러면서 무엇보다 하튼 고유의 기이한 리듬을 표현하려 애썼다. 랑베르 하튼이 좋아한 음악가 ‐ 그가 웨스트민스터에 갔을 때 찾아갔던 음악가 ‐ 로 이미 모든 걸 가진 블로조차 그런 리듬은 갖지 못했다. 퍼셀[6]은 그걸 이따금 가졌다. 하튼은 항상 가졌다. 기이하게 분절된 리듬으로 이어지는 집요한 전개는 바다 물결이 부르는 노래의 정수 같았다. 늙어서 새하얗게 변하고, 순화되고 희박해지고, 말이 없어진 뷜린이 점점 더 좋아하고 귀 기울이며 감동한 바다의 노래. 그런가 하면 그녀가 받아들인 하튼의 가장 자유롭고 가장 복잡하며 가장 무질서한 멜로디는 프로베르거만의 고유한 특성, 아주 내향적인 동시에 끊임없이 움직이는 명상과도 같았던 특성을 떠올리게 했다. 프로베르거는 하튼의 제자였다가 친구가 되었으며 또한 그의 수호자이기도 했다. 하튼은 자신의 강력한 물결 바탕 위에 목소리들을 입혔고, 그 여러 목소리에 부름과 고통과 불협을 맡겼다. 오래된 제7음, 예민하고 변질된 음, 으뜸음이 결코 누그러뜨리지 못하는 이 음, 사랑 위에서 타오르듯 바다 위에서 타오르는 불꽃처럼, 해협의 등대 위에서 타오르는 헤로의 불꽃처럼 떨리는 이 음, 바로 이 음 자체가 비극적인 취약함이다. 하튼은 거기에 억눌린 흐느낌 같은 애가를 더했다. 특출나게 꾸며졌으면서도 불안정한, 진중하고도 각별한 저음 같은, 고통을 비밀로 남기기로 작정할 때─고통이 더는 스스로를 설명하길 원치 않을 때─느껴지는 달콤함 같은 애가. 이 애절한 연속성은 앞으로 나아가고, 비틀거리고, 문득 강기슭으로 튀어 오르고, 자갈밭에서 별안간 울음을 터뜨려 스스로 메아리가 되고, 갑자기, 계획 없이, 아름다움 속에서 돌진해 버리는 목소리가 지닌 속성이다. 그것은 분출한다. 분출하고 솟구친다. 그것은 바위에서 바위로 폭발한다. 산호에서 산호로. 그것은 물 위로 솟구치는 돌고래다. 꼬리에 짧은 지느러미 두 개를 단 화살이다. 그것은 대기 속을 나는 검은 새다.

작품의 방향을 결정짓는 건 오직 작품 자체의 내달림이지, 예술가가 정한 녹표가 아니다.

---

6   헨리 퍼셀(Henry Purcell, 1659~1695). 영국 바로크 음악의 독창적인 작풍을 확립한 작곡가

나는 이 깨달음을 하튼의 탁월한 즉흥 연주 속에서 포착했다.

그것은 들을 때마다 나를 뒤흔들었다.

나는 그가 작곡하는 걸 들은 유일한 사람이었다. 아니 더 정확히 말해 보자. 내가 그토록 그를 사랑한 건 그의 영혼이 작곡에 임할 때 그를 둘러싼 대기의 밀도가 갑자기 높아졌음을 감지한 유일한 사람이 바로 나였기 때문이다.

나는 그가 갑자기 대기 속에서 어떤 곡조를 찾는 걸 들었다.[7]

발가락부터 모근까지 나의 온 육신이 어떤 곡조를 명확히 밝히려는 그 내면의 탐색에 동요했다.

새들도 마찬가지다.

새들이 밤의 끝자락에 '자신의' 곡을 찾는 소리가 들린다.

자신의 곡을 찾는다. 자신의 곡을 변주한다. 자신의 곡을 명확히 그린다. 자기 곡의 영역을 드러낸다.

그러다 나는 그가 미처 깨닫지 못하는 사이 그의 펜이 목을 축이려 잉크병으로 가는 소리를 들었다.

그가 멋진 흑단 자를 써서 직접 그은 파란 오선으로 뒤덮인 종이 두루마리를 긁는, 그의 거위 깃털 펜.

그의 자개 칼.

그의 동그란 철테 안경.

날을 펼쳐 둔 주머니칼의 날 끄트머리로 세심하게 깎아 모아 둔 깃털들.

흙색 잉크.

두껍고 희끄무레한 페이지 위에서 물결치는, 작은 새 발자국처럼 수두룩한 음표들.

혹은 침묵이, 혹은 음악이, 혹은 그림자가, 혹은 사랑이 이어짐을 다시 만들어 낸다.

혹은 바다. 혹은 꿈. 혹은 밤. 혹은 죽음이.

그럴 때면, 한밤중에, 불도 켜지 않은 채, 그녀는 단춧구멍 장식끈이 달린 진청색 윗도리를 밀어내고 그 냄새 속에서 다시 잠든다. 이제 그녀는 홀로 산다.

그녀는 어둠 속에서 몸을 숙이더니 침대 머리맡 탁자 위에 놓아둔 사발을 집는다. 그녀는 사발을 입술 가까이 가져가다가 갑자기 생각을 바꾼다. 차가 너무 차갑다. 얼음장 같다. 그녀는 그걸 다시 내려놓는다. 멀리서 무슨 소리가 들린다. 문이 다시 닫히는 소리다. 내겐 그렇게 들려. 개가 달을 바라보며 짖는 소리. 곰이 지나가는 소리. 순록이 달아나는 소리. 그녀는 눈을 감는다.

7   프랑스어로는 '대기'도 '곡조'도 모두 'air'다.

X
얼음덩이

1
하튼의 단상 (1)

나는 태어나는 걸 좋아하지 않았다. 이렇게 말하더라도 결코 과장이 아닐 것이다ー바덴 시에서 막 태어났을 때, 나는 사람들에게 보이지 않았다고 말이다. 나는 나를 만든 여자로부터 사랑받지 못했다. 그녀는 나를 한 시간 이상 품에 안을 생각조차 하지 않았다. 나는 어머니의 퉁퉁 불은 젖을 먹고 자라지 않았다. 어머니의 몸이 어찌하지 못하고 만들어 낸 그 젖이 누구에게 갔는지 나는 알지 못한다. 그녀는 나를 원치 않았다. 혹은 내가 자신의 몸에서 태어나는 일 자체를 원치 않았는지도 모른다. 금세 나는 어느 현악기 장수에게 주어졌고, 그 장수는 뮐루즈에서 뮐하임까지, 뮈르바흐까지, 바젤까지, 베른까지 곳곳을 돌아다니며 악기를 팔았다. 앞으로도 나는 나의 쥐구멍에서 빠져나오려면 애먹을 것이다. 나는 나타나야 할 때 애먹는다. 혹은 나타나는 걸 싫어한다. 고요한 살롱의 문이 열리는 걸 좋아하지 않는다. 무릎을 펼치고 신발을 내미는 내 몸을 향해 호의를 보이는, 혹은 냉혹하게 돌아보는 얼굴들을 향해 나아가는 게 겁난다. 갇혀 지냈던 옛 세상을 평생 선호하는 아이들이 있다. 그들은 홀로 몰두하도록 타고난 아이들이다. 손가락으로 짚고 따라가는 벽 모서리를, 평온을, 침묵을, 세상의 외진 곳을 위한 아이들이다. 치장하고 머리를 손질한 여자들의 주의 깊은 눈길 앞에서, 그 남편들의 조급하고 거드름 피우는 표정 앞에서 내가 쓴 곡을 연주할 때면 내 손은 금세 확신을 잃는다. 나는 내가 없었다면 생겨나지도 않았을 일을 얼른 끝내려고 서두른다. 사람들이 내게 찬사를 보낼 때조차 나는 불안하다. 앞으로 지켜야 할 의무, 내일을 앗아가고 내 온 미래를 짓누를 의무가 생겨난 것만 같다. 타인의 관심에 나를 드러내야 할 때면 나는 뒷걸음질 친다. 그런 일은 나를 몹시도 지치게 한다! 제기랄, 이 모든 걸 말해야 하나?

2
최종 결별

어두워져서 저녁 식사를 하기 전, 그녀는 그에게 짐 상자들과 통행 허가증을 보여 주었다. 그는 모든 걸 읽었다. 그리고 물러갔다. 아무 말도 하지 않았다. 그는 침실로 그녀를 찾아오지 않았다. 다음 날 아침 그가 침실로 들어왔을 때 그녀는 드레스에 착용하는 가슴받이를 꿰매고 있었다. 그녀는 창가에 앉아 있었다. 그는 그녀를 오래도록 바라보았다. 그녀는 길고 아름다웠지만, 빛이 꺼져 있었다.

그녀는 고개를 들지 않았다. 그녀는 먼저 말하고 싶지 않았다.

그는 앉았고, 바느질하는 그녀를 바라보았다. 그녀는 이마를 들지 않았다.

그녀는 일감에 열중하고 있었다.

그녀의 피부는 매끄럽고 젊고 하얬지만, 더는 빛이 나지 않았다.

그는 드레스 밑단을, 그녀가 신은 반짝이는 회색 천 구두 끝을 바라보았다. 이어서 침실 바닥을, 먼지가 살짝 앉은 마룻바닥을 바라보았다.

탁자용 양탄자에 수놓은 자수에는 옴팔레의 발밑에 앉아 침울한 표정을 짓고 있는 헤라클레스가 그려져 있었다. 영웅은 어딘가 우스꽝스러웠다. 그는 이상하게도 아주 젊은 날의 야콥 프로베르거를 닮았다. 그 옛날 지빌라 폰 뷔르템베르크 공녀가 슈투트가르트 왕궁 무도회에서 가장 오래된 친구라며 처음 소개해 주던 순간의 프로베르거.

그는 당장 그녀를 떠날 생각을 했다. 예전 어느 날에 그녀가 그랬던 것처럼. 그는 자제했다.

그날 저녁, 그녀가 침대 끝에서 옷을 벗었을 때, 그가 그녀를 품에 안았을 때 그녀는 그가 어색하다고 생각했고, 그는 그녀가 멀게 느껴졌다.

창백하고 길고 부드러운 상체 위 그녀의 가슴은 여전히 아름다웠지만, 그녀도 그를 욕망하지 않았다. 그는 그 사실을 체험했고, 그녀는 그걸 느꼈다. 그가 잠깐 그녀 가슴의 부드러움을 어루만졌지만, 그녀의 어깨는 돌아갔다. 그녀의 가슴이 그의 손가락에서 빠져나갔다. 그녀는 침대에서 돌아누웠다.

밤 동안 그는 그녀가 곁에서 흐느끼는 소리를 들은 것 같았다. 그는 바로 깨어났다. 그 느낌은 가짜였다. 그러나 그는 사랑하는 여자의 등이 정말 떨리고 있는 걸 느꼈다. 그는 그녀의 옆구리에 몸을 댄 채 깨어 있었다. 그는 그녀의 냄새를 정말 좋아했다. 그는 한밤중에 덤불 속에서 우는 꾀꼬리의 슬픈 노래를 흘려보냈다. 그리고 울새가 우는 첫 노래를 듣고 소리 없이 일어났다. 울새 울음은 저 멀리 블랑켄베르허 해변에서 날이 새기 전에 들려오는 파도의 굉음과 뒤섞였다. 그는 그녀가 완전히 깨어 있으면서 일부러 눈을 감고 있음을 느꼈다. 그는 옷을 입었다. 자신의 테오르보를 들었고, 자신이 가져온 모든 악보를 서둘러 가방에 담았다.

3
존 블로

하튼은 웨스트민스터 마을에서 지낼 때 기거하던 작은
집에서 블로를 만난다. 블로는 그가 가져다준 담배를 좋
아한다. 영국인 음악가는 그에게 감사한다. 그러고는 꿀
이 첨가된 네덜란드 블론드 담뱃잎을 한 줌 쥐고는 희열
을 느끼며 냄새를 맡는다.

이제 그는 그것을 묘하게 생긴 작은 파이프 담배통
에 넣고 누른다. 파이프는 자기로 되어 있고, 거의 하얀
색인 긴 동판 연통에 끼워져 있다. 그는 몸을 숙인다. 아
궁이 가까이 다가간다. 그는 불을 붙이기 전에 직접 꾹
꾹 눌러 담은 연초 냄새를 오래도록 들이마신다.

이제 그는 불 가까이 무릎을 꿇고 앉는다. 그의 손
에는 불붙은 장작이 아직 들려 있다. 그는 황홀한 표정
으로 파이프의 첫 연기를 내뿜는다.

존 블로는 음악에 대해 말한다.

― 덫에는 일곱 개의 음표면 충분하다.

그가 자신의 으뜸 제자에게 할 말은 이것이 전부다. 잠시 후, 파이프 담배를 피우고 나서 그걸 탁자에 내려놓은 다음, 블로는 건반에 앉을 테고, 하튼은 자신의 테오르보를 들 테고, 그들은 제각각 클루이드강의 노래를 변조해 가며 함께 연주할 것이다.

음악사에 비추어 보아, 바로크 세계가 끝날 무렵, 다시 말해 전염병이, 배교자들을 매단 화형대가, 굶주린 자들과 폭도들의 봉기가, 의원들의 바리케이드가, 종교 전쟁의 화염이 사라졌을 때 생겨난 '춤 모음곡'을 이제는 사라진 류트의 '스틸 브리제'[1] 방식으로 정리한 건 프로베르거였다. 죽음 이외에 다른 무엇도 원한 적 없었던 신 때문에 사람들이 서로를 죽이던 세상에 대한 공포에서 아직 벗어나지 못한 방황, 즉 '프랑스 모음곡'이라는 형식을 발명한 사람은 독일인이다. 그가 모음곡에서 권장한 순서는 알망드, 쿠랑트, 사라반드, 지그 순이다. 슬픔, 방황, 고통, 선회. 한 세기가 지난 뒤에도 바흐는 프로베르거를 자기 스승으로 여겼다. 황제 페르디난트 3세는 1657년 4월 2일 빈에서 사망했다. 하튼, 프로베르거, 캅스베르거, 하위헌스, 키르허는 무한한 고통을 느꼈다. 얼마 후 모든 것이 망연자실할 정도로 달라졌다. 후계자인 레오폴트 1세는 음악을 배척했다. 신앙심 때문이었다. 특히 그는 난해한 음악을 견디지 못했다. 파면장에 적힌 날짜는 6월 30일이었다. 그때 지빌라 뷔르템베르크 공작 부인(막달레나 지빌라 폰 뷔르템베르크-묌펠가르트)이 요한 야콥 프로베르거에게 자신이 있는 곳, 몽벨리아르와 벨포르 사이, 다냉 숲에 자리한 자신의 성, 에리쿠르 성으로 와서 은둔하라고 제안한다. 그녀는 오직 프로베르거만 부르고, 바로 그곳에서 그는 1667년 5월 6일 카드놀이를 하다가 부엌 타일 위에 쓰러져 죽는다. 지빌라는 즉각 시종들의 연락을 받고 계단을 달려서 내려온다. 그는 가톨릭 의식에 따라 바빌리에 성당에 묻힌다. 바빌리에 성당은 사라졌다. 에리쿠르 성도 이젠 존재하지 않는다.

---

1   Style brisé, 바로크 시대 기악 음악, 특히 류트 음악의 불규칙한 아르페지오 전개를 뜻하는 단어. 분산화음과 불규칙한 프레이즈 등을 활용해 규칙성을 탈피한 구성이다.

4
지옥을 경계 짓는 물결

우리가 불 밝힌 양초 사이에서 무릎을 꿇고 아직 관 머리맡에 자리하고 있는 동안 우리가 애도하는 사람들은 이승과 지옥을 경계 짓는 물결에 이른다. 이때 음악이 표현하는 슬픔의 잔향은, 마지막 노래의 숨결은, 가련하게 흐느끼는 헐떡임은, 그 파도의 물결은 심연의 육중한 어둠 속으로 소멸한다. 그러는 동안 인간의 그림자들은 영혼이 되고, 영혼은 추억이 되어, 돌 위에 새겨진 글씨가 되어, 보잘것없는 연기가 되어 흩어지고, 아주 빠르게 모든 것에 대한 기억이 지워진다.

그저 몸만 삼켜지는 게 아니다. 이름도 몸의 부재 속에 금세 빠져 죽는다.

끈질기게 남아 있는 모든 윤곽은 조류가 펼쳤다가 불현듯 곱게 빗질하고 그러다 다시 흩트려 놓는 해초처럼 오래도록 저들끼리 얽힌다. 그렇게 길을 잃는다.

모래사장 위를 비추는 공기 속 햇살처럼.

우리는 이름들을 참으로 빨리 잊는다.

우리는 하튼과 블로의 이름을 잊는다.
생트 콜롱브와 프로베르거의 이름을.
조르주 드 라 투르와 장 바티스트 본 크루아의 이름을.
보쟁과 몸므의 이름을 잊는다.

우리는 우리가 사랑한 이들의 이름을 잊는다. 그들이 남긴 집과 집기와 크리스털 잔과 체커 놀이판, 경마 게임, 체스, 거위 놀이, 트리트랙 놀이, 노란 난쟁이 놀이, 미카도 놀이판을 잊기도 전에.
— 있잖아, 넌 기억해? 우리 조부님 이름을? 참으로 다정했던 우리의 어린 조카 이름을?

5
붉은 잎

하튼: 언어에서 이름에 해당하는 것. 기억에서는 추억이고, 음악에서는 울림이다.

곧 나뭇잎이 붉게 물든 날이 왔다.

그래서 우리는 쇠스랑을 꺼냈다. 우리라는 건 뤼스, 그리고 물론 나와 마리와 몸므였다. 초생 포도나무들이 단숨에 풀밭에 넘어졌다.

벼락이 떡갈나무에 떨어져 그곳이 온통 붉다.

우리 주변의 모든 것이 우리보다 앞서서 가을로 접어들었고, 붉게 물들어서는 급변하는 바람 아래 팔딱거렸다.

모든 것이 진홍빛으로, 신발 가죽 아래 쏟아져 말라붙은 피처럼 변했다. 나는 홀렸다. 몸므의 입 벌린 커다란 검은 신발 밑에서 나뭇잎들이 바스락거렸다.

뤼스의 나막신 밑에서도 바삭거렸다.

얼음덩이

── 그날 밤은 너무 더웠어요.

예전에 필경사 하튼이 얘기했다.

── 정말 더웠죠. 파리에서였는데, 나는 잠을 이루
지 못해 괴로웠어요. 한밤중에 저 아래 바깥에
서 말의 편자가 포석을 아주 느리게 밟으며 다
가닥거리는 소리가 들렸지요. 그 소리가 마치
조종弔鐘처럼 울렸어요. 엄청나게 무겁고 육
중하게 울리던 그 발소리는 나를 완전히 깨운
건 아니지만 나와 잠을 갈라놓았죠. 나는 더위
를 느끼며 일어났고, 열린 창문 밖으로 내다보
았어요. 생드니 마을에서 온 얼음 장수가 물기
없는 날씨에 뒤덮인 세상에 냉기를 조금 배달
하려고 수레를 끌며 파리를 가로지르고 있었
지요. 폭염이 짙은 밤에 석고 채석장 깊은 곳
에 쌓여 있던 눈덩이를 옮기는, 느리고 아름다

운 운반이었죠. 나는 다시 누웠어요. 그리고 눈을 감았지요. 눈을 감은 채 포석 위로 덜컹거리는 수레의 둥근 바퀴 소리를 앞질러 느꼈죠. 음식을 배달하거나 채소 상자와 푸줏간 고기를 신선하게 옮기려는 수레가 어느 문 앞에서 나무 문짝에 부딪힐 때, 혹은 길 위로 튀어나오려다가 이내 숨죽이는 외침 앞에서, 혹은 어떤 이름을 부르다 마는 소리 앞에서 멈춰 설 때마다 삐그덕거리는 바퀴 소리. 문짝이 삐걱거리거나 덜그럭거리면서 열리는 소리. 그건 장례 행렬보다 더 느리게 나아가는 행진이었죠. 죽음까지 나아가지 못하는 혹은 죽음을 훌쩍 넘어서는 행진이었고요. 참으로 고르지 않은 그 기이한 행진은 밤중에 사라졌어요. 나는 다시 잠들었죠. 그러다 갑자기 깨어났죠. 그 야밤의 여행은 내 머릿속에서 만들어졌고, 암호로 쓰여 있었습니다. 나는 촛불을 켰고, 그걸 받아 적기만 하면 되었죠. 동이 틀 때까지 나는 악보에 내 검은 점들을 재빨리 찍어 나갔어요.

XI

내포

1

배

시커먼 물과 정적 속에서, 마리 에델은 노를 에스(S) 자로 그리며 영국 선박의 선체 가까이 배를 댄다. 선장이 뱃머리 돛대 가까이 선 채 그녀를 보고 손짓한다. 그녀는 팔을 들어 응답한다. 선박의 선장은 바닷속에 닻을 던지게 하지 않는다. 나이 든 음악가는 먼저 밧줄을 이용해 궤짝을 내리게 한다. 그런 다음 케이스에 담긴 비올라를 내린다. 그리고 자기 차례다. 선장이 밧줄을 꼬아 만든 조롱 속에 늙은 남자를 앉히자 갑판 위의 선원들이 그것을 천천히 내린다.

늙은 음악가는 보트가 뒤집어지지 않게 조심하며 보트 안에서 겨우 일어선다.

조롱이 다시 끌어올려진다.

마리 에델은 곧 노를 저어 작은 범선에서 멀어진다.

생트 콜롱브 씨는 나이가 아주 많았지만 젊은 여자의 손에서 노를 강압적으로 빼앗듯 낚아챈다. 그녀는 어깨를 으쓱하고 노를 내어준다.

그가 노를 젓는다. 그가 노를 젓는다.

그는 썰물의 바다 위로 말없이 노를 젓는다. 배 옆구리를 멋들어지게 두드리며 해안으로 돌아가는 물결 위로 노를 젓는다. 그것은 마치 아주 미약한 노래 같아서 나무 노 끝의 물은 펄떡 솟아오르기는커녕 물방울조차 떨구지 않는다. 그저 미미하고 감미로운 파도만이 길게 이어진다.

두 사람은 다시 뜨거워진 해를 따라 아침 물결이 일기 전에 작은 만을 가로지른다.

하현달이 그들 머리 위 하늘에서 선명하게 빛난다.

눈을 반쯤 감고 말없이 노를 상체 쪽으로 당기는 늙은 음악가를 마주 보며 선미에 앉아 있는 마리 에델은 저 너머를 지켜보며 실눈을 뜬다. 그녀는 저 멀리 동쪽에 보이는 탑을, 해상 세관 검사대를 살핀다.

그러더니 눈앞에 펼쳐진 절벽과 내포內浦들을 살피고 염탐한다.

배 한가운데에, 멋진 초록색 – 그녀의 눈동자처럼 거의 터키석 같은 초록 – 외투를 걸친 젊은 여자의 몸과 온통 밤색과 검은색으로 차려입은 늙은 음악가의 몸 사이에 비올라가 누워 있다. 직직한 봄통 속에 보물을 숨

긴 채.

길고 새카만 형체는 수의를 닮았고, 심지어 죽은 자의 관을 닮았다.

마리는 두 손으로 배를 감싼다.

갑자기 마리가 배에 올렸던 오른손을 가만히 들더니 아무 말 없이 생트 콜롱브에게 북쪽의 내포를 가리킨다. 한 어부가 거기서 낚시를 준비하고 있는 듯하다.

— 아브라함이에요. 그녀가 말했다.

한 사공이 모래사장에서 아주 창백한 노란색을 띤 긴 배를 물 쪽으로 미느라 애먹고 있다.

— 외스테레르네요. 그녀가 속삭인다.

해초 비료를 실은 손수레 한 대가 사공 쪽으로 다가간다. 동판화가 몸므는 화가 특유의 빵모자 때문에 알아볼 수 있다. 그가 수레 손잡이를 끌고 있다. 강둑의 모래는 창백한 갈색이다. 그보다 더 창백한 빛에서는 진줏빛이 감돈다.

— 제가 사랑하는 이가 오네요, 그녀가 속삭인다.

초승달은 창백한 하늘 속으로 알아챌 수 없을 만큼 서서히 녹아들었다.

하얗게 변한 하늘이 물 위에 비쳤다.

모래사장은 분홍빛이었다.

― 정말 아름다워. 이 세상은 정말 아름다워. 생트
콜롱브 씨가 별안간 노에서 손을 놓더니, 노가
바다에 떠내려가게 내버려 둔 채 중얼거렸다.

그들은 이제 전속력으로 달린다. 마리 에델은 임신했고,
마차 안 생트 콜롱브 씨 곁에 앉아 있다. 그녀는 여전히
두 손으로 배를 감싸고 있다. 뱃속의 어둠 속에서 아기
가 발로 차는 게 느껴져서다.

긴 건물 정면은 에스코강에서 뫼즈강으로 흐르는
석제 운하 쪽으로 나 있었다.

그곳을 은신처라 칭한 건 아브라함이 아니다. 그곳
손님들이 저들끼리 즉흥적으로 그렇게 부른 것이다.

그 주거지 뒤에는 공원으로 내려가는 계단이 하나
있었고, 공원은 밭, 채소밭, 이탄지, 섬으로 밀려난 작은
숲으로 이어졌다.

운하는 그곳에서 3리외 떨어진 지점에서 다른 큰
운하 두 줄기와 만났고, 에스코강에 합류한 뒤에는 안트
베르펜 항구의 운하들을 만났다.

그들이 은신처에 도착했을 때 아브라함은 생트 콜롱브
씨에게 서재에 마련해 둔 넓은 침실을 보여 주었다.

그 방은 이 주서시의 동쪽 모서리에 자리했다.

창문 하나는 공원 쪽으로 나 있었고, 다른 하나는 운하 쪽으로 나 있었다.

생트 콜롱브 씨는 오랜 친구의 어깨를 잡고 말했다.

— 나탕, 내가 떠나기 전에 시간을 좀 주게. 내가 언제 떠날지 누구도 알지 못했으면 좋겠네.

— 자네 원하는 대로 하지. 여기서는 누구도 자네를 방해하지 않을 걸세. 누구도 아무것도 알지 못할 거네. 자네 원하는 대로 행동하게.

— 나는 곧 시야에서 사라질 텐데, 왜 그러기도 전에 이토록 눈에 띄지 않기를 원할까. 나도 모르겠네.

— 난 자네가 그 바람을 이해하도록 도울 수가 없네, 친구. 내가 이 세상에 대해 뭘 알겠나?

— 나는 왜 내가 이러이러하게 죽어야 한다는 확고한 생각을 품고 있는지 모르겠네.

아브라함은 아무 대답도 하지 않았다. 생트 콜롱브 씨가 불쑥 덧붙여 말했다.

— 고양이들만이 내가 어떻게 행동할지 파악할 수 있겠지.

그들은 헤어졌다. 생트 콜롱브 씨는 아브라함이 내준 큰 방의 문을 다시 닫는다.

음악가는 도무지 끝나지 않는 어둠 속에 방을 남겨 둔다.

그는 서 있다.

사실, 음악가가 눈을 감는 건 자신이 삶을 끝내려 하는 이 공간의 정적을 가늠해 보기 위해서다.

얼마 후 그는 여명이 밝아오기 시작하자 동쪽으로 난 창가로 간다. 그는 부교에 정박해 있는 티알크 배를, 그리고 채소를 담은 버드나무 바구니들을 잔뜩 실은 카누들을 본다.

그는 창문의 기요틴을 들어 올린다. 바다 공기가 불쑥 들어온다.

그는 침대에 앉는다. 오렌지색과 검은색 빌로드 줄무늬가 있는 긴 의자를 침대로 쓰고 있다.

그는 열린 창문 아래에서 차가운 아침 공기를 들이마시며 두 눈을 뜨고 한동안 조용히 머문다.

그러다 포르투갈 병풍 뒤로 슬며시 들어간다. 그는 병에 담긴 물을 도자기 대야에 붓는다. 그리고 씻는다. 쭈글쭈글하고 늘어진 늙은 피부를 씻는다.

그는 셔츠를 갈아입는다.

어두운 방이 갑자기 밝아진다. 새벽이 여명에 자리를 내준다. 햇빛이 방으로 들어선다. 첫 햇살에 천들과 벽시가 되살아나기 시작한다.

선반 위에는 오래된 단지 다섯 개가 나란히 놓여 있다. 그것들의 숭고한 색채가 그의 눈앞에 드러난다.

이어서 서재 높은 곳에 줄지어 서 있는, 호박 또는 옥에 조각된, 세상 반대편에서 온 작은 형상들의 윤곽이 보였다.

열린 창문 유리에 비친 흰 하늘엔 황금빛이 더해졌다.

서재에 기대어 세워 둔 큰 비올라 케이스는 허리가 아주 잘록한 아름다운 여자의 모습처럼 보였다.

의자들에서 올라오는 붉은색은 일종의 분홍색, 분홍빛이 감도는 밤색이었다.

그는 다시 눈을 감았다.

그리고 아주 오래전의 아내를 생각했다.

그런 다음, 검은 옷차림의 늙은 음악가는 자기 비올라 곁으로 갔다. 그는 비올라의 옷을 벗겼다.

그리고 비올라 케이스 안쪽 주머니에 정리해 둔 자기 작품의 악보를 모두 꺼냈다.

그는 햇빛에 비추어 그걸 다시 읽고 싶었다.

그는 공원과 풀밭 쪽으로 난 창 모퉁이에 앉았고, 돌로 된 창가에 자리 잡고는 음표와 음표를, 침묵과 침묵을 다시 읽었다.

늙은 뺨을 타고 조용히 눈물이 흐른다. 그는 소리 내지 않고 마음속으로 악보를 흥얼거리며 운다.

사실 그가 보고 있는 건 추억들이다. 그를 다시 사로잡는 건 그가 겪었던 감동들이다.

그는 끈기 있게 그것들을 다시 돌돌 말았다.

색색의 끈으로 다시 묶었다.

그는 그 모든 악보 두루마리를 팔에 끼고 정원으로 갔다.

그리고 자기 작품들을 불태웠다.

연기가 그의 눈을 찔렀다.

늙은 뤼스는 갈퀴를 쥔 채 늙은 친구가 자기 삶을 정화하는 걸 바라보았다.

창가에 선 아브라함은 서로를 바라보는 두 친구를 바라보았다. 늙은 두 친구 주위로 올라가는 연기 사이로, 꼿꼿한 튤립꽃들 사이로, 역시나 꼿꼿한 붓꽃의 꽃대들 사이로.

너무 기다란 줄기 끝에 핀 형형색색의 꽃들을 눕히기도 하고 다시 일으키기도 하는 바람의 동요, 불탄 음악에서 올라오는 연기의 소용돌이와 그 연기 띠를 흩뜨리는 바람의 변덕. 휴식을 알지 못하는 공기의 흔들림은 그의 피의 맥박을 높이고 그의 심장을 뛰게 했다.

    그는 자신의 비버들, 버드나무들, 푸른 등나무, 죽은 두 딸이 그리워졌다. 그는 대들보에 목을 맨 큰딸을 다시 보았다. 옛 정원 끝에서 들리던 비에브르강의 노래가 그리워졌다.

2

노래의 침묵

생트 콜롱브 씨는 자신의 음악이 발표되기를 바라지 않았다. 그 이유는 전혀 알 수 없다. 누구도 그 이유를 알아차리지 못했다. 바로 그 때문에 사람들은 그를 잊었다.

하튼 씨도 자기 작품이 발표되기를 바라지 않았는데, 타인들의 눈길 앞에서 그가 느끼는 혐오감이 그만큼 컸던 것 같다. 그는 자신의 서곡들이 어렵다는 평판에 대해 큰 분노를 느끼기도 했다. 그만큼 자부심이 강했던 것이다. 어쩌면 그는 자신이 그 수량은 늘렸으되 형태는 고정시켜 버린 즉흥곡들에 가해질 비평을 두려워했는지도 모른다. 어쩌면 그는 자신이 거기서 느낄 좌절을 죽음처럼 겁냈는지도 모른다.

만인 앞에서 자신이 사랑하는 여자를 데려다 달라는 소원을 외칠 정도로 미친 듯한 사랑에 빠진 남자는 어떤

사람인가? 사랑하는 여자가 옷을 벗기를? 그녀가 발가
벗기를? 자신이 세상 무엇보다 아끼는 몸이 제대로 평
가받기를 바라는 남자는 어떤 사람인가?

조델[1]은 프랑스에서 자신이 쓴 글을 출간하길 거부하고
모든 영광을 경멸한 최초의 작가였다.

야콥 프로베르거 씨도 작품을 발표하길 원치 않았
던 것으로 보인다. 그의 경우에는 흥미로운 점이 있다.
발표를 원치 않은 이유에 관한 자료가 충분하고 또 그
자료들이 명확히 알려져 있음에도 불구하고 여전히 그
의도가 불가사의하다는 것이다. 그가 작품 발표를 원치
않은 이유는 음악가가 자기 성의 식당에서 사망한 직후
지빌라 폰 뷔르템베르크 공녀가 콘스탄틴 하위헌스 씨
에게 쓴 편지 속에서 찾아볼 수 있다.

---

1   에티엔 조델(Étienne Jodelle, 1532~1573)은 극작가이자 시인으로,
    그의 작품 『포로가 된 클레오파트라Cléopatre captive』는 프랑스 최초
    의 고전 비극으로 꼽힌다.

3
마리의 출산

공원 안쪽에서 들려오는 말 달리는 소리가 그의 잠을 깨웠다. 음악가 하튼은 추위 속에서 기다리다가 그만 잠이 들었다. 그는 은신처의 텃밭 정원 위쪽 테라스에서 회양목 상자에 등을 기대고 있었다. 텃밭은 늪지, 밭, 이탄지, 황야를 마주하고 있었다. 한 하인이 마리 에델의 출산을 도울 수 있도록 말 한 마리를 따로 몰고 외과 의사를 데리러 갔다. 검은 하늘을 배경으로 왼쪽에서 오른쪽으로 크게 열린 얇은 상현달이 어둠 속에서 뜰의 포석과 우물을 비추었다.

외과 의사가 말에서 내렸다.

하튼은 계단을 내려가 다가갔다. 하인은 말들을 마구간과 구유로 데려갔다. 하튼이 외과 의사 앞으로 가자 의사는 펠트 모자를 벗었다. 그는 횃불을 들고 의사를 음악 경쟁이 벌어지는 대강당으로, 위층으로 이어지는 계단으로, 그리고 마침내 침실로 데리깄다.

주거지 안에는 완전한 정적이, 출산의 밤을 위한 기이하고 완전한 정적이 흘렀다.

과도하게 데워진 침실에서 흰 시트 아래 발가벗은 젊은 여자가 조용히 기다리고 있다.

외과 의사는 그녀 앞에 놓인 등받이 없는 의자에 앉는다.

— 일어나세요.

그의 목소리가 과도한 정적 가운데 터져 나온다.

외과 의사는 이내 목소리를 낮춘다. 그는 마리에게 난로 돌 위에 앉은 뒤 불 앞에서 두 무릎을 벌려 달라고 청한다. 그녀는 그가 요구하는 대로 했다. 열기가 차츰 그녀의 음순을 벌려 성기를 열자 아이가 뱀장어처럼 미끄러지며 그의 손안에 떨어졌다. 외과 의사는 태아를 당겨서 그녀의 배 위에 얹는다.

— 따귀를 때리세요.

그녀는 아이를 붙들고 팔을 돌려 따귀를 때린다. 그러자 그 작은 신생아가 울음을 터뜨린다. 딸이다. 어여쁘고 어린 딸이 살아서 사방으로 팔을 내뻗는다. 성당에서 열한 시를 알리는 종이 울린다. 아이는 발푸르가라고 불릴 것이다―종이 그렇게 이름 붙였기 때문이다.[2] 외과 의사는 탯줄을 끊은 뒤 데운 와인으로 작은 팔다리를 씻긴다. 그는 새 시트로 아이를 감싸서 난로 옆에 내려놓는다. 그러더니 마리 쪽으로 여기 돌아와 다시 누우라고 청한다. 그는 배꼽을 당겨서 손으로 태반을 찾는다. 그리고 태반을 끌어내더니 몸므에게 바깥의 개 밥그릇에 넣어 주라고 청한다. 그러나 마리가 그걸 먹겠다고 한다. 아브라함은 부엌에 버섯 요리가 있다고 말한다.

몸므는 기대어 선 벽에서 꼼짝하지 않았다.

하튼이 형체 없는 태반 주머니를 들고 부엌까지 내려갔고, 거기서 요리를 만들었다.

몸므는 자기 아이가 아니라고 말했다. 아브라함은 그에게 입 다물라고 권고했다.

마리는 음식을 소스까지 닦아 먹었고, 매혹적인 어린 짐승이 처음으로 젖을 먹고 나자 잠들었다. 아브라함은 창문 둘을 활짝 열더니 침실과 대기실의 문도 열어 두었다. 날씨가 무척 추웠지만 이 늙은 남자는 하녀들의 도움을 받아 열린 창문을 통해 운하 물을 끌어와서 침실 바닥을 닦았다. 그러고는 모든 문을 다시 닫았다.

동판화가와 음악가 그리고 외과 의사는 뭘 좀 마시려고 부엌으로 갔다.

아브라함과 생트 콜롱브 씨도 그들과 합류해서 다섯이 함께 마셨다. 그들은 신생아의 건강을 빌며 마셨다. 마지막엔 마시기 위해 마셨다. 얼마 후 그들은 모두 입김을 내뿜으며 추위 속으로 나섰다. 몇 명은 비틀거리

---

2   이 종을 울린 성당의 이름이 생트 (성) 발푸르가 성당이었다.

며 테라스로 나섰고, 또 몇 명은 건들거리며 마구간 앞에 섰다.

외과 의사는 공원 끝에서 하인과 함께 작은 숲을 가로지른 뒤 개울과 밭을 따라 어둠 속으로 다시 떠났다.

아브라함이 난로에 장작을 완전히 새로 채우자 불이 요란한 소리를 냈다.

그는 안락의자를 난로 앞으로 끌어당겼다. 그리고 침묵 가운데 홀로 속삭였다. 그의 첫 아이들은 전염병이 앗아가 버렸다. 그 후에도 그는 오래전 포르투 항구에서 어린 꼬마를 잃었다. 집주인은 눈앞에 펼쳐진 장면을, 야만적이면서 감미로운 그 장면을 지켜보았다. 어린 아기는 붉은 불꽃 틈에서 잠들어 있었다. 간간이 불꽃에서 튀어나온 빛이 참으로 조그마한 어린 발푸르가의 얼굴을 발갛게 물들였다. 엄마는 불 앞에 융단을 덮고 아기 옆에 누웠고, 태반과 버섯이 담겼던 그릇은 깨끗이 비워진 채 옆에 놓여 있었다.

4
생트 콜롱브 씨의 마지막 말

몸므는 정오가 되면 자신의 카드와 동판화를 소장하고 있는 플랑탱의 집으로 갔다. 거기서 매일 점심을 먹었다. 때때로 판화를 제작하다가 밤이 되면 그곳에서 자기도 했다. 2층에 있는 식자공들의 방은 강 하구 쪽으로 나 있었다.

어느 날 저녁, 하튼 씨는 크게 용기를 내어 생트 콜롱브 씨에게 감히 이렇게 말했다.
 — 선생님, 저는 선생님의 음악에 탄복합니다.
 — 저는 선생님의 음악에 탄복합니다.
 — 도착하신 날 선생님을 뵈었습니다. 손에 펜을 들고 창가에 앉아 계셨지요.
 — 제대로 보셨군요. 저는 고양이 같은 사람인가 봅니다. 창가를 좋아합니다. 그리고 음악도 좋아하지요.

— 저는 그림자를 좋아합니다.

— 아니지요. 선생님께선 그림자를 좋아하는 게
아니라 눈을 감는 걸 좋아하시지요.

— 맞습니다.

하튼 씨는 고쳐 말하더니 물었다.

— 노래를 작곡하십니까?

— 그렇습니다. 그렇게 말할 수 있지요. 저는 제가
짓고 있는 걸 노래라고 생각합니다.

생트 콜롱브 씨는 탁자 위에 나무 숟가락을 내려놓
았다. 그리고 수프 접시를 밀었고, 하튼 씨를 향해 돌아
보았다.

— 노래는 우리의 호흡에 담길 수 있어 자칫하면
거기서 길을 잃지요.

하튼 씨는 아무 대답도 하지 않았다.

— 책이 그렇지요.

생트 콜롱브 씨가 다시 말을 이었다.

— 새가 노래할 때는 갈색 나뭇가지 틈에서 잘 보
이지 않지요.

— 정말 그렇습니다, 하튼 씨가 말했다.

— 노래를 잘할수록 더 보이지 않지요.

— 맞습니다, 하튼 씨가 말했다.

— 선생님 안에는 새가 되길 바라는 무언가가 있

군요.

— 네.

— 제 안에는 행복과 약간의 빛 속으로 사라질 무
　언가가 있지요.

— 네.

— 행복이라는 말이 확실한가? 아브라함이 늙은
　친구에게 물었다.

— 그렇네, 나탕. 생트 콜롱브가 대답했다.

— 그러면 사라지게. 그럴 때야.

— 고맙네, 친구.

마리 에델은 아기와 함께 있었다. 그녀는 늙은 뤼스가
아이를 재우는 데 쓰라고 짜 둔 괴상한 버드나무 통에
아기를 뉜 채 앞뒤로 흔들고 있었다. 아기를 재우는 의
식에, 딸아이의 눈꺼풀이 감길 때까지 그저 두 목소리가
흥얼거리는 일일 뿐인 그 의식에 몸므도 합류했다.

5
아르카디아

그의 곁을 지날 때 드는 느낌은 짙은 소나무 껍질 같다는 것이다.

그는 돌연한 냄새를 풍긴다.

네 가지 상태가 있다. 깨어 있는 상태, 잠든 상태, 꿈꾸는 상태, 그리고 세상의 언어보다 앞서는 자연을 느끼는 상태.

산길을 벗어나서 소나무 그림자에 가까이 다가가면 특유의 발효된 냄새가 일종의 두려움을 낳는데, 그 두려움은 장소에 속한다.

짐승이 냄새를 풍기듯이 자연도 냄새를 풍긴다.

세 가지 죽음의 징후가 있다.

입술 위의 숨결이 입술을 떠나 지나는 바람에 완전히 합류하는 순간.

심장이 박동을 멈추고, 팔 끝에서 맥박이 멈추는 순간.

어둠 속의 어둠을 예감하는 마지막 꿈의 움직임. 그것은 눈 뒤에서 뇌를 뒤흔들고, 마음이 결정하지 않아도 마지막으로 성기를 일으켜 세운다.

우리가 죽음 가까이 다가갈 때면 무언가가 우리를 만나러 올 수 있다―이것이 네 번째 징후다. 그건 어쩌면 우리가 태어나기 전에 알았던 존재인지 모른다. 아마도 일종의 중간 지대일 것이다. 일종의 그림자가 우리를 뒤덮어 우리의 눈에 무력감을 더한다.

아르카디아[3]는 이유 없이 두 번 파괴되었다. 불가사의한 돌풍에 두 번 휩쓸렸다.

처음엔 무덤이 무너졌다.

그 후엔 강풍에 포석이 파열했다.

1640년 어느 날 로마에서, 니콜라 푸생 씨는 신화풍의 들판을 그렸다. 그는 어느 영원한 순간을 그릴 생각을 머릿속에 품은 것이다.

어느 목동이 웬 무덤에 새겨진 글자들을, 자신이 의미를 알지 못하는 글자들을 손으로 해독하는 중이다.

Et in Arcadia ego.[4] 이것이 그 목동이 손가락으로 만진 불가사의한 열네 개의 문자나. 나, 죽음도 아르카

---

3   그리스 펠로폰네소스 지역의 한 구역으로, 과거 유럽 문학에서 목가적인 지상낙원으로 묘사되었다.

디아에 있다. 나, 죽음도 이 영원해 보이는 정원에 속한다. 행복이 저 심연 끝에 있으니 기쁨이 커진다. 세상의 기이한 햇살은 이 현기증에서 기인한다.

그의 발밑에 낫[5]의 그림자가 보인다. 그것은 성性을 타고난 살아 있는 인간이 짊어지는 그림자다.

그의 오른쪽에는 예전에 존재했던 것, 그를 만든 것이 온다. 한 여자다.

저마다 혼자다. 잃어버린 전체의 절반이다. 죽음의 물속에 반쯤 잠긴.

하튼: 그녀는 내게 끝까지 신비로 남았다.

한 여자가 나를 매혹했다.

나는 두 번이나 그녀의 몸을 따라갔다. 내 삶을 비추러 온 유일한 빛인 양 그녀의 몸을 따랐다. 그것은 내가 온전히, 한없이 갈망한 유일한 몸이다. 그녀의 손은 내 발길을 안내하고 싶어 했다. 그녀는 자신이 희망한 삶을 향해 짜 놓은 계획을 좇았지만, 그녀가 키운 그 바람들, 그녀가 추구한 그 완벽함은 내가 겨냥한 목표와는 어울리지 않았다. 진정한 사랑엔 목적이 없다고 나는 생각한다. 진정한 사랑은 우리가 꾸는 꿈으로 상대를 길들

---

4   '아르카디아에도 나는 있다'라는 뜻이다. 무덤에 새겨진 이 말을 한 주체는 바로 죽음으로, 일종의 지상낙원인 아르카디아에도 나/죽음이 존재한다는 뜻을 담고 있다. 이탈리아 화가 지오반니 프란체스코 바르비에르(일명 구에르치노)가 《아르카디아에도 나는 있다》(또는 《아르카디아의 목자들》)라는 제목의 그림을 처음 그렸고, 이후에 니콜라 푸생이 두 가지 버전으로 같은 주제의 그림을 남겼다.

이는 일이 아니다. 그 꿈들은 우리 각자가 홀로 경험한 것의 유령일 뿐이며, 따라서 오직 우리 자신하고만 관계된 것이기 때문이다.

뮐린은 명인이었다. 특출나고 절대적이며 강력한 명인.

우리는 서로 사랑할 뿐 아니라 같은 음악을 사랑했다.

지금 나는 이토록 괴로워하면서 어쩌면 내 생각이 틀렸는지 모른다고 생각한다.

어쩌면 밀랍 마개를 만들어 내 귀를 막았어야 했다.

그녀의 목소리를 절대 듣지 말았어야 했다.

그녀가 지닌 붉은색 비올라 다 감바의 일곱 개 현에만 귀를 기울였어야 했다.

북유럽의 모래밭에서 묵묵히 순회공연에만 몰두했어야 했다.

나는 그녀의 입술에 자연스레 올라오던 말들을 듣지 말고 흩어지게 내버려 뒀어야 했다.

서양에서 의인화된 죽음은 낫을 든 해골의 모습으로 묘사된다.

6

레데 판 안트베르펜Rede van Antwerpen[6]

1658년 본 크루아 씨는 안트베르펜 항구를 그렸다.《플람스 호프트에서 본 안트베르펜 항구 전경》이라는 이 숭고한 그림은 높이 2미터에 길이는 4미터나 된다. 먼바다를 바라보는 모든 항구는 무한에 매달려 있는 듯 보인다. 이 거대한 화폭은 순수하게 샛노란 광채에 물들어 있다. 그것은 정오다. 황동이나 금이라기보다는 밀밭이다. 그것은 햇빛이다. 빛난다.

공원 쪽으로 난 테라스 밑에서 단풍나무 잎들이 풀밭 위로 떨어진다.

뤼스는 바람에 휘날리는 나뭇잎들을 바라본다. 나뭇잎들이 바람에 휩쓸려 춤추는 걸 바라본다.

이제 단풍나무 잎은 몽땅 풀밭에 떨어져 빛에 내맡겨져 있다. 단풍잎들이 빛을 반사한다. 빛을 키운다.

어린 발푸르가는 바스락거리며 흔들리는 나뭇잎 속으로 네 발로 달려들곤 했다.

이번에 우리는 갈퀴를 꺼내지 않았다. 공원으로 향했다가 운하와 부교까지 이어지는 길은 온통 금화처럼 노랬다.

이즈음 생트 콜롱브 씨가 오스텐데 해변에서 죽은 채 발견되었다.

그는 노르망디에서 태어났다. 그는 외르 지역 사투리가 있어서 reching이라는 말을 자주 썼다. 그리고 산사나무aubépine를 상사나무aubarpin라 말했다.

그는 자기 집에서 멀리 떨어진 곳에서, 앙리 4세 통치 초기에 심은 오래되고 거대한 뽕나무 –그 시절의 군주는 이 나라가 제 궁정의 대공들이 입는 비단을 직접 만들어 내길 바랐다– 아래에서 연주하는 걸 좋아했다.

이 위대한 명인은 아주 젊었을 때도 베르사유에 있는 왕의 궁정에서 자신의 곡을 연주하기를 거부했는데, 이는 참 기이한 일이다. 웨스트민스터 사원의 음악가들을 만나고 나서도, 챈도스 경의 성에서 엿새를 체류하면서 그 가문의 여러 세대가 오랜 세월에 걸쳐 확충한 음악 전문 도서관의 옛날 악보들을 연구하고 나서도, 일평생 단 한 번뿐인 여행에서 돌아온 뒤에도, 그는 자신의

네덜란드어로 '안트베르펜의 정박지'라는 뜻이다.

제자가 되려는 이들 대부분이 거주하는 파리 시테에 거주하는 것조차 거부했다. 장 바티스트 본 크루아 씨는 몇 주 전에 안트베르펜 정박지에서 그가 아브라함, 외스테레르, 퇼린, 마리 에델, 판화가 몸므와 함께 플람스 호프트의 페리에 오르는 걸 보았다. 그는 그들을 그림으로 그렸다. 생트 콜롱브 씨가 마지막으로 연 콘서트는 안트베르펜 성당에서 어린 발푸르가의 세례를 위해 이루어진 것이었다. 단 한 번의 여행이 그에게는 죽음의 기회였다. 그는 바다에서 죽었을까? 그걸 원했던 걸까? 그는 대양에 뛰어들었을까? 왜 마리 에델은 배를 타고 영국에서 돌아오면서 피카르디 절벽 위로 여명을 앞지르는 미약한 빛이 밝아올 때 그를 찾아갔을까? 그녀는 왜 아브라함을 다시 보려 했을까? 그리고 안트베르펜에 있는 은신처 정원의 정원사이자 아브라함의 친구인 뤼스는 왜 찾아갔을까? 베르사유로 갔던 퇼린이 그곳에서 리라 연주자 하노버 씨의 더없이 갑작스러운 죽음을 알게 되기 1년 전의 여름, 그녀가 생트 콜롱브 씨에게 인사하려고 그의 집으로 찾아갔을 때 그는 자기 포도밭에서 나온 고약한 와인을 마시라고 내왔다. 그녀는 그 와인이 시큼하면서도 맛있다고 느꼈다. 그는 그녀에게 오래된 그림 한 점을 내밀었는데, 거기에는 밀짚으로 감싼 적포도주 병과 노란 고프레트 몇 개가 그려져 있었다. 그 그림의 가치는 어느 정도일까? 그 그림을 복원할 수도 있을까? 과자는 바스러지고 있었고, 맹한 보랏빛을 띤 와인은 시어 꼬부라졌다.

— 선생님의 취향이 변한 거예요. 그녀가 말했다. 이 화폭은 멋져요. 복원할 것도 없어요.

— 그러면 뷜린, 당신 눈에는 이 화폭 속에서 빛이 좀 보입니까?

— 원천도 없이 어둠 속으로 발산되는 놀라운 빛이 보여요. 이 화폭이 숭고하듯이 이 빛도 숭고해요.

— 당신이 그 빛을 본다니 이 그림을 드리죠.

7

베르헴의 오래된 카드

판화가 몸므는 자기 딸의 출생을 기념해 안트베르펜의 생트 발푸르가 성당 중앙 홀에서 연주해 준 생트 콜롱브 씨에게 오래되고 멋진 카드 한 벌을 주었다. 몸므는 자기 딸을 발푸르가라고 불렀다. 그 아이가 어머니의 뱃속에서 밖으로 나온 순간에 종소리가 울렸기 때문이다. 오래된 카드는 1430년에 만들어진 것이었다. 그는 그것을 베르헴 변두리에서 골동품과 고가구를 파는 상인에게서 샀다. 그 시절 카드의 색깔은 노란색, 초록색, 빨간색, 검은색이었다. 이 네 가지 색이 자연 속의 동물들을 피식자와 포식자의 쌍으로 짝짓고 있었다.

검은 매는 초록색 오리를 발톱에 붙들고 있다.

비늘이 벗겨지는 샛노란 개는 놀랍다. 개는 헐떡이고 짖으며 붉은 사슴을 쫓는다. 개 짖는 소리는 거의 들리지 않는다. 그러나 개는 입을 크게 벌리고 있다. 움직임이 없는데도 참으로 생생해 보이는 이미지들에 대해 우리가 말할 수 있는 건 그게 전부다. 그 이미지들은 더없이 매혹적이다. 그것들은 말하지 않고 보여 주려는 걸 가리킬 뿐이다. 멀리서 보는 자연의 모든 장면이 그러하듯이. 아무것도 움직이지 않을 때조차.

정적만이 그 이미지들에 활력을 불어넣는다. 또한 우리의 두려움까지.

은신처의 커다란 검은색 식탁 위에는 얼마나 큰 정적이 드리우는가. 색색으로 그려진 동물 형상들이 조금씩 바스러지고 벗겨져, 풀 먹인 종이와 겹겹이 붙인 판지에서 떨어져 나가고 있다.

8

늙은 뤼스

사람들이 늙은 뤼스라고 불렀던 사람은 아브라함의 가
장 오래된 친구였다. 생트 콜롱브보다 더 오래되고 더
충직한 친구였다. 뤼스는 그의 진짜 이름이었는데, 그는
이제 그림을 그리지 않았다. 파스텔로 그림을 그릴 때도
그린다는 동사를 쓸 수 있을까? 연필심과 목탄으로 그
리는 사람은 뭐라고 불러야 할까? 늙은 파스텔 화가는
먼저 파스텔을 잊었다. 그리고 그의 주변에서 더는 아무
도 말하지 않는 언어 속 이름들을 점차 잊었다. 타른강
을 따라 자리한 가이약Gaillac이라는 이름조차, 하늘 높
이 치솟은 코르드Cordes의 이름조차 더는 그의 마음속에
추억을 불러일으키지 못했다. 그것들은 한낱 그의 입술
위 음절로 남았다. 구멍이 숭숭 뚫린 바구니 같지 않은
영혼이 어디 있을까? 인디고 받은 그 염료의 짙은 아름
다움을 깡그리 잃었다. 그는 만나는 얼굴들과 그들의 이
름을 더는 연결 짓지 못했다. 그는 사람들의 인사를 받

으면 그들을 알아보지 못해 난감해하며, 죄책감마저 품고 인사했다. 점차 그는 주변에서 반복해서 들리는 말들의 의미를 파악하지 못했다. 어느 날, 그는 알비 사람들이 용맹했던 시절[7]에 함께했던 옛 제자가 정원에 앉아 봄의 따사로운 첫 햇살을 쬐고 있는 걸 보았다. 그는 물조리개를 내려놓고 옛날 제자에게 다가갔다. 브루게 출신의 그 어린 제자는 피레네 국경지대에서 온 친구로, 이름이 뭄므였는데, 그 역시 늙고 백발이 되어 정원 연못 앞 돌벤치에 앉아 있었다.

늙은 뤼스는 조용히, 천천히, 조심스레 그의 곁으로 가서 앉았다. 그는 소심하게 이런 질문을 던졌다.

— 행복, 선의, 명예, 그가 말했다.

— 네.

— 사랑, 부활, 영원.

— 네.

— 젊은 친구, 이게 무슨 뜻인가?

— 아시다시피 별것 아닙니다, 스승님. 조프루아가 대답했다.

— 아무것도 아니라고?

— 그렇습니다. 아마 아무것도 아닙니다.

— 내가 나이가 들면서 말을 잃고 있다는 걸 아는

---

7   알비 (Albi)는 프랑스 남쪽 타른 지방에 속하는 소도시로, 12~13세기 때 카타리파라는 기독교 교파의 중심지가 되어 이 교파는 알비파라고도 불렸다. 교황청은 이 교파를 이단으로 파문하고 탄압을 위해 알비 십자군을 일으켰고, 결국 이 교파는 1350년에 사라졌다.

가, 친구?

— 가끔 깨닫습니다. 아마도 스승님은 다시 어린
  아이가 되시는가 봅니다.

— 다시 아이가 되는 건 병인가?

— 병은 아니지만, 이럴 땐 우리가 아주 어린 아
  이여서 말이 없이 살았던 시절을 떠올려야 하
  지요. 그때 우리는 다른 사람들이 우리 자신에
  게 붙여 준 이름조차 알지 못했지요. 더구나 그
  이름들, 그 성들, 그 별명들이 항상 순수한 영
  광이었던 건 아니죠. 우리는 문장 없이 살았지
  요…….

— 그래서, 친구?

— 그래서 우리는 행복했습니다, 스승님. 우리가
  어린 시절이 끝날 무렵 배우는 모든 언어는 참
  으로 인위적이지요. 그래서 그 언어는 우리가
  몇 살이건 늘 빌린 것처럼 남아 있지요. 그러니
  제가 무슨 말을 하려는지 스승님께서 아신다면
  스승님께서 말의 의미를 잊으시는 게 그리 나
  쁜 일은 아니지요. 스승님께서 식빵을 조금 떼
  내서 지우시는 건 다 완전히 무용하고 장식적
  인 것들뿐이니까요.

— 삶의 끝에 이르면 잊는 것이 자연스러운 일이

라는 말인가?

— 적어도 말이 해체되는 건 자연스러운 일이지
요. 말이라는 건 애초에 지워진 이미지들로 구
성된 거니까요. 이를테면 우리가 누군가를 미
친 듯이 사랑할 때는 얼굴이 이미 거기 있으니
문장들은 잊는 편이 낫지요. 물론 이건 하나의
제안일 뿐입니다. 하지만 다른 한편, 우리가 만
든 모든 것이 그 자신들만의 고유한 요소들로
잘게 쪼개져 흩어지는 건 자연스러울 뿐 아니
라 합당한 일이기도 하지요.

— 이번에도 나는 자네가 무슨 말을 하는지 알아
듣지 못하겠네. 이보게, 내가 이해할 수 있게
말해 주게.

— 어린아이들, 아주 어린 아이들은, 이를테면 우
리가 어린 발푸르가의 나이였을 때 말입니다.
농가 마당이나 풀밭에서, 혹은 해변의 자갈밭
에서, 혹은 저기 우리 눈 아래 보이는 저런 멋
진 연못에서 놀 때 우리는 시끄러운 조잘거림
과 고함과 감탄사와 흥얼거림 속에서 살았지
요. 모든 것이 새소리처럼 울렸지요. 우리는 뛰
었고, 물속에 뛰어들었고, 웃었고, 공원에서,
테라스에서, 자연 속에서 달렸죠. 밀도 이름도

소유하지 않았고, 오직 기쁨밖에 없었어요. 심지어, 지금 보니 그땐 아무것에도 의미가 없었기에 모든 것에 목적이 있었던 것 같습니다.

— 그런데 자네는 이제 막 어린 딸을 갖게 되었잖나. 내가 살고 있는 정원 안쪽, 내 오두막에서도 아이가 배고파 우는 소리가 들리네, 한밤중에 악몽을 꾸고 갑자기 잠이 깨서 울부짖는 소리도 들리고, 새벽에 자네가 아이를 요강에 앉힐 때 뜨거운 배설물이 목청 높여 노래하는 소리도 들리지. 내가 자네에게 사랑, 행복, 쾌락, 선의, 영원을 말하면? 우리의 영원을 말하면? 자네는 그 의미를 내게 줄 수 있겠나?

— 그럴 수 없을 것 같습니다.

— 그러면 사랑은? 자네의 사랑은?

— 그럴 수 없을 것 같습니다. 저는 마리를 사랑하고, 발푸르가를 세상 무엇보다 사랑합니다만, 그들을 향한 마음의 움직임을 묘사하지는 못하겠습니다. 그 움직임이 명백한데도 말이지요.

— 옛날보다는 낫지 않은가?

— 옛날보다 못합니다. 몸므가 확실히 대답했다.

— 그런데 내가 어제 어린 발푸르가를 테라스에서, 나뭇잎을 떨군 단풍나무 아래에서 보았는

데 말이야. 한 살이 넘었는데도 아직 젖을 먹고 있더군. 파란 눈, 작은 터키석처럼 파란 눈을 가진 어머니의 참으로 아름다운 젖을 그토록 세차게, 그토록 열렬히 빨고 있던데, 그 아이는 그렇게 탐욕스레 젖을 빨 때 행복하지 않겠나?

— 아마 그럴 것 같습니다.

— 그것이 행복이 아니겠나?

— 그러길 바라지요.

— 조프루아, 나를 기쁘게 해 주게나. 그렇게 끊임없이 나를 멀리 보내지 말고, 행복이 어떤 것일 수 있는지 적어도 설명하려고 해 보게나. 행복이라는 말의 울림은 여전히 내 마음에 드니 말일세. 비록 그 의미는 잃어버렸지만.

— 행복이라는 말엔 두 개의 말이 붙어 있습니다, 스승님. 이 말은 남자와 여자가 부부가 되듯이 서로 다른 두 개의 음절을 합친 것입니다. 행bon과 복heur을 합치고 있지요.[8] 이 두 말엔 기쁨이 가득합니다. 행 복! 행 복! 보시다시피 이건 감탄사입니다. 행복이라는 말은 우리가 꼭 기뻐하리라 서약하는 말이지요. 다시 말해 훗날 만족감을 안겨줄 기쁨을 얻으리라 서약하는 것입니다.

---

8   프랑스어 Bonheur는 Bon (좋은), heur (시간)이 합쳐진 형태다.

— 이보게, 그 종잡을 수 없는 말은 대체 무슨 뜻인가?

— 제 말은 바람직한 일이 적당한 때에 일어나 주어야 한다는 것이지요. 사실, 행복은 우리가 스스로 불러일으키는 전조입니다.

— 어째서 행복은 현재가 아니라 미래인가? 게다가 자네는 행복이 적당한 상황에 느껴져야 하는 것이라고 말했는데, 그게 다른 무언가의 전조가 된다는 건 또 무슨 의미인가?

— 기쁨을 예고하는 기쁨이지요. 아시겠는지요?

— 아니, 도무지 모르겠네.

— 지속되는 상태에 놓인 감미로움이랄까요.

— 그런데 지속되는 감미로움이란 게 대체 뭔가? 내가 산 길고도 많은 세월 동안, 어쩌면 끊임없이 지속되었을 감미로움을 내가 한 번도 경험해 보지 못했던 걸까?

— 별안간 몸의 모든 긴장이 풀리고 완전한 평화가 마음속에 자리 잡는 상태랄까요. 이 말에는 뭔가 느껴지시는지요?

— 자네가 하는 말은 정말이지 흉측하네. 완전한 평화. 온전한 고요, 그건 죽음이잖나. 활시위가 활을 떠난다면 손에 남는 건 나무토막과 풀

어지는 줄뿐이잖나. 자네는 죽음에 대해 말하고 있어, 오, 이보게 조프루아. 나는 행복을 원치 않아. 행복보다는 훨씬 살아 있는 무언가를 원해.

9
아브라함의 보물

그날은 3월의 멋진 하루였다. 늙은 아브라함은 햇볕에 벗은 상체를 드러내고 있다. 그는 온 힘을 다해 가래의 나무 손잡이를 누른다. 날은 지독히 덥다. 늙은 남자의 등줄기로 땀이 방울져 흘러내린다.

그의 하얀 수염은 시간과 더불어 살짝 숱이 줄어서 그의 입술 아래로 축축하게 늘어지는 누런 빨래처럼 변했다.

푸르스름한 눈그늘이 그의 눈을 크게 둘러싸고 있었다.

마리 에델이 그의 손에서 가래를 빼앗았다.

— 왜 그렇게 몸을 혹사하세요? 이젠 이렇게 딱딱한 땅을 팔 연세가 아니시잖아요. 땅이 아직 얼어 있어 그렇게 때린다고 풀리지 않아요. 아직 겨울이라고요. 뭘 심기에는 너무 일러요.

— 내가 전에 보물 하나를 숨겨 둔 땅을 찾고 있는

거야.

　　— 우리가 그걸…….

아브라함이 마리 앞에서 땅에 쓰러졌다. 참으로 기이했다. 늙은 몸은 마치 힘없는 헝겊처럼 아주 느리게, 수직으로 무너졌다. 다리가 몸을 아주 슬그머니 놓아 버린 것이다. 늙은 남자는 이제 바닥에 앉은 채 그녀를 향해 눈을 들었다. 그는 질겁한 얼굴로 마리를 바라보았다. 그가 손에 힘을 주고 바닥을 누르려 해 보지만, 너무도 쭈글쭈글해진 늙은 몸은 뜨거운 먼지 속에 그대로 앉아 있었다. 그 순간 그들은 그가 갑자기 자기 다리를 쓰는 법을 잃어버렸다는 걸 알았다.

　　— 모르겠어. 내 다리가 더 이상 걷지를 않아. 그
　　가 말했다.

그녀가 그의 팔을 당기고 또 당겨 보았지만 소용없었다. 도무지 그를 다시 일으킬 수가 없었다. 그녀는 판화가인 남편을 데리러 갔다. 그는 은둔처 식당의 큰 탁자에서 청동을 가지고 작업하고 있었다. 몸므가 달려와서 아브라함을 품에 안아 아이처럼 들고는 그의 침대로 가서 베개에 기대어 앉혔다. 그는 노인이 슬퍼하는 걸 보고 강 하구 건너편 플람스 호프트에서 연주하고 있는 외스테레르를 데리러 갔다. 그가 노인의 곁을 지켜 주고, 그와 함께 자고, 발가벗이서 그의 시야에 조금이나

마 아름다움을 더해 주고, 그가 잘 때 조금이나마 온기를 주고, 그의 옆구리에 기대어 조금이라도 힘을 전해 줄 수 있도록.

그렇게, 한밤중에 헐떡거리는 숨소리를 들은 외스테레르는 노인의 호흡이 잘 돌아오지 않자 뼈만 앙상한 그의 손을 붙잡았다. 아브라함은 신음하며 떨더니 그 신음 소리가 문득 끊겼다. 그렇게 그는 죽었다.

XII

침묵

1
부활절

이제 더는 바다에서 뿔나팔 소리가 들리지 않았다. 바닷소리조차 들리지 않았다. 무언가가 해체되고 있었다. 수난 주간 동안 종소리는 끊이지 않고 울렸다. 거리에는 마차 통행이 금지되었다. 나무 나막신도 내쫓겼다. 사람들은 신의 고통을 모방하기 위해 눈앞의 좁고 비탈지고 힘든 길을 침묵 속에서 맨발로 걸었다. 그 가난하고 고된 등반은 그들을 불가사의로 이끈다 ― 죽음의 불가사의. 왜냐하면 죽음은 불가사의이기 때문이다. 살아 있는 모든 존재는 절대적인 방식으로, 또한 고독한 방식으로 그 불가사의에 노출되어 있다. 죽음은 살아 있는 모든 암컷, 모든 수컷과 모든 어린 것들이 직면한 유일한 불가사의이기에 오직 살아 있는 상태의 침묵만이 그에 부합한다.

오직 침묵만이, 오직 무거운 침묵만이, 짓누르는 죽음의 침묵만이 그를 에워싼다. 그는 그것을 홀로 문득 받아들이고, 그 안에서 소멸한다.

　임종의 나날들이었다.

　노점 안에는 보라색이나 검정색 옷을 입은 부르주아들의 거품 잔뜩 뒤덮인 뺨을 완벽한 침묵 속에서 면도하는 이발사들이 보였다. 손님들도 이발사들도 입을 다물고 있었다.

　어부들은 이제 목재 시장 아래에서 소리 내어 생선을 팔 권리가 없었다. 뱃사람 챙모자를 쓴 그들은 이를 앙다물고 있었다. 심지어 해포석 파이프를 피울 권리조차 없었다.

　농부들은 포석 위에 펼친 좌판과 상자들을 보여 주려고 기이한 무언극을 하고 있었다. 호객할 허가를 받지 못했기 때문이다.

　사람들은 침묵 속에 격리되었다.

　그들은 설탕물 묻힌 손수건을 비틀어 아주 어린 젖먹이의 입을 틀어막았다. 젖먹이들이 평소에 하듯이 사바나의 맹수들보다 더 우렁차게 울부짖지 못하게 하려고.

놀라운 침묵이었다. 놀랍도록 다정한 침묵이 그 길고 마르고 늙고 새하얀 여자를 둘러싼다.

　그녀는 떨어져 나온 빙산 조각 쪽으로, 얼어붙은 비

다 쪽으로 난 창문 가까이에 있는 안락의자에 앉아 바느질을 한다.

아니다. 그녀가 하고 있는 건 십자수다.

이제 그녀는 바늘을 내려놓는다.

뷜린은 몸을 숙이고 자기 일감을 살핀다.

그녀는 자기 손가락이 만들고 있는 손수건 같은 것에 얼굴을 묻고 울고 싶다. 그러나 그러지 않으려고 애쓴다. 그녀는 왼쪽으로 유리창과 바다 쪽을 돌아본다. 새하얗게 땋아 올린 그녀의 머리는 왕관 모양이다. 그녀의 얼굴은 참으로 길고 창백하다.

그녀는 무척 아름답다.

그녀는 신화 속 장면들에 추억을 뒤섞어 수놓는다.

꼼꼼하게 한 땀 한 땀 수놓는 그 장면들과 더불어 그녀는 눈물을 닦거나 참는다.

창문이 그녀의 얼굴을 향해 빛을 환히 비춘다.

그녀는 일어선다.

밖으로 나간다.

그녀는 나갈 때 문을 절대 잠그지 않는다.

그녀는 보트니아 섬의 바위들을 따라간다. 그러고는 이제 얼음 막이 덮여 뽀드득거리고 사각거리는 모래밭을 걷는다.

그녀는 천천히 눈을 뜬다. 그렇다, 천천히, 그렇다,

그저, 그 무엇도 향하지 않고, 더는 움직이지 않는 바다를 향해, 죽음을 향해. 그가 옳았을까? 그렇다, 그가 옳았다. 영광도, 금도, 찬사도, 세상도, 음악도, 예술도, 신도 아무런 가치가 없다. 심지어 죽음조차 눈길을 받을 만할 대상이 되지 못한다. 오직 포옹뿐이다. 심장을 때리는, 살아 있는 짐승들의 심장을 꿰뚫는 사랑 속으로 몸과 몸이 뛰어드는 포옹. 그것이 사랑의 직접적인 원천이기에, 포옹이 일러 주는 그 깊음 속에서, 있는 그대로 그걸 느끼기만 하면 된다. 왜 우리는 행복을 피해 달아났을까? 새끼 사슴, 암사슴, 숫사슴은 행복을 숭배한다. 그들이 있는 힘껏 피해 달아나는 건 그들을 위협하는 이들뿐이다. 장미조차 행복을 숭배한다. 장미는 행복을 피하지 않고 달아나지도 않으며, 제 암술 속에, 수술 속에, 꽃잎 아래에 그것을 간직한다. 장미는 그저 해가 나면 꽃부리를 살짝 열 뿐이다. 장미는 향을 내뿜는다. 문득, 점점 더 향긋한 향을.

용기는 두려움의 부재가 아니다. 황홀경 속에는 두려움이 어느 정도 남아 있다. 그렇다면 겁에 질린 두려움 속에도 그렇게 값진 무엇이 있을까? 격정의 대담함이다. 대상 없는 이 움직임은 죽음까지 무시한다. 바로 그래서 매일, 석어도 내앙이 일음에 붙들리지 않았을 때는, 눈이 내리거나 심지어 눈보라가 몰아칠 때도, 그녀는 통나무로 지은 사우나 오두막에서 새벽의 물과 우유를 땀으로 배출하자마자 자기 집 앞 바위 위에서 옷을 벗고 물에 뛰어들었다.

그녀는 태양이 정점에 이르길 기다렸다―세상 북쪽에 정점이 있다면, 천저天底가 있다면. 예배당의 종이 울리기 시작하면 그녀는 수증기로 뒤덮인 몸으로, 늘씬하고 발가벗은 근육질의 몸으로 오두막에서 나와 달렸고, 물에 뛰어들어 헤엄쳤다.

그녀는 물의 모든 상태를, 각별하고 경이로운 물의 모든 형태를 좋아했다. 수증기, 김, 얼음, 눈, 비, 호수, 샘.

그녀는 살아 있는 물을 좋아했다. 돌 사이로 솟아나는 뜨거운 물을 좋아했다.

땅속에서 펄펄 끓으며 솟아나는 물조차 그녀는 지극히 아꼈다.

뜨거운 물보라가 그녀 위를 날며 이마와 코와 눈을 뒤덮어도 그녀는 다시 솟구치는 물보라를 향해 몸을 기울인다.

매일 아침은 나뭇잎에 뒤덮인 채 반쯤 땅에 파묻힌, 탁탁 소리를 내는 생나무와 나무껍질로 채워진, 군살 같은 눈으로 뒤덮인 자작나무 오두막 속에서 끝이 났다.

매일 아침은 발가벗은 뜨거운 여자의 몸이 바위 위

로 오르면서 끝이 났다.

　　그러고 나서 그녀는 저 멀리 참으로 순수하고 새하얀 빙하를 마주한 채 두 팔을 앞으로 던지며 물속으로 뛰어들었다.

2.

광기에 대하여

1673년, 다르타냥 씨[1]는 마스트리흐트 앞에서 사망했다.

이 미친 짓을 누구에게 털어놓을까? 지빌라 폰 뷔르템 베르크 공녀는 에리쿠르 성의 해자 속에서 새가 죽은 채 발견된 날 아침에 그 새를 박제하게 했다. 새는 그녀의 방으로 들어오려다가 짙은 안개 때문에 닫힌 창문에 부딪혀 떨어진 것이다. 그녀는 짚으로 속을 채운 까마귀를 자신의 침실 옆에 붙어 있는 아름다운 예배당의 제단 위 십자고상 옆에 두었다. 르 쉬외르 씨가 그린 속죄하는 막달라 마리아 그림 아래 이제는 죽은 새가 끼어들어 결탁한다. 그러나 새벽에 떠오르는 태양 앞에서 그녀 마음 깊은 곳에 여전히 자리한 건, 있는 그대로 사실을 털어놓자면, 까마귀의 울음이 아니라 말 울음소리를 내는 존재였다. 신이 이 정도로 자신의 피조물을 식별하지 못한다면 우리는 거기서 기지개를 펴는 숭고한 혼돈만을 볼 것이고, 더는 아무것도 이해할 수 없을 것이다. 별난 제자들이 지빌라를 따라다니지만, 그녀는 자기 삶의 마지막 시간을 홀로 대면하고 싶어 한다. 지빌라 공녀는 거대하고 놀랍도록 시커먼 머리 위로 하늘을 향해 위험한 뿔을 길게 뻗은, 목이라곤 없는 기다란 황소가 등장하는 꿈을 무척 자주 꾸었다. 두 뿔 사이에 뭔가가 있었는데, 그것이 그녀를 공포에 빠뜨렸다. 황금색 원반이었다. 떠오르는 태양은 다시 쳐드는 머리 같고, 전진하는 말의 가슴팍 같고, 새벽의 미풍에 일어서는 말갈기 같다. 그래서 아침 공기의 질주는, 그 파동은 차갑고 신선하고 포근하게 번지며 펼쳐진다. 그녀는 식당 바닥에 머리부터 떨어진 프로베르거 씨의 긴 손과 더불어 이 세계에 자리한 사물들 속에 잠재된 아름다움을 일부 잃었다. 나는 바짝 자른 그 손톱을, 그 민첩한 손가락들을, 희고 긴, 느리고 유연하며 재빠른, 그리고 슬픔의 음파 속에서 더없이 민첩하고 여유롭게 움직이던 그 마법 같은 손목 관절을 잃었다. 조제프와 더불어 내가 잃은 건 하늘을 편력하는 세상의 찬란한 머리카락이다. 성에 속에서 스스로 다물어 버린 베르길리우스의 부리와 더불어 내가 잃은 건 희망을 완전히 잃은 외침이다.

내 삶 속에 끈질기게 남아 세상을 비추는 햇살은 어디 있을까?

---

1   알렉상드르 뒤마의 소설 『삼총사』의 실제 모델로 널리 알려진 총사대 군인. 루이 14세의 프랑스와 네덜란드 공화국 사이에 일어난 전쟁에 참여했다가 마스트리흐트 공방전 때 사망했다.

— 초록 융단과 상아 갈퀴를 숨기세요. 그것들을
대들보 아래 올려 두세요. 저들이 모두 그러듯
이 기도하는 척합시다.

3
하튼의 단상 (2)

오, 참으로 작고, 참으로 보잘것없는 어린 새여, 온몸이
갈색인, 너도밤나무 열매나 이끼 중의 진흙처럼 갈색인,
어둠 속에서 길 잃은 새, 눈꺼풀 가장자리가 흰색이고
눈동자는 새카만, 지면에 붙어 있거나 잔가지에 앉아 있
어서 눈에 띄지 않는 어린 새.

　　24그램.

　　밤을 가로지르는, 더없이 강력하고 더없이 순수한
노래를 부르는 새.

음악, 이 죽음의 오열.

우리가 사랑하는 여자 곁에 무릎을 꿇고 머무는 일에는
미친 즐거움이 있다. 제 치마의 천에 얼굴을 묻고 우는
일에는, 자기 냄새 가까이 웅크리는 그 행위에는 거의
기쁨이 있다. 그것은 유년기의 잔해다.

아무도 작별 인사를 하지 않았다. 그리고 돌연 나는 혼자였다.

4
떠남

뛸린은 온통 파랗게 입었다. 마리 에델이 황급히 나무 부교에 도착한다. 두 여자는 저들끼리 활기차게 말한다. 그들의 손이 올라가고, 손가락들이 벌어지고, 빛이 손가락들을 비추자 반지들이 반짝인다.

그들은 모든 걸 비웠다.

아브라함이 죽고 5일이 지났다.

다섯 명―늙고 새하얘진 뛸린, 갑자기 남자가 된 외스테레르, 베르베르족과 카빌리아족의 숭고한 눈을 가진 마리, 작디작은 발푸르가, 타프타 천으로 된 두꺼운 상의를 걸친 몸므―모두가 비범하게 아름답다. 우중충한 이슬비 속에서 그들은 아주 호리호리해 보인다. 멀리서 보면 그들은 아주 작다. 똑똑 떨어지는 물방울 같다. 다섯 모두가 비단처럼 부드럽거나 수가 놓인 옷을 입었다. 옷은 모두 짙은 색이다.

아네모네 꽃잎저럼 싵었다.

다섯 장의 팬지꽃 꽃잎처럼 짙었다.

튈린은 그들 가운데 훤칠하게 컸다. 그녀는 밝은색 견장이 수 놓이고, 목에는 연한 카메오를 단 진청색의 긴 드레스를 입었다. 틀어 올려 쪽진 머리카락은 백발에 가루를 뿌린 듯 보였다. 몸므의 초췌한 얼굴 위에도 완전히 새하얀 머리카락이 얹혀 있었다.

괴로운 나흘이 흘렀다. 갑자기, 마치 돌풍이라도 분 것처럼 흘러갔다. 갑자기, 운하 쪽으로 난 주거지에 있는 모두가, 모두가 함께 서둘러 밖으로 나간다.

거의 움직이지 않는 것처럼 보이는 불가사의한 서두름이다.

작별 인사는 종종 돌풍의 형태를 취한다. 하지만 슬픔은 움직이는 와중에도 그들을 망연자실한 상태에 빠뜨리기도 한다.

마리 에델이 가장 먼저 붉은 모자를 두 손에 들고 있었다.

그녀의 딸은 귀여운 인디언 핑크색 치마를 팔락이며 엄마를 따라 달리며 앞지르려고 애썼다.

외스테레르는 자기 말의 안장을 붙들고 있었다.

몸므는 아직 검은 잉크가 잔뜩 묻은 손가락들을 양동이에 넣고 씻는 중이었다.

— 가요.

이미 말에 올라탄 마리가 눈물 젖은 뺨으로 울부짖
듯이 외쳤다. 그녀는 입을 다물지 못했다. 숨쉬기가 힘
들었고, 마음속에 절망과 불안이 차올랐기 때문이다.

그녀는 죽음을 싫어했다.

그녀는 슬픔과 괴로움에 울부짖으며 그들 앞을 지
나쳐 문을 넘었고, 제 고통 속으로 돌진했다. 일곱 살인
그녀의 딸은 어린아이다운 달콤하고 반짝이는 얼굴로
엄마의 허리를 붙들고 작은 허벅지로 안장의 가죽을 꽉
조였다.

"가요", 소리가 운하 물 위로 울려 퍼졌다.

뛜린은 테라스에 홀로 있다. 그녀는 뤼스에게 인사하고,
그를 홀로 남기고 떠난다.

더는 자기 이름을 알지 못하는 늙은 정원사는 어안
이 벙벙한 얼굴로 떠나는 그녀를 바라본다.

뛜린은 등을 돌리고, 종 모양의 새파랗고 긴 드레스
차림으로 돌계단을 오른다.

그녀는 곧장 강둑으로 걸어간다.

그리고 운하 위로 아치를 그리는 다리에 이른다.

목이 두 개인 류트는 꼭 고통의 다리 같다.

뮐린은 항구에서 얼음덩이들 사이로 제 길을 잘 찾아온 배에서 내린다. 이후 그녀는 홀로 산다.

뷜린의 단상 (2)

밤에 갑자기, 느닷없이 그녀는 자신의 숨결을 듣곤 했다. 그녀는 곁에서 그의 몸의 온기를 느꼈다. 그녀는 그를 깨울까 두려워 다가가지 못했다. 그저 검은 새틴 끄트머리를, 벨벳 단춧구멍 장식끈을, 뿔 단추를 어루만지기만 했다. 그녀는 절대로 불을 켜는 위험을 무릅쓰지 않았을 것이다. 양초 불꽃이 빛을 발하는 순간, 지금 느껴지는 그의 몸의 부피가 사라질까 두려워서다. 그녀는 그의 현존을 느꼈고, 눈을 감고 느끼는 그 현존은 그녀의 눈꺼풀 안에서 그녀를 현혹했다.

　　— 일스테드, 이젠 모르겠어. 실제로 무슨 일이 일어난 건지 난 하나도 이해하지 못했어. 어쩌면 그이는 다른 곳을 사랑했는지도 몰라. 그래서 헤이스팅스로 가는 바다 거룻배를 탈 거라는 우스운 핑계를 댔는지 몰라. 어쩌면 그는 정말로, 내가 그림사들이 산뜩 실린 배의 키를 쉬

고, 그 배에 자기를 태운 채 지옥으로 인도하고 있다고 느꼈는지도 몰라.

그녀는 하튼이 나무 그루터기 곁에 남아서 며칠 밤이고 산토끼를 기다리다가 굶어 죽거나 얼어 죽을 수도 있을 사람이라고 말했다. 그녀가 시간에 대해 훨씬 더 초조해하는 사람인 건 사실이다. 하지만 그녀가 그에게 말해달라고 애원할수록 그는 말수가 줄었다. 그는 말을 하지 않았고, 별안간 며칠 저녁 연이어 아무 말 없이, 그녀에게 변명하기는커녕 그럴 생각조차 하지 않고 홀로 선술집을 찾곤 했다. 이것이 그녀에겐 상처가 되었다. 그는 무감각해지거나 느슨해지는 기이한 순간들을 경험했는데, 그 순간들은 그 자신조차 이해할 수 없고 고통스러운 것이었다.

더없이 큰 사랑 속에도 우리의 불충분함을 비난하는 눈길이 있다. 아마 우리 자신이 그런 눈길을 만들어 낼 것이다. 그 순간적인 뾰로통함은 우리 자신이 주는 것에 만족하지 못한다.

절대 말하지 않던 그녀가 한 번은 마음을 표현했다. 그러곤 영원히 잃었다. 그녀는 더는 심정을 토로하지 않았다. 더는 결코 아무에게도 말하지 않았다. 그녀가 관심과 애정으로 감싸던 일스테드에게조차 마음속에 든 것을 말하지 않았다. 아주 나중에, 몇 년 뒤, 절벽 위에 자리한 뚜우술란야르비라는 아름다운 집을 그가 떠난 지 한참 후에, 그녀가 그 집을 되팔고 난 뒤에 – 그곳에서 너무 울었기 때문에 – 그녀는 섬으로 은둔했고, 마음속으로 그에게 말하기 시작했다.

— 당신에게 잘 자라고 인사하는 걸 잊었네요.

— 잘 자요.

— 잘 자요.

그녀는 자신이 이웃들에게서, 대개는 일스테드에게서 – 매년 몇 달씩 이어지는 긴 밤 동안 일스테드의 집에 머물렀기에 – 수집한 멜로디들을 그에게 알려 주었다. 그녀는 멜로디보다는 자신이 주변 자연 속에서 들을 줄 알았던 대단히 독특한 리듬을 아주 상세히 썼다. 하튼이라면 그것들을 자기 방식으로 모방하는 걸 좋아했으리라고 그녀는 확신했다. 그녀는 저녁이 되면 그날 새로이 보였던 모든 것을 해독했지만, 이젠 감정을 드러내지 않으려고 아주 조심했다. 그러면서도 불면증에 시달리거나 긴 새벽 산책을 할 때는 엄밀한 의미가 결여된, 조금 미진한 듯한 텅 빈 내화를 하곤 했다. 그것은 마치 애가났

423

歌 같았다. 그녀는 매일 밤 파란 단춧구멍 장식끈과 뽈 단추가 달린 검은 새틴 윗도리를 입고 잤다. 그가 동이 트기 전에 그토록 황급히, 그토록 확실히 떠나면서 안락 의자 등받이에 걸어 둔 채 잊어버린 옷이었다. 그녀는 그 옷을 한 번도 씻지 않았다. 그녀는 그걸 침대 안쪽, 자신의 얼굴 옆에, 혹은 코 옆에 놓아두었다. 그녀는 10년 이 더 지난 뒤에도 그 새틴 옷을 어루만지거나 쥐어 구길 때면 여전히 그의 상체, 그의 겨드랑이, 그의 팔, 그의 손가락, 그의 목 냄새가 난다고 주장했다. 때때로 후회가 그녀를 짓눌렀다. 그녀는 그의 예술이 조금 더 인정받게 하려고 자신이 그에게 건넸던 제안들을 자책했다. 사교 생활에 도무지 마음이 없는 그에게, 연주자로서 대단히 불규칙하고 참으로 기꺼이 한가롭고 더없이 황홀한 삶을 좋아한 그에게, 더없이 주변적이고 참으로 불확실하며 참으로 무기력한 삶을 훨씬 선호한 그에게 왜 그녀는 그 많은 의견과 권고를 쏟았던가? 그녀는 자신이 무슨 생각에 사로잡혔었는지 이해하지 못했다. 그는 어쩌면 그런 식으로 사랑받는 데 길들지 않았을 것이다. 하지만 사랑이 지나칠 수가 있을까? 그녀는 아무 근거 없는 비난을 자신에게 쏟았다. 오히려 어쩌면 사랑을 너무 감췄는지도 모른다. 자신의 마음속 사랑을 너무 비밀스레 간직했는지 모른다. 그의 온몸을 향한 자신의 욕망을

충분히 보여 주지 않았는지 모른다. 그녀가 그의 작품이 아니라 그를 얼마나 사랑하는지, 그의 몸이, 특별히 아름다운 그의 몸이, 그의 냄새가, 그의 부드러운 피부가 얼마나 그녀에게 소중했는지 그는 상상하지 못했는지도 모른다. 그래서 그의 몸이 그녀의 눈앞에 다시 나타났을 때, 그녀는 그 유령 주변에서 다시 중얼거리기 시작했다. 그녀의 몸짓들은 전보다는 훨씬 소심해졌고, 훗날의 그 어느 때보다 대담했다. 기이하게도, 그에게 말할 때, 그녀는 움직이면서, 겨우 들릴 정도로 속삭이며, 입술을 점점 덜 달싹이며, 질문과 대답을 번갈아 했다.

— 추워요?

— 괜찮아요.

대개는 아주 짧은 대화였다.

— 여기 당신이 청한 물, 가져왔어요.

— 고마워요.

6
돌돌 말린 편지

그녀는 무릎까지 올라가는 모직 양말을 다시 잡아당긴
다. 그리고 드레스의 천을 다시 끌어 내린다. 그녀는 서
랍을 다시 닫으려 한다. 그러다 갑자기 양말과 스타킹
들을 뒤지더니 돌돌 말린 작은 편지 한 통을 발견한다.
그녀는 그걸 손가락 사이에 끼고 펼친다. 그리고 딱히
바라볼 마음 없이 바라본다. 그녀는 기계적으로 그걸 다
시 만다. 그녀가 그걸 만지는 건 그 시절의 시간과 접촉
하기 위해서다. 그녀는 아주 나지막이 말한다. 이렇게
중얼거린다.

　　— 당신이 없는데 줄곧 당신 생각을 하려니 힘들
　　　어. 이해하기가 정말이지 힘들어.

처음 떠날 때, 성체용 빵처럼, 레이스 천을 떠올리게 할
정도로 아주 얇은 크레프처럼 돌돌 말린 이 쪽지를 탁자
위에 남겨 둔 건 그녀였다. "돌아오지 않을 거야. 사랑

해. 기다려 줘."

　그녀는 "기다려 줘"를 줄로 그어 지웠었다.

　그러고는 펜을 다시 들었었다.

　정성 들여 첫 두 문장만 다시 썼었다.

　그녀는 그 작은 쪽지를 류트 케이스 위에, 더는 쓸
일 없을 침실 열쇠와 나란히 올려 두었었다.

"돌아오지 않을 거야. 사랑해."

　이 문장이 그에겐 얼마나 절망스러웠을까.

그리고 그들은 다시 만났다. 그리고 다시 서로를 잃었
다. 그리고 그녀는 돌아왔고, 다시 돌아왔으나 눈에 보
이지 않았다. 그녀는 짧은 침묵의 연속인, 고통의 형태
로 돌아왔다. 그리고 그도 돌아왔지만 붙들 수 없었다.
그녀가 갈망한 그 몸이 돌아온 건 다시 떠나기 위해서였
다. 우리가 듣는 몇 마디 말은 오직 그 말만으로도, 심지
어 사랑이라는 두 음절만으로도 상처를 아물게 할 수 있
다. 그러나 글로 쓰인 저 네 마디, 다시 읽을 수 있는 저
네 마디 말은 사람을 죽일 수도 있다. 이 말들은 옆구리
를 찌르는 창과도 같다. 당신을 더는 보고 싶지 않아. 그
래. 당신을 더는 보고 싶지 않아. 절대로. 절대로.

　그런 뒤에, 내가 다시 돌아올 용기를 냈을 때 왜 당

신은 다시 떠났지?

왜 갑자기 울고 싶은 마음이 들까? 이런 울컥함을 예고
해 주거나 정당화해 줄 만한 일이 전혀 없었는데 왜 목
이 멜까? 내가 달릴 때, 걸을 때, 자작나무 오두막에서
불을 쬘 때, 뛰어서 밖으로 나갈 때, 바란츠해에 뛰어들
때, 헤엄을 칠 때, 무슨 이유로 내 가슴은 답답해져 올
까? 왜 나는 갑자기 주저앉아야만 하나? 내 안에서 무언
가가 멈춰 버렸다. 정확히 무엇이 멈춘 건지는 모르겠지
만, 반면에 언제 멈췄는지는 알 것 같다. 내 기억으로, 그
일은 오스텐데의 긴 해변 또는 그 옆인 블랑켄베르허 해
변에서 일어났다. 그때 내가 뭘 했던가? 그때 무슨 일이
있었던가?

우리의 악마가 우리에게 무슨 짓을 한 걸까?
　　우리의 출생을 지배하는 건 수호천사도 아니고 요
정도 아니다.
　　우리 안에서 우리를 노리는 건 악마들이다.

우리는 왜 삶에 대한 가장 어두운 소원조차 이루지 못한
채 죽기를 바랐을까?

내가 얼마나 당신 품속에서 비틀거리고 싶은지.

하튼의 단상 (3)

저마다 제 숨을 상대의 입속에서 움켜 붙들었다.

그렇게 그들은 겨우 살아남았다.

바렌그라벤. 그곳은 곰 동굴이었다.

비범한 맹수 냄새, 성벽 아래에서 들리는 맹수들의 강력한 외침.

그는 베른에서 아아레강을 따라갔다.

매일 그는 성벽으로 갔다.

매일 곰들을 응시했다.

어느 날 밤, 베른에서 무언가가 그를 깨웠다. 그는 작은 침대를 떠났다. 그리고 창가로 갔다. 보름달이었다. 그는 숲 가장자리에서 튈린을 보았다. 그녀는 멀리서 보면 은 빛처럼 보이는 매우 아름다운 드레스와 연초록색 겉옷을 걸쳤다. 원피스는 짙은 초록빛이었고, 파란 옷자락이 양쪽에 달려 있었다. 그녀는 나무 둥치에 앉아 있었다.

그냥 꿈이었다.

나는 신이 내게 나타났을 때 알아보지 못했다.

8
비

그녀는 푸른 물을 갈랐다.

기쁨의 비명을 내지르며 물에 뛰어들었다. 심지어 그녀는 웃으며, 눈앞에서 파도가 솟구치는 순간에 그 파도 한가운데로 머리부터 뛰어들었다.

그녀는 갑자기 억수 같은 소나기가 쏟아져 옷을 적시는 걸 좋아했다. 긴 우비에서 물이 뚝뚝 떨어졌다. 그녀가 집으로 돌아와 목에서 목도리를 풀려고 할 때 모직 목도리는 마포처럼 변해 있었다.

바람은 쉬지 않고 그녀의 치맛자락을 긴 다리 속에 휘감았다. 그러면 그녀는 무릎으로 거세게 치맛자락을 밀쳤다. 바람은 후려쳤다. 그녀는 돌진했다. 달려들었다.

돌풍은 믿기 힘든 아우성을 노래했고, 그러면서 가능한 모든 생각을 영혼에서 앗아갔다.

바람은 추억이 영혼을 사로잡는 걸 가로막았다.

바람의 기괴한 힘과 파도의 초인적인 힘만이, 헤엄치는 팔의 노력과 땅을 걷는 허벅지의 격정만이, 그 허벅지의 견고함만이 그녀에게 한두 시간 동안 열정을, 만족을, 명랑을 안겼다. 그날을 보낼 용기와 의욕을 안겨주었다.

튈린은 꿈을 꾼다. 남자는 벗은 채 등을 돌리고 있다. 그는 튈린에게 떠나야 한다고, 지체 없이 헤데비로 가야 한다고, 그러지 않으면 그녀는 죽을 거라고 말한다.

서둘러야만 한다.

어쩌면 그녀의 아버지일까?

아연해진 그녀는 남자의 등을 끌어안는다. 그녀는 오래도록 그를 안고 있다. 힘주어 끌어안는다. 그녀는 자신의 배에 닿은 그의 엉덩이를 느낀다. 아니다, 그다. 그녀는 속삭인다.

— 하튼, 당신이죠, 하튼? 날 봐요. 내 눈을 똑바로
   봐요.

그러나 그는 등을 돌리고 있다.

곧 그들은 오래도록 서로의 눈을 바라본다. 그들은 바라보며 운다. 그렇다. 그들이다. 그렇다. 그녀는 그의 손을 잡았다. 오래도록, 오래도록, 그녀는 손가락으로 ㄱ

음악가의 더없이 부드러운 손등을 어루만진다. 그리고 그를 단도로 찌를 거라고 말한다.

그는 아무 대답이 없다. 그저 고개를 떨군다.

— 하튼, 우리를 봐요. 우리는 헤어져요. 죽을 거예요. 내가 당신을 죽여야 해요.

그녀는 멈춰 섰다.

황야에서 갑자기 여자들의 앞치마와 남자들의 튜닉이 바람의 변덕에 부풀어 올랐다.

백발을 길게 땋아 내린 깡마른 늙은 여자는 그 광경을 보고 질겁했다.

그녀는 뒷걸음질 쳤다. 저도 모르게 그랬다. 그녀는 뒷걸음질 쳤다.

그러다 그녀는 그 모든 앞치마와 그 모든 짧은 바지가 자작나무 사이에 매어 둔 밧줄에 걸려 있다는 걸 깨달았다.

그 빈 형체들이 불평했다. 그녀는 그 옷들을 입는, 입었던 존재들을 알아볼 것만 같았다. 그 광경이 그녀에게 안긴 불안은 온종일 그녀 안에 끈질기게 남았다.

뤼린의 단상 (3)

그녀는 생애 말년에, 죽기 2년 전의 어느 긴 밤에 일스테드에게 털어놓았다.

— 소녀 시절에 정말 자주 꾸던 꿈을 요즘 다시 꾸고 있어. 얼어붙은 보트니아해 앞에 살 때, 할아버지와 할머니의 농가에 있었을 때였지. 그때 난 너무 어려서 그게 무슨 꿈인지 이해하기 힘들었어. 한 남자가 바다에서 물을 뚝뚝 흘리며 나오는 거야. 내가 모르는 남자였는데, 우리 아버지처럼 생기지도 않았고, 수염이 있고, 완전히 발가벗고 있었는데, 뻣뻣하고 빨갛고 아주 독특한 형태의 수염을 봐도 떠오르는 기억이 없었어. 그 남자는 체구가 크고 살찐 데다, 사냥꾼이 이미 모피를 벗긴 죽은 곰처럼 벌거숭이였지. 내겐 완전히 새로웠던, 충격적인 남성성을 과시하던 그 남자가 나를 향해 손을 내

미는 바람에 잠에서 깼는데, 그 사람은 나를 소유하려던 게 아니라 내게 무언가를 말하려 했다는 거야. 그는 아주 중요한 무언가를 차마 말로 표현해 내질 못했지. 내게 아주 가까이 다가왔는데도 내뱉지 못하는 거야. 그의 성기가 충혈될 수도 있어서 더 난감해 보였지. 그 성기는 아주 순수한 파란색이었어. 그 성기는 한 송이 히아신스였지. 이 꿈은 특이하게도 이 기나긴 밤, 내가 네 곁에서 이 꿈을 얘기하고 있는 이 밤에도 돌아와. 그 히아신스는 구근조차 파랬어. 구근은 더 파래서 꼭 터키석 같았지. 안트베르펜에서 한 젊은 여자를 알게 되었는데, 그녀는 그 구근의 파란색만큼 파란 눈을 가진 젊은 가정주부였어. 그 눈은 여름 바다가 낼 수 있는 색, 초록빛이 감도는 파란색이었어 이 꿈은 내가 필경사 하튼과 함께 살 때도 다시 돌아와 나를 떠나지 않았지. 그이는 깡마르고 조금도 오만하지 않았지. 내 곁에 있을 때 그는 정말 배려심 많고 자상했어. 또 그는 자신을 에워싼 조금 기이하고 농밀한 세상 안에서 움직일 때면 진실로 그 안에 빠져들었어. 마치 황홀경에 빠진 듯했어.

내가 이 꿈을 꾼 뒤부터 줄곧 바다의 신이 내게 청하려던 것, 그게 언젠가는 그의 입술에서 나올 거야. 나는 확신해. 그 목소리의 음색은 알지 못하지만, 그가 내게 털어놓으려는 건 그 입술에서 흰 두루마리가 펼쳐지듯 쏟아져 나올 거야. 그는 거품색 수염을 내밀지. 커다란 통 같은 그의 몸이 몹시 떨려. 정말 인상 깊어. 어느 날엔 아마 내가 그의 이름을 부를 거야. 그의 팔을 붙잡을 거야.

— 그렇게 생각해? 일다(일스테드) 폰 에센벡이 묻는다.

— 확신해. 내가 확신한다고 말하는 건 내 꿈속에서 확신한다는 뜻이야. 난 몸이 부풀고 있어. 내 안의 모든 것이 그를 기다려. 내 엉덩이. 내 배가 그를 기다려. 내 가슴이 거대해져. 가슴이 커지면서 무거워져. 사실이 아니라는 걸 잘 알지만, 꼭 내 가슴이 땅에 닿을 것만 같아.

튈린과 일스테드는 조용히 어린 시절의 돌림노래를 부른다.

둥근 하늘 아래 산이 세 개 있지
하메의 소용돌이, 할라
카렐리아의 카트라코브스키

437

이마트라의 부오 봉

10
이상한 개펄

너무 어린 가지를 불 속에 집어넣으면 잘린 가지 끝이 불탈 때 신음 소리를 낸다.

반대편 가지 끝은 뭔가 빨아들이는 듯한 소리를 내며 속삭이는데, 더없이 궁금증을 자아내며 시작된 이 소리는 끝없이 이어진다. 이 속삭임은 희고 푸른 가지의 입술에서 이는 침 비슷한 것과 뒤섞이며 웅성거린다. 그 두 소리의 음은 뚜렷이 다르지만, 믿기 힘들 만큼 조화로운 방식으로 서로 어울린다. 나뭇잎 속에 남겨진 가지들은 울고 흐르고 떤다.

사슴을 쫓아 달려 나갈 태세로 짖으며 사냥꾼의 신호를 기다리는 개의 영혼과 추억을 가득 품은, 더 짙고 굵은 장작들도 있다.

그것은 물러가는 음악 조수潮水의 커다란 흐름만큼 아주 특별한 침묵이다.

그것이 갑자기 멈춘다.

음악가는 건반에서 손을 뗐다.

호두나무 건반, 회양목 건鍵들, 흑단 건들이 보인다. 침묵 속에서 빛나는 그 발가벗은 진열대, 그것은 개펄이다.

조수가 물러가는 동안 음악가의 손은 들린 채 그대로 머문다.

우리는 건반 위에 멈춘 그 손에서 침묵을 보고, 그 침묵은 차츰 영혼 속으로 스며든다.

봄이 오자 발트해 해안은 눈 속으로 무너져 들어갔다.

무너지는 소리는 파도 소리 속으로 사라졌다. 그 소리는 거의 들리지 않았다.

우리가 갈망하고 사랑하는 상대의 몸을 벗기면 개펄이 된다.

바다는 세상을 버린다.

육신-피부는 모자를, 귀고리를, 팔찌를, 혁대를 버린다.

목을 죄고 떠받치는 띠를.

신발 끈을 버린다.

튈린은 말한다.

난 당신의 발을 좋아했어.

작은 금빛 털들로 뒤덮인 마지막 발가락뼈를.

내 머리카락으로 당신의 발을 어루만지는 걸 좋아했지.

신조차 이렇게 말했다 — 화덕 구석에서 구시렁대고 투덜거리던 마르타에게 — 풀어헤친 머리카락은 사랑의 기호이자 최고의 표현이라고.

어느 날 삶은 옷을 벗는다.

마지막 날에, 마지막 나이에, 그동안 살아진 삶은 바다가 물러날 때 해변에 남는 잔해물처럼 발견된다.

우리는 보물 더미 속을 걷는다. 짝을 잃었지만, 모든 게 반짝이는 보물.

조수가 클수록 죽음은 가까워지며 개펄은 숭고해진다.

경이로움은 간헐적이고 방대하다.

세상은 깊고 밤은 거대하다.

하늘은 무한하다.

구름, 바람, 봉우리, 맹금류, 심연, 벼랑, 침묵, 눈, 서로 뒤얽혀 어렴풋한 햇살. 갑자기 모든 것에 이끌린다.

삶의 끝에서 느끼는 죽음의 현기증과 대기의 푸른 스카프 위에서 땅을 감싸는 저 끝없는 하늘의 현기증이 결합하면, 그 새로운 현기증은 이전보다 더 무시무시해지고 민감해진다.

점점 많은 행복이 이 드높은 고도에, 이 희열에, 어린 시절의 강렬한 호기심과는 비교할 수 없을 만큼 격렬하게 펼쳐지는 통각統覺에, 성숙해진 나이가 불러일으키는 관조에, 차원에서 벗어난 시간에, 죽음이라는 상상 속 구멍 위에 자리한 공허에 맞추어 조정된다.

XIII

산길

1
아줄레주[1]

하튼은 형제들이 보낸 편지를 받고 양부의 장례식을 치
르기 위해 뮐루즈로 갔다. 그의 의붓형제들은 그를 그럭
저럭 예의 바르게 맞아 주었다. 그가 청소년 시절에 쓰
던 방은 거의 그대로였다. 두 형제가 맡아서 운영하는
뮐루즈의 길다란 악기 상점은 번창하고 있었다. 가족들
이 사는 곳에 간 그는 예전부터 그의 침실 벽에 걸려 있
던 포르투갈 도자기 타일 두 점을 내렸다. 하나는 리스
본에서 온 것으로, 하구 위쪽의 벨렝탑이 그려져 있었
다. 흰색 튜닉 차림의 젊은 여인이 거대한 바다 갈매기
처럼 허공으로 날아오르고 있었다. 하얀 양 날개를 활짝
펼친 그녀는 아줄레주 타일 속에 숭고하게 그려진 푸른
하늘을 맴돌았다. 그녀 아래쪽 모래사장에는 한 남자가
누운 채 파도 속에서 죽어가고 있었다. 다른 타일은 도
우루강 하구의 포르투 항구에서 온 것이었다. 거기에는
아름다운 정원과 나무 한 그루가 그려져 있었는데, 그

나무에는 뱀 한 마리가 똬리를 틀고 있었다. 나무 열매 밑에서 발가벗은 여자가 그녀 옆에 무릎을 꿇은 채 그녀를 바라보는 남자의 어깨에 손을 올리고 있었다. 옷을 완전히 벗은 남자는 황홀한 표정을 담은 긴 얼굴을 그녀를 향해 돌리고 있었다. 발가벗은 것만으로 그들의 눈에는 충분했다. 가지에 매달린 채 그들 사이에 늘어진 과일을 원하는 사람은 아무도 없었다.

하튼은 도자기 타일들을 일단 벽에서 내린 뒤 포장해서 서로 다른 상자에 조심스레 쌓았다. 그는 난간 아래에 놓인 마룻바닥 널빤지 가운데 계단 모서리와 접한 널빤지 밑에 감춰 두었던 악보─어린 시절에 썼던 것들─와 금화 몇 개를 전부 챙겼다. 그리고 계단을 내려가 의붓형제들을 찾아 작별 인사를 했다. 짐수레꾼은 손수레에 무거운 도자기 타일 상자 둘, 책을 가득 채운 궤짝들, 자루들, 악보 두루마리들을 실었다. 하튼은 수레꾼 옆에 올라탔다. 그들은 산길을 따라 오래된 도시 베른까지 갔다.

그렇게 하튼 씨는 아아르강 만곡에 자리한 오래된 도시 베른에서, 아주 깊은 해자로 둘러싸이고 곰들의 보호를 받는, 곰 울음소리에 억눌려 있는 그 오래된 곳에서 마지막 날들을 보냈다. 지빌라 뷤펠가르트 공녀가 그에게 자로 잰 듯 깍듯하고 고상한 편지들을 보내 왔다. 프

로베르거 씨가 그녀의 성에서 타일 바닥에 쓰러져 죽었다는 소식을 전해 준 것이다. 그는 나중에 〈제국의 기사 프로베르거의 죽음에 대한 애가〉 주문을 받아들이면서 헤이그에 있는 하위헌스 씨에게 이렇게 써 보냈다. 나는 내 귀를 위해 작곡했습니다. 적어도 이 귀는 어떤 영광도, 어떤 광채도, 어떤 인정도, 어떤 이득도 추구하지 않았습니다. 진정한 예술가들은 자신의 열정에서 어떤 미래도 찾지 않지요. 열정의 밀도로 자기 시간을 채우면 그만이지요. 그런데 우정 역시, 창작과는 사뭇 다르지만, 하나의 열정입니다. 새로 등극한 황제가 우리를 해고하지 않았다면 우리는 언제나 함께 남아 있었을 겁니다. 나는 내가 지은 곡들을 통해 내 친구를 따라갔던 것 같습니다. 마치 물고기가 자신을 실어 가는 물을 열렬히 따르듯이 말입니다. 물은 물고기를 부추기지요. 움직이라고, 사랑하라고. 그래서 물고기는 물을 닮을 수밖에 없지요. 나는 내 노래들을 작곡했지만, 그 노래들이 울리게 할 필요조차 느끼지 못했지요. 우리는 얼마나 암담한 시대를 살아 냈던가요. 우리는 여행하면서 참으로 잔혹한 일을 많이 보았지요. 얼마나 많은 증오와 화해할 수 없는 반감을, 여러 세대들과 제국의 여러 지방 사이에서 벌어지는 잔혹함을 보았던가요? 얼마나 많은 연기煙氣와 강박증을, 전염병을, 증오심 어린 군중의 동요를, 끔찍한 두려움을, 종교를, 폐허가 된 도심을, 폐허가 된 마을을, 폐허가 된 항구를 보았던지요. 그 무분별한 적의에서 벗어나고 멀어지기란 얼마나 어렵던지요. 모두를 파리처럼 쓰러뜨리던 역병을 무시했을 때부터, 그때부터 우리는 얼마나 잘못되었던가요. 프로베르거가 선보인 것들은 얼마나 기발한 발상을 갖추고 있었던가요. 삶에서 어려움에 처할 때마다 그가 즉흥으로 선보인 작품과 연주는 얼마나 대담했고 또 얼마나 경이로웠던지요.

2
베른주써의 음악 협회

베른주 음악 협회의 여성 협회장이 뮐루즈로 찾아왔다. 장례식에 참석하기 위해 의붓형제들의 집에 머물고 있던 하튼을 만나기 위해서였다. 아버지가 남긴 유언장 조항에 따라 상인의 아들들이 아버지의 사망을 이 협회장에게 알린 것이다. 그녀는 하튼 씨에게 그의 명성이 오래전부터 베른시까지 전해졌는데, 그가 만든 작품을 들어 볼 행복은 아직 한 번도 누려보지 못했다고 말했다. 그녀가 류트로 몇 곡조를 선보여 달라고 간청하자 그는 받아들였다. 그는 이런 식으로 일이 진행되는 걸 좋아하진 않았지만, 그럼에도 차마 거절하지 못한 것이다. 그녀는 그가 자기 앞에서 연주하기를 택한 어려운 작품들에 감탄했다. 중국 차가 나왔다. 그녀는 그가 자기 삶을 이야기하도록 이끌 줄 알았다. 그녀가 차를 마시기 위해 베일을 벗은 모습을 보니 나이가 아주 많았다. 얼굴은 태연했지만, 그녀의 손을 보면 그녀가 그곳에 와 있다는 사실에 얼마나 감격했는지 알 수 있었다. 다음날 다시 찾아온 그녀는 여전히 베일을 쓴 채, 건조하고 느린 독일어로, 하튼에게 베른 근처에 있는 주거지에 묵게 해주겠다고 제안했다. 그녀는 자기 어머니가 2년 전에 사망했다고, 그러니 자신이 성곽 너머에 소유하고 있는 그 외진 아파트에서 완전한 정적 가운데 아주 편안히 작업할 수 있을 거라고 말했다. 그가 원치 않으면 그녀와 함께 식사할 필요조차 없을 것이고, 원한다면 빵과 수프를 올려 줄 것이다. 그러면 오직 기도만 생각하는 샤르트뢰즈 수도원의 수도사처럼 지낼 수 있을 것이다. 오직 자기 고독을 명상하며 깊이 탐색하거나 혹은 그저 느끼면서 말이다. 그녀가 평생 즐거이 관리해 온 그 주거지는 멋진 공원으로 둘러싸여 있다. 그가 외출하고 싶다면 그 공원을 이용할 수 있을 것이다. 그녀는 언제나 그곳에서 살았다. 그녀의 어머니는 자기 고향인 슈타우펜 임 브라이스가우라는 작은 마을에서 홀로 늙어 가길 거부하고 그곳으로 돌아와 지내다가 세상을 떠났다. 그 옛날 어느 날, 그녀의 어머니를 온천으로 실어 가던 마차가 쌓인 눈더미 때문에 멈추었고, 목적지에 도착하는 시각이 지체되었다. 그래서 그녀는 어두운 밤에 혼자 시설에 도착했다. 온천 치료를 위해 한 달 동안 체류할 생각으로 방 두 개를 구해 둔 것이다. 그녀는 둘 중에 너 넓어시 침실로 골라 놓은 방으로 여행 가방을 올렸다. 그런데 가방에서 잠옷을 찾는 동안 촛불이 꺼졌다. 그녀는 어둠 속에서 고개를 들었다. 아무것도 보이지 않는 하늘을 배경으로 창문만 도드라져 보였다. 그림자 하나가 휙 지나는가 싶더니 열린 여행 가방의 어둠 속으로 그녀를 거세게 넘어뜨렸다. 그녀는 비명조차 지르지 못했고, 이 야밤의 강간에 대해 아무에게도 얘기하지 못했고, 복수할 수도 없었다. 그때 아무것도 알아보지 못했기 때문이다. 그녀는 점차 절망에 빠졌다. 월경은 돌아오지 않았다. 그녀는 바덴 위쪽 산속에 은둔했다. 그리고 사내아이를 낳을 때까지 더는 외출하지 않았다. 그녀는 아이에게 한스라는 이름을 지어 주었고, 뮐루즈와 바젤 사이 들판에 자리한 아름다운 시골집에 세 들어 살면서 라인강 건너 뮐루즈에서 악기를 팔던 남자에게 아이를 맡겼다. 그러면서 그녀는 그 집을 그 남자에게 주었다. 남자는 악기상이 되기 전에는 오르간 제작자였다. 그는 – 성이 하튼이었는데 – 아이에게 자신의 성을 붙이고, 자기처럼 랑베르라고 불렀다. 그녀는 남자들을 볼 때마다 분노가 치밀었다. 그래서 목사들조차 피했다. 늙은이들조차 피했다. 타오르는 회한은 글로 적었다. 그녀의 꿈은 엄숙하고 고통스럽지만 남다른 우수로 가득한, 그야말로 복잡한 탄식으로 차츰 변해 갔다. 수수께끼로 가득한 그 글은 독일어로 쓰인 파울 플레밍[2] 풍의 대단히 아름다운 시였는데, 그녀는 그 시를 남자 이름으로 베른에서 출간했다. 필명은 나이트하르트였다. 그녀는 이 이름으로 유명해졌다.

이 이야기를 그녀는 그에게 말하지 않았다. 그녀는 그에게 아무것도 이야기하지 않았다.

어쩌면 그들은 그 이야기를 서로의 얼굴에서 읽었는지 모른다. 그들은 서로의 눈 속에서 그걸 포착했고 읽었다. 그러나 절대 내색하지는 않았다.

초생 포도밭 한가운데, 언덕 비탈에 자리한 그 아름다운 집은 산더미처럼 무성한 담쟁이덩굴과 송악 덩굴에 뒤덮여 있었다. 무성한 담쟁이덩굴의 포옹은 절대적이다 ─나무 기둥을, 벽을, 지붕을 옥죄는 그 포옹은 사랑이 영혼의 욕망과 꿈과 상상을 옥죌 때만큼이나 압도적이다.

기이한 현관, 야생 자두나무 몇 그루. 그리고 회양목 길이 하나 있다.

안개와 비, 너울이 커튼처럼 늘 그 집을 에워싸고 있었다. 산이 드리운 그늘과 산 위에 펼쳐진 드넓은 솔밭에 안개나 너울이 더해졌다. 집안 곳곳에는 가구가 지나치게 들어차서 혼잡하고 어두웠다. 적대적인 안락의자나 적개심 어린 서랍장, 무너질 것만 같은 도자기 부처상에 부딪히지 않으려면 마룻바닥 위를 천천히 걸어야 했다. 그녀는 그가 자기 아들이라는 말을 절대 꺼내지 않았다. 그녀 주변의 누구도 책을 좋아하는 사람들의 관심을 끈 그 시집의 주인이 그녀라는 사실을 알지 못했다. 그녀는 최초의 석유램프를 소유했다.

3
밤의 발레

그가 주거지에 들어서면서 가장 먼저 발견한 건 대기실에 걸린 커다란 그림 한 점이었다. 현재 그 그림은 음악협회의 큰 살롱 앞에 자리하고 있다. 지금도 여전히 그 그림을 볼 수 있다 – 얼굴 높이에 걸려 있기에 보지 않기가 어렵다. 베른의 음악 협회는 여전히 존재한다. 도심에서 떨어진 그곳은 매년 5월부터 9월까지 여전히 활동하고 있다. 큰 화폭은 너무 커서 회색 대리석으로 만든 벽난로 모서리에 닿을 정도다. 그림에 발라진 유약이 반짝인다. 화폭은 거의 전체가 검다. 가로보다 세로가 더 길다. 다가갈수록 이해하기 어렵다는 점에서 이 그림은 비범하다. 옛날 기법으로 그려진 그림이다. 이 장소는 어디일까? 이 시간은 언제 출현했을까? 언제였을까? 왕이 농트롱[3] 칼에 찔려 마차 안에서 살해당한 1610년[4]이었을까? 폭동이 가장 극심했던 1640년대였을까? 1652년 혹은 1653년, 《밤의 발레》가 연주된 밤이었을까?

---

3   프랑스에서 가장 오래된 수제 칼 브랜드
4   1610년 5월 14일에 일어난 앙리 4세 살해 사건을 뜻한다.

1660년? 1662년? 화폭이 보여 주는 장면을 들여다보면 볼수록 ─ 파란 융단 위에서 벌어지는 카드놀이 ─ 그림 속 인물들은 정말로 카드놀이를 하는 것 같지가 않다. 그렇다, 물론, 밤이다. 하지만 어둠 속에서 그들은 아무것도 보지 못한다. 그들은 분명히 카드놀이를 하고 있다는 인상을 주지만, 저런 어둠 속에서 정말로 카드놀이를 하고 그림을 알아볼 방법이 있을까? 그러니 그들은 어두운 바다를 닮은 융단에 덮여 있는 탁자를 둘러싼 채 카드놀이를 하는 것처럼 보이는 사람들이다. 네 명의 놀이꾼들 뒤로 아마도 젊은 여자가 열린 문턱에 서 있는 듯 보이는데, 여자는 밖으로 나가려는 것 같다. 틀림없이 우리 눈에 가장 잘 보이는 건 그 여자이지만, 그녀의 눈은 피로로 감기고 있다. 그녀는 어둠 속으로 물러나려다가 우리를 힐끗 쳐다본다. 여자의 표정은 무척 슬퍼 보인다. 그리고 믿기 힘들 만큼 아름답다. 그녀의 드레스는 화려하다. 겉옷은 개암 받침처럼 연두색이고, 드레스의 몸통은 짙은 초록색이며, 길게 주름 잡힌 파란색 옷자락이 양쪽에 달려 있다. 짙은 파랑. 인디고 파랑. 흩어져 가는 순수한 밤처럼 푸르다. 부활절이다. 불안의 주간. 그녀의 허리는 잘록하다. 가슴은 아름답고 풍성하며 은은하게 빛난다. 가리면서 도드라지게 하는 천이 몸에 들러붙어 드러내는 볼륨 덕에 가슴이 아주 잘 보인다. 그녀는 배가 나와 있진 않지만, 눈길만은 아주 무시무시하다. 우리를 뚫어져라 응시하는 그 어두운 눈길은 아주 강렬하며 고통에 사로잡혀 있다. 그 눈길은 우리를 부르지조차 않는다. 그 눈길은 그 공간 속 다른 무언가를 죽일 듯이 혹은 스스로 죽으려는 듯이 우리를 바라본다. 어쨌든 그녀는 마치 죽기 직전인 듯 눈에 보이는 모든 것을 바라본다. 그런데 그녀는 실재하는 여자일까? 차라리 한 명의 어머니가 아닐까? 그녀의 눈길 깊은 곳에는 거의 욕망이 없다. 그녀의 얼굴 주름 속에는 실망이 가득하다. 그녀가 품은 공포 때문에 주변으로 펼쳐지는 어둠 속 모든 것이 꼼짝하지 않는다. 정사각형 파란 탁자에 앉은 네 청년이 채색된 작은 종이에 그토록 주의를 기울이는 척하는 이유는 하나뿐이다. 떠나려는 여자를 쳐다보지 않기 위해서다. 그들은 무슨 수를 써서라도 떠나려는 여자를 향해 눈을 들지 않으려 한다. 이 여자는 에페소스 항구를 향해 떠나는 동정녀 마리아일까? 아들이 죽도록 내버려 두고, 정원 무덤에 무관심하고, 무덤을 막았던 돌에 조금도 신경 쓰지 않는 그 기이한 어머니일까? 아들의 부활을 전혀 믿지 못하고, 어쩌면 무관심하기까지 한, 그 불가사의한 여인일까? 아니면 참으로 멋지고 섬세한 왕비, 코린토스 신전의 어두운 구석에서 공깃돌 놀이를 하는 자식들을 응시하는 섦은 왕비 메데이이일까?

그 아이들 역시 노는 척하고 있을 뿐, 놀이에 몰두한 표정이 아니다. 그들은 공중에 던졌다가 손등으로 다시 받을 공깃돌이 아니라 다른 생각을 하는 듯한 표정을 짓고 있다. 아마도 메르메로스와 페레스[5]는 예견하지는 못하지만 느껴지기는 하는 무언가를, 즉 임박한 폭력을 떠올리고 있을 것이다. 고개를 숙인 그들—둘 다 공깃돌 위로, 셋 다 주사위 위로, 넷 다 카드 위로—모두는 마치 심연의 표면으로 머리를 숙이고 있는 것처럼 보인다. 그들은 게임 아래에서 벌어지는 것에, 게임이 아닌 다른 것에 사로잡혀 있다. 자신들이 하고 있는 일이 아닌 다른 것에 마음이 가 있다. 그들은 아마도 살아 있지만, 정말로 그 자리에 있지는 않다. 아니면 적어도 파라오 카드 게임이나 에카르테 게임이 아닌 다른 무언가를 직면하고 있다. 그들은 하나의 망상을 마주하고 있다. 그들은 자신의 죽음을 직감하지만, 그 죽음보다 더 무시무시한 무언가를 직면하고 있다.

하위헌스의 하튼: 이 도시의 음악 협회가 내게 내준 주거지는 나를 기쁨으로 채워 준다. 나는 이곳에서 기분 좋게 작업했다. 둥근 거실에는 아름다운 침실이 이어져 있었는데, 테라스가 딸린 그 침실은 언덕과 해자 속으로 흘러드는 작은 시냇물 쪽으로 나 있었다. 벽을 연장한

곳에는 창문 없는 긴 옷방이 마련되어 있었다. 한 하녀가 그곳을 청소하고 매일 저녁 내가 산책하는 동안 그곳에 물을 가져다 놓았다. 이 수납 공간 덕에 내가 살고 있던 방 두 개짜리 주거지는 믿기 힘들 만큼 깨끗하고, 집중되며, 순수하고, 한가롭고, 울림이 풍부하고, 천이라곤 없는 곳이 되었다. 첫 번째 방은 건물 본체에 자리한 둥근 공간으로, 그곳에서는 여럿이 모여 음악을 연주할 수 있었다. 어떤 악보를 확인하려고 찾아오는 사람들은 거기서 그 곡을 들음으로써 악상을 이해할 수 있었다. 연주회를 하려면 1층에 있는 음악 협회의 큰 살롱으로 가야만 했다. 그 살롱은 공원 쪽으로 창문이 근사하게 나있는 긴 갤러리로 백 명 넘게 수용할 수 있었다. 내 두번째 방은 좁고 높은 창문이 나 있었는데, 나는 그 창문 앞에서 악보를 쓰거나 잠을 잤다. 첫 새벽 햇살이 비칠 때부터 오후 산책을 시작할 때까지 나는 그 방 안에서 내내 지냈다. 그 방은 건물 계단으로 통했다. 해가 너무 뜨거워 돌들이 햇볕을 빨아들일 때면 나는 테라스로 가서 작업했다. 그럴 때면 천 안락의자를 돌벽 모서리에 놓았는데, 바람을 피해 두툼한 성벽 안쪽에 기대 놓은 다음 과실수 상자로 가려 두었다. 방에는 2미터 40센티짜리 멋진 클라브생이 한 대 있었다. 황제의 장교가 영광스럽게도 이곳까지 협회장과 나를 찾아와서 우리에게

---

5   그리스 신화 속 영웅 이아손과 그의 아내 메데이아의 두 아들로, 어머니에게 살해당한다.

빌려준 것이다. 신앙심이 깊은 새 황제는 옛 통치를 잊게 할 목적으로 이전 황제가 수집해 둔 악기들을 여기저기로 보내 버렸다. 나는 내 거처의 벽 두 개를 선반으로 뒤덮었다. 내가 주문받았던 모든 작품, 원본을 복구하기 전에 옮겨 적은 모든 필사본을 한데 모으기 위해서였다. 그렇게 모아 두면 나를 찾아오는 다른 음악가들에게 그걸 보여 줄 수 있었다. 나는 목수 덕에 대단히 방대하면서 편리한 서재 가구를 사용하게 되었다. 비록 그 가구의 수많은 칸을 다 채우려면 음악 악보 두루마리와 인쇄된 악보집이 지금보다 훨씬 많아야겠지만 말이다. 곳곳을 여행하면서 손에 넣은 모든 아치류트와 내가 물려받은 하노버의 리라도 그곳에 두었다. 예전에 베르사유로 간 튈린은 거기서 혼자가 된 세 부인 – 하노버 부인, 블랑슈로슈 부인과 쿠프랭 부인 – 을 만난 적이 있었다. 그때 그녀는 하노버의 리라를 받겠느냐는 제안을 정중히 거절했고, 그 후 내가 그걸 물려받게 된 것이다. 돌벽은 장엄했다. 적어도 나는 그걸 좋아했다. 거대하고 오래된 돌벽이었다. 선반들이 소리를 흡수해서 소리는 문 모서리에서만 반사해 경이롭게 울려 퍼졌다. 왼쪽에는 내가 어린 시절을 보낸 뮐루즈의 방에서 가져온 포르투갈 아줄레주를 밀봉해 두었다. 아직 채우지 못한 선반에는 내 테오르보와 클라브생의 저음 울림을 가라앉히도록 이런 저런 사물을 두었다. 융단 직조 장인들이 만든 패턴들, 유리 장인들의 작품 초안들, 몸므의 비범한 동판화들. 조프루아 몸므를 그의 어린 딸이 태어난 뒤 아브라함의 은신처에서 다시 만났는데, 그때 그는 너그럽게도 자신의 가장 아름다운 작품들을 내게 주었다. 안트베르펜에서 인쇄한 초판 중 하나였다. 나는 네덜란드의 어느 책방에서 그의 두 번째 판화집을 발견하자마자 손에 쥐고 탁자 위에 펼쳤던 그날부터 그를 향해 품게 된 마음을, 그 가득한 존경을 그에게 전했다. 그의 예술에 내가 애정을 품게 된 개인적인 이유들도 설명했다. 어쩌면 나도 작곡가를 넘어, 연주자를 넘어, 그처럼 판화가였던 걸까? 음악가들이 저음[6]이라고 부르는 것은 오롯이 내 세계였다. 저음을 새기는 자. 사라반드 곡을 새기는 자. 대비를, 고통의 절개를, 빛의 밑동을 창조하는 자. 몸므의 메조틴트[7], 그 부조, 그 대담한 시도, 그 비밀, 그림자 속의 그림자를 확장하는 그 작업, 그 외설, 그 슬픔은 독보적이다.

---

6   'grave (저음)'과 'graver (새기다, 조각하다)'와 'graveur (새기는 자, 판화가)'가 같은 뿌리를 가졌다.

7   요판 인쇄 기법 중 하나로, 에칭 과정을 거치지 않기에 드라이포인트 기법에 속한다.

4
산

하튼은 산속을 걷는다.

그는 성벽에 뚫린 숲의 문을 통해 정원을 떠났다. 먼저 전나무숲으로 들어갔다. 그리고 나무 밑동들 사이로 펼쳐진 금색 그늘 속을 배회하기 시작한다. 그는 생각한다. 아! 내가 사랑에 대해 가장 먼저 알게 될 것은 바로 끊임없이 느끼고 있는 그리움이다. 그것은 내가 지울 수 없는 회한이다. 그것은 내가 자책하는 나의 도피다. 그것이 나의 징표인 것 같다. 도피 말이다. 내 내면 깊은 곳에 자리하고, 내 주위를 에워싸고, 곳곳으로 힘껏 내달리는 도피. 현기증 나는 도피―내가 무엇을 하건 무엇을 생각하건 늘 나를 실어 가는 현기증 나는 충동. 그녀는, 그녀의 징표는 바다였다. 그녀의 기쁨은 바다의 파도들이었다. 나는 바위에서 바위로 뛰어다니는 야생 염소와 같았다. 개에게 쫓기는 노루 같았다. 가파른 절벽 위의 영양 같았다. 자취를 감추는 물처럼 땅속으로 사라지기, 이것이 내가 원한 것이다. 이 움직임은 첫날부터, 그리고 첫 시간부터 저항할 수 없는 것이었다. 내가 의도하지 않은 이 열망이 내 안에 낳는 슬픔을 억누를 수가 없다. 이 슬픔이 내 심장 속에 무연탄 덩어리처럼 자리 잡는 바람에 반사적인 거부감이 갈비뼈 아래에 눌러앉게 된다. 이 슬픔은 갑자기 시커멓게 불타오르며 끔찍한 고통이 된다. 지나간 그 숱한 계절 동안, 그 숱한 세월 동안 켜켜이 쌓여 온 잿더미 속에서 갑자기 다시 불이 붙곤 하는 것이다. 나는 이 시커먼 숯 더미를 해체할 수가 없다. 갑작스레 타오르는 그 순간은 짐작조차 할 수가 없다. 나는 내가 사랑할 깜냥이 되지 않는 이 여인을 사랑했다. 내 그리움은 그저 길고 하얀 그 몸, 그 가녀린 허리 위로 달콤하게 처지는 길고 새하얗고 더없이 매혹적인 젖가슴, 그 길고 새하얀 상체를 향한 그리움이 아니다. 내 그리움은 그녀 자체를 향한, 그녀 영혼의 깊은 격정을 향한 그리움이다. 끝에서 끝으로 내게서 빠져나간 여자. 결코 붙잡을 수 없는, 결코 가둘 수 없는, 곳곳에서 바닷소리에 매혹되는 여자. 상어처럼 물속에서 솟구치는 여자. 나는 그것을 그리워한다. 내가 살지 못한 것을 향한 그리움이 나의 심연이다. 그것은 내가 눈으로 응시하는 심연이 아니다. 내 발밑에 열리는 심연이 아니다. 내 심연은 그녀를 나시 실러 내고 그녀를 내 눈앞에 다시 세우는 수많은 꿈들이다. 이 심연은 도주다. 계속 이어지는 내 삶이 끊임없이 파고들고 또 파고들어서 영속시키는 도주다. 그것은 공허다. 처음엔 이해할 수 없이 사라진 그녀가, 두 번째는 이해할 수 없이 질겁해서 떠난 나 자신이 나를 이 공허 속에 버렸다. 이 공허는 마치 류트, 테오르보, 비올라, 클라브생이 빠진 빈 케이스 같다. 이 공허는 내 안에서 점점 더 위로할 길 없는 방식으로 열린다. "돌아갈 길 없는" 그 공간, "영원히 돌아갈 길 없는" 그 공간은 내 안에서 쉬지 않고 커진다. 그것은 아무런 일화도 없고 희망도 없는, 그저 열려 있을 뿐인 심장이다. 내가 구성하는 모든 것이 거기로 가서 울린다. 그것은 노래 없는 공허다. 그것은 울부짖는 비탄의 끝에 다시 이어지는 공허다. 헛되이 울부짖는 목청이다. 신생아가 어머니의 모든 폭력에서 벗어나고 어머니의 성기에서 배출되는 순간부터, 숨 막히는 공기와 지구의 중력과 눈부신 빛 가운데 내던져지는 첫 순간부터 단호히 울부짖는 목청. 그 빈 상자, 그 빈 궤짝, 그 빈 방, 나의 빈 심장, 아무도 없는 나의 침대, 나 이외의 다른 무엇도 붙들지 못하는 나의 손. 첫 순간부터 결코 노래가 되지 못하는 그 부름. 새들의 경우처럼 노래는 언제나 비명 직전에 있다. 항상, 항상 내 뱃속에서 올라오며 확장되고 내 폐 속에서 열리는, 한 점의 불안처럼 내 목구멍 아래를 뚫는, 나를 침식하고 비우는 그 부름. 문득 내 안에서 느껴지는 그 미친 듯한 약점, 조금만 바람이 변덕을 부려도 거기에 끊임없이 굴복하고, 내가 미약해질 때 나보다 더 미약해지는 그것 – 그것은 내가 바닷가에 남겨 둔 그녀였다. 그것은 무한한 상상의 지평선 너머로, 더없이 먼 파도의 출렁임 속으로 사라지는 바람에 내가 시야에서 잃어버린 그녀였다. 그것은 작별이다. 끊임없이 나를 공허하게 만드는 작별, 스스로 제 거리를 늘리는 작별. 모든 것을 소멸시키는 작별. 그 "재회를 거부함"은 세상 만물을 지배하는 형체 없는 광막함 곳곳에 숨어 있다. 그것은 산의 표토 아래, 들판의 풀 아래, 나무 껍질 아래, 바위 능선 아래, 잡목림 가시 아래를 떠도는 용암이다. 이 용암이 여자들의 쪽진 머리 밑으로 쏟아져 흐른다. 남자들의 뇌를 틀어막는다. 모든 것의 부재 속에서 불타는 건 지옥의 한 조각이다. 그 불을 키우는 건 오직 욕구불만에 사로잡힌 몸과 강박적인 이미지에 갇힌 꿈들뿐이기 때문이다. 나는 더없이 사랑받는 여자가 쥐똥나무꽃보다 새하얀 치아를 드러내며 살짝 벌리는 입술에서 스스로 생겨 나왔을 법한 숨결을 작곡하고 싶었다. 그 여자의 입술에 솟아 맺힌 침은 우리가 말하고 마시고 사랑할 수 있는 유일한 대상처럼 보인다. 나는 공들여 만든 나무 악기가 아니라 한 여인의 싶고 생생한 입술에서 빠져나오는 곡을 쓰고 싶었다. 그러나 음악가가 자기 삶을 만들어 가는 도구는 가련하고 보잘 것없는, 속을 비우고 옻칠을 한, 부드럽고 쓸모없이 완벽한 몸체다. 그가 자기 삶을 위해 선택한 사물. 그 길고 슬픈 통로. 짙은 분홍색, 길고 매끈한 마호가니 나무로 만들어진 이 통로는 금단의 문으로 이어진다. 몇 개의 현이 팽팽히 내걸린 금단의 문으로 이어진다. 일곱 개의 밧줄, 열여덟 개의 장선腸線. 갑자기 나타나는 빈 메아리의 방. 어디로도 향하지 않는 나선형 돌계단.

5
제국의 기사들

슈투트가르트, 로마, 피렌체, 만토바, 브뤼셀, 루뱅, 뤼벡, 코펜하겐, 스트라스부르, 파리, 런던, 빈, 뮌헨, 베른.
　　L. B. 하튼의 작품들의 필사본을 찾을 수 있는 장소들이다.

프리드리히 빌헬름 차호프는 리브프라우엔키르헤(성모 성당)의 오르간을 연주했다. 그는 만족할 줄 모르는 음악 수집가였다. 만족할 줄 모르는 만큼 후하기도 했다. 헨델은 차호프를 위해 거의 하튼이 한 것만큼 많은 악보를 필사했다.
　　헨델의 서명 GFH가 붙은 필사본과 하튼이 서명한 LBH 필사본을 구별해야 한다.
　　가장 완벽한 판본들은 뮐루즈의 하튼이 필사한 것들이다.
　　왜 하튼은 프로베르거처럼 제국의 기사가 뇌시 않

았을까? 캅스베르거처럼?

어떤 경우에도 욕망의 대상이 되지 않았던 사람은 그렇게 되려 애쓰지 않아도 되도록 타고난 걸까? 달갑지 않은 인물이었던 사람은 예측할 수 없는 존재가 될 수밖에 없는 걸까? 소나기? 주먹다짐? 태풍? 난파? 돌풍이나 죽음의 난입만큼 뜻밖이고 갑작스러운 존재 말이다. 왜냐하면 울적한 공포 깊숙이 숨어 있는 계략의 성격이 그러하기 때문이다.

예견할 수 없는 존재가 되는 것.

계절들, 매일들, 동족들, 가족들을 모면하는 것.

예상 밖의 방향을 취하는 것, 그것이 도주(푸가)의 기술이다.

비스듬히 뛰는 것, 그것이 춤이다.

개들이 울부짖으며 쫓아올 때 숲에서 노루들이 실행하는, 왔던 길로 되돌아가는 전략이다.

두려움에 사로잡힌 노루가 꾸는 꿈은 무엇일까?

여린 분홍빛 도는 야생 히스 들판, 아름다운 숲속에서 앞다리를 구부리는 것.

침묵 속에서 눈꺼풀을 가만히 닫는 것.

하튼이 베른 음악 협회의 협회장에게 설명했다. 우리가

감동할 때 입술에 떠오르는 언어는 언어가 아니지요. 감정이 재촉해서 서둘러 나오는 말은 자신을 실어 나르는 감각이 의미와는 관계가 없음을 압니다. 사람들은 저를 불경한 자라고 합니다만, 계시 종교들은 불경이니 경건이니를 규정하는 말들을 써서 스스로를 계시했고, 결국 이 세상에서 물러나야 했을 때 그 말들과 함께 물러났지요. 그들과 다른 운명은 목소리의 실체로부터 솟아나고 발산됩니다. 적어도 음악가들에게는 그렇습니다. 바로 그게 음악가들이 음악이라 부르는 것이죠. 음악가들은 입을 다무는 것부터 시작해서 그들 자신의 목 울대가 줄감개처럼 떨리는 걸, 그들의 목구멍이 궤짝처럼 열리고 패이는 걸 알아차립니다. 그들은 공기로 가득한 그들 몸속에 있는 더없이 끔찍한 공허가 전복당하고 흥분하는 걸 인식하지요. 마치 일종의 배고픔처럼 혹은 내장이 떨릴 때처럼 배 속에 있는 무언가가 발을 동동 구르는 것 같죠. 그들의 몸이 이미 하나의 감정입니다. 새들도 외침에 굶주린 이 침묵의 목구멍과 같은 목청을 가졌죠. 새들의 모이주머니, 소리가 울리는 그 작디작은 동굴은 어느 순간 공기에 취해서 갑자기 더는 침묵을 견디지 못하곤 하죠. 감동한 여자들, 질겁한 남자들은 먼저 침묵의 표면 속으로 다시 잠겨 들지요. 아주 즉각적이고, 아주 빈삭하고, 환성 속에 완전히 녹아들이 있으며, 무한히 동물적이고 무한히 오래된 침묵 말입니다. 그 침묵은 최초로 생겨난 도시들보다, 돌을 둥글게 쌓아 만든 최초의 건축물보다 훨씬 오래된 늙은 언어가 다시 불쑥 솟아 튀어나올 때까지 이어집니다. 그 튀어나옴, 그 노래의 문은 불안하고 오래된 침묵이지요. 모든 동물이 겪는 죽음이라는 침묵에서 유래하는 불안하고 오래된 침묵. 그들의 몸 주변에서 들려 오는 정적 속에서, 나무들과 무너진 암석 채석장과 키 큰 갈대밭과 고사리 군락 속에서, 그들을 둘러싼 항구적인 위협 속에서 그들 자신의 죽음을 예감할 때 다가오는 불안하고 오래된 침묵. 그것은 "포식"의 고유한 침묵입니다. 죽음의 위협을 받는 몸 앞에서 생겨나는 침묵 말이지요. "죽음의 침묵", 이 무시무시한 침묵은 음악의 바탕이 됩니다. 동물들은 저마다 비할 데 없는 방식으로 제 얼굴을 들지요. 음악가들은 눈을 감을 때 이 침묵을 내심 헤아리는데, 그건 자신들이 그 침묵 속에서 죽어야 하기 때문이지요.

문득 그들은 동시에 눈꺼풀을 다시 연다. 그리고 서로를 바라본다. 공격한다. 그리고 그들은 견디기 힘들어진 침묵 한복판에서 그 침묵을 공격한다.

  그들이 꼼짝 않고 자신들에게 온 관심을 기울이는 그 모든 존재의 한복판을 공격하듯이.

하튼 씨는 말했다. 꾀꼬리에게는 청중이 필요 없다. 밤의 한복판이면 충분하다.

6
바로크 음악

하튼 씨가 협회장에게 말했다.

— 제가 프로베르거를 찾아서 슈투트가르트에 있는 뷔르템베르크 공녀의 궁으로 간 건 종교 전쟁 때였습니다. 30년 전쟁이었지요. 그보다 나중에는 안트베르펜 또는 앤트베르피아에서 이 비범한 청년 음악가를 다시 만났지요. 보시다시피, 부인, 저는 부인께서 바로크 기록집이라고 부르는 것, 음악 협회의 중심에 두신 것, 그 것이 진정 전쟁 중의 전쟁이라고 생각합니다. 또한 저는 이중주가 왕이 금지한 결투에서 직접 유래했다고 생각합니다. 우리가 라르고라고 불렀던 템포에 알망드라는 이름이 붙은 건 1640년이었죠.[8] 바로크의 세계란 무엇입니까? 그것은 하나의 야생 같은 서곡이지요. 우리 예술의 역사에서 결정적이었던 건 바로 그 서곡

이었습니다. 순결하되 그 안에서 맞부딪히는 서곡, 애절하고도 강렬한 서곡, 점점 더 비사교적으로 변해 가는 바람에 유례없이 사적이게 된 서곡 말이지요. 블랑슈로슈 씨가 친구들이 보는 앞에서 굴러떨어졌을 때, 파리의 봉장팡 거리의 자기 집 계단에서 목이 부러졌을 때 프로베르거 씨가 누구보다 앞서 1652년 8월 말에 작곡한 〈C단조 서곡〉이 그렇습니다. 저도 그 추락을 지켜보았습니다만, 그 순간은 고통스럽다기보다는 기괴해 보였지요. 충격적인 라르고 또는 바로크의 장중한 템포란 무엇입니까? 그것은 우연히 흘린 피, 사방으로 튀는 피, 기도를 핑계로, 기도를 가장한 핑계로 끔찍하게 뿌려진 피입니다. 점점 더 독실한 믿음을 내세우며, 우리 역사에서 가장 잔인하고 가장 동기 없는 갈등을 초래하며 뿌려진 피지요. 독일 땅에서는 오십만 명이 죽었습니다. 그 모든 결투로 프랑스의 모든 귀족, 이탈리아의 모든 귀족, 영국의 모든 귀족이—일본의 사무라이까지—전부 다 사라졌지요.

주거지는 베른의 변두리에, 산등성이에, 더 정확히 말히

---

8   라르고는 빠르기만을 지시하는 용어지만, 알망드는 무곡에서 온 용어다. 즉 상대방과의 합을 전제하는 이 용어는 '전쟁'이나 '결투', '이중주'를 수식한다.

자면 산그늘에 자리하고 있었다. 이상하게도 하른 씨는 산이 새벽부터 테라스들과 공원에 드리우는 그늘, 한결같은 그 그늘에 감사해했다.

오후가 되어 그 그늘이 더 커지면 그는 숲 입구에 난 문을 통해 선선하고 경이로운 공원을 떠났다. 집의 개가 그를 따랐다. 개는 여기저기로 종종걸음을 쳤고, 사람은 천천히 산길을 걸었다.

처음에 그는 개와 함께 오솔길로 떠났다. 그러다 별안간 오솔길을 떠났다. 그렇게 하른 씨는 길을 잃곤 했다. 그것이 그의 기쁨이었다.

그는 잡목림 속에서, 덤불 속에서, 수풀 속에서, 산협 속에서, 협곡 속에서, 우거진 나무들 속에서 결연히 길을 잃었다 ─ 그가 무엇을 하건 개가 돌아가는 길을 알리라는 걸 알았기에 더욱 기꺼이 길을 잃었다. 그는 알프스 숲속을 걸으며, 눈밭 비탈을 기어오르며, 양 떼 사이를 헤매며, 산장 속에서 쉬며 혼잣말을 했다. 우리가 우리에게 닥친 일을 믿지 않았던 것 같아. 딱하기도 하지! 우리는 갑자기 공간을 파낸 다음 그 안에서 서로 멀어지지 않고 손을 꼭 붙든 채 길을 잃었던 거야.

XIV

방파제

1
카드와 통치

끝날 것 같지 않던 통치가 끝날 무렵이 찾아왔다. 왕이 많이 늙어 운신이 어려워지고 무한히 쇠약해졌을 때, 정해진 코스를 따라 작은 삼륜 마차에 실려 이동해야 했던 왕이 근육 통증에 시달릴 때, 메네스트리에 신부[1]는 자멸하기 시작한 그 사회가 꼽은 네 가지 신분에 따라 카드의 기호들을 배분했다.

신의 심장을 꿰뚫는 창[2]이 귀족들에게 할당되었다. 하늘을 향해 우뚝 선 검고 긴 창이었다.

주교들과 추기경들에게는 심장(하트)이 할당되었다 — 그들은 그 심장을 다른 무엇보다 저 높은 주랑 너머에 자리한 성가대로 간주했다. 복잡하게 얽힌 미로 같은 조각물들이 주랑 너머에서 이루어지는 성스러운 미사를 신자들의 눈길로부터 가려 주었다.

상인들과 장인들에게는 사원의 타일(다이아몬드) 무늬가 할당되었다 — 그들은 사원 바닥에 나무 좌판을 펼친 뒤 판매할 상품을 내놓았고, 벨벳 양탄자에 앉은 채 작은 청동 저울의 오른쪽 쟁반 위에 올린 작고 예쁘고 재미나게 생긴 추를 이용해 화폐를 교환하기도 했다.

마지막으로 농부들, 농노들, 모든 불행한 이들에게는 우리가 베어 버리는 토끼풀(클로버)이 할당되었다 - 그리고 소들에게 주는 귀리, 사초, 콘샐러드, 독보리, 개쑥갓, 쐐기풀도. 메네스트리에 신부는 명확히 밝혔다. 그러나 하느님께서는 각자가 타고난 고뇌와 세상 온 피조물이 똑같이 겪는 궁핍 사이에 아무런 차이도 두지 않으십니다. 제가 말하는 클로버는 잎이 세 개뿐인 클로버입니다. 남자 하나, 여자 하나, 아이 하나. 이것이 모든 태아가 태어나면서 발견하는 것입니다. 힘주고 헐떡이고 비명 지르고 울부짖으며 자기를 배출한 어머니의 품에서 젖먹이로 변하는 중에 발견하는 것이지요. 남자들의 모든 성기, 여자들의 모든 배, 아이들의 모든 입, 맹수들의 아가리, 새들의 부리, 뱀의 이빨, 꽃들의 꽃부리는 어떤 면에서는 똑같습니다. 끔찍하리만치 까다로우며, 늘 굶주리고, 고분고분하지 않은, 살아 있는 요소이지요. 갑작스럽게 얻는 풍요로움은 영혼에 주어지는 고행입니다. 마치 바다에서 만나는 재난과 같지요. 스스로 운이 좋다고 여기는 사람들의 탐욕은 무엇으로도 멈출 수 없는 산불이나 마찬가지이지요. 그런가 하면 맞닥뜨

---

1   클로드 프랑수아 메네스트리에(Claude-François Ménestrier, 1631~1705), 예수회 사제, 문장학자, 음악 이론가, 프랑스 춤 이론가
2   카드의 스페이드를 가리킨다.

리게 되는 빈곤과 그 빈곤이 낳는 불가피한 상황은 참을
수 없는 분노를 불러일으킵니다. 곤궁은 어둠 속으로 돌
진하지요.

2
밤

바깥의 어둠은 깊었고, 기이하게 적막했다.

마지막 음악 모임은 아마도 7시에 열릴 것이다.

뷜린은 6시경에 왔다. 산 그늘 속은 이미 어두웠다. 그녀는 현관문과 자두나무들을 넘어섰다. 그리고 회양목을 가로질렀다. 그녀는 그에게 알렸다. 그녀는 하녀를 따라갔다. 건물의 나선형 계단을 올랐다. 멀리, 돌들의 숨죽인 정적 속에서 테오르보 소리가 들렸다.

하녀가 문을 두드렸다. 음악이 멈췄다. 웬 목소리가 외쳤다.

— 누구요?

그녀가 들어갔다. 그녀는 붉은 비올라 케이스를 문 가까이 내려놓았다. 그리고 얼굴을 들었다. 그녀는 참으로 아름다웠다. 그는 일어서지 못했다. 그녀는 참으로 아름다웠다.

그녀가 닥자 가까이 다가싰다. 그를 마주 보고 그의

앞에 앉았다. 그녀는 그를 오래도록 바라보았다. 그녀는 입을 열었고, 멀리서 오는 듯한 목소리로 말했다. 목소리는 여전했고, 여전히 아름다웠지만 멀리서 들려왔다. 그녀의 목소리는 더는 그에게 직접 가닿지 못했다. 목소리는 음악에 바쳐진 첫 번째 방을 우회했다. 그녀 역시, 그 역시, 저녁 콘서트를 준비했다.

그들은 움직이지 않았다. 그들은 말없이 마주한 채 앉아 있었고, 숨을 쉬려고 애썼다.

그녀가 탁자 융단 위로 손을 내밀었다. 그녀는 그의 손을 건드렸다. 그러나 그의 손은 그녀를 붙잡지 않았다. 그녀는 관절이 발달한 명인의 손가락들을 쓰다듬었다. 남자의 늙은 손은 참으로 감동적이었다. 그녀는 그 손을 어루만지는 걸 무척 좋아했다.

그 손은 탁자 융단 위에 그대로 남아 있었다.

탁자 융단 위에서 머뭇거리는 여자의 손도 길고 가늘고 아름다웠다. 그 얼굴, 그 눈, 그 미소도 더없이 아름다웠다. 그가 사랑한 그 여자는 더없이 아름다웠다.

드레스 아래로 봉긋한 가슴도 더없이 아름다웠다.

그녀는 멀리서 보면 은빛이 도는 하늘색 드레스와

밝은 초록색 겉옷을 입었다. 드레스의 몸통 역시 짙은 초록색이었고, 파란 옷자락이 양쪽에 달려 있었다.

그녀의 머리카락은 드러낸 이마 위에서 눈처럼 새하얬다.

두 사람은 어느 정도 떨어져 있을까? 그 거리는 얼마일까? 어떤 거리일까? 어떤 고통이 두 사람을 갈라놓고 있을까?

그녀가 말할 때 그는 그녀를 바라보았다. 어떤 바다가, 어떤 엄청나게 커다란 파도가 저 마음속 깊은 곳에서 격렬히 치솟았을까? 돌진하는 파도는 얼마나 요란한가. 그 힘은 얼마나 무시무시한가. 파도가 일으키는 함성은 얼마나 몽환적인가. 그 함성은 얼마나 세게 귀들을 틀어막는가. 그것은 얼마나 순식간에 영혼들을 집어삼키는가. 그것은 살아 있는 모든 것을 흡수해 버린다. 그것은 제게서 나온 모든 것을 흡수해 버린다. 살아 있는 모든 것이 그것으로부터 생겨났으니 말이다.

그는 그녀를 위해 목숨이라도 내놓았을 것이다.

그는 그녀를 위해 기꺼이 목숨을 내놓았을 테지만, 그러나 이 해안을 눈앞에 마주하고도 해안을 보지 못한다.

그가 마주한 해안은 어디 있는가?

그녀가 떠났을 때, 그리고 그녀가 음악 모임에 다시 합류했을 때, 그는 자신이 그녀에게 한마디도 하지 않았음을 깨달았다.

3
움직임 없는 소란

음악가들이 연주하기 전에는 비범한 침묵이 깔린다.

게임에 몰두한 자들의 말 없고 움직임 없는 소란.

배에 앉아 팔을 든 채 기다리는 어부들. 고요히 흘러가는 물 한가운데에서 배에 앉아 오래도록 기다리는 동안, 그들의 팔은 꼼짝도 하지 않는다.

변태들의 방탕함 속 불안. 이것이 꿈에서 거듭되는 단 하나의 장면이다. 그 장면은 그들의 여가 시간에 최면을 건다.

안락의자에 앉은 채 손에 든 소설을 마주하고 꼼짝하지 않는 독자들의 더없이 정체된 자세. 그러나 태연한 그들의 몸속에서는 이야기가 그들의 영혼을 발칵 뒤집는다.

완전히 무기력한 몽상가들의 몽롱한 상태. 그들의 사지는 축 늘어졌는데, 매번 꿈을 꾸는 동안 오직 그들의 성기만이 배 위로 벌떡 선다. 그것은 그들이 의도지 않아도 배 위에서 덜렁인다. 그들의 눈동자가 재빠르게 이리 저리 오간다. 그들의 눈은 다시 닫힌 눈꺼풀의 미미하고 얇은 살갗 아래로 살아 움직이는 숱한 이미지들을 본다.

매복하고 풀숲에 은폐한 채 웅크리거나 추격에 몰두하며 전율하는 사냥꾼들의 영혼이 빠져드는 몰입. 크게 뜬 그들의 눈은 자신도 알지 못하는 것을 기다린다.

그들은 무대 위에서 재회했다.

백 명이 앉아 있었다. 스무 명은 창유리 앞에 서 있어야 했다. 그들이 들어섰을 때 모두가 입을 다물었다.

그는 그녀가 연주하고 나서도 그녀에게 한마디도 하지 않았다.

음악은 슬픔 속에 빠져 머물렀고 그 슬픔은 다름 아닌 그녀였다.

그들은 서로를 위해 연주했지만, 한 사람씩 연주했다.

그녀는 자기 영혼 한가운데에 죽은 아버지를 품고 있었다.

그는 살면서 아버지를 가져 본 적이 없었다.

튈린은 자기 비올라를 다리 사이에 끼고 청중 앞에서 눈을 감았다. 그녀는 침묵했다. 그리고 팔을 앞으로 내밀었다.

그녀가 연주하는 곡을 듣는 사람들은 하늘로 날아올랐고, 그녀가 활을 크게 휘두르면 더욱 날아올랐으며, 그녀의 가슴은 어깨와 동시에 들어 올려졌고, 곧 그 날아오름이 영혼을 눈에 보이지 않는 세계로 실어 갔다. 어느 순간 그녀는 뛰어내렸다. 자포자기했다. 하튼은 그녀 곁에서 울었다. 그녀는 그가 우는 걸 보고 돌아왔다. 위대한 화음 가운데 펼쳐진 태양의 끄트머리로, 세상의 제방 너머 끝없이 펼쳐진 황야로 돌아왔다.

사람들이 하튼을 들을 때는 전혀 달랐다. 그들은 작품의 탄생을 목도했다. 머뭇거리는 듯한, 예기치 못한 작품의 탄생. 마치 타고난 듯한 작품. 이내 사람들은 낯선 것 속으로 나아갔다. 그것은 안개였고 이내 구름이었다.

남자들은 첫째 날의 실망과 막대한 두려움을 품고 온다. 여자들은 사실 같지 않은 아름다움과 우리가 상상하지 못하는 공허를 품고 온다.

4

하스Haas[3] 트럼펫의 깃발

온 파리가 섭정에 반대해 봉기한 1648년, 분노의 시기였던 그해에 늙은 화가 부에[4]는 병들었고, 몸속 깊은 곳에 눌러앉은 피로를 느꼈다. 익숙하지 않은 그 피로 때문에 아직 열이 나고 있었지만, 그는 젊은 아내의 부축을 받고 팔에 기댄 채 걸어서 아우구스티누스 수도회 수도사들이 수도원을 세워 놓은 부두로 갔다. 그 부두는 왕이 그를 위해 루브르 궁전 안에 마련해 준 작업실에서 멀지 않았다. 작업실은 강 오른쪽 기슭으로 나 있었다. 그는 기병대 음악과 사냥 나팔 음악에 자신의 온 재능과 세월을 바친 장인에게서 B플랫 트럼펫 하나를 샀다. 그런 다음 왕궁 안의 작업실로 돌아와 작은 구리 못을 써서 금빛 술 장식이 달린 파란 능직 비단 깃발 하나를 트럼펫 위쪽에 걸었다. 그는 깃발을 들어 올릴 바람을 상상하며 이 트럼펫을 그렸다. 샹티이 성에 보존돼 있는 이 그림은 매우 기이하다. 이 침묵의 나팔은 마치 허공으로 내미는 팔 같고, 상체 위로 봉긋이 솟은 젖가슴 같고, 바람이 밀어 팽팽하게 부풀리는 돛에서 불쑥 나타나는 불가사의하고 빛나는 살점 같다. 뒤러는 죽기 전에 노란 황야 위로 타닥 소리를 내며 쏟아지는 소나기 이미지를 잘 그렸다. 다빈치는 물가에서 바다를 바라보는 젊은 여자를 그렸다. 카라바조는 메두사 여신처럼 울부짖는 자기 머리를 철제 방패에 잘 그려 놓았다. 부에의 경우는 불가사의하게도 바람이 들어 올리는 깃발이 달린 요한 빌헬름 하스의 트럼펫을 그렸다. 그는 다시 포위당한 파리[5]에서 증오에 찬 말을 중얼거리며 죽었다. 그는 어쩌다 보니 절망을, 전염병을, 폭동을, 소요를, 전쟁을, 어려서 겪었던 기아를 다시 만났다. 그리고 어릴 적보다는 나이 들어서 기아를 경험하는 편이 낫다고 말했다. 그는 라드공드라는 멋진 이름을 가진 아주 젊은 새 아내가 그에게 마시라고 준 강물의 슬픈 맛을 알아보았다. 음악가 륄리는 전쟁 첫해에 이탈리아에서 돌아오는 길에 샹파뉴에서 너무 굶주려서 뼈가 하얗게 드러날 때까지 자기 팔뚝의 살점을 뜯어먹던 남자를 보았다고 이야기했다. 그 남자는 제 허기를 잊기 위해 제 고통을 잊었다. 허기가 죽음보다 더 고약하기 때문이다. 허기는 요구한다. 죽음은 소멸시킨다. 부에의 살갗은 며칠 만에

---

3   요한 빌헬름 하스 (Johann Wilhelm Haas, 1649~1723), 독일의 트럼펫 제작자
4   시몽 부에 (Simon Vouet, 1590~1649), 프랑스의 바로크 회화의 대표적 화가
5   프롱드의 난으로 파리에서 벌어진 포위전

온통 썩어들었고, 그의 몸은 마치 절벽의 석회질이나 축축한 벽의 초석처럼 허옇게 뒤덮였다. 꼭 나병 같았다. 그는 사지를 떨다가 죽었다. 일어서려다가 균형을 잃고 쓰러지곤 했다. 나는 옛날에 내 어린 아들이었던 전혀 다른 아이를 생각한다. 그 아이는 얼마나 예뻤던가! 얼마나 기침을 했던가! 얼마나 창백했던가! 그 아이는 두 살도 채 되지 않았다. 겨우 걸었는데, 그 아이 역시 자꾸만 쓰러져서 온몸에 혹이 났다. 우리는 중세 시대에 생긴 오래된 갤러리 위쪽에 자리한 '예술과 직업' 공원 근처에 살았다. 갤러리는 생 드니 이름을 단 거리를 향하고 있었고, 그 길을 곧장 따라가면 숭고하리만치 새하얀 수도원 성당에 이르고, 더 따라가면 죽은 왕들의 아연한 침묵에 이르렀다. 그곳을 빙 둘러싼 회양목들 한가운데에는 회전목마가 자리하고 있었는데, 그 장치는 큰 마로니에 나무 그늘 밑에서 여름이고 겨울이고 돌아갔다. 그 채색된 목마들 앞에만 서면 아이는 들떠서 다리가 후들거렸다. 머릿속에서 끈질기게 맴도는 노래가 울리는 가운데 말들이 올라가고 내려간다. 아이는 내 손을 잡고는 그 회전하는 마구간을 향해 나를 이끈다. 욕망을 가득 품은 아이는 무척 초조하다. 아이가 다리를 든다. 아이는 매끈하게 유약이 발라진 양철 등자에 후들거리는 발을 집어넣는다. 음악이 높아지고, 음악이 아이를 끌어올린다. 아이는 새하얗다. 입술을 깨문다. 말을 타고 뱅뱅 돈다. 아이의 머플러가 나풀거리면서 얼굴을 가린다.

5
삐걱거리는 수레바퀴

내 손가락이 수성펜의 합성수지 튜브를 쥐기가 힘들어지면서, 컴퓨터 키보드 위에서 굳어지면서 밤마다 소리가 들려오기 시작했다. 슈즈Chooz라는 작은 마을의 양조업자인 내 삼촌의 수레가 삐걱거리며 구르는 소리. 왜 그 소리가 그토록 선명히, 점점 더 선명히 내 귀에 들리는지 모르겠다. 광장의 성당을 둘러싼 포석 위를 떠나는 말들의 걸음 소리도 들린다. 말들이 내 어린 시절의 집을 따라 이어지는 골목길로 접어들 때 비틀거리는 소리도 듣는다. 내가 매년 여름을 보낸 그 작은 촌락. 굽이치는 뫼즈강이 벨기에 쪽으로 나 있는 국경을 넘어서기 직전의 강변에 자리한 곳. 숲에 둘러싸이고, 숲에 사로잡혔으며, 숲에 지배당하는 곳. 그곳엔 자동차도 없었다. 탱크로리도 없었다. 트랙터도 없었다. 냄새, 나뭇잎, 건초, 거름, 흙만 가득했다. 말똥 냄새가 쇠똥 냄새와 다르듯이. 동글동글한 토끼 똥이 곶감 같은 멧돼지의 똥과 다르듯이. 암사슴과 수사슴의 새까맣고 반짝이는 똥. 수탉의 초록색 똥. 우리가 세상 무엇보다 좋아하는 고양이의 두루마리 똥은 냄새가 지독해서 똥을 싼 고양이 스스로도 질겁하며 바스락거리는 낙엽으로 세심히 뒤덮는다.

쓰레기는 폐허다. 기억의 지류들이다.

내 아버지는 어디 있을까? 내 어머니는 어디 있을까? 내 어린 시절, 생장 성당의 폐허 속에서 날 겁먹게 했던 개들은 어디 있을까? 호두나무 아래 시냇물은 아직 흐를까? 졸졸 흐르는 물은 나무 뿌리에 부딪히고 돌에 미끄러지면서 여전히 속삭이고 있을까? 이통Iton강. 베르뇌이. 이 말들이 아직도 누군가에게는 울림을 줄까? 누군가에게는 여전히 낙원 같은 울림을 줄까? 물 위를 걷는 물거미는 언덕을 오를까? 뿌리 아래 숨은 집게벌레는?

새로 돋아나는 살갗이 살에 박힌 가시들을 밀어낸다는 게 사실일까? 모든 추억이 꺼지면 사랑이 돌아올 수 있다는 게 사실일까? 지금은 생리키에 수도원 묘지에서 할아버지 옆에 묻혀 계신 나의 마르트 할머니는 그 옛날 해 질 무렵이 되면 가시 박힌 내 손가락에 레몬 한 방울을 떨어뜨리곤 했는데, 그러면 작은 상처의 틈새가 따끔거렸다. 할머니는 밤 동안 일종의 피부 수축이 일어날

거라고, 그렇게 해서 부러진 작은 가시 조각을, 따끔거
리는 털을, 살 안에 박힌 작은 칼을 손가락 밖으로 내뱉
을 거라고 말했다.

6
눈의 피로

지빌라 공녀는 몹시 늙어서 세상을 잘 보지 못했다. 세상 사물들을 잘 구분하지 못하는 바람에 그녀의 손이나 둔부는 세상 사물들과 부딪히면서 다치거나 부어오르곤 했다. 그녀는 대리석 난간에 무겁게 기대곤 했다. 저녁에는 손으로 더듬으며 벽을 따라갔다. 읽기 위해서는 두 손을 써서 큰 볼록렌즈 돋보기를 페이지 위로 움직여야만 했다. 아버지의 서재에서 가져오게 한 양탄자들 혹은 빈 왕궁의 화려한 접견실에 있던 것을 복제한 양탄자들을 샅샅이 보고 싶은 욕구가 들 때면 차라리 눈을 감았다. 그러고는 양탄자의 세부 묘사를, 곤충들을, 꽃들을, 나뭇가지들을, 구근들을, 배들을, 야생동물들을, 구덩이 속에서 죽어가는 사람들이나 민들레들을, 혹은 제비꽃이나 고사리들을, 멀리 보이는 파란 호수들을, 거기 떠 있는 작은 배들을, 아주 감미로운 파란 빛을 띠는 거대한 바다들을, 길매기들을, 바다 새매들을, 세이렌들을,

수면 위에 바글거리는 온갖 나라의 다양한 새들을 마음 속에서 찾는 편이 나았다.

그녀는 이젠 프로베르거의 작품들을, 때로는 하튼 씨의 작품들을 오직 기억으로만 연주했다. 그러나 점차 그녀의 손가락들은, 여전히 민첩했지만, 머뭇거리게 되었다. 그녀의 눈이 더는 보지 못하니, 기억이 안 날 때는 손가락이 어떻게 연주할까?

그러면 그녀는 침묵 속에 머물렀다.

그녀는 불행하지 않았다.

그녀는 절망에 사로잡혀 허공에 몸을 던진 암말에 대한 기억을 품은 채, 원기를 안겨 주는 감미로운 장난 꾸러기인 검은 까마귀가 지켜보는 가운데, 손에 카드를 든 채 식당에서 쓰러졌던 어느 음악가와 함께 살았다.

혹은 화가 니콜라 투르니에가 그린 검은 손 그리스도 앞에서 빌로드 쿠션 위에 무릎을 꿇은 채 머무르기도 했다. 투르니에는 그녀가 예전에 궁정에서, 그는 몽벨리 아르라고 부르고 그녀는 묌펠가르트라고 부르는 곳으로 가족들을 보러 돌아가곤 하던 시절에 알게 된 화가였다.

물가는 호박색이었다.

풀밭에는 데이지꽃이 가득했다. 숲 가장자리에는 황수선화가 피어 있었다. 온통 노랬다.

죽는 이들의 눈은 물에 빠져 있다.

때로 더 빠르고 더 어두운 구름이 그들의 눈을 가득 채우기도 한다.

그러나 흐르지 않고 어디에도 녹아들지 않는 안개가, 끈기 있게 꼼짝 않는 눈물이 그들의 눈을 가득 채우지 않은 때는 없다.

그것은 마치 죽음에서 오는 이슬 같아서, 눈길 위에 내려앉았다가 몸을 뒤덮어 그 몸을 그림자 속으로 더 떨어뜨린다. 거기에 젖은 몸은 별안간 무너진다.

그녀가 접어든 상태는 에리쿠르에 있는 작은 궁의 핵심을 이루는 서른 명의 사람들을 불안에 빠뜨렸다. 에리쿠르 성이 프랑스인들에게 점령당하자 1677년에 그녀는 그곳을 떠났다. 그리고 1707년에 87세의 나이로, 슈투트가르트 수녀원의 독방에서 생기 없이 박제된 까마귀를 손에 들고 황실 기도대에 무릎을 꿇은 채 죽었다.

사실, 상속녀 몽벨리아르 공작 부인은 홀로 자기 삶을 살았다.

그러나 홀로, 절대적으로 홀로, 불가사의하리만치 홀로 자기 삶을 사는 사람이 있을까?

우리는 제 어머니의 가슴 속에서 참으로 혼자다. 우리는 어머니가 자기 몸 밖으로 있는 힘껏 우리를 내밀

때 끔찍한 비명을 내지르며 참으로 홀로 밖으로 나온다. 그녀는 몇 년 동안 남편을 두었지만, 한 남자의 삶을 공유했다고 말할 수는 없다. 그도 그녀 몸속으로 미끄러져 들면서 작은 비명을 내질렀지만, 그 결과로 아이를 낳지는 않았다. 그녀는 레오폴트 프리드리히 왕의 아내가 되어 그의 곁에서 잠잘 때보다 어렸을 적 유모 곁에 기대어 잠잘 때가 더 많았다. 왕은 1년에 한두 번 대공들이나 황제들과 함께한 만찬을 끝내고는 마지못해 잠자리를 가졌다. 그녀는 한 음악가와 함께하는 삶을 경험하게 되었는데, 그 음악가는 그녀가 그의 존재에 익숙해지자마자, 그녀가 그의 가르침을 활용하기 시작하자마자 노새 등에 올라 유럽 전역을 편력했다. 그러면서 그는 방랑자들과 유랑자들과 희생자들과 불행한 이들과 야만인들을 점점 더 위험해지고 점점 더 분명해지는 국경 너머로 내몰려는 온갖 종교 전쟁이 펼쳐 놓은 전선 반대편에 섰다. 반면에 그녀는 자기 삶을 자기 생각대로 이끄는 자유로운 여성의 삶을 한껏 누리지 못했다. 그녀는 자신이 머물도록 할당된 성의 여러 방 속에, 어린 시절의 죄책감에, 어린 시절의 불안한 관습에 여전히 묶여 있었다.

그녀의 몸조차 자신의 동반자가 되지 못했다.

　왜 그녀의 몸은 바닥 위로 이동하는 그림자처럼, 친

구가 아니라 먼 동료처럼 그녀를 따르기만 했을까?

사람들의 눈길은 그녀의 드레스와 그녀의 머리카락 위를 훑고 지났다. 마치 그것들이 존재하지 않는다는 듯.

그녀의 가슴은 많은 이의 호기심을 불러일으킨 적이 없었고, 심지어 사실을 말하자면, 누구의 입술과도 접촉한 적이 없었다.

이제 그녀를 알아보지 못하는 눈들은 덜 날카로워진 그녀의 눈길마저 잊었다.

그녀는 자신의 사지가 메말라감을 느꼈다. 어딘가로 이동할 때면 때때로 사지가 삐걱거리기도 했다. 그녀는 말에 올라타서 그 힘을 느끼는 걸 그토록 좋아했지만 이젠 허리가 아팠다. 그녀 등줄기 맨 끝에 자리한 척추뼈들이 꼬집는 듯한 통증을 안겼는데, 그 통증 역시 승마가 남긴 기이한 유물 같았다. 은장 머리가 달린 지팡이를 쥔 그녀는 눈을 질겁하게 하는 민첩한 형체들과 거의 춤추듯 움직이는 드레스들을 헤치며 매우 느리게, 훨씬 신중하게, 대단히 도도하게 마룻바닥 위를 걸었다.

그녀는 가능한 한 집에 머물렀다 - 뷔르템베르크 공작 궁에 은둔한 그녀는 특히 침실 세 개를 터서 만든 내실에 머물렀다. 그녀는 시중을 드는 남자들과 여자들에게 점점 말을 줄였다. 점심 식사 후에는 알자스 출신으로 5개 국어를 말하는 매력적인 젊은 여사에게 나시막한 목소리로 긴 편지들을 받아 적게 했는데, 그런 노력 조차 점점 더 줄였다.

그녀의 편지들은 파리로, 로마로, 빈으로, 베른으로, 프리지아 제도로, 혹은 스웨덴이나 네덜란드로, 콘스탄틴 하위헌스나 그의 아들 크리스티안에게로 보내졌다.

죽음은 자살일 수 있다. 어느 화창한 날, 우리가 우리 안에서 계속되는 삶을 돌보길 그만둔다는 의미에서. 우리는 죽음이 나타나 불안을 안길 때 그 느닷없는 고통을 치유하길 그만둔다. 심지어 그 상처에 붕대를 감는 일조차 게을리한다. 그 일이 현명하고 꼭 필요한 일일지라도 말이다. 그러면 불현듯 죽음은 더는 관심을 끌지 못하는 기이한 게으름으로 전락한다. 우리는 물결이 밖으로 흘러넘치도록 내버려 두고, 고통이 흘러넘쳐도 게으름을 피우고, 누군가와 더불어 그리고 누군가 안에서 해체된다. 늙어 가는 눈은 공간을 멀리까지 보지는 못하겠지만, 공간 속에서 솟아날 수 있는 것에 대해서는 확실히 겁을 덜 낸다. 이 눈들은 어둠 속에서 더는 어떤 특별한 것도 탐색하지 않고, 밤의 이미지들은 그 어둠 속에 합류함으로써 다시는 꺼지지 않는다.

7

사랑에서 생겨나는 불안

지빌라 공녀는 저녁이면 불을 바라보며 술을 마시기 시작했다.

그녀는 몽상 속에서 참으로 행복했다.

그녀는 자기 실내화 끄트머리를 잉걸불 속으로 밀어 넣었다.

그 드넓은 중세 성 내부는 참으로 추웠다.

그녀는 갑자기 잠에서 깼다. 큰 성탑의 침대 속에서 도무지 몸을 덥힐 수가 없었다. 정말이지 너무 추웠다. 일어나야만 했고, 내려가서 이불을 가져다가 조제프의 등에 비끄러매야만 했다. 그녀는 자기 침대의 털 이불을 밀쳤다. 그리고 침대에서 바닥으로 뛰어내렸다. 몸을 일으키고 나서야 그녀는 자신이 사랑한 짐승이 15년 전에 죽었다는 사실을 기억해 냈다. 목까지 올라오는 수 놓인 잠옷을 걸친 그녀는 팔을 건들거리며 얼음장 같은 바닥

을 맨발로 딛고 선 채 꼼짝하지 않았다. 두 뺨이 눈물로
뒤덮인 그녀는 다시 누웠다.

8
F단조 그라베[6]

— 하튼, 자요. 더 자요. 내 어깨에 기대고. 당신 배
가 숨 쉬는 게 느껴져. 당신 숨결은 얼마나 감
미로운지. 자요, 그리고 한밤중에, 이제부터 시
작되는 다섯 달의 긴 밤에, 내 안이 아닌 다른
곳으로 당신 꿈을 찾으러 가진 마요, 내 사랑.

20년이 흘렀다.

그녀는 때때로 바다 파도가 우레같이 포효할 때 그
의 이름을 부르는 걸 좋아했다. 바다는 그의 이름을 감
췄다. 그래도 튈린은 그걸 소리 내 조음했다.

그녀는 여행을 덜 했기에 더는 대중 앞에서 자주 연주하
지 않았다. 그녀는 확실한 재능을 보고 선택한 몇몇 젊
은 학생에게 편곡과 화음을 가르쳤다. 나머지 시간에는
바다를 따라 산책했다. 혹은 바다 기슭 위쪽에 있는 위

---

6   grave. 엄숙하고 장중하게 연주하라는 지시어로, 종종 곡의 장르명으로
    쓰이기도 한다.

험하고 바람 부는 고원에 오르곤 했다. 혹은 호숫가의 무성한 잡목림 속으로 접어들기도 했다. 바깥에서 햇빛 환한 추위 속에 걷고, 달리고, 뜨거운 불 속에서 땀 흘리고, 얼음장 같은 물속에 뛰어들면 울적함이 희한하게도 녹아들었다.

이날 저녁, 우리는 일스테드의 집에서 북스테후데, 블로, 생트 콜롱브의 작품을 연주했다. 비올라 두 대를 위한 모음곡들. 그리고 하튼의 두 작품을 연주했다. F#장조의 다섯 번째 서곡과 오스텐데에서 작곡한 F단조 그라베. 그러나 나는 끝까지 연주하지 못했다. 일스테드는 내가 헤매도록 내버려 두었다. 정확한 과정은 모르겠지만 격렬한 연속 화음의 도움을 받고 빠져나왔다.

이날 저녁, 우리는 일스테드의 집에서 카드놀이를 했고, 판돈을 걸었다.

　　일스테드는 잃어서 화가 났고 매서워졌다.

　　그녀는 헤맸다.

　　우리는 촛불 연기 때문에 눈물이 날 때까지 카드놀이를 했고, 기분이 나빠져서 자러 올라갔다.

그녀는 눈밭을 오른다. 싸락눈에 덮인 바위 위로 발을

내딛고, 고개에 이르더니 위험한 부벽 위로, 돌풍이 가장 거센 곳으로 나아간다. 섬 한가운데 작은 언덕 등성이에 버려진 그녀는 능선이 된다. 그녀는 더 이상 숨을 쉬지 않는다. 자기 숨을 참으며, 입가의 김을 참으며 눈에 덮인다.

모든 것을 적시고, 뒤덮고, 모든 색깔을 벗겨 내고, 지붕을 무너뜨리고, 세상을 집어삼키는 그 눈은 기이하고 신성한 우유 같다.

바람이 극도로 유구한 숨결을 실어 온다. 세상 끝에서 오는, 심지어 별에서 오는 숨결을.

9
불멸의 카드

카드는 카드를 자기 앞에 놓고 막대한 이득을 기대하며
카드놀이를 하는 사람들보다 훨씬 오래 산다.

    카드는 게임에서 지는 법이 없다. 섞이고, 뒤집히고,
시종에서 왕으로, 하녀에서 공주로, 여왕에서 왕으로, 손
에서 손으로, 손가락에서 손가락으로, 눈길에서 눈길로,
사랑의 희망에서 사랑의 희망으로 이미지가 바뀔 때도.

풀밭에서 절망적으로 찾다가 문득 발견하는 네잎클로버
는 실제로 해낼 수 없는 경이로운 일들에 대한 약속이
고, 긴 행복에 대한 보증이고, 점점 더 놀라운 위업을 향
해 가야 한다는 책무이고, 영생에 대한 언질이다.

호수의 기사 랑슬로 뒤 라크, 트로이의 헥토르, 라히르,
    롱스보의 롤랑, 바야르 기사,
    아킬레우스, 죽은 파트로클로스, 요나단, 알키비아

데스,

모험 가득한 숲의 기사들, 옛 세계의 기사들이여,

그대들은 숲의 잡목림과 나무들 속으로 흩어지고, 사막의 모래 표면 위에 피어오른 신기루 속으로 증발하고, 먼바다의 안개와 후광 속에 녹아듦으로써 언제나 눈길에서 벗어나느라 여념이 없었고,

사슴처럼 길을 거꾸로 뛰고

야생 염소처럼, 신묘한 자들처럼, 자맥질하는 새들처럼 평지에서 바위 위로 튀어 오르고

칡넝쿨 틈에서 호랑이처럼 뛰쳐나오고

야생 고양이처럼 다갈색 고사리들 틈에 엎드려 몸을 숨기고

노란 갈대의 억센 가지들, 여린 골풀, 둑길의 엉겅퀴, 푸르스름한 안개, 창백하고 찢긴 구름 틈에 틀어박혀 완벽하게 사라지느라 여념이 없었다.

10

비올라의 소멸

요한 세바스티안 바흐가 '프랑스 모음곡'이라는 형식을 이어받은 건 요한 야콥 프로베르거가 그 형식을 처음 작곡한 이후 한 세기가 더 지난 뒤였다. 프로베르거는 1652년과 1663년 7월 사이에 그 모음곡을 썼다. 프로베르거가 이 새로운 형태의 협주 소나타를 구축한 건, 아니 부서진 듯하고 조각난 듯한 이 새로운 형태를 내놓은 건 류트 연주자 블랑-로셰, 아치류트 연주자 하튼, 리라 연주자 하노버, 그리고 빈과 로마와 아비뇽에서 그를 사사한 스승 아타나시우스 키르허의 가르침 덕이었다. 이와 같은 새로운 형식은 유럽 전역을 통틀어, 아니 지구 대륙 전체를 통틀어 1650년대와 1660년대의 프랑스 문학에서만 찾아볼 수 있다. 프롱드의 난이 한창이던 1652년에 블랑슈로슈가 사망했을 때, 프로베르거는 반쯤 눈이 먼 라로슈푸코 공작의 집에 머물며 어두컴컴한 침실에서 작업했다. 그리고 템스강변에서 42년간 망명 생활을 한 생 테브르몽이 살던 집, 웨스트민스터 근처 세인트 제임스 스퀘어에 있는 그 집에서도. 마리 드 메디시스의 정원 맞은편, 생테티엔 뒤 몽 성당 근처에 자리한 누이 질베르트의 거처에서도. 그는 조금 더 훗날엔 베르사유 성과 정원 가까이에 있는, 황야만큼 아름다운 이름을 가진 라 브뤼예르[7]의 집에 있는 두 칸짜리 방에 머물렀고, 거기서도 작업을 이어 갔다.

케 데르블루아[8] 씨의 소장품 중에는 온갖 크기의 비올라가 여든 개 넘게 있었다. 반 이상이 베이스 비올라였다. 그 악기들의 가격은 갑자기 바닥까지 곤두박질쳤다.

데르블루아 자신처럼 파면된, 옛 시절의 잔재가 되었다.

비올라는 사라졌고 피아노가 부상했다.

마자랭과 라신은 차를 마시며 포르투갈 사람들처럼 차를 '샤cha'라고 불렀다.

하튼과 라모는 그들의 차를 도자기 찻잔에 마시며 '타tha'라고 불렀다.

---

7   장 드 라 브뤼예르(Jean de La Bruyère, 1645~1696). 프랑스의 철학자이자 사상가. 브뤼예르Bruyère는 '히스' 또는 '히스가 무성한 들판'을 뜻하기도 한다.

8   루이 드 케 데르블루아(Louis de Caix d'Hervelois, 1677~1759), 위대한 작곡가 마랭 마레의 가장 뛰어난 제자 중 한 명이었으며, 프랑스 비올라 음악의 대표적 작곡가로 꼽힌다.

튈린의 손가락들이 찻주전자를 향해 다시 내려갔다.

손톱을 바짝 깎은 그녀의 큰 손이 보라색 라피아 가지로 둘러싼 주전자 손잡이를 붙잡는다. 그녀는 천천히 갈색 물을, 검은 물을, 그리고 약간의 수증기를 따랐다.

저 멀리, 한 여자가 바다 앞에서 등을 보이고 서 있다.

그녀는 젖어 반짝이는 모래 위를 걷는다. 모래밭 위에 수건을 내려놓는다. 그리고 셔츠를 벗는다. 완전히 혼자이고, 깡마르고, 완전히 발가벗은 여자가 걸어서 반짝이는 바닷물 속으로 들어간다.

1787년, 쾰리커Koliker는 마흔다섯 살이었다. 그의 가게와 그 위층에 있는 거처는 3백 제곱미터가 넘는다. 그는 피아노 열한 대와 페달이 일곱 개 달린 포르테피아노 세 대를 팔려고 내놓는다. 브부아 플뢰리, 소니에, 가피노, 펜트의 이름이 새겨진 수많은 바이올린, 알토, 첼로, 베이스들이 있다. 쾰리커 씨가 차와 포르토 술, 편도과자 파이와 고프레트를 내놓으면서 중요한 고객들을 맞이하는 2층 내실 벽에는 수많은 판화가 걸려 있다. 그 판화들은 농부의 귀환을, 어린아이의 첫걸음을, 제 섬의 작은 만에서 자신의 발명품들에 둘러싸인 로빈슨 크루소를 보여 준다. 바닷가에서 난파당한 율리시즈는 파이아

506

케스인들의 섬에서 덤불 뒤에 숨어 자신의 발가벗은 몸을 가리고 있다. 거실 벽에는 큰 그림 한 점이 벽에 기대어 놓여 있다. 쾰리커 씨가 그 그림을 입수했을 땐 그게 너무 커서 벽에 고정할 수 없으리라는 걸 미처 가늠하지 못했다. 그렇지만 그는 그걸 되팔고 싶지 않았다. 혜로는 탑 꼭대기에서 몸을 던지면서 두 팔을 뻗어 하늘에 하얀색의 길고 큰 날개 모양을 그린다. 그녀가 걸친 튜닉의 천이 펼쳐져 부푼다. 파도에 호되게 휩쓸리고 바위 모서리에 부딪혀 피투성이가 된 채 세스토스 물가로 실려온 레안드로스의 발가벗은 시신을 향해, 그녀는 서서히, 대담하게, 사랑스레 녹아내린다. 그녀는 허공에 있고, 그는 아래에 있다. 하지만 둘은 물가에서, 거품과 모래 속에서 곧 서로 만날 조가비 두 조각처럼 막 포개질 두 쌍둥이의 창백한 몸이다. 이중문 왼편, 벽난로 위쪽 거울은 회색으로 칠해져 있고, 황토색과 황금빛 물감으로 부조된 나무 장식을 달고 있다. 아름다운 꽃병 모양 시계 하나가 거울에 비치고, 시계의 흰 대리석 받침돌 위엔 두드려 만든 구리 장식과 장식띠가 보인다. 에덴 동산에 있는 이브는 아담이 그의 얼굴 위쪽에 뻗어 있는 나뭇가지에 매달린 과일을 알아차리게 하려고 그의 어깨 위에 손을 얹고 있는데, 그는 그저 그녀와 그녀의 아름다움밖에 보지 못한다. 갑자기 시계추가 사라진 시간을 알린다. 추

시계들은 기다리는 사람들에게 상실들을 알리고, 그 상실들에 오래 머문다. 거실 네 구석에는 리라 모양의 등받이가 달린 의자 네 개가 놓여 있다. 그 말 없는 네 개의 리라는 하노버를 떠올리게 한다. 리라를 되살리고 현대 하프의 제작을 주도했으며 베르사유에서 사망한 음악가 하노버를. 실크 커튼 모서리에는 흰 대리석 위에 사슴 다리를 단 분홍색 작은 나무 서랍장이 있다.

11
마지막 이미지

그녀는 잠에서 깨어 울부짖고, 완전히 넋이 나가 있다. 꼭 물결에 휩쓸려 가는 여자 같다.

그녀는 침대 위에 벌떡 앉아 숨을 고르려고 애쓴다. 그렇다, 그렇다. 그녀는 입술 위에서 호흡을 되찾는다. 그렇다, 그녀는 살아 있다. 그렇다, 그녀는 눈을 뜬다.

저 멀리, 한 남자가 있다. 그러나 그 남자는 하튼이 아니다. 바다를 마주하고 등을 돌리고 선 남자는 훨씬 건장하다.

그녀는 방파제 끝에서 파도가 되어 폭발하는 바다를 바라보았다.

서 있는 나의 아버지 뒤쪽 왼편에 등대가 있었다.

그것이 내가 아버지를 마지막으로 본 모습이다. 방파제는 내 아버지의 발까지 이어져 있었고, 아버지는 제

방에, 제방 너머에, 거의 파도 속에 서 있었다. 그는 내게 등을 돌리고 있었다. 내겐 아버지의 목덜미와 어깨밖에 보이지 않았다. 제방 위에 저토록 우뚝 선 그는 얼마나 아름다웠던지. 출항할 준비가 된 그의 배 위에 우뚝 선 그. 하늘로 치솟고 튀어 오르는 파도 속 그는 얼마나 아름다웠는지. 하늘로 폭발하는 파도. 거대한 파도 속 그는.

12
속삭임

그들의 호흡이 가라앉았다. 목소리들은 더 느려지고 더 끈적해졌고 더 음험해졌다. 마침내 그들은 잔을 밀쳤다. 마침내 마시길 멈추었다. 마침내 그들은 카드를 모았고 뒤섞었으며 포개 놓았고 정렬했다. 게임을 하던 사람들은 거의 떠났다. 나도 싫증이 났다. 공작은 자려 들지 않았다. 공작은 내게 자기 마차를 타고 집으로 돌아가도록 허락했다. 나는 그의 여자 친구와 그를 남겨 두었다. 두 사람의 손은 그들의 즐거움에 몰두하고 있었고, 내가 내 리본을 정돈하고 모자를 다시 쓰는 동안 이미 외설 행위를 할 태세가 되어 있었다. 그들의 눈은 이제 나를 보고 있지 않았다. 따라서 나는 조용히, 다시 말해 슬그머니 그들 곁을 떠났다. 나는 안뜰 쪽으로 난 큰 계단을 내려갔다. 그리고 창이 그려진 공작의 문장이 새겨진 마차에 올라탔다. 17세기 말, 이곳 노트르담 섬에서 살았던 내 승소부의 상섬 산반 위에도 이 황금 창과 싱딩히 유사한 끝이 부조로 소박하게 새겨져 있었다. 그는 판화가였다. 그의 이름은 몸므였다. 그는 브루게 출신이었다. 그리고 안트베르펜에서 세상을 떴다. 우리는 바로 떠났고, 곧 빠르게 달렸다. 감미로운 날씨였다. 나는 마차 문의 가죽 커튼을 걷은 채 두었다. 그런데 마레 지구 아래쪽, 센강 근처에 웬 삯마차 한 대가 어느 골목길에 멈춰서 있었다. 마부는 그걸 피해 갈 수 없었다. 그는 내 눈에는 보이지 않는 남자를 불렀다. 나는 반쯤 잠들어 있었다. 상대가 마부에게 대답했는지 모르겠다. 그런데 내마부가 투덜대더니 화내는 소리가 들렸다. 상대가 비명을 지른다. 그러자 공작의 마부는 욕설을 퍼붓는다. 이제 상대도 화를 낸다. 나의 마부가 손에 채찍을 든 채 자리에서 뛰어내리더니 남자의 뺨과 눈을 두 차례 후려친다. 남자가 울부짖는다. 한 남자가 검을 빼 들고 저택에서 나온다. 사방에서 비명 소리가 들린다. 나는 가죽 문을 들어 올린다. 발판에 피가 흐르고 있는 게 보인다. 집들의 창문이 열리는 게 보인다. 사람들이 순찰대를 부르기 시작한다. 처음엔 채찍과 검만 쓰이던 싸움에 총이 더해진다. 말들이 포석을 두드리며 다가오는 소리가 들린다. 나는 발판을 접을 수고조차 하지 않고 다른 쪽 문을 통해 마차 밖으로 달려 나간다. 그러고는 골목길 포석 위를 내달린다. 골목길 끝 광장에 모여 있는 남자들이 보인다. 내 오른쪽에서 문 하나가 열린다. 직사각형으로 쏟아지는 불빛 속에서 나는 횃불을 든 남자를 본다. 나는 그 문 쪽으로 몸을 날린다.

— 저 좀 살려 주세요.

남자가 내 팔을 잡아당기며 속삭인다.

— 여긴 안전해요. 얼른 들어오세요.

내 뒤로 이내 문이 닫힌다. 남자는 나무 빗장을 써서 문짝을 벽 속에 끼워 넣는다. 그는 횃불을 가막쇠 안에 내려놓는다. 우리는 멋진 돌계단을 올라간다. 그가 나를 자기 침실로 데려가 재만 남은 불 앞으로 이끈다. 웅크리고 앉은 그가 난로에 장작 하나를 집어넣고, 장작은 남아 있던 잉걸불을 만나 곧 요란하게 타오른다. 그러나 바깥에서는 여전히 비명과 무기 소리가 들린다. 나는 유리창으로 다가간다. 길에서는 진짜 패싸움이 벌어지고 있다. 나는 창문에서 멀어진다. 내 등 뒤에서 목소리가 들린다.

— 매일 저녁 이 모양이에요. 다들 걸신이 들렸죠. 다들 가난하다는 데 굴욕감을 느끼고 있어요. 서로를 죽이려 들지요.

— 아담 이후의 온 인류 이야기를 하고 계시는군요.

나는 거리에서 싸우는 사람들을 바라보며 말힌다.

나는 뒤를 돌아본다. 사실 이 남자는 내가 그의 문이 드리운 어둠 속에서 생각했던 것보다 훨씬 젊다. 그는 잘 생겼다. 셔츠 위에는 옅은 회색의 인도풍 실내 가운을 걸쳤다. 그리고 손에 와인 병과 잔 하나를 들고 있다. 그의 목소리는 낮고 아름답다. 그는 웃고 있다. 나는 잔을 받아 든다. 입술이 떨린다. 이건 렝스 와인이다. 그는 식탁으로 다가가서 자기 잔을 채우더니 거듭 말한다.

— 매일 저녁 이 거리는 원시적이고 오래된 외침을 토해내지요.

— 그렇군요.

— 그런데 사람은 불행할수록 숨이 가빠지는 법이죠.

— 맞아요. 무슨 말씀을 하시려는지 이해할 것 같아요.

나는 베일 달린 모자를 쓰고 있었다. 술을 마시려면 입술 위로 베일을 들어 올리지 않을 수 없다.

— 당신은 정말 아름다우십니다.

— 그런 말씀을 제게 하시면 안 되지요. 방금 제게 주신 찬사 때문에 저는 이제 가 봐야 할 것 같네요.

— 두려워하지 마세요.

— 저는 두렵습니다.

— 잘못 생각하셨어요.

— 당신 말이 틀렸어요. 모든 짐승은 두려워해요. 두려움 만세. 파란 두려움. 새파란. 새파란. 새파란 두려움. 그들이 살아남기 위해서는 두려움이 꼭 필요하죠. 하늘을 나는 작은 새들을 보세요. 새들은 당신이 생각하듯이 날고 있는 게 아니에요. 파란 두려움 속에서 떨고 있지요. 온 날개를 밖으로 펼치고 달아나죠. 두려워해야 해요. 저는 두려워요. 당신이 사는 이 거리에 있는 저들은 충분히 두려워하지 않아요. 두려움은 최고의 파수꾼이죠.

— 저를 겁내지 말아 주세요.

그가 거듭 말한다.

— 솔직히 말씀드리면 저는 너무 지쳤어요. 거리에 정적이 찾아올 때까지 당신이 피워 놓은 불가에 머물게 해 주시겠어요?

— 정적이 금세 찾아올지 모르겠네요.

— 제겐 돈이 있어요.

— 저는 당신 돈을 원치 않습니다. 제가 이 방을 비워 드리겠습니다. 위쪽에 서재로 쓰는 다른 방이 있어요. 제가 그쪽으로 가겠습니다.

— 솔직히 말씀드리면 지는 이 사고로 제 친구

의 마부도 잃고 마차도 사용하지 못하게 되었
어요.

— 당신 마부가 아니었습니까?

— 아뇨. 친구가 제게 빌려준 마차였어요.

— 아마 그 친구가 당신을 찾을 수 있을 겁니다.

— 그이는 제가 어디 있는지 알지 못해요. 제가 어
디로 가는지조차 알지 못해요. 제가 그에게 준
주소는 가짜였거든요.

— 무슨 이유로 그러셨는지요?

— 방해받지 않으려고요. 무서워서요. 왜 저는 늘
두려움에 사로잡혀 있을까요? 방금 당신에게
말씀드렸듯이 말이죠. 숲의 노루 새끼들을 보
세요. 얼마나 불안에 사로잡혀 있는지. 그들의
눈을 보세요. 그리고 이제 제 눈을 보세요. 두
려워할 줄 알아야 해요. 그리고 모든 위험과 숲
이 지닌 저 모든 아름다움 사이에서 계속 자유
로우려면 두려움 속에서 떨기를 멈추지 말아야
해요.

— 자유롭다는 건 뭔가요?

— 모든 것으로부터 달아나는 거죠.

— 세상에, 당신이 하는 말 전부가 제겐 놀랍기만
하네요. 당신이 더 평화로워지기를, 적어도 더

평온해지기를 바랍니다. 지금은 당신이 매일 저녁 하시던 대로 하시길 부탁드립니다. 저는 당신이 씻으실 수 있도록 물과 잠옷을 가져오겠습니다.

그러더니 그는 물러갔다.

난로 옆 열기는 포근했다. 나는 모자와 외투를 벗었다. 그리고 궤짝 위에 그것들을 올려놓았다. 나는 아궁이 앞에 앉았다. 그리고 와인을 마셨다. 거리에서 패싸움을 계속하는 남자들의 고함 소리를 계속 듣다가 깜빡 졸았다. 시간이 꽤 지나도 외침과 날카로운 소리가 그치지 않아서 그 정황을 살펴보려고 커튼 가까이 다가갔다. 1789년의 멋진 6월이 끝나가고 있었다. 공기는 감미로웠다. 거리는 매일 저녁 볼거리를 제공했다. 그가 돌아왔을 때 나는 여전히 염탐 중이었다. 나는 그가 내게 한 제안을 받아들이겠다고 말했다. 그는 침대 가까이 양동이를 내려놓았다.

그가 내게 말했다.

— 내일 제 마차를 타고 댁으로 가시지요.

그가 내게 인사를 하고 문을 다시 닫은 뒤, 나는 옷을 조금 벗었다. 촛불을 껐다. 보기 위한 빛은 난롯불로 충분했다. 나는 흐트러진 침대에 누웠다. 침대를 살펴보았다. 침대는 아직 남자의 온기로 미지근했지만 *깨끗했*

517

다. 나는 깜빡 잠이 들었다. 한밤중에 갑자기 잠에서 깼고 불안해졌다. 눈을 떴다. 그가 자는 나를 바라보고 있었다.

그가 말했다.

— 겁내지 마세요.

— 거기서 뭐 하세요?

— 어둠 속에서 당신을 바라보고 있어요.

— 왜 어둠 속에서 나를 바라보세요?

— 당신이 너무도 아름다워서요.

그들은 결혼한다. 그녀의 두려움은 지워질까? 그녀는 몸을 가졌다는 사실에 덜 불안해하게 될까? 몸에서 더 많은 기쁨을 얻을까? 한 남자가 그녀의 긴 몸을 불가사의하면서 매력적이라고 여기고, 저녁이 오면 그 몸에 의지하는 데 덜 겁먹게 될까? 그들은 아이를 많이 가졌다. 그러나 그런 건 중요하지 않다. 그가 그녀를 사랑하는 건 어머니여서가 아니라 여자이기 때문이다. 종종, 밤에 그는 반쯤 벗은 채 침대와 벽 사이에 무릎을 꿇고 앉아 몽롱한 상태로 어둠 속에서 그녀가 자는 모습을 바라본다. 그녀는 참으로 아름답다. 그녀의 어머니는 참으로 아름다웠다. 그녀의 할머니는 참으로 아름다웠다. 그녀의 증조모는 참으로 아름다웠다. 그녀는 에스코강으로 이어지는 운하 쪽으로 난 궁에서, 폐허가 된 그곳에서 살았다. 그가 얼굴을 가까이 댄다. 그는 그녀가 지닌 두려움의 냄새를 좋아한다. 이 여자의 두려움은 참으로 좋은 향내를 풍긴다. 그는 숨 쉬면서 들썩이는, 참으로 아름다운 그녀의 가슴을 바라본다.

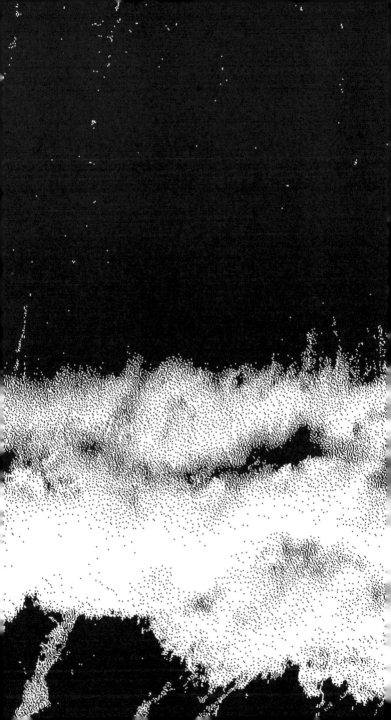

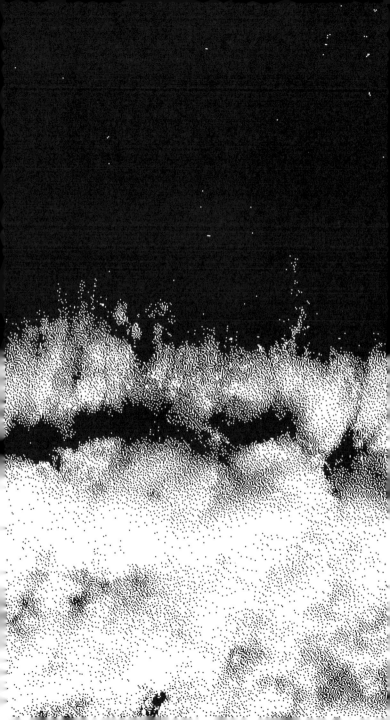

암실문고는 서로 다른 색깔의 어둠을 하나씩 담아
서가에 꽂아 두는 작업입니다.

코펜하겐 삼부작 1. 어린 시절
코펜하겐 삼부작 2. 청춘
코펜하겐 삼부작 3. 의존
　　　 – 토베 디틀레우센 지음
　　　 – 서제인 옮김

야생의 심장 가까이
별의 시간
아구아 비바
　　　 – 클라리시 리스펙토르 지음
　　　 – 민승남 옮김

태풍의 계절
　　　 – 페르난다 멜초르 지음
　　　 – 엄지영 옮김

주디스 헌의 외로운 열정
　　　 –브라이언 무어 지음
　　　 –고유경 옮김

목구멍 속의 유령
     – 데리언 니 그리파 지음
     – 서제인 옮김

고통을 말하지 않는 법
     – 마리아 투마킨 지음
     – 서제인 옮김

미츄 MITSOU
     – 발튀스, 라이너 마리아 릴케 지음
     – 윤석헌 옮김

암실문고